Antje Rávic Strubel

STURZ DER TAGE IN DIE NACHT

Roman

S. Fischer

FSC
www.fsc.org
MIX
Papier aus verantwortungsvollen Quellen
FSC® C083411

3. Auflage November 2011

Satz: Fotosatz Amann, Aichstetten
Druck und Bindung: CPI – Clausen & Bosse, Leck
Printed in Germany
ISBN 978-3-10-075136-2

Für Zaia

I was an infant when my parents died.
They both were ornithologists. I've tried
So often to evoke them that today
I have a thousand parents.

Vladimir Nabokov

maybe we'll find something
else entirely, whose exact nature unfurls wing and fin,
eggshell and cocoon/as if the world above became
perilous forever/'for the lack of'/a passage/from dust
to the perceivable, to the obtained

Craig Perez

Es hatte begonnen, wie es immer beginnt. Es beginnt auch jetzt noch immer.

Es beginnt auf diesem Wasser, auf dem Weg zurück. Die Fähre dreht, und ich sehe mich noch einmal um. Ich versuche, mir einzuprägen, wo ich gewesen bin; die Kate, die Felswand, der Leuchtturm, die schwimmenden Pontons am Strand.

Inez ist schon verschwunden. Sie ist langsam über die spitzen Kiesel den Strand hinaufgegangen zum Café. Im Schatten verwischen sich ihre Konturen. Die Sicht verschwimmt.

Beim Abschied drängte sich einer der Journalisten zwischen uns. Er schüttelte Inez die Hand.

Ich flüsterte ihr hastig zu, dass ich wiederkommen würde.

»Ich freu mich drauf«, sagte Inez. Ihre Stimme hatte diesen rauen Klang verloren, in dem sie nachts mit mir geflüstert hatte. Ihr Lachen war nicht mehr ihr Lachen vom Strand. Ich berührte ihren Unterarm flüchtig. Die Sonnenbrille verdeckte die Hälfte ihres Gesichts.

Das Boot nimmt Fahrt auf. Ich schaue zurück.

Inez und die Insel schwanken.

Weiß blitzt die Ostsee in der Ferne auf. Schaumkämme beherrschen die Wellen. Sie werden breiter, zinken länger aus, greifen tief hinein ins graue Wasser. Sie kämmen die Ostsee in Richtung Strand. Lange Strähnen, die der Wind auseinandertreibt und wieder zusammenschiebt, klatschen ans Ufer. Die Ostsee ist verspielt. Im Grunde ist sie nur ein See, aber sie öffnet sich dem Atlantik weit genug, um den Anschein eines Ozeans zu erwecken. Die Ostsee täuscht das Meer gewissermaßen vor. Um die Glaubwürdigkeit der Täuschung zu erhöhen, bringt sie einzelne Elemente des Meeres ins Spiel: Salzwasser. Muscheln. Feuersteine und Lummen.

Inez steht am Strand, die Augen mit der Hand abgeschirmt. Sie will den Jungen noch einmal sehen; das Haar bis zum Nacken, seinen offenen Blick, die verwahrlosten Hände. Aber die Fähre hat schon abgedreht. Von Erik ist nicht einmal mehr der Umriss erkennbar.

Sie dreht sich um und fixiert das Café. Die Bemerkung der Journalistin geht ihr durch den Kopf:

»Sie haben doch was miteinander. Sie und der Junge.«

»Wir haben alles«, hat sie geantwortet.

DIE FLINTKUGEL

Es hatte begonnen, wie es immer beginnt. Es beginnt immer unmerklich. Im Nachhinein lässt sich nicht mehr genau sagen, wann. Der Beginn wird sofort in das Geschehen hinein aufgelöst, in das von der Bootsschraube aufgeworfene Wasser, in den Unsinn, den ich Inez sagte, in das endlose Kreisen der Vögel, die Cirruswolken, den Wind.

In Wahrheit wird es diesen Moment, in dem es begann, nicht gegeben haben. Ich fange an, danach zu suchen, wo alles unwiderruflich geworden ist. Im Nachhinein. Erst jetzt sieht es so aus, als wären die Ereignisse tatsächlich zwangsläufig aufeinander gefolgt, weil es die Geschichte in der Rückschau so verlangt. Ich suche nach einem entscheidenden Auslöser, weil ich die Wahl gehabt haben möchte, weil ich glauben möchte, dass ich irgendwann tatsächlich vor einer Entscheidung stand. Und das ist vielleicht der Irrtum.

Es hätte mit dem türkisfarbenen Leuchten des Wassers am Ufer beginnen können. Mit dem dürren Schatten, den der Ginsterbusch auf die weißverputzte Wand von Inez' Schlafzimmer wirft. Es hätte mit dem Himmel beginnen können, ein Himmel, der an stillen Mittagen so türkis ist wie das Meer. Dann werden aus den Flecken, die vor der Insel auf dem Wasser treiben, Algen, grüner Schlick, der an der Bootswand hängen bleibt. Später wischt die Gischt ihn wieder ab. Es hätte auch viel früher beginnen können, vor der Reise oder, wenn man an Schicksal glauben will, mit der Geburt. Es hätte damit beginnen können, wie wir, Inez und ich, geboren wurden.

Die Insel liegt da wie vor drei Monaten. Eine umgestülpte Untertasse. Auch der Kapitän ist derselbe, ein blasser Mann in einem roten Pullover, der immer eine Tüte Pistazien dabeihat und die Schalen aus dem offenen Fenster wirft. Der Wind treibt sie ab. Im Passagierraum liegt eine Zeitung von gestern, die *Dagens Nyheter*, die er vom Festland mitbringt, um sich die Wartezeiten zu vertreiben. Im Sommer legt die Fähre gegen elf Uhr morgens vor der Insel an und bringt Touristen und holt sie abends um fünf wieder ab. Im Herbst wird der Fährplan geändert, und die Fähre kommt seltener, und wenn ab Oktober die Stürme über das Plateau fegen, wird die Fährlinie eingestellt, und die Insel bleibt unbewohnt zurück.

Das gelbe Gras steht starr im Frost.

Es ist dieser Herbst gewesen, in dem alles begonnen hat, dieser nördliche Herbst mit seiner schneelosen Kälte, mit seiner erstickend frühen Dunkelheit, dieser Herbst mit seinem grau aufschäumenden Meer und den windgepeitschten Felsen. Es begann in der Nacht, in der es mich hinaus auf die Klippe trieb, die fünfzig, sechzig Meter über der Ostsee aufragt, in der ich dort oben stand und daran dachte, es zu tun, es mit derselben Leichtigkeit, mit demselben instinktiven Vertrauen zu tun wie die Vögel, die sich im Juni von den Felsen stürzen, denn ich war reich, und dieses Gefühl war grenzenlos, und ich wusste, dass es nicht über den Moment hinaus dauern würde, nicht länger andauerte als diese Minuten, in denen ich hier oben stand und der Wind so eisig war, dass mein Gesicht taub wurde und es mir den Atem zurück in die Lunge drückte. Ich wusste, dass es das war, was mich bis an die Kante der Felsen trieb, nicht Verzweiflung, nicht der Gedanke, entdeckt zu werden, oder die Angst vor dem, was dieser Entdeckung folgte. Wenn ich mich da oben nicht umgedreht hätte zum rotierenden Leuchtfeuer, wenn ich nicht zurückgeschaut und mir vorgestellt hätte, wie sie da lag mit den über die Schultern gerutschten Trägern ihres dünnen Nachthemdes, sondern wenn ich weitergegangen wäre, noch einen Schritt über den Rand der Klippe hinaus, dann wäre dieser Reichtum in mir für immer in der eisigen Kälte aufgehoben gewesen.

»Inez. Betonung auf dem e.«

»Das gefällt mir. Klingt spanisch.«

Der Herbst, nicht der Sommer war es, der mich so ausgeglüht hat, dass ich das Gefühl haben werde, richtungslos über den Asphalt zu treiben, wenn die Fähre mich in einer Stunde in dem verödeten Hafen von Klintehamn absetzen wird, von dem aus ich im Juni aufgebrochen war.

Ich hatte eine Woche auf Gotland verbracht. Ich hatte mir die Stadtmauer von Visby angesehen und das Klostertheater in Roma, ich war nach Fårö, Gotlands nördlicher Spitze, gefahren, die bis vor wenigen Jahren noch militärisches Sperrgebiet gewesen war. An Fårös Stränden ragen Kalksteinsäulen auf. Sie sind schlank und porös und wirken im Nebel wie steif aufgerichtete Leichname. Abends saß ich vor meinem Zelt und sah die Mücken tanzen. Es wurde nicht dunkel. Die Sonne verschwand nur für zwei Stunden hinter dem Horizont, der bis zum Morgen nachglühte. Ich schlief schlecht.

Ich buchte Zeltplätze für eine Nacht. Die Damen an den Rezeptionen händigten mir das Papierschild in Klarsichtfolie aus, das ich außen an mein Zelt hängte als Zeichen dafür, dass ich für den Platz bezahlt hatte. Sie fragten, wie lange ich blieb. Ich fragte, wo die Sanitäranlagen waren und wo ich Kaffee bekam, und tauschte Kleingeld gegen Metallchips, die ich später in die Duschautomaten steckte.

Die Damen an der Rezeption waren einsilbig. Jungen wie mich sahen sie jeden Tag. Sie waren gerade mit der Schule fertig und lagerten vor ihren Zelten, tranken Lättöl und verbrachten die Tage damit, über Musikgruppen und ihre Zukunft als DJs oder Surflehrer zu reden, wenn sie sich nicht schon morgens die Ohren mit ihren iPods verstöpselt hatten. Ich stellte mir meine Zukunft nicht in einem Club vor. Ich stellte mir nicht vor, halbnackt auf einer Bühne im Stroboskoplicht zu stehen oder auf einem Brett Wind und Wellen ausgeliefert zu sein, ich stellte mir meine Zukunft in jedem Fall bekleidet vor, angezogen, mit Hemd und Krawatte, auch wenn ich jetzt noch in Jeans und Kapuzenshirt herumlief. Ich wollte Wirtschaft und Politik studieren, und ich hatte mich dafür entschieden, weil ich hellblaue oder cremefarbene Hemden mit Seidenkrawatten unter leichten Schurwollanzügen tragen wollte, und zwar täglich.

Nach dem Abitur hatte ich es mit Jura probiert, mich nach zwei Jahren aber für Soziologie eingeschrieben und bald festgestellt, dass beides nicht das Richtige war. Auf einer Party hatte ich aus einem Tarotspiel die *neun Stäbe* gezogen. Seither musste ich an diese Karte denken, sobald man mich fragte, was ich jetzt machen würde, und weil ich immer mal gar nichts machte, wurde ich häufig gefragt. *Neun Stäbe* bedeuten Kraft, Vernunft und Selbstkontrolle, und seit ich diese Karte gezogen hatte, wusste ich, dass meine Entscheidung diesmal richtig war.

Bis vor drei Monaten klappte das noch. Da wusste ich noch, dass ich mir zuerst eine Auszeit gönnen würde. Ich wollte ein paar Wochen Ruhe, um dann gestärkt das neue Studium anzugehen und es schnell zu beenden. Krawatten und die Art Anzüge, die ich mir vorstellte, kosten Geld. Auch meine beiden besten Kumpel aus Schulzeiten hatten sich vorübergehend abgesetzt. Sie waren auf Weltreisen unterwegs. Hinterher würden sie mit ihren exotischen Abenteuern protzen und mich fragen, ob ich mich nicht zu Tode gelangweilt hätte da oben im menschenleeren Norden. Ich beneidete sie nicht.

Ich war nach Gotland gefahren. Ich war durch die Landschaft gestreift, und die Landschaft mit ihrem Kalkstein, ihrem struppigen Bewuchs, mit ihren verlassen daliegenden Plateaus, den versandeten Tümpeln und Klappersteinfeldern, auf denen es hunderte Millionen Jahre alte Fossilien gab, hatten mich in Trance versetzt. Ich ließ mich treiben.

Es war die Zeit nach meinem Aushilfsjob in einem Jugendprojekt; verglichen mit dem Zivildienst im Altenheim war das eine leichte Arbeit gewesen, auch wenn es täglich neun Stunden Lärm bedeutete, Drogen bedeutete, Messerstechereien und täglich entweder die Polizei oder das Jugendamt, täglich Rap oder Techno, täglich die Frage, ob du ein Hopper oder ein Emo bist, denn Emos sind schwarzgekleidete Schwulis, *schwule Chorkinder, du Arsch,* auch das täglich, täglich *ich hab deine Mutter gefickt*, überhaupt *deine Mudder* und *willste was aufs Maul*, und erst hier, unter Kiefern und Ostseewind, ließ die Erinnerung daran nach. Die Einsamkeit, die langen Tage, die Stille in den kleinen Ortschaften entspannten mich.

Am Ende der Woche hatte ich in einem Touristenbüro einen Tagesausflug gebucht; eine geführte Tour auf eine Insel, die der Westküste Gotlands vorgelagert war. Ich hatte Lust, wieder mit jemandem zu reden. Wo es hinging, interessierte mich nicht.

Im Hafen von Klintehamn stand ein Kiosk, in dem schon lange nichts mehr verkauft wurde. Die Fenster waren vernagelt, eine verwaschene Preisliste für Lachs und Heringe hing noch am Holz. Der Parkplatz war schattenlos und leer. Am Kai, an dem das Boot zur Insel ablegen sollte, warteten zwei Frauen mit Wanderstöcken und Knickerbocker, Finninnen, wie sich herausstellte. Andere Fahrgäste waren nicht zu sehen. Die Finninen verstanden kein Englisch. Sie sprachen schwedisch mit mir. Vielleicht dachten sie, es würde die Verständigung erleichtern, wenn beide Seiten eine ihnen fremde Sprache benutzten. Das war nicht der Fall. Sie glotzten mich an, als sie kapierten, dass ich nichts verstand. Später banden sie ihre Kopftücher ab. Die Haare darunter sahen aus wie das trockene Moosgeflecht, das sich hier zäh auf den Felsen hielt. Im Passagierraum der Fähre saß eine Familie. Die Großeltern sahen vor sich auf den Tisch, die Mutter schlief, dem Kleinkind lief Rotz übers Kinn.

Als der Bootsmann die Taue löste, kam noch ein Mann über den leeren Parkplatz gerannt. Er riss die Arme hoch. Der Kapitän ließ den Motor im Leerlauf stampfen, bis der Mann an Bord gesprungen war. Er trug eine abgewetzte schwarze Arzttasche. Er war verschwitzt. Das rotblonde Haar klebte ihm an der Stirn, der Sommeranzug hatte Flecken. In der Tür zur Passagierkabine blieb er stehen, als nehme er Witterung auf. Er starrte zuerst die Großfamilie an, dann mich. Ich sah diesem Idioten in die Augen, *ey, du Chorkind, was aufs Maul?*, bis er sich auf eine der vorderen Bänke setzte.

Nach einer knappen Stunde drehte die Fähre vor der Insel bei. Am Ufer ragte eine Felswand auf. Ihr Schatten fiel auf die Ostsee. Dort, wo kein Schatten war, leuchtete das Wasser türkisblau, am Strand verstreut standen ein paar Holzhütten.

Eine Frau in Khakishorts lief zur Anlegestelle. Sie lief auf die Kaimauer zu. Als sie den Steg erreichte, waren die weißen Träger ihres BHs unter dem Shirt zu sehen. Das Weiß blitzte. Es war weißer als der Sand, weißer als die Farbe der Kalksteine, weißer als das Boot.

Einer der zwei Jungen, die am Ufer standen, fing das Tau und befestigte es an einem Boller. Auf den olivgrünen Shirts, die sie trugen, war der Schriftzug »Stora Karlsö« zu sehen.

Die Frau war schlank. Ihre Arme sahen trainiert aus. Wind und Salzluft hatten ihre Haare gebleicht. Ihre Haut war sonnengebräunt. Aber etwas in ihrer Haltung verriet, dass sie in Stadtwohnungen aufgewachsen war.

Ich sah durch die verschmierten Fenster und dachte daran, dass ich schon heute Nachmittag zurückfahren musste, dass die Fähre bereits um fünf wieder ablegte, dass ich nur sechs Stunden Zeit auf dieser Insel hätte, ich dachte daran, wie wenig das war, wie knapp dieser Ausflug kalkuliert war.

Auf der Kaimauer lagen Taue und Haken, die Frau stand in der Mitte zwischen Boot und Strand. Jeder, der ausstieg, kam sehr dicht an ihr vorbei. Ich registrierte die dünnen Spuren der Wolken am Himmel, die Felsen, auf denen Vögel zu Tausenden brüteten, ich sah das türkisfarbene Meer, die Kalksteine, ich sah die Häuser in der Bucht, die Großfamilie, auf den Schultern das Kind, ich schätzte die Entfernung von hier bis zum Strand, zwischen Kaimauer und Boot, ich merkte mir die eisernen Ringe am Hafenbecken, ich studierte die Fluglinie der Möwen, ich merkte mir, aus welcher Richtung der Wind kam, ich kannte mich nach Sekunden sehr gut in dieser Bucht im Norden der Insel aus.

Als ich die Frau auf der Kaimauer passierte, nahm sie mich flüchtig am Arm.

Das Wasser glitzerte.

Auch sie hatte damals keine Vorahnung, dass ich kommen würde. Sie konnte nicht ahnen, dass ich auf einer der Fähren sein würde, die zwischen Gotland und den vorgelagerten Inseln verkehrten. Sie ahnte nicht, dass ich überhaupt kommen würde, sie kannte mich nicht.

Ich registrierte die Berührung ihrer Hand so genau, als hätte ich darüber einen Bericht schreiben müssen. Sie nahm mich flüchtig und grundlos am Arm, mehr ein Reflex, weil es auf dem Kai an dieser Stelle sehr eng war. Dann drehte sie sich um und ging zurück zum Strand. Die Finninnen folgten ihr.

Sie winkte uns vor einen Fahnenmast. Felssteine waren zu einem kleinen Podest errichtet. Als sie das Podest betrat, fiel das Licht, das in der Nähe des Wassers noch von den hohen Klippen zurückgehalten worden war, auf ihr Gesicht.

Sie setzte die Sonnenbrille auf. Es war eine modische große Brille, die ihre Wangen bedeckte.

»Jemand hier, der kein Schwedisch kann?«

Ich hatte mich hinter die Großfamilie gestellt, das Kind war eingeschlafen. Ich trat vor. Der Rucksackriemen rutschte mir von der Schulter, der Riemen blieb in der Ellbeuge hängen.

»Wie heißt du?«

»Erik.«

»Gut, Erik. Du gehst zu Guido. Der übersetzt dir, was ich sage.« Ihr Englisch klang rau und arrogant.

Guido war einer der beiden Scouts. Er stand neben dem Eingang zum Café und hatte den typischen Quadrathaarschnitt der Schweden. Er machte eine nervöse Kopfbewegung, als ich zu ihm kam. Das Café war nur wenige Schritte von der Fahnenstange entfernt, und ich hörte ihre Ansprache, aber ich verstand sie nicht. Ich sah, wie der Rotblonde seine Arzttasche zwischen die Füße schob. Er stand aufdringlich nah am Podest.

Der Scout machte lustlos eine Belehrung mit mir. Er erklärte, dass ich keine Pflanzen abreißen durfte, dass ich nicht in die Vogelschutzzonen laufen sollte, und ich zwang ihn, mir in die Augen zu sehen.

Bis zum Beginn der Führung blieb mir noch Zeit. Ich drehte eine Runde zwischen den Holzhäusern. Ich war allein. Die anderen standen immer noch vor dem Fahnenmast. Ich konnte die Finninnen lachen hören, ich hörte sie noch, als ich schon außer Sichtweite war. Am Ende des Strandes, wo der Sand in dorniges Gestrüpp überging, gab es eine alte Fischerkate, die Tür war offen. Auf einem Tisch stand ein Wasserkrug, an den Wänden sah ich zwei Pritschen, eine Sturmlampe stand auf dem Boden. Vielleicht schlief sie hier, dachte ich. Vielleicht schlief sie bei offener Tür, die Kate hatte keine Fenster. Ich stellte mir alles genau vor, ein Pyjama, weiß wie die Träger ihres BHs, ihr Arm hängt von der Pritsche, so dass ihre Hand fast den Boden berührt, die Haare aufgelöst auf dem Kissen, das Kissen ein mit Stroh gefüllter Sack, der unter dem Gewicht des Kopfes nicht nachgibt, die Feuchtigkeit, die sich im Stroh sammelt und in ihre Träume dringt, Träume, in denen ein Junge den Strand hinaufkommt, sich der Tür nähert und an den Türpfosten gelehnt wartet, bis sie endlich wach wird und ihn sieht.

Ich begann zu schwitzen. Bei der Vorstellung, nicht vor heute Nachmittag hier wegzukommen, schien mein Brustkorb zu schrumpfen, ich bekam keine Luft mehr. Mir wurde übel, und in meiner Panik dachte ich, dass jede medizinische Hilfe, jeder Rettungshubschrauber zu spät käme. Ich fiel in den Sand. Ich versuchte, mich zu beruhigen. Das Wasser war klar. Die Sonne stand hoch. Es war warm. Ich war zufrieden mit meinem Leben, ich hatte nichts versäumt. Also war es egal, ob ich früher oder später starb.

Das half. Die Führung wollte ich nicht mehr mitmachen. Ich konnte mich ins Café setzen und die Überschriften der *Dagens Nyheter* erraten. Ich hatte das in der letzten Woche oft getan. Ich hatte in Cafés in Visby oder Slite gesessen und mir die Zeitungen angeschaut, und nach einer Weile hatte ich immer mehr Worte verstanden. Mittlerweile erfasste ich sogar, wenn es um einen Raubmord in der Nähe von Uppsala ging, einmal hatten zwei Jungen eine vierköpfige Familie in Stockholm mit Küchenmessern erstochen, ein andermal hatte die Integrationsministerin, eine zierliche, schwarze Frau, von den Ausländern in Schweden größere Anpassungsbereitschaft verlangt. Mein Schwedisch bestand hauptsächlich aus Zeitungsvokabular.

Der Rotblonde trottete in meine Richtung über den Strand. Er hatte Mühe, über die rutschigen Felsen hinaufzukommen. Er blieb stehen und gestikulierte. Aber ich tat, als wäre ich an den Wolkenformationen am Horizont interessiert, und ging dann wie absichtslos auf der anderen Seite der Bucht zum Museum hinauf.

Sie war schon dort. Sie saß auf einer Bank in der Sonne. Sie hatte sich an die Hauswand gelehnt, einer der Scouts stand vor ihr und sah ihr andächtig zu, wie sie beim Reden immer wieder ordnend in die Luft griff.

Als sie mich bemerkte, hielt sie mir die Hand hin und sagte auf Englisch: »Inez. Betonung auf dem e.«

Ich zögerte. Meine Hand schwitzte. Aber sie griff umstandslos zu. Ihr Händedruck war kräftig. Sie musste sich während ihrer Zeit auf der Insel, in der sie mit Männern und Vögeln arbeitete, diesen Händedruck angewöhnt haben. Er war eine sachliche Angelegenheit. Ich musste unwillkürlich daran denken, wie sie mit derselben Hand Vögel beringte, wie sie den Vögeln ins Gefieder griff, wie die Krallen ihre Finger umschlossen.

»Man könnte meinen, hier ist nicht viel los«, sagte sie. »Aber ich bin jetzt schon drei Jahre hier. Und es gibt immer was Neues.« Sie sah mich an. »Jungs wie du fahren doch lieber als Fruitpicker durch Australien!«

»Deshalb bin *ich* hier.«

»Was Besonderes also.« Sie tippte mit dem Finger anerkennend auf einen Punkt in der Luft.

»Ich habe keinen Bock auf Himalayas oder prekäre Lebensverhältnisse oder irgendeine abgefahrene Kultur.«

»Und ich wette, du bist auch nicht vom Bullerbü-Syndrom befallen«, sagte sie.

»Ich hatte mal Scharlach als Kind.«

Sie lachte. »Bullerbü ist Kitsch. Volkstümliche Verharmlosung. Aber du hast recht. Das kann hoch ansteckend sein. Wenn du willst, können wir übrigens aufhören, englisch zu reden«, sagte sie dann auf Deutsch. »Ich habe mich schon so daran gewöhnt, dass ich es manchmal vergesse.«

»Dann hättest du die Einführung auf Deutsch mit mir machen können.«

»In deiner Gruppe dürfte das außer dir keiner verstehen.«

»Es ist nicht meine Gruppe«, sagte ich.

»Auch noch ein Einzelgänger!« Sie lachte wieder und sagte auf Schwedisch etwas zu dem Scout, der im Museum verschwand und mit dem Modell eines großen, schwarzen Vogels zurückkam.

»Du bist doch auch nicht die einzige Deutsche hier, oder? Und trotzdem sind es nicht *deine* Leute.«

»Du glaubst gar nicht, wie viele deutsche Forschungsprogramme es in Skandinavien gibt.« Sie klappte die Flügel des Modells auf. »Die skandinavischen Forscher wandern deshalb schon in die USA ab. Deshalb oder weil sie den Regen satt haben«, sagte sie. »Sie haben den Regen satt, und wir Deutschen wollen die Naturidylle, den Bullerbü-Kitsch. Und jeder von uns tut so, als gebe es für unser Herumwandern irgendeine wissenschaftliche Notwendigkeit.« Sie stellte den Vogel mit geöffneten Schwingen auf die Bank. Die anderen kamen den Pfad zum Museum hinauf. »Wir alle gehen einfach dahin, wo es uns am besten gefällt. Die passende Notwendigkeit fällt uns schon ein.«

»Dann ist das hier ein heißes Forschungspflaster«, sagte ich.

»Was ist daran heiß?«

»Ich kann vor meinen globalisierten Kumpel mit den Forscherinnen auf Gotland protzen!«

»So jung und schon so gezielt auf Brautschau«, sagte Inez ironisch und stand auf. Ich kam mir idiotisch vor. »Tut mir leid«, sagte sie. »Ich muss dich trotzdem wieder Guido überlassen.«

Sie hatte Guido an diesem Tag die Führung der Tour übertragen, weil an ihrem Minitraktor die Kette gerissen war. Der Fährkapitän hatte ihr vom Festland eine neue mitgebracht und wollte sie einbauen, bevor er wieder ablegte. Als sie hinunter zum Kai ging, drehte sie sich noch einmal um. »Erik!«, rief sie und betonte das i, so dass auch mein Name auf einmal spanisch klang. »Im Museum liegen Infoblätter auf Deutsch. Nimm dir eines. Sie sind schlecht übersetzt, aber da steht alles drauf, was du wissen musst.«

Ich hatte mir eines genommen, und sie waren schlecht übersetzt, aber nichts von dem, was ich hätte wissen müssen, hatte auf diesen Infoblättern gestanden.

Später, wenn wir miteinander schliefen, tauchten diese ersten Eindrücke manchmal vor mir auf, und auch jetzt auf der Fähre, als die Insel in der Ferne verschwindet, kehren sie wieder. Die Festigkeit ihres Händedrucks. Ihr rauer Ton. Die Art, wie sie meinen Namen sagte. Auch ihr in der Sonne vor dem Fahnenmast bloßliegendes Gesicht taucht wieder auf. Im Bett, wenn sie auf mir war und in der Bewegung innehielt und ihr nachspürte, die Augen geöffnet, war ihr Gesicht nackt. Es war hart und wach, und es schien lange her, dass mir jemand erklärt hatte, Sex hätte mit Selbstvergessenheit zu tun. Selbstvergessen war Inez nie.

Jetzt löst sich ihre Gestalt in der Ferne über dem Wasser auf, verschwimmt, wird transparent, eine Lichtspiegelung. Wir haben nicht verabredet, uns aus dem Weg zu gehen. Wir haben überhaupt nichts verabredet. Wir haben nicht *auf Wiedersehen* gesagt oder uns die Hand gegeben oder umarmt. Wir haben uns nicht verabschiedet. Als würde sich das, was wir erlebt haben, nicht mit dem, was kommt, verbinden lassen. Oder als müsste es offen bleiben, für immer unbeendet.

Inez wird mit niemandem darüber reden, und ich werde Annegret nur das Nötigste erzählen, das, was eine Mutter unbedingt erfahren muss. Aber ich werde auch nie wieder sorglose Affären haben oder One-Night-Stands, die mit einem Milchkaffee morgens in der Küche einer fremden Wohngemeinschaft enden. Ich werde nicht mehr in gelben oder grünen Küchen sitzen und die nächtlichen Eskapaden für das natürlichste Abenteuer der Welt halten, sondern ich werde denken; man merkt mir etwas an, einen Fehler, eine Ungereimtheit, ich werde immer denken, dass ich hier nicht richtig bin.

Ich weiß nicht, was jetzt kommt. In manchen Nächten habe ich mir gewünscht, ich könnte die Zeit zurückdrehen und wieder der Junge sein, der glaubt, Tarotkarten würden ihm die Richtigkeit seiner Entscheidungen bestätigen. Man sucht sich seine Liebhaber nicht aus, hat Inez einmal gesagt, so wenig wie seine Eltern.

Als sie an jenem Tag zum Strand hinuntergelaufen war, um die Kette am Minitraktor auszuwechseln, hatte sich ihr der Rotblonde in den Weg gestellt. Er musste im Café auf sie gewartet haben. Er trat ihr entgegen und griff nach ihrem Arm. Er hielt sie so abrupt fest, dass sie herumgewirbelt wurde. Dann standen sie eine Weile da. Sie versuchte nicht, sich loszumachen. Ich sah ihn grinsen und den Kopf schütteln, ich hörte seine Stimme, aber nicht, worum es ging. Als Inez sich doch losriss und an ihm vorbei wollte, imitierte er jeden Schritt, den sie, ihm rechts oder links ausweichend, machte, so dass es aussah, als stünde sie vor einem Spiegel, der zwar nicht sie, aber jede ihrer Bewegungen wiedergab. Es hätte auch ein

Tanz sein können, eine seltsame Choreographie auf einem steinigen Strand, deren Rhythmus der Wind vorgab.

Von heute aus betrachtet, ist dieser Moment am Strand kein Tanz gewesen. Von heute aus betrachtet, war der Rotblonde vielleicht der Grund, warum ich an diesem Tag nicht zurückfuhr. Aber damals dachte ich das nicht. Damals stand ich vor dem Museum, sah Inez nach und hielt mit der linken meine rechte Hand, um ihren Händedruck möglichst lange zu spüren. Vielleicht bildete ich mir ein, meine Schwindelattacken könnten, seit sie mir die Hand gegeben hatte, für immer verschwunden sein.

Im Leuchtturm hatte ich ein schmales Zimmer gemietet, zuerst nur für eine Nacht, dann für die nächste. Auf diese Weise war ich eine Woche geblieben, immer nur noch für eine Nacht, für einen Tag, mein Rucksack stand gepackt in der Ecke. Jeden Abend dachte ich daran, am kommenden Nachmittag mit der Fähre zurückzufahren, jedesmal legte die Fähre ohne mich ab. Ich stand in diesem Leuchtturm am Fenster und wartete darauf, Inez vorbeilaufen zu sehen.

Ich blieb, obwohl ich meiner Mutter versprochen hatte, ihr beim Umzug zu helfen.

Meine Mutter hatte sich eine Wohnung im Zentrum gesucht. Bisher hatte sie noch in der Neubauwohnung aus den siebziger Jahren gelebt, in der ich aufgewachsen war, in einem dieser *Wohnklos*, wie man früher sagte, zwei Zimmer und Klo an der Ausfallstraße nach Neustrelitz. Die Wohnung war so klein, dass man im Wohnzimmer die Geräusche aus dem Bad hören konnte.

Die neue Wohnung lag in der Altstadt, nicht weit von der Konzertkirche entfernt. Meine Mutter würde abends ausgehen können, ohne sich um Busfahrpläne oder Taxikosten kümmern zu müssen. Sie würde ins Theater, ins Kino, in Bars gehen, sie würde Männer kennenlernen, und sei es nur für eine Nacht. Sie hatte schon lange keine Männer mehr kennengelernt. Sie hatte keine Männer mehr gehabt, solange ich mich an sie erinnern kann. Sie hatte es sich nicht gestattet. Sie musste von einem Moment auf den anderen damit aufgehört haben. Gelegenheiten hätte es genug gegeben. Sie war schön. Ich hatte als Kind oft gedacht, dass sie etwas Besseres verdient hätte als dieses Neubaugebiet, dass ihre Schönheit verschwendet wäre in diesen schäbigen Plattenbauten mit einheitlich gestrichenen Balkons, Männern in Rippenshirts und Frauen, die nach Buletten rochen und die ich dafür hasste, dass sie meine Mutter, nur weil sie auch hier wohnte, als eine der ihren betrachteten. Ich sah meine Mutter in einer dieser Fernsehserien, in denen blitzende Pools vorkamen und Menschen, die auf Sonnenliegen unter Palmen Cocktails tranken, was ich damals für den Inbegriff von Luxus hielt. Dort gehörte meine Mutter hin. Das sah man an ihren weiten Kleidern, das spürte ich in ihrem weichen, milden Duft, den sie auflegte, wenn sie das Haus verließ, das sah ich jedesmal, wenn sie sich in ihre Haare einen frischen Kastanienton hineinwusch. Mit ihrem ausgreifenden Schritt und den weit vor und zurück pendelnden Armen, was zusammen einen vollkommenen Rhythmus ergab, fiel sie auf. Aber selten hatte sie die Blicke, die sie trafen, erwidert. Anspielungen ignorierte sie. Und wenn sie in meiner Gegenwart einen Zettel zugesteckt bekam, sagte sie lachend: »Schon wieder einer, der seinen Tippschein auf den letzten Drücker abgibt.« Sie arbeitete bei der Post und nahm auch Lottoscheine entgegen. Erst als ich älter wurde, fiel mir auf, wie wenig ihre Arbeit bei der Post in das Bild von Pools und Cocktails passte.

Gelegenheiten hätte es beispielsweise im Sommer gegeben, auf den Grillfesten des Rudersportvereins. Meine Mutter war weder sportlich, noch hätte sie sich je in einem Verein angemeldet. Es war mein Vater, der verschwundene Mann, der dem Verein seines Betriebes beigetreten war, und meine Mutter fuhr zu den Grillfesten immer noch mit. Sie wurde jedesmal eingeladen, und ich habe nie herausgefunden, von wem. Sie gehörte dazu. Sie hatte sich mit einer alleinstehenden älteren Frau angefreundet, in deren geräumigem Hauszelt sie schlief, während ich mir mit zwei anderen Jungs ein Baumwollzelt mit Spitzdach teilte. Der Betrieb hatte ein eigenes Areal mit Sanitärgebäude und Volleyballnetz am Tollensesee. An den Nachmittagen fanden Kinderspiele statt; Sackhüpfen, Eierlaufen, Zwei-Felder-Ball. Die Kinder durften sich ihren Spielleiter wählen. Während meine Mutter, ihre Freundin und ein paar andere Frauen das Volleyballnetz straff zogen, Kippen und Wurstpellen aus dem grauen Sand fischten, stellten sich die Männer in einer Reihe auf. Sie trugen schlabbrige, braune Badehosen. Ich weiß nicht, ob braun in meinen Kindersommern in Mode war oder ob es die einzige Farbe war, die die Textilkombinate produzierten. Die Männer hielten Bierflaschen vor dem nackten Bauch. Sie kratzten sich unter den Achseln und rotzten in den Sand, um uns abzuschrecken. Nicht alle hatten Bock auf Kinder. Aber die Regeln standen fest. Einer von ihnen wurde ausgewählt. Wir tauften ihn Onkel Pelle, und Onkel Pelle hatte bis zum Abend Alkoholverbot und musste mit uns spielen. Er war Schiedsgericht und Kindergärtner in einer Person. Seine einzige Rettung bestand darin, nach der Wahl wegzulaufen. Aber sobald wir ihn erwischten, gehörte er uns.

Manchmal war unter den Männern einer, der sich nicht in Badehosen in die Reihe stellte, sondern in engen Jeansshorts und seidenem, über der Brust offenem Hemd. Wenn er da war, wollten wir ihn. Er rannte nicht besonders schnell, und ich erwischte ihn oft als Erster, und ich erinnere mich, dass ich das auf eine vage, verschwommene Weise für meine Mutter tat.

Aber weder zu ihm noch zu einem der anderen Männer stieg sie ins Boot. Sie ließ sich von ihrer Freundin über den See rudern, in Sonnenhut und Bikini, bevorzugt bei Sonnenuntergang. Die beiden kehrten spät zurück. Oft saßen sie noch lange am Ufer und rauchten.

Hätte meine Mutter Männer gehabt, hätte sie das kaum vor mir verbergen können. Neubrandenburg ist eine überschaubare Stadt. Sie wollte, dass ich nichts anderes in ihr sah als meine Mutter. Kindliche Liebe, fand sie, muss aufgefangen werden, sie braucht einen Halt. Sie hielt nichts von Müttern, die ihre Söhne früh zu Komplizen machen. Sie wollte keine Gleichheit zwischen uns. Sie nahm sich meiner Probleme an, was sie in umgekehrter Weise nie von mir verlangte. Wenn sie doch mal von Schwierigkeiten erzählte, wenn sie beispielsweise am vierten Advent nicht wusste, ob sie noch eine Gans für Weihnachten auftreiben würde, oder überlegte, ob sie sich zur Vorsitzenden des Kollektivs wählen lassen sollte, dann erzählte sie das als witzige Geschichte, die Geschichte einer Fremden, die ich gern hörte, aber sofort wieder vergaß. Männer hätten dieses Verhältnis gestört. Männer hätten den pubertierenden Sohn eines Tages die gleichen Sehnsüchte und Triebe an seiner Mutter entdecken lassen wie an sich selbst.

Sie musste sich das gut überlegt haben. Als ich schließlich zu ihr kam, hatte sie sich ihrer Rolle schon anverwandelt. Sie füllte sie perfekt aus. Bis heute weiß ich nicht, was für ein Mensch sie ist, was sie mag, was ich ihr schenken könnte. Ich weiß nur, was sie mag, wenn es um mich geht, und obwohl ich wusste, dass sie in unserer alten Wohnung schon zwischen gepackten Koffern und Bücherkisten saß, und obwohl es dieses eine Mal leicht gewesen wäre, ihr etwas zu schenken, war ich geblieben.

Der Leuchtturm stand am Ende des Pfades auf den Klippen. Zwischen Turm und Steilküste gab es ein Plateau. Sonnenstühle waren auf dem Felsen verteilt. Wind und Sonne hatten die Schonbezüge ausgebleicht. Vom Zimmerfenster aus konnte ich die Vogelfelsen sehen. Bei geöffnetem Fenster drangen die Schreie der Vögel laut zu mir herein.

Ich war nicht der Einzige, der geblieben war. Der Rotblonde bezog das Zimmer nebenan. Ich hörte ihn, wenn er seine Zimmertür aufschloss. Ich konnte die Sprungfedern quietschen hören, wenn er sich aufs Bett warf. Ich hörte ihn telefonieren. Er telefonierte immer erst nach Mitternacht. Das Licht in meinem Zimmer war ausgeschaltet. Ich lag im Halbschlaf in der hellen Nacht, hörte das Meer und dachte darüber nach, Inez am nächsten Tag auf ein Bier einzuladen.

Wenn der Rotblonde lauter wurde, mischten sich Wortfetzen in das gleichmäßige Anschäumen der Wellen. *Ich bin schließlich hierher geflogen, nicht du, und ich hasse fliegen, mein Lieber. … Du kennst mich doch. Ich werde mir was Schönes einfallen lassen. … Ich kann nicht lauter reden. … Wind? Natürlich ist hier Wind, ich bin in einem Leuchtturm!* Seine Stimme verklang. Ich träumte, Inez stünde am geöffneten Fenster, stünde an meinem Zimmerfenster und redete mit der Stimme des

Rotblonden, und dann war es der Rotblonde, der hinter ihr stand und ihr grinsend die Arme um den Bauch legte, bevor er heftig das Fenster schloss, und irgendwann musste ich eingeschlafen sein.

An jenem ersten Tag auf Stora Karlsö hatte Inez mich gefragt, ob ich sie zu den Brutstätten der Lummen begleiten wolle. Ich hatte sie auf der kleinen Terrasse vor dem Café unter einem der Sonnenschirme sitzen sehen. Die Tour war vorbei. Die Großfamilie lärmte am Strand. Es war vier. Bis zum Ablegen der Fähre blieb noch eine Stunde Zeit. Inez hatte einen Becher Kaffee vor sich und blätterte in einem Aktenordner.

»Erik«, sagte sie erfreut. »Komm her. Setz dich. Hat er brilliert? – Na, ich seh schon«, sagte sie. »Ich hätte die Führung doch selber machen sollen. Wenn du bleibst, kann ich dich heute Nacht mit zu den Vögeln nehmen.«

»Ich habe die Führung verpasst.«

»Nicht so schlimm.« Die Sonne beleuchtete Wacholderbüsche, Schafsdung, hartes Gras. »Das war sowieso nur die Touristenversion. Erst nachts ist hier wirklich was los. Setz dich doch.«

Die Weidezäune vor den schmalen Fenstern waren niedergetreten. Zwischen Farn und Stechginster lag verrottetes Feldgerät, das längst Teil dieser Landschaft geworden war. Der Schatten vom Vordach mischte sich mit dem Halbschatten des gelben Schirms.

»Nachts ist hier was los?«

»Lummensprung.« Ich sah eine Gänsehaut auf ihrem nackten Arm. Die Luft war kühl. »Wenn du Kaffee willst; der in der linken Kanne ist frisch gebrüht. Die andere steht schon seit heute Morgen auf der Wärmeplatte.«

»Was für ein Sprung?«

»Nachts werfen die Altvögel ihre Jungen aus dem Nest«, sagte sie. »Sie können noch nicht fliegen, deshalb springen sie hinunter. Eine Trottellumme lernt das Schwimmen vor dem Fliegen.«

»Aha. Und das müssen sie nachts lernen?«

»Tagsüber wären sie ein gefundenes Fressen für die Möwen. Die Möwen würden die Küken aus der Luft wegfangen. Deshalb warten die Altvögel, bis es dunkel wird.«

»Hier wird's doch nie dunkel«, sagte ich, legte den Rucksack auf die Bank und setzte mich daneben. »Sie haben also nur die Wahl, lebendig gefressen zu werden oder sich das Genick auf den Felsen zu brechen.«

»Sie brechen sich nicht das Genick, Erik. Die Natur hat ihre eigene Logik. Die kleinen Vogelkörper sind gepolstert. Sie haben eine Art Luftkissen um die Knochen. Wie ein Airbag. Das ist eine Attraktion. Überleg's dir.« Sie klappte den Aktenordner zu und legte eine Hand auf den Deckel. »Du bist keiner von diesen Hobbyornithologen, oder? Gut. Das sind nämlich die ganz Schlauen. Man sagt ihnen, Jungs, ich hab das studiert, und trotzdem glauben sie, ihre Feldstecher um den Hals machen sie zu den wahren Spezialisten.«

Sie trug einen breiten, silbernen Ring. Der Ring ließ ihre Hand schmal erscheinen. Es sah aus, als sei das Aderngeflecht ihres Handrückens an ihm befestigt wie die Schiffstaue an den Eisenringen am Hafen.

»Wenn du mich mit zu den Klippen nimmst«, hatte ich zu Inez gesagt und meine Stimme nicht ganz im Griff gehabt, »bleibe ich hier.«

»Sobald die Sonne untergegangen ist.«

Damals bildete ich mir ein, alles mit Sicherheit zu wissen. Und ich hätte das jedem, der es hätte hören wollen, auch mitgeteilt.

Ich bezog ein Zimmer im Leuchtturm. Ich öffnete das Fenster und sah lange über die Klippen aufs Meer. Am Ufer war das Wasser tiefblau, ehe es weiter draußen in immer dunklere, fast schwarze Farbschatten verlief, dann lichter wurde, silbern, und in der Ferne gleißend hell an den Horizont schloss. Es roch nach Tang und dem Holz der Fensterläden. Ich atmete tief die salzige Luft ein und hatte das Gefühl, dass etwas Neues begann, und ich sagte mir, wie dumm das war, wie pathetisch, wo es sich, nüchtern betrachtet, nur um Chemie handelte, um das Vorgefühl von Verliebtheit, denn ich war sicher, dass es das war, aber in dieser Stärke hatte ich eine solche Ahnung noch nie gehabt. Ich erinnere mich sehr genau an diesen Moment am Fenster. Ich war allein, vor mir die Ostsee, so weit, bis sie außer Sicht geriet, sich auflöste ins Nichts und auch ich mir losgelöst vorkam, schwebend, und gleichzeitig hatte ich das warme Holz unter den Händen, das mir ein Gefühl von Festigkeit und Stabilität gab, das Gefühl, den eigenen Körper gut auszufüllen.

Dieser Moment hat auch jetzt, wo alles vorbei ist, noch immer die gleiche Stärke. Er könnte ebensogut der Anfang gewesen sein.

Auf dem Bett lagen zwei Handtücher aus grobem Stoff. Ein Stück Seife lag in Papier gewickelt darauf. Ich wusch mir Hände und Gesicht und überlegte kurz, mich zu duschen, ehe ich bemerkte, dass es im Zimmer keine Dusche gab. Also zog ich mich bis auf die Unterhosen aus und spritzte mir Wasser über den Körper. Ich wollte sicher sein, dass keine

Spur von meiner Panikattacke zurückblieb. Im Hafen legte die Fähre ab.

Ich hatte Inez gesagt, dass mir ihr Name gefiel, dass es mir gefiel, wie sie ihn betonte, und ich hatte sie gefragt, ob sie sich das extra ausgedacht hätte, und sie hatte gesagt: »Ist dein Name nicht ausgedacht?«

Ich hatte ihr gesagt, dass meine Mutter mich nach meinem Großvater benannt hatte, und Inez hatte gesagt: »Na siehst du. Da hat sich doch auch jemand etwas für dich ausgedacht.«

Gegen elf Uhr abends hatten wir uns vor dem Museum getroffen. Die Sonne war untergegangen, überzog den Himmel aber noch mit orangefarbenem Licht. Auch um Mitternacht wurde es nicht dunkel. Inez hatte trotzdem eine Taschenlampe dabei. Sie trug Jeans und eine dunkelgrüne Jacke, später setzte sie ein Basecap auf. Wacholderbüsche standen am Weg. Ihre Umrisse waren gezackt wie die Ränder von Briefmarken. Je näher wir den Klippen kamen, desto schärfer roch die Luft. Die Steine waren weiß von Kot. Man hörte die Vögel. Anfangs klang es noch wie Geschrei aus Vogelkehlen, brüchige, hohe, einsilbige Laute, dann wurden die Schreie schriller. Es klang, als zerfetze ein schmaler Bohrer die Luft, als schneide sich Metall in Gestein und kreische im Abgleiten auf. Man konnte die Schatten der Vögel sehen, wenn sie auf den Felsvorsprüngen starteten und landeten, und ich sehe sie jetzt, während die Fähre sich immer weiter entfernt, wie schmelzende Kreuze über die Wellen gleiten.

»Pass auf, wo du hintrittst, Erik. Hier sind überall Felsspalten.«

»Ich habe schon lange keine Nachtwanderung mehr gemacht. Fehlen nur die Gespenster.«

»Mach die Taschenlampe an.«

Sie lief voran. Sie war geübt, und ich hatte Mühe hinterherzukommen.

Am Anfang des Pfades hatte noch getrockneter Schafsdung gelegen, der, wenn man drauftrat, sofort zerfiel. Weiter oben verschwand der Dung, und die Erde auf dem Pfad wurde dünner. Sie lag jetzt nur noch wie Papier auf dem Fels. Darunter konnte man den Körper der Insel sehen, Kalkstein, der sich aufgeworfen hatte zu Buckeln. An einer flachen Stelle wartete Inez auf mich.

»Rennst du immer so«, sagte ich, als ich wieder Luft bekam.

»Du musst kleine Schritte machen«, sagte sie. »Kleine Schritte und gleichmäßig. Und glatte Sohlen sind ganz schlecht. Das hätte ich dir sagen sollen.«

»Typisch Ossi.«

»Wieso?«

»Ossis haben einen entschlossenen Schritt. Irgendwie tough. Sie gehen immer so vorgebeugt, als wäre Gegenwind. Meine Trefferquote liegt bei achtzig Prozent.«

»Dem Klischee nach sind die Ossis die Jammerlappen.«

»Nicht die Frauen. Bei den Ossis sind die Frauen die toughen.«

»Das ist gut«, sagte sie und lachte. »Das werde ich auf der nächsten Konferenz mal als These vorstellen! Sie werden sagen, zum Verhaltensforscher fehlt da noch ein bisschen was.«

»Aber stimmt doch, oder? Du bist aus dem Osten.«

»Ich bin ein Zugvogel«, sagte sie. »Und ich hätte nicht gedacht, dass das in eurem Alter noch eine Rolle spielt.«

»Nee. Aber es erhellt die Forschungslage.«

»Und ich gebe in diesem Fall den Forschungsgegenstand ab.«

»Kann man so sagen. Aber keine Sorge. Ich gehöre auch dazu. Deswegen interessiert's mich.«

»Bist du nicht zu jung für einen Ossi?«

»Ich bin ein Erbe. Beim Mauerfall war ich fast fünf.«

»Da vorn kommt ein Felsvorsprung. Von dort hat man den besten Blick.«

»Dann lieg ich also richtig?«

»Du willst jetzt nicht die ganze Nacht mit mir über deine Herkunft debattieren, oder?«

Eine Steinplatte schimmerte auf. An einer Mulde mit Flechten und Moos blieb sie stehen. Wir setzten uns hin. Vor uns fiel der Felsen senkrecht ab.

»Und wo sind jetzt deine Kamikaze-Vögel?«, sagte ich.

»Immer mit der Ruhe.«

»Wahrscheinlich haben die Alten kapiert, wie grausam sie sind.«

»Duck dich in den Windschatten und sei still.«

»Wahrscheinlich fällt das Wunder heute aus«, sagte ich laut. »Ist ja auch unlogisch. Die Küken wissen, dass sie so einen Sturz niemals überleben.«

Es war so eng, dass meine Hand auf ihrem Oberschenkel lag. Sie lag da wie künstlich, wie eine Puppenhand. Ich hielt meine Klappe.

Die Vögel waren wieder lauter geworden. Sie kamen näher, kreisten tiefer über unseren Köpfen, stießen dicht über den Felsen herab. Dann sah ich die Jungvögel. Kleine Ballen, die von den Felsvorsprüngen rollten.

»Dort«, rief Inez. »Siehst du? Ein Wunder, das in den Genen gespeichert ist, fällt nicht so schnell aus.«

Überall sah ich sie jetzt. Jedesmal wenn sich auf einem Felsvorsprung ein Vogel schattenhaft aufrichtete, fiel einer dieser Bälle in die Tiefe. Sie sahen aus wie flauschige Kartoffeln. Sie drehten sich, taumelten im Sturz, bei jeder Drehung klaffte der Flaum auseinander, oder das waren aufgesperrte, kleine Schnäbel, *es sind die Schnäbel*, schrie Inez in das Schreien der Altvögel, das die Luft zerfetzte, sich ins Gehör schraubte, ins Hirn, Fels spaltete, bis vor Lärm alles still wurde, wie taub.

Inez neben mir bewegte den Mund. Ich verstand sie nicht, und als sie ihre Arme freigekämpft und sich meine Handgelenke gegriffen hatte, merkte ich, dass ich mir die Ohren zuhielt.

»... du nicht«, rief sie.

»Was?«

»Gegen eure Technopartys ist das doch nichts!«

»Was heißt hier eure?«, rief ich zurück und sprang auf, und das Gestein sprang vor mir zurück, buckelte, schlug Falten in der blassen Nacht. Ich rannte über die Steine, was mir wie fliegen vorkam, ich flog auf die Klippe zu, dem Himmel entgegen, dem tiefblauen Horizont, immer weiter hinein in diese irrsinnig helle Nacht, die wie eine Flüssigkeit war, als würde ich sie beim Einatmen trinken, ich flog diesem Gefühl des Neuen entgegen, dem Ungeahnten, ich schwebte, ich sah mich als Schatten neben den fallenden Vögeln, und das Nächste, was ich sah, nach zwei Minuten oder nach zwanzig, waren meine Füße. Blaue Chucks. Ich sah glatte Sohlen auf Steinen, die verschorft und scharfkantig und abschüssig waren, und hörte Inez. »Bist du verrückt, Erik? Das ist Kalkstein, Fossilien, Skelette, das kann jederzeit abrutschen.«

Meine Muskeln verkrampften. »Ein Tanz auf Skeletten«, brüllte ich in einem letzten Aufwallen dieser irrsinnigen Überdrehtheit, bevor mir kalter Schweiß ausbrach. Ich blieb starr stehen, ich versuchte, ruhig zu bleiben, zu atmen, die Hitze zu unterdrücken, ich versuchte, mich vorwärtszutasten, den Weg zu finden, den ich gekommen war, es schien unmöglich.

»Komm zurück!«

Alle Todesvorstellungen, die denkbar waren, rauschten gleichzeitig durch mich hindurch, und ich wusste, ich würde bei der kleinsten Bewegung den Halt verlieren, und ab ginge es in die Tiefe.

»Sag mal, du Erbe des Ostens, hast du nicht eine historische Verantwortung? Du kannst nicht einfach lebensmüde in den Klippen rumrennen!«, rief Inez, schon näher. »Alles in Ordnung?«, sagte sie, als sie bei mir war. Mein Gesicht war schweißnass. Sie packte mich fest an den Schultern. »Ganz ruhig. Schön langsam einen Fuß vor den anderen. Du hast alleine hier hochgefunden. Da werden wir gemeinsam auch wieder zurückfinden.« Ich zitterte. »Bleib hinter mir. Geh in meinen Fußstapfen.«

Sie hielt meine Hand, während sie sich langsam Schritt für Schritt vortastete.

»Was sollte das denn?«

Keinen halben Meter neben uns ging es sechzig Meter in die Tiefe. Die Felsen waren mit schwarzen Flechten bedeckt. Sie wirkten rau, frostig und unberührt, als wären sie nie begangen worden.

»Was würde deine Freundin zu diesem Todesmut sagen?«

»Wenn ich eine hätte, hätte ich sie mitgenommen.«

»Wäre vielleicht besser«, sagte Inez, »wenn du eine hättest.«

Dann redeten wir nichts mehr. Irgendwann erreichten wir sicheren Boden. Moos. Erde. Einen Pfad. Es war nicht der, auf dem wir gekommen waren. Inez nahm ihr Basecap ab.

»Na also.« Sie wischte sich über die Stirn. »Alles klar mit dir?«

»Tut mir leid«, sagte ich.

»Ja. Schon gut.« Sie setzte ihr Basecap wieder auf, winkte mich voran. »Beim ersten Mal entzündet es bei allen den Traum vom Fliegen.«

»Aber nicht alle fliegen die Klippe runter.«

»Ich nehme auch nicht alle mit«, sagte sie, auf einmal unwirsch. Ich hatte ihr den Moment mit den Jungvögeln versaut. »Da vorn ist der Leuchtturm. Ich bieg hier ab, du findest den Weg.«

Bei meiner Arbeit im Jugendprojekt hatte ich gelernt, dass Menschen, die das Leben auf die harte Tour kennengelernt haben, oft beherrschter sind als andere. Die Kids im Projekt waren noch jung. Aber es gab schon einige unter ihnen, die zu sich selbst eine Distanz entwickelt hatten. Sie machten zwar das, was die anderen machten, sie rauchten oder warfen Ecstasy ein, aber es war, als ob nur ihre Körper daran beteiligt waren. Die Hand schien eigenständig die Zigarette zum Mund zu führen. Das Gesicht zog sich in die Breite, schien aber ohne Verbindung zum Lachen zu bleiben. Sie hatten sich hinter mechanischen Bewegungen verschanzt und achteten darauf, dass nichts in ihren kaputten Innenraum vordringen konnte.

So empfand ich Inez nach den ersten Tagen unseres Zusammenseins. Sie zog sich zurück. Sie ging mir aus dem Weg. Es schien, als wollte sie auf einmal nichts mehr von mir wissen. Von einem Moment auf den anderen wandte sie sich ab, verschwand wortlos im Büro, setzte sich auf den Minitraktor und ließ den Motor an. Ich hatte sie in der Nacht auf den

Klippen genervt, dachte ich, und jetzt hatte sie keine Lust mehr, sich mit mir zu beschäftigen. Aber dann sah ich sie am Strand winken und bildete mir ein, sie würde zu mir herübersehen. Sie trug ein weites, leichtes Hemd, das der Wind blähte. Ein andermal lief sie weiter, als wäre ich nicht da oder als machte der Wind mich unsichtbar.

Sie mochte den Wind. Das sagte sie mir später. Sie mochte sein ständiges Auf und Ab, das leise Aufrauschen der Baumblätter im Inneren der Insel oder die Wirbel über der Steilküste, wo sich der harte, glatte Strom, der über die Ebene fegte und das kurze Gras zu Boden drückte, mit dem Aufwind mischte.

Es war dieser Wind, der sie am Anfang verrückt gemacht hatte, der Wind, der in Böen herankam und den Kopf aufwühlte und ihr die Insel, diese Zuflucht, beinahe vergällt hätte, bis sie verstanden hatte, dass der Wind es möglich machte, sich zu entziehen. Sie empfand ihn als natürlichen Schutz. Er bilde eine akustische Mauer, sagte sie mir, Menschen, die zu ihr durchdringen wollen, halte er ab, Antworten verwehen, Fragen bleiben unvollständig. Wenn sie bei Rückenwind eine Gruppe über die Insel führte, ging sie voran. Sie wollte nicht in Gespräche verwickelt werden. Kam der Wind von vorn, drehte sie das Spiel um. Aber das alles wusste ich am Anfang nicht.

In den Tagen, die dem Ausflug auf die Klippen folgten, kam ich nicht an sie heran.

Ich ging schwimmen. Ich wusch meine Sachen im Meer und legte sie zum Trocknen auf die Felsen. Ich achtete darauf, dort schwimmen zu gehen, wo Inez mich von ihrem Bürofenster im Museum aus sehen konnte, ich legte mich auf die Steine. Auf dem Wasser trieben Federn und weißer Schlick.

Sportler waren im Hafen angekommen. Sie zogen kurzärmelige Neoprenanzüge an. Später sah ich sie in roten Hochseekajaks um die Insel jagen, neben ihnen im Motorboot stand der Trainer mit einem Megaphon. Ich sah zu, wie sie sich quälten, ich hörte den Knall, mit dem die Kajaks, von den Wellenkämmen herabgeschleudert, abprallend auf dem Wasser aufsetzten, während meine Badehose langsam trocknete und der Himmel noch blauer wurde und ich für eine Weile alles andere vergaß.

Als ich die Augen wieder öffnete, saß der Rotblonde neben mir.

»Habe ich Sie geweckt?«

Ich schnellte hoch, aber die Sonne blendete mich.

»Und wenn schon.« Ich ließ mich auf einen Ellbogen zurückfallen.

»Der warme Wind, nicht wahr. Diese Meerluft. Das legt sich alles so schön um die Schläfen. Ich könnte auch ein Nickerchen machen.«

»Ich wollte gerade schwimmen gehen.«

»Sie sind jung.«

»Ich werde auch in zwanzig Jahren noch schwimmen gehen.«

»In zwanzig Jahren wird hier niemand mehr schwimmen. Dann ist das ein stinkendes Schwefelloch.«

»Sagt wer?«

»Tun Sie nicht so. Unsere Inselwärterin redet von nichts anderem! Das müssten Sie doch wissen. Sie sind doch ganz eng mit ihr.«

»Inez? Die habe ich grade erst kennengelernt.«

»Sie wurden schon zu diesem Spektakel in die Klippen geführt.«

»Ja und?«

»Ich habe sie beide losgehen sehen«, sagte er. »Und da Inez mich noch nicht mitgenommen hat, vermute ich, dass dieser Ort etwas Besonderes ist. Sie zeigt ihn nur guten Freunden. Sie sind aus Deutschland, nicht wahr? Berlin, nehme ich an?«

»Kommt doch jeder aus Berlin, wenn er Deutscher im Ausland ist«, sagte ich, *und jetzt verschwinde, du Chorkind*, aber das half nicht.

»Ganz schlechter Witz.« Er kniff die Augen zusammen. »Könnte von mir sein. Ich finde es übrigens schön, im Ausland auf Landsleute zu treffen. Würde es Ihnen etwas ausmachen, mich einmal dort auf die Klippen zu führen? Ich bin sehr an diesen nächtlichen Ereignissen interessiert. Inez fährt, wie ich gehört habe, für zwei Tage nach Visby, um Material zu besorgen. Heute oder morgen wäre also eine gute Gelegenheit.«

Ich lachte. »Sie meinen, Inez soll nichts davon erfahren?«

»Frauen können manchmal eigen sein«, sagte er.

»Aber wenn Inez nicht will, dass Sie da hoch gehen, wieso sollte ausgerechnet ich dann Ihr Komplize werden?«

»Weil Sie nett sind, und weil Sie den Weg kennen.«

»Das reicht nicht.«

»Im Tiefenbecken vor Gotland platzen ununterbrochen Schwefelwasserstoffblasen. Bald gibt es hier nur noch Gift.«

»Ich soll also den Mund halten.«

Er zuckte mit den Schultern. »Manche Streiche erfordern eine gewisse Geheimhaltung. Das macht das Leben erst interessant.« Und dann lachten wir, er ein bisschen heftiger, pustend und aus einem mir nicht ganz klaren Grund.

»Was wollen Sie überhaupt da oben?«

Sein Lachen setzte aus. »Was wollten Sie denn da?«

»Oh, Mann«, sagte ich, legte mich zurück und verschränkte die Arme unter dem Kopf. »Ich wollte eigentlich gerade ein bisschen in der Sonne vor mich hindösen.«

»Gleich, mein Lieber, ich lasse Sie gleich Ihr Nickerchen machen. Ich vermute aber, dass Sie nicht zum Dösen auf diese Insel gekommen sind.«

»Nee«, sagte ich. »Um mir Kamikaze-Vögel anzugucken.«

Ich hörte, wie er aufstand, sich die Hosen abklopfte und sagte: »Dann melden Sie sich doch bitte heute Abend bei mir.«

Ich vermied es, vor Mitternacht in mein Zimmer zu gehen. Ich lief in die Wiese hinein, zwischen Wacholderbüschen hindurch, ich hatte die *Dagens Nyheter* dabei. Ich suchte mir einen Aussichtspunkt. Ich las bis zum letzten Licht und saß dann noch eine Weile da, und als ich zurückkam, war das Fenster des Rotblonden dunkel.

Hier auf der Fähre, im Geruch nach Abgasen, Tang und feuchtem Teppich und mit dem Abstand von drei Monaten, scheint es ganz unnütz, sich zu fragen, ob es einen bestimmten Moment gegeben hat, in dem dieses Fieber, das noch immer andauert, begann. Ob es mit einem Mal da war und ob der Rotblonde es ausgelöst hatte, oder ob solche Fragen nur Splitter sind, die man einsammelt, Splitter auf dem Weg, den man gekommen ist und den man jetzt versucht, zurückzuverfolgen, den ich versuche, zurückzuverfolgen, um einen Anfang zu rekonstruieren, den Anfang einer Geschichte, die, wie mir scheint, die Geschichte eines anderen ist, nicht meine. Es sind Splitter, die sich nie ganz und deshalb auf die unterschiedlichste Weise aneinanderfügen lassen. Und doch kann nicht einer dieser rekonstruierten Anfänge verhindern, dass die Erinnerung an Inez und an ihre Hütte am Strand, in der es immer ein bisschen nach Kaffee roch, mit jedem Mal schwächer wird. Ich werde nie herausfinden, ob ich das, was geschehen ist, hätte verhindern können, weil ich bereits ein Teil davon war, ehe ich es wusste. Nur eines weiß ich jetzt noch mit Sicherheit: Wenn die Fähre in Klintehamn anlegt, wird von all dem nichts weiter übrig geblieben sein als ein Farbring zur Kennzeichnung der Vögel, den Inez mir mitgegeben hat, und eine Aktentasche. Aber in der Aktentasche sind Dokumente über ein Leben, das nicht mich betrifft, sondern andere.

Vielleicht wäre ich ohne den Rotblonden schon nach ein paar Tagen wieder abgefahren. Inez beachtete mich nicht. Niemand beachtete mich. Die Scouts machten jeden Tag ihre Tour. Die Fähre kam und fuhr wieder ab. Die Insel lag da in ihrer windigen Eintönigkeit. Morgens blieb ich im Bett. Ich langweilte mich. Hätte der Rotblonde mich nicht so belagert, hätte ich aufgegeben. Ich hätte Inez nie aufs Plateau eingeladen. Ich war gekränkt.

Am Abend bevor Inez aus Visby zurückkam, klopfte er bei mir an. Er stand in Jacke und Schal vor meiner Tür. Er wirkte ungeduldig.

Und weil ich nichts Besseres vorhatte, ging ich mit ihm denselben Pfad wie zuvor mit Inez. Der Aussichtspunkt auf den Klippen lag östlich vom Leuchtturm. Wir liefen den Pfad zuerst ein Stück abwärts in Richtung Strand und stiegen dann an einer kleinen Abzweigung, die von Schafshufen ausgetreten war, zum Aussichtspunkt hinauf. Er lag nicht sehr versteckt, und der Rotblonde hätte ihn auch allein finden können. Im Grunde war es egal, von welchem Punkt auf der Klippe man sich den Lummensprung ansah, die Vögel nisteten überall in der Steilwand. Aber ihm schien es wichtig. Also führte ich ihn an die Stelle, von der aus ich mit Inez über die Felsen zur Mulde geklettert war. Dort blieben wir stehen.

Die Vögel hatten sich am Abend zu Tausenden auf dem Wasser vor der Steilwand versammelt. Die Wellen hoben die schwimmenden Tiere an und ließen sie wieder herunter, und es sah aus, als wären es nicht die Wellen, sondern eine rhythmische Bewegung, die jeder einzelne Körper in der dunklen Masse der Vögel in regelmäßigen Intervallen vollzog. Der Lärm stieg gewaltig zu uns hoch. Von den Rändern der bewegten Masse kamen immer wieder Tiere zurück zur Klippe geflogen, sie stießen ihre grellen Schreie aus, es stank nach Kot.

»Beim ersten Mal entzündet es bei allen den Traum vom Fliegen«, rief ich.

Auf einem Felsvorsprung nicht weit von uns hockten zwei graufleckige Vogeljunge. Sie reckten ihre Hälse über die Kante, bis eines von ihnen das Gleichgewicht verlor und fiel. Das Küken, das zurückblieb, torkelte. Es drohte, auf die Seite zu schlagen, Kopf und Hals schon über der Tiefe. Sein Körper zitterte, der Wind blätterte im Flaum. Es wurde von einer ausgewachsenen Lumme, die sich flügelschlagend hoch aufrichtete, ebenfalls über die Kante gescheucht. Der Rotblonde schob die Hände in die Taschen.

»Das ist alles?«, sagte er.

»Dachten Sie, hier gibt's 'ne Würstchenbude?«

»Wenn das alles ist, können wir wieder umkehren. Ich bin nicht so für Natur.«

»Ich dachte, Sie wären ganz scharf drauf.«

»Ich habe gesehen, was ich wollte«, sagte er lächelnd. »Ich kann auf Sie zählen, mein Lieber. Sie sind bereit, einem Landsmann zu helfen.«

Ich kickte einen Kothaufen weg. »Und Inez? Mit einer Landsmännin haben Sie's nicht so oder was?« *Glaubst du Chorkind, du kannst mich gegen sie ausspielen*, der Kot zerfiel zu weißem Staub.

»Ach, kommen Sie!« Er stieß mich leicht in die Seite. »Sie sind doch nicht einer von diesen politisch überkorrekten, aber noch ungefestigten jungen Männern?« Seine Augen schimmerten. »Wissen Sie«, er nahm vertraulich meinen Arm, »es ist mir einfach zu laut hier. Man versteht ja sein eigenes Wort nicht!«

Er versuchte, lässig neben mir herzuschlendern, was wegen der Felsen schwierig war.

»Jetzt seien Sie nicht gleich beleidigt. Ich wollte Sie nicht in die Irre führen, mein Lieber. Oder nur ein wenig. Nur um herauszufinden, mit wem ich es zu tun habe.«

»Sie hätten auch einfach fragen können, wie ich heiße.«

»Erik, nicht wahr? – Sie haben sich am Fahnenmast doch allen vorgestellt.« Er lächelte. »Ich bin, wie Sie sich sicher schon denken, nicht auf Urlaub hier. Ich habe geschäftlich zu tun. Und da man nicht sehr entgegenkommend ist, würde ich mich gern ein bisschen an Sie halten. Etwas menschlicher Anschluss tut der Seele gut. – Feldberg mein Name.« Er stieß die Hacken zusammen, geriet aber wegen der Felsen ins Taumeln. Dann streckte er mir die Hand hin. »Rainer Feldberg. Ist keine Schnapssorte, auch wenn's so klingt. Aber vielleicht könnten wir abends immer mal was zusammen trinken?«

Wir standen in den Klippen und gaben uns die Hand, was merkwürdig aussehen musste, schattenhafte Gestalten, die in der Felsöde Förmlichkeiten austauschten. Seine korrekten Hosen, sein weißer, runder Hut, der einen Knick in der Mitte des Schirms hatte, ließen ihn irgendwie hilflos aussehen. Er stand tiefer als ich und musste zu mir hochschauen. Er starrte mich mit seinen graublauen Augen an.

»Klar«, sagte ich und schüttelte seine Hand.

»Das freut mich. Und was macht so ein junger Mann wie Sie hier? Sagen Sie nicht, Sie interessieren sich für Lummen, da könnten Sie mir gleich was vom Elch erzählen.« Er lachte über seinen Witz. »Haben Sie Liebeskummer? Sind Sie Melancholiker? Bergman-Fan? – Sagen Sie bloß! Den Bergman habe ich mal richtig gemocht. Der wusste noch, wie man den Leuten ihr Geheimnis lässt. – Müssen wir hier entlang?«

Man sieht Menschen nicht immer gleich alles an. Man sieht es vor allem nicht, wenn das, was man sehen müsste, die eigene Vorstellungskraft übersteigt, und ich ging damals noch stark von mir selber aus. Ich versah jeden, den ich kennenlernte, mit dem, was ich für meine Eigenschaften hielt. Nicht jeden fand ich sympathisch, dachte aber, dass die meisten Menschen gleichermaßen klug, sensibel und stolz seien wie ich und ebenso selbstbezogen. Heute wirkt diese Selbstbezogenheit niedlich. Sie war unbewusst, und ich wäre nie darauf gekommen, dass sie eine Schwachstelle war.

Vielleicht hatte Feldberg damals schon über Ressourcen gesprochen, Ressourcen, die aufgetan, angezapft, ausgeschöpft werden müssten, Ressourcen, die man nicht genug wertschätzen könne, ein immaterielles Gut, wofür ein besonderes Gespür nötig sei. Vielleicht fing er bei unserem Abstieg davon an.

Er fragte mich, wie ich mein Geheimnis beschreiben würde.

»Welches Geheimnis?«

»Das Wesentliche, mein Lieber. Lassen Sie es mich einfach sagen. Sie sind noch etwas ungefestigt in Ihrer Haltung zur Welt, das ist deutlich. Aber es ist auch Ihr Gewinn. Darf ich raten? Sie sind nicht der draufgängerische, sondern der sensible Typ. Deshalb sind Sie hier.«

»Ich bin hier, weil's mir im Süden zu heiß ist.«

»Na! So einfach kommen Sie mir aber nicht davon. Behaupten Sie nicht, Sie hätten noch nie ein bisschen weiter gedacht. Das ist ein menschliches Lieblingsthema! Von früh bis spät sind die Leute damit beschäftigt, herauszufinden, wer sie sind. Dafür sind sie Mitglied in Sportklubs, lesen Horoskope oder Schönheitsartikelchen, und besonders gern bereden sie das Geschlechterthema. Ganze Abende werden damit verbracht, darüber zu debattieren, wie Männer sind und wie Frauen sind. Das gibt ihnen eine sichere Verankerung. Nehmen Sie jede beliebige Kultur, jede Gesellschaftsordnung. Nehmen Sie die Kommunisten oder die Konsumisten –« Wieder lachte er über seinen Witz. »Es geht immer nur um eines: die Bestätigung des Ich. Und soll ich Ihnen was verraten? Das ist so, weil dieses Ich gar nicht existiert. Weil es ein Hirngespinst ist. Eine Behauptung. Aber wenn Sie wollen, reden wir nicht über Sie, reden wir über Inez. Was sagen Sie zu der?«

Vielleicht hörte ich ihn auf unserem Abstieg durch die Felsen zum ersten Mal von *Ressourcenallokation* reden, eines seiner Lieblingswörter, davon, *das Wenige, was man hat, nutzbringend einzusetzen.* »Die meisten vertrauen dem, was der Zufall bringt. Wenn die Leute aber vom Zufall reden, wenn sie sagen, etwas wäre zufällig passiert, dann sagen sie etwas darüber, was sie erwartet haben und dass diese Erwartungen nicht eingetroffen sind. Das sind wichtige Informationen. Da zeigen sich Einstellungen, Träume, Vorlieben. Und dieses Ergebnis ist optimierbar. Sie merken, Sie haben mich fest im

Sattel eines meiner liebsten Steckenpferde erwischt.« Er umrundete einen Wacholder, der den Pfad an dieser Stelle versperrte. »Natürlich«, sagte er, »ist den Menschen unbedingt ihr Geheimnis zu lassen. Aber gleichzeitig sind ihnen die Informationen über ihre Träume und Vorlieben zugänglich zu machen, wodurch ja das Geheimnis im Grunde erst entsteht. Sie werden sich selbst zum Rätsel, verstehen Sie. Sie rätseln an sich herum, sie werden immer noch mehr über ihre Person wissen wollen, und *das* nenne ich dann nutzbringend eingesetzt.«

Alles Rekonstruktionsversuche.

Eine seiner Ressourcen war ich.

Am folgenden Tag kam Inez aus Visby zurück, ich traf sie nachmittags im Museum. Ich hatte schlecht geschlafen. Ich war mehrmals nachts aufgestanden, hatte mir schließlich in der kleinen Gemeinschaftsküche im Leuchtturm ein Brot gemacht und darauf gewartet, dass die Sonne aufging, was sie gegen zwei auch tat. Später war ich doch eingeschlafen und hatte das Zimmermädchen und Rainer Feldbergs morgendliche Geräusche verpasst.

»Die Trottellumme ist an ihrer Oberseite schwarz, an der Unterseite weiß. Im Winter zieht sich diese weiße Färbung bis auf den Kopf hoch.«

Die Jalousien im Vortragsraum waren heruntergelassen. Inez stand vor einer Gruppe von Touristen, einen Laptop neben sich auf dem Tisch.

»Sie hat eine Länge von 38 bis 45 Zentimetern. Damit ist sie die größte unter den Lummen und die schwerste.« Inez war konzentriert. Gleichzeitig strahlte sie eine Gelöstheit aus, die sie elegant erscheinen ließ, eine Eleganz, die unabhängig von ihrer Kleidung war. »Die Trottellumme ist ein Hochseevogel, der nur zum Brüten Klippen besiedelt. Zum Starten und Landen brauchen die Tiere eine lange Strecke über offenem Meer. Wenn sie von den Klippen starten, machen sie sich die Luftströmungen zunutze.«

Inez klickte auf die Maus, und auf der Leinwand hinter ihr erschien ein Foto.

»Auf diesem Bild wird das Missverhältnis zwischen der relativ geringen Spannweite der Flügel und dem schweren Körper der Vögel deutlich. Ihren watschelnden ungelenken Gang an Land hat man öfter mit dem der Pinguine verglichen, was aus wissenschaftlicher Sicht nicht ganz korrekt ist. Und hier«, sagte sie mit einem erneuten Mausklick, »sehen Sie, wie die Jungvögel im Juni von den Brutfelsen springen, noch bevor sie flügge sind. Sie haben einen weichen Knochenbau und überleben die Stürze. Von den Felsen am Ufer aus gelangen sie ins Meer, und dort werden sie von den Eltern weiter betreut.«

Als Inez sich zur Leinwand drehte, sprang ein Jungvogel von ihrem Wangenknochen.

»Und wie erkennen die sich?«, fragte ich. »Wie erkennen die in diesem Tumult ihre Eltern wieder?«

Inez sah zu mir herüber. Sie sagte nichts, als würde sie erwarten, dass die Antwort aus dem Publikum käme, aber das Publikum drehte sich nur zu mir um.

»Das ist Erik«, sagte sie schließlich in die Runde, »er macht hier ein Praktikum. Und jetzt werde ich Ihnen noch das Brutverhalten erklären, und dann gehen wir ins Freiland.«

Ich habe mir in diesen Tagen oft vorzustellen versucht, wo Inez aufgewachsen war. Aus welchen Verhältnissen sie kam, welche Freunde sie hatte. Es wäre leichter gewesen, mich ihr zu nähern, wenn mir ein Thema eingefallen wäre, das uns beide hätte interessieren können, aber alles, was sie zu beschäftigen schien, waren die Vögel, und damit kannte ich mich nicht aus.

»Macht Rainer Feldberg das gleiche Praktikum wie ich?«, fragte ich, als die Gruppe draußen war.

»Ich musste deinen Aufenthalt irgendwie begründen.«

»Wieso sollten sich die Touris für mich interessieren?«

»Die Touris nicht. Aber der Verein, dem diese Insel gehört. Sie ist in Privatbesitz und eines der ältesten Naturschutzgebiete der Welt. Mehr als drei Übernachtungen sind Fremden nicht gestattet. Du bist jetzt schon eine Woche hier.«

»Rainer Feldberg auch.«

»Dieser Mann hat eine spezielle Erlaubnis. Er kann so lange bleiben, wie er will.«

»Was dir nicht besonders zu gefallen scheint.«

»Ob mir das gefällt oder nicht, spielt überhaupt keine Rolle«, sagte Inez und klappte den Laptop zu. »Erste Amtshandlung deines Praktikums: Jalousien aufziehen, Stühle hochstellen, und dann meldest du dich bei Guido im Büro.«

»Das ist nicht dein Ernst.«

»Es ist mein voller Ernst. Du besorgst dir was zu tun. Oder du nimmst heute Abend die Fähre.«

Inez hatte den Laptop in ihrer Ledertasche verstaut, war zur Tür gegangen, und als ich noch überlegt hatte, ob ich das als Rausschmiss oder als Angebot verstehen sollte und ihr hinterher rief: »Ich bin doch nicht zum Arbeiten hier!«, war sie bereits an der Spitze der Gruppe zwischen den Wacholderbüschen verschwunden.

Ich hatte in diesen ersten Tagen versucht, mir vorzustellen, wo sie herkam, aber kein einziges Mal hatte ich mich gefragt, was sie an dieser Insel anziehend fand. Seit drei Jahren war sie hier. Im Sommer wechselten häufig die Scouts, im Herbst blieb sie allein, im Winter zog sie in eine Wohnung in Visby. Ich hatte mich auch nicht gefragt, ob es wirklich ihre Forschungen waren, die sie hielten, oder ob diese Forschungen nur ein Vorwand waren, *eine passende Notwendigkeit,* die einem *schon einfallen wird,* wie sie anfangs gesagt hatte.

Ich weiß jetzt, dass ihr die Anwesenheit Rainer Feldbergs nicht nur *nicht gefiel.* Gefallen oder nicht waren die falschen Kriterien, um ihre Gefühle zu beschreiben. Gefallen oder nicht, das war viel zu schwach, um zu erklären, was in ihr vorging, als sie Rainer Feldberg an jenem Junitag von der Fähre kommen sah.

Sie habe ihn über den Kai laufen sehen, erzählte sie mir später, als sei er der einzige Passagier gewesen. Sie habe sein vom Schweiß dunkles Haar gesehen, seine abgewetzte Arzttasche. Sie habe etwas gebraucht, um sich festzuhalten, und nach meinem Arm gegriffen.

Sie hatte nicht nach meinem Arm gegriffen, weil der Kai schmal war. Sie fasste nach mir, als ihr klargeworden war, dass mit dem Auftauchen Rainer Feldbergs der Grund, auf Stora Karlsö zu sein, hinfällig wurde.

»Jemand hier, der kein Schwedisch kann?«, hatte sie vor dem Fahnenmast in die Runde gefragt. Rainer Feldberg konnte kein Schwedisch. Rainer Feldberg hatte aber nichts gesagt, er hatte nur einen Mundwinkel hochgezogen und die Hände langsam in die Hosentaschen geschoben. Er habe andeuten wollen, dass sie sich schon etwas Besseres einfallen lassen müsse, sagte Inez zu mir, dass sie ihn mit so einem einfachen Trick nicht loswerde.

Das weiß ich jetzt. Ich weiß auch, warum Inez am Anfang

so freundlich zu mir war, warum sie mich einlud zu bleiben. Sie wollte mit diesem Mann nicht allein sein. Sie wollte, dass außer ihm noch jemand blieb, wenigstens in der ersten Nacht, nur deshalb nahm sie mich mit auf die Klippen.

Sie wollte ihn nicht wahrhaben.

Normalerweise hätte ihr das Schwierigkeiten gemacht. Es widersprach ihrer systematischen Art, Probleme anzugehen, Ereignisse, die sie betrafen, von allen Seiten zu betrachten, nicht der erstbesten Antwort zu trauen, sondern nach den Ursachen zu forschen. Ihr erster Impuls wäre es gewesen, sich mit einer Thermoskanne Kaffee in die Felsen zu setzen, weit oben, auf der den Vogelkolonien abgewandten Seite und ihren Ängsten auf den Grund zu gehen. Aber sie versagte sich das. Sie hätte zurückschauen müssen. Sie hatte schon lange, bevor sie auf diese Insel gekommen war, versucht, nicht mehr zurückzuschauen. Aber erst hier war ihr das zum ersten Mal wirklich gelungen, wie ich heute weiß.

Als sie Rainer Feldberg von der Fähre kommen sah, war sie längst ein anderer Mensch.

Sie hatte den Laden dichtgemacht, wie einer der Scouts zu mir sagte.

Kaltes Herz und schmutzige Hände, das Gegenteil eines Tschekisten, wie Rainer Feldberg zu einem späteren Zeitpunkt sagen würde.

Wie schwierig es ist, beim Zurückschauen chronologisch vorzugehen, wird mir erst jetzt klar, im Schwanken der Fähre, mit Blick auf die Strudel, die die Schiffsschraube auswirft und hinter uns lässt, da ich nicht mehr auf den Tag oder die Woche genau sagen kann, wann jeweils das eine oder andere geschah.

Beispielsweise kann ich nicht mehr sagen, wann ich den ersten toten Vogel fand.

Es könnte noch im Juni gewesen sein, an einem dieser sonnengesättigten Tage, als ich das Gefühl hatte, Inez ginge mir aus dem Weg. Ich versuchte, mich an das Geschrei der Lummen, der Tordalken und Möwen zu gewöhnen, an die schrillen Echos in den Felsen, die anschwollen mit jeder Landung, bei der die Tiere brachial in die brütenden Artgenossen hinein krachten, an das aufgescheuchte harte Flattern. Nur langsam begann ich den Geruch zu vergessen, den Kot und die Federn überall, den am Ufer angeschäumten Schlick, der nach Fisch und nach der Fäulnis unterm Blautang roch. Ich machte die einfachen Arbeiten. Ich räumte das Büro auf, säuberte Hängewaagen von der Salzschicht, die sich auf dem Display abgesetzt hatte, oder ich half den Scouts und der Praktikantin draußen auf ihrem Beobachtungsposten beim Datensammeln. Wir saßen jeweils vier Stunden hinter dem Spektiv und starrten Nester an, die nichts als nackte Felsvorsprünge waren, auf denen ein Ei lag. Die brütenden Vögel trugen nummerierte Farbringe am Bein, und wir schrieben auf, welche Nummer losflog, wann sie wiederkam und wie oft das Pärchen sich beim Brüten abwechselte. Wenn es regnete oder windig war, konnten wir nicht draußen arbeiten, und ich gab das, was wir aufgeschrieben hatten, in den Computer ein.

Erst in der warmen, von Thymian und Wacholderaroma aufgeladenen Luft im Inneren der Insel fiel mir der stechende Geruch auf, den meine Kleider und meine Haare angenommen hatten. Dann suchte ich mir eine einsame Stelle am Strand, wusch meine Kleider und mich, und lag auf den besonnten Felsen, bis sie getrocknet waren.

Den Vogel entdeckte ich unterhalb der Klippen. Von fern sah er aus wie ein kleiner schwarzer Müllsack. Im Näherkommen erkannte ich den verdrehten Kopf, das starre Auge, durch den ein Kondensstreifen am Himmel zog. Sein Gefieder war verklebt, der Schnabel offen, *der Hals hing mir aus den Händen wie ein wasserloser Schlauch*, würde Inez später über eine verendete Tordalke sagen, fassungslos und müde, aber von diesem ersten toten Vogel hatte ich ihr nichts erzählt. Ich hatte den Kadaver mit der Schuhspitze tiefer ins Gebüsch geschoben, bis er unter den Farbwolken des Ginsters verschwand.

Wenn ich versuche, mich daran zu erinnern, wie es begann, dann kommt mir ein Kuss in ihrem Büro in den Sinn, obwohl das nicht stimmt. Ich hatte sie in ihrem Büro nicht geküsst. Ich hatte meinen Kopf ihrem Nacken genähert, und als sie sich umdrehte, hatte ich meine Position nicht verändert, so dass mein Gesicht dicht vor ihrem war.

Inez legte mir die flache Hand auf die Brust. »Zu einem Kuss gehören immer zwei.«

Mein Puls ging hoch.

Sie schob mich zu einem der Bürostühle und ging hinaus.

Das muss im Juni gewesen sein. Sie trug eines ihrer weiten weißen Hemden.

Als sie zurückkehrte, brachte sie zwei Pappbecher Kaffee mit und stellte sie vor uns hin. Sie schien amüsiert zu sein. Sie rollte ihren Bürostuhl neben mich und sah mich an. »Zeig mal deine Hände.«

»Wozu?«

»Wenn du mithelfen willst beim Beringen, wirst du Handschuhe brauchen.«

»Ich hab nicht vor, beim Beringen zu helfen.«

»Nein?« Sie griff nach meiner Hand. »Falls du das noch nicht bemerkt hast«, sagte sie, »ich habe dich unter meine Fittiche genommen. Auf die Gefahr hin, dass du das nicht willst. Und auf die Gefahr hin, dass du gar nicht weißt, was du willst.«

»Ich dachte, hier geht's um ein Computerproblem.«

»Auf die Gefahr hin, dass ich mit meiner Einschätzung völlig falschliege.«

»Du redest ganz schön hochgestochen.«

»*Bad reputation.*«

»Was?«

»Steht auf deinem Shirt. Seit du hier bist, hast du nichts anderes getragen. Wahrscheinlich hast du noch nicht mal deinen Rucksack ausgepackt.«

»Ich bin ein freier Mensch«, sagte ich. »Und zum Campen packe ich nicht den Kleiderschrank ein.«

»Campen?«, fragte sie. »Sind das nicht die Leute, die sich einbilden, sie könnten zum ursprünglichen Leben der Steinzeitmenschen zurückkehren, aber ihr Bier trotzdem aus der Flasche trinken?«

»Das sind die anderen«, sagte ich. »Ich mach's, weil's billig ist.«

Sie nickte. »Eine deutliche Neigung zur Verwahrlosung.«

»Schwedische Campingplätze sind das Gegenteil von Verwahrlosung.«

»Deine Hände«, sagte Inez lächelnd, »sind verwahrlost. Aber da lässt sich was machen.«

Sie legte meine Hand nicht zurück. Sie ließ sie einfach so da liegen, in ihrer, als hätte sie sie vergessen.

»Ich bin dir also nicht ganz gleichgültig«, sagte ich und zog meine Hand weg.

»Findest du nicht, dass es zwischen Gleichgültigkeit und einem Kuss einen gewissen emotionalen Spielraum gibt? Um noch so eine hochgestochene Formulierung zu verwenden.«

Inez hatte meine Hand in ihrer nicht vergessen.

Sie erinnerte sich sogar stärker daran als ich. Das sagte sie mir später auf dem Plateau, als wir damit begonnen hatten, einander unsere Versionen der Geschichte zu erzählen, uns die Anfänge anzuvertrauen, aus denen sich unsere Geschichte überhaupt erst entwickeln konnte, als wir davon redeten, wie wir dieses oder jenes empfunden hatten, und der Horizont nachglühte wie jeden Abend, seit sie zu mir kam.

Zwei Impulse waren es, die Inez an diesem Vormittag im Büro verspürte, sie waren gegensätzlich und gleich stark, und sie hatte keinem von beiden nachgegeben, um ihr inneres Gleichgewicht nicht zu verlieren.

Einerseits wollte sie mir Arbeitshandschuhe heraussuchen und mich damit zu Guido schicken. Guido sollte mir zeigen, wie man den Vögeln die Beringung anlegt. Denn meine Hand in ihrer schien auf einmal eine Nähe herzustellen, die Bekenntnisse erfordert, Bekenntnisse darüber, ob man gern oder ungern ein Teenager gewesen ist, welche Getränke man gemocht oder verabscheut hat, ob man verheiratet ist oder nicht oder daran denkt zu heiraten, ob man Kinder hat oder gern welche hätte, ob man schon einmal geliebt worden ist oder geliebt hat und betrogen wurde und welche Risse und Narben es zu umschiffen gilt, all das, was man sich als Unterpfand dafür gibt, einander zu vertrauen.

Sie aber hatte mit all dem ihren Frieden gemacht, wie Inez das ausdrückte. Sie hatte aufgehört, auf diese Weise über sich zu reden.

Sie hatte akzeptiert, dass das in solchen Situationen Befremden auslöste und ihr danach mit Kühle oder Misstrauen begegnet wurde, selten mit Respekt. Das war der Preis, von dem sie annahm, dass sie ihn für diesen Frieden zahlen müsse, und ich bin nicht sicher, ob sie das heute nicht wieder so sieht.

Andererseits mochte sie meine Hand in ihrer. Sie gestand mir später auf dem Plateau, wie sehr sie von dem leuchtenden Haar auf der viel dunkleren Haut, das im schräg einfallenden Vormittagslicht schimmerte, angezogen gewesen war. Sie konnte sich sehr genau daran erinnern, wie sie auch dem zweiten Impuls widerstanden und meine Hand nicht gestreichelt hatte.

Sie suchte mir Arbeitshandschuhe heraus. Sie machte den Vorschlag, zusammen in die Felsen zu gehen. Sie drückte mir den Werkzeugkasten in die Hand.

»Du musst diese Vögel aus der Nähe sehen, Erik! Sonst weißt du nicht, wozu diese Datensammelei gut ist. Passende Schuhe hast du diesmal an. Alles andere findet sich.«

Inez legte den Kletterharness an, nahm Spektiv und Teleskopstange. Es war ein windstiller Tag. Die Sonne hing verborgen hinter Wolkenschleiern. Wir stiegen hinauf zu der Stelle, an der ich in der ersten Nacht in die Klippen gelaufen war. Links fiel eine große Felsplatte mehrere Meter ab. Inez ließ mich am bemoosten Ende der Platte das Spektiv aufbauen und klinkte sich am Sicherungsseil ein, das an Ösen in der Platte befestigt war. Sie schob die Teleskopstange auf ihre ganze Länge von vier Metern aus. Dann ließ sie sich Schritt für Schritt am Seil hinab. Sie versuchte, dem Nest, das sich unterhalb der Platte befand, so nah wie möglich zu kommen. An der Spitze der Stange war ein Haken angebracht. Inez näherte die Stange dem Felsvorsprung und legte den Haken vorsichtig um den Fuß eines Vogels, angelte ihn aus dem

Nest und holte ihn zu sich heran. Das erschrockene Tier versuchte wegzufliegen und flatterte einen kurzen Moment auf der Stelle mit den durchdrehenden Flügelschlägen einer Comicfigur.

Ich stellte das Spektiv scharf, sah dann aber am Spektiv vorbei zu Inez hinüber. Ich wollte nicht den ins Verschwommene vergrößerten Ausschnitt sehen, sondern sie, wie sie da stand, einen Fuß vorgesetzt, das Sicherungsseil an der Hüfte, in den Händen die Stange, die über die Felskante hinausragte. Es war das erste Mal, dass ich sie so bei der Arbeit sah, hochkonzentriert und gelöst. Der unsichere Stand und das Gewicht der Stange schienen ihr nichts auszumachen. Ruhig holte sie den Vogel näher. Sie befreite seine Kralle aus dem Haken und hielt den Körper schützend an sich gedrückt, während sie die Stange zu Boden legte. Sie hakte den Beutel vom Harness los und wickelte den Vogel behutsam in den bunten Stoff. Ich hörte sie leise auf das Tier einreden, als sie zurückkam.

»Du bringst mir Glück, Erik«, sagte sie. »Das ist Friederike. Sie wurde vor dreißig Jahren auf dieser Insel beringt.«

»Hat sie dir das gesagt?«

»Natürlich. Hältst du mal?«

Es war schwierig, den Beutel ruhig zu halten, in den das Tier verfrachtet wurde. Die Handschuhe ließen die Fingerkuppen frei, sodass man ein besseres Gespür für jeden Griff hatte. Aber das Tier fing sofort an zu kämpfen.

»Ich habe gehofft, dass sie wiederkommt. Aber man weiß nie. Und jetzt sah es fast so aus, als hätte sie auf mich gewartet. Sie hat sich denselben Vorsprung gesucht wie im letzten Jahr.«

Der Kopf musste in eine Ecke gesteckt und der Beutel eng

um den Körper gewickelt werden, so dass die Beine aus der Öffnung ragten.

»Vorsicht«, sagte Inez. »Beim letzten Mal ist sie entwischt. Sie hat es mir nicht erlaubt, den Ring anzubringen. Aber zu zweit könnten wir es schaffen.«

Der Vogel versuchte, sich mit aller Kraft frei zu flattern. Unter den Federn spürte ich das hektische Pulsieren des Blutes. Einmal traf mich der Schnabel. Die Narben des Schnabelhiebs sind auch jetzt noch da, weiße Streifen unterhalb der Fingernägel, und ich wünschte, sie blieben für immer. Als das Tier endlich im Beutel verstaut war, lag es zunächst ruhig. Inez zeigte mir, wie der Tarsus gemessen und der Farbring mit der Zange aufgeklemmt und um das Bein gebogen wurde.

»Siehst du die schöne Zeichnung des Schnabels? Sie ist ein besonderes Exemplar. Letztes Jahr hat sie mich aus der Ferne beobachtet. Manchmal hatte ich das Gefühl, sie würde mich lesen. Als würde sie mit mir das machen, was ich eigentlich mit ihr vorhatte. Sie behielt mich im Blick. Aber sie ließ mich nie wieder näher heran.«

Der Vogel blieb ruhig. Sein Körper füllte den Beutel, er hatte kaum Gewicht, die Vogelfüße ragten aus der Öffnung. Ich versuchte, dieses Gewicht so vorsichtig wie möglich zu halten, um nichts zu knicken oder abzubrechen, und nach einer Weile dachte ich, ich hätte ihn vielleicht längst erstickt. Aber da fing die Alke an, mit dem Kopf zu rucken. Sie drückte von innen so stark gegen den Stoff, als wolle sie sich mit dem Schnabel voran durch den Beutel stoßen.

»Sie sind gar nicht groß«, sagte ich gepresst. »Wenn man sie so in der Hand hält.«

»Sie sind sehr muskulös«, sagte Inez. »Ihre Kraft steckt in den Flügeln. Das nützt ihnen beim Tauchen.«

Das Stoßen wurde stärker, der Körper drängte gegen meine Hände, wand sich, versuchte, der Umklammerung zu entschlüpfen, gleich würde die Alke die Flügel aufklappen, den Gummizug am Beutel lösen, und ich hätte ein Tier vor der Brust, das den Schnabel aufriss, mich ins Visier seines reglosen Zerrspiegelauges nahm und mir ins Gesicht hackte.

»Festhalten«, sagte Inez.

»Ich glaube, sie findet es nicht mehr so toll.«

»Gleich fertig.« Inez brachte den Farbring am linken freien Fuß der Alke an. »Gut gemacht.« Sie nahm mir den Beutel ab, hielt ihn einen Moment leicht an ihren Körper gedrückt und flüsterte der Alke etwas zu, das ich nicht verstand. Dann hielt sie den Beutel von sich weg und ließ den beleidigten Vogel frei. »Da hat sie schon so viel gesehen im Leben«, sagte Inez. »Aber ihre Empörung lässt nicht nach. Die Empörung ist noch genauso groß wie bei einer jungen.«

Im Juni wurde es auch nachts nicht dunkel. Über Felsen und Meer hing ein leuchtendes, tiefblaues Licht. Man konnte nicht sagen, ob die Sommernacht je begann, oder nur der Tag in einen neuen Tag hineinfloss. War die Sonne gegen Mitternacht hinter der Linie des Meeres verschwunden und ihr Schatten flutete noch rot über den Himmel, ging sie gegen zwei schon wieder auf. Das Licht machte mich schlaftrunken, wenn ich wach war und halbwach, wenn ich schlief.

Oft lag ich schlaflos dem nächsten Morgen entgegen, immer wieder vom Schrei einer einzelnen Lumme aufgeschreckt, die, von einem fallenden Felsbrocken gestört, ihren Angstruf ausstieß, der auf andere Vögel übergriff, zu einer Welle wurde, die die gesamte Kolonie erfasste und erst nach einer halben Stunde schwächer wurde und verebbte, langsam wie eine herunterfahrende Sirene. Schlaflos lag ich bis zum nächsten langen Tag.

Ständig war ich erregt.

Ich stand mit meiner Erregung in der Gemeinschaftsdusche des Leuchtturms und verschaffte mir Erleichterung. Oder ich suchte mir eine abgelegene Stelle am Ufer. Manchmal ging ich weit in die Schafsweiden hinauf. Ich machte es zwei-, dreimal am Tag, und meine Hand gehörte jedesmal Inez.

Rainer Feldberg sah ich in diesen Tagen häufig. Er lief mit seiner Arzttasche vor den Bürofenstern vorbei, er saß im Museumscafé vor Papieren, er schlenderte mit Guido am Strand entlang. Sie schienen sich gut zu unterhalten. Ich sah, wie Feldberg ihm den Arm um die Schultern legte und wie Guido den Kopf in den Nacken warf und lachte.

»Was ist das eigentlich für eine Erlaubnis, die Sie haben«, hatte ich zu Feldberg gesagt, als ich ihn morgens in der Küche im Leuchtturm beim Teemachen traf.

»Na?«, sagte er. »Läuft alles zu Ihrer Zufriedenheit? Sie sind ja sehr beschäftigt. War das Vogelscheiße, die Sie da neulich vom Dach geschrubbt haben? Macht ja nichts. Lehrjahre sind keine Herrenjahre.« Er nickte mir zu. »Ich mache mir gerade einen Hagebuttentee, trinken Sie eine Tasse mit?«

»Ich bin eher ein Kaffeetyp«, sagte ich gestelzt.

»Dachte ich mir. Die Erlaubnis, von der Sie reden, ist ein Auftrag, hier ein paar Untersuchungen durchzuführen.«

»Ob die Vögel in die richtige Richtung scheißen?«

»Natur, mein Lieber, ist nicht so mein Fall, es sei denn die menschliche. Ich bin hier, um ein paar Unregelmäßigkeiten zu überprüfen.«

»Einer von den Wetterfröschen.«

»Gewisse Vorfälle haben den Verein veranlasst, jemanden damit zu beauftragen, sich hier umzusehen. Nichts Großes, eine Art Rundumcheck, wie man heute sagt.«

»Sie meinen Ausweispapiere, Arbeitserlaubnis, illegale Einwanderer?«

»Verspätete Abrechnungen, schlampige Buchführung und eine Führungsperson, die, sagen wir mal, in ihren Kompetenzen schwankt.« Er zwinkerte mir zu. »Sie sind ein aufgeweckter junger Mann. Und jetzt erzählen Sie mal. Wie gefällt's Ihnen hier?«

»Mir geht's gut.«

»Tatsächlich?«

»Es gibt kaum Menschen. Es gibt Sonne, Strand und Meer. Und so was wie eine Führungsperson habe ich hier auch noch nicht gesehen.«

»Da haben Sie's«, sagte Feldberg und goss den Tee auf. »Das checken sogar Sie als Neuling. Es gibt Auffälligkeiten, die unzweckmäßig und nachhaltig das Betriebsklima vergiften, und spätestens da hat sich der Verein einzuschalten. Ist Ihnen noch nichts aufgestoßen? Sie haben doch direkten Zugang zu den Mitarbeitern.«

»Aufgestoßen?«

»Mit Inez kommen Sie klar?«

»Natürlich komme ich mit Inez klar. Ich sehe sie ja kaum.«

»Dass Inez Rauter sich unverhältnismäßig stark abkapselt, haben Sie also auch schon bemerkt. Sehen Sie«, sagte Feldberg, »wenn sie das Ihnen oder mir gegenüber tut, ist das ihre Sache, wir beide sind dann zwar die Dummen, nicht wahr, aber es schadet nicht dem Verein. Wenn ihre Sprödigkeit, um nicht zu sagen Kälte, aber den Mitarbeitern gilt, dann wirkt sich das auf die Arbeitsleistung des gesamten Kollektivs aus. Und es weckt den Verdacht, dass sie ihre Stellung missbraucht. Um verdeckt in die eigene Tasche zu wirtschaften.«

»Sie meinen, sie pflanzt heimlich Cocasträucher an und verkloppt das Zeug an die Drogenbosse in Italien?«

Feldberg sah mich an. Dann nahm er den Beutel aus der Teekanne und quetschte den Hagebuttensaft heraus.

»Vielleicht nicht unbedingt die Mafia«, sagte er, als er den Beutel konzentriert in den Mülleimer versenkte. »Aber ansonsten könnten Sie gar nicht so falsch liegen, wie mir gerade auffällt.«

»Das war ein Witz!«

»Ach, wissen Sie, Erik«, sagte Feldberg, stützte sich mit einer Hand auf dem Küchenbord ab und goss langsam den Tee ein, ein rotgold leuchtender Teebogen, »ich möchte nicht wie ein alter Mann klingen, der Ihnen einen Schwank aus seinem Leben erzählt. Aber eines können Sie mir glauben: Ich habe schon Pferde kotzen sehen.«

»Und deswegen mögen Sie keine Natur.«

»Sie sind wirklich ein intelligenter junger Mann. Das gefällt mir.« Er sah mich an. »Nein«, sagte er dann, »nicht die Natur, sondern ihre Kreisläufe mag ich nicht. Die Zwangsläufigkeit, mit der das Erwartbare auch eintritt. Jetzt zum Beispiel würde ich viel darum geben, wenn ich mit Inez hier in der Küche stehen und so offen reden könnte wie mit Ihnen, Erik. Das würde mir meine Aufgabe wesentlich erleichtern.« Er sah auf einmal erschöpft aus.

»Und warum tun Sie's nicht?«

»Aus dem gleichen Grund, aus dem Sie sie kaum zu Gesicht bekommen vermutlich.«

»Sie hätten die Macht, Inez dazu zu verpflichten.«

»Stimmt. Aber sind Sie hier, weil Sie jemand gezwungen hat? Ein offenes Gespräch ist nun mal ein offenes Gespräch. Haben Sie Inez mal gefragt, warum sie so tut, als würde sie mich nicht kennen?«

»Das höre ich gerade zum ersten Mal.«

»Sie haben eine Begabung, Erik.«

»Seit wann kennen sie sich denn?«

»Das können Sie Inez alles fragen. Glauben Sie mir. Sie müssten sich nur mal sehen. Wie Sie vorhin hereingekommen sind. Und wie Sie jetzt vor mir stehen. Sie haben alles, was es braucht.«

»Und was ist das Ihrer Meinung nach?«

»Sie brennen.«

Einen Moment lang war es still. Der Tee in der fleckigen Glaskanne dampfte, ein dünner, durchsichtiger Nebel, der, als er den Rand der Kanne erreichte, verflog. Heute wünschte ich mir, die Tür wäre aufgegangen und jemand wäre hereingekommen, hätte nach einem Sieb oder einem Abtrockentuch gefragt, aber im Leuchtturm wohnte außer uns niemand, und wir blieben allein. Feldbergs gerötetes Gesicht, die über die Nase gesprenkelten Sommersprossen, seine ruhige Stimme. Ich konnte mich dieser aufgeladenen, vielversprechenden Pause, die Feldberg machte, nicht entziehen. Ich wartete darauf, dass dieser Mann mir etwas Entscheidendes sagen würde, etwas, das mir meine Unentschlossenheit erklärte, das mir erklärte, warum ich auf dieser Insel war, warum ich blieb, warum ich nicht längst weitergefahren war.

»Es ist wie ein Sog«, sagte Feldberg versunken. »Sie sind nicht einfach nur jung. Sie strahlen dieses Brennen aus. Das macht Sie sehr anziehend. Sie erleben die Dinge zum ersten

Mal. Nicht, weil Sie sie wahrscheinlich tatsächlich zum ersten Mal erleben, das meine ich nicht. Sondern weil Sie sie zulassen. Weil Sie mit einer solchen Unvoreingenommenheit herangehen. Das öffnet Ihnen alle Grenzen.«

»Und das sagt Ihnen Ihre Erfahrung.«

»Wenn Sie so wollen.« Er lächelte. »Ich bin ein Stückchen älter. Und ich habe sie alle gesehen. Jeden Typ Mensch. Ich habe sie in meinem Leben wirklich alle kennengelernt.«

»Auch Inez.«

»Ja.« Feldberg pustete in seinen Tee. »Von den meisten habe ich die übelsten Charakterzüge gesehen. Ihren Kern. Dort, wo sich das Wesentliche zeigt.« Er pustete sorgfältig, bevor er mich über den Tassenrand hinweg ansah. »*Ihnen* gegenüber wird Inez nicht so demütigend reagieren.«

»Ich habe es doch schon gesagt. Sie reagiert überhaupt nicht.«

»Die Menschen erliegen Ihrer Weichheit, Erik. Dieser unverstellten Offenheit. Ihrem unerschrockenen Blick.«

»Inez hat nur ihre Lummen im Kopf«, sagte ich. »Es geht ihr nur um die Vögel. Es geht immer nur darum, ob ich die verdammten Messdaten schon in den Computer eingetippt habe oder ihr bei einer widerspenstigen Alke helfen kann! Am Anfang war der Sog vielleicht da. Sie haben recht. Da war was. Doch. Ich glaub schon. Sie hat mich eingeladen, das wissen Sie ja. Es war nichts Direktes. Aber deshalb bin ich geblieben. Weil es so aussah, als wäre was.« Ich spürte die Enttäuschung, die sich angestaut hatte und hochkam. »Es sah wirklich so aus. Aber jetzt hat sie es wahnsinnig eilig, wenn ich ins Café komme. Wenn ich sie im Hafen treffe, muss sie dringend irgendwelche Listen abgleichen. Ich weiß nicht, wieso ich mich auf dieses dämliche Praktikum eingelassen habe.«

»Sie dachten, Sie würden ihr näherkommen.«

»Ich habe es versucht.«

»Sie sind leidenschaftlich bei der Sache.«

»Nicht mehr. Ich mache mich nicht länger zum Inselclown.«

»Sie hat Ihnen Hoffnung gemacht.« Rainer Feldberg probierte einen Schluck vom Tee. »Das eventuell nur vorgetäuschte Interesse an Ihnen passt übrigens sehr gut zu ihrer schwankenden Persönlichkeit.« Er zuckte zurück. Seine Unterlippe bebte wie ein erhitzter Regenwurm, und schon bereute ich es, so weit gegangen zu sein. Der Moment war vorüber. Es gab nichts, das mich mit diesem Mann verband, außer dass wir zufällig am Morgen gemeinsam in derselben Küche standen und es niemanden sonst zum Reden gab.

»Der Plan war jedenfalls ein anderer«, sagte ich ausweichend. »Aber ich werde nicht den ganzen Sommer damit verbringen, Vogelscheiße wegzuschrubben.«

»Wenn sie Ihnen Hoffnung gemacht hat«, sagte Feldberg leise, »damit lässt sich doch was anfangen.«

Ich ging zur Tür. Ich hatte alles gesagt. Der Moment war vorbei. Dann sagte ich: »Ich hatte überlegt, Inez mal zum Bier einzuladen.«

»Ja und? Wieso haben Sie das nicht gemacht?«, rief Rainer Feldberg erfreut. »Laden Sie sie ein, gleich morgen. Sie werden sehen, das wird für Sie nicht schwer sein! Es wäre auch ganz im Interesse des Vereins. Inez hat stärker einbezogen zu werden. Mir gegenüber empfindet sie verständlicherweise eine gewisse Scheu, aber bei Ihnen; Sie haben doch Charme oder nicht? Vielleicht bringen Sie sie sogar dazu, mal mit mir zu reden. Jetzt, wo Sie wissen, dass man mit mir reden kann. Richten Sie Ihr Verhalten aber so ein, dass Inez unter keinen Umständen erfährt, in welchem Auftrag Sie handeln.«

Angriffsfront Intimleben, wie Rainer Feldberg das insgeheim nennen würde, was ich damals nicht wusste.

Was ich ebenfalls nicht wusste, war, dass Inez nicht nach Visby gefahren war, um Material zu besorgen. Material wurde regelmäßig über die Fähre bezogen, der Kapitän brachte mit, was Inez telefonisch bestellte, und was nicht mehr gebraucht wurde, lieferte er ebenso regelmäßig an eine in Klintehamn befindliche Materialsammelstelle wieder ab. Inez war nach Visby gefahren, weil sie eine Vorladung des Inselvereins erhalten hatte. Sie hatte meinen Aufenthalt auf Stora Karlsö begründen müssen und spontan eine zweite Praktikantenstelle geschaffen.

Auf der Fähre auf dem Weg zurück verschwimmen die Zeiten. Der Schiffsmotor stampft. Er lässt die Sitze und die festgeschraubten Tischplatten vibrieren, er scheint die Abfolge der Ereignisse durcheinanderzuschütteln.

Vielleicht versteife ich mich. Vielleicht versuche ich mich nur deshalb an die Abfolge zu halten, um das hinauszuzögern, was damals als sich verdichtende Ahnung tatsächlich erst später kam, was hier auf der Fähre aber immer gleichzeitig Gewissheit ist.

Ich betrüge mich selbst. Ich will noch einmal der sein können, der ich war, bevor ich den Namen Felix Ton zum ersten Mal hörte. Noch einmal der, der nicht weiß, dass es die Angst ist, die die Menschen so gefährlich macht, ich will noch einmal der Junge sein mit seinem naiven Vertrauen aufs Tarot.

Ich will mich so lange wie möglich daran erinnern, wie wir waren, Inez und ich, in diesem Sommer, unbefangen auf einem öden, fossilen Stück Land, Inez und ich in diesem unwirklichen Licht auf der Insel.

Nach dem Gespräch mit Rainer Feldberg in der Teeküche hatte ich die Sonnenstühle mit einem Handfeger gesäubert. Ich hatte sie an die Westseite des Leuchtturms gestellt, der kein Turm war, sondern eine geräumige, etwas heruntergekommene Villa mit zwei Etagen und einer breiten Treppe im Vestibül. Das Leuchtfeuer ragte in der Mitte des Daches wie ein Schornstein auf. Ich stellte die Stühle dicht an die Hauswand. Dort war es windgeschützt und warm. Am frühen Abend kaufte ich im Museumscafé ein Sixpack *Lättöl* und ging damit, ohne anzuklopfen, in Inez' Büro.

Die Sonne stand voll im Zimmer. Über den Computern flirrte Staub. Wie eine goldene Haube lag er um Inez' nackte Schultern. Sie war nur mit einem Top bekleidet. Eine Hand lag auf der Maus.

»Was gibt's?« Sie sah nicht auf.

Ich schloss die Tür, baute mich vor ihr auf und erklärte, ich würde erst wieder gehen, wenn sie meine Einladung zum Bier angenommen hätte.

Die Pappe des Sixpacks schnitt in meine Finger.

Inez lehnte sich in ihrem Stuhl zurück. Sie sah mich an. Sie betrachtete mein Gesicht, meinen Oberkörper, dann ging ihr Blick an meinem Arm hinunter zu meiner Hand, die das Sixpack hielt. Sie lächelte. »Und wieso hast du dafür so lange gebraucht?«

Seit diesem Tag saßen wir abends auf dem Plateau. Wir hatten einen weiten Blick über das Meer. Wir konnten die Umrisse der Küste sehen, die zerklüftete Linie bis nach Lerberget, in der Ferne fuhren die Autofähren nach Stockholm oder Danzig vorbei.

Anfangs waren unsere Stimmen noch hell im Tageslicht, sie übertönten das Geräusch eines Motorboots, das lauter wurde, als das Boot in die Kurve ging, dann wieder nachließ und gegen Abend bei ruhiger See zu einem gleichmäßigen Summen wurde, bis sich unsere Stimmen voneinander lösten, ihre Stimme und meine, und einzelne Silben wie ausgerissen in der Nachtluft standen.

Jeden Abend wartete ich auf Inez. Ich wartete, bis sie sich den Geruch ihrer Arbeit von Händen und Hals gewaschen hatte und zu mir kam. Die Sonne ging nicht unter. Wir saßen dort, bis die Sonne auf der Linie zwischen Himmel und Wasser langsam verschwamm.

Aber wie soll ich uns noch einmal so wahrnehmen, Inez und mich, wenn doch der Klang unserer Stimme von den Ereignissen, die danach kamen, längst verzerrt worden ist.

Feldberg war ich dankbar. Er hatte meinen Ehrgeiz angestachelt, er hatte mir Mut gemacht, und ich hatte es riskiert, Inez zu fragen. *Wieso hast du dafür so lange gebraucht?* Sie hatte ihren Computer heruntergefahren und das Büro abgeschlossen. Wir waren mit dem Minitraktor zum Leuchtturm hinaufgefahren. Wir hatten das dünne schwedische Bier getrunken, bei dem auch die leichteste Trunkenheit schon wieder nachgelassen hat, bevor die Flasche leer ist, wir unterhielten uns höflich und etwas verkrampft über das Thema ihrer Arbeit und über meine Studienpläne. Dann schaltete sie das Funkgerät aus und sagte:

»Kann Feldberg uns eigentlich hören?«

»Ich glaube nicht. Wieso?«

»Sollen wir uns lieber woanders hinsetzen?«

»Um die Uhrzeit ist er selten im Zimmer.«

»Bist du sicher?«

»Ja. Wieso?«

»Ich will nicht, dass er uns hört.«

»Sein Zimmer geht nach Norden raus.«

»Gut«, sagte Inez. »Bei dem weiß man nie.«

»Er hat gesagt, er kennt dich.«

»Der behauptet viel, wenn der Tag lang ist.«

»Er klang ziemlich überzeugend.«

»Ach, Erik. Das ist einer von diesen aufdringlichen Idioten! Der konnte schon vor zwanzig Jahren nicht anders.«

»Er will mit dir reden.«

»Kann einfach nicht locker lassen«, sagte Inez.

Wir waren bei der zweiten oder dritten Flasche Bier.

»Und ich hatte gehofft, er würde noch am selben Tag wieder abreisen. Als wüsste ich es nicht besser.« Nach der Belehrung vor dem Fahnenmast habe sie am Bürofenster gestanden und gesehen, wie Rainer Feldberg den Strand hinaufkam, sagte sie. Sie habe beobachtet, wie er seine Hosen vorn an der Bügelfalte sorgfältig anhob, damit die Hosenbeine nicht sandig wurden. Sie habe reglos dagestanden und zugesehen, wie Rainer Feldberg sich langsam über die Steine voranarbeitete, und im selben Moment habe sie den Wind gehört, obwohl es an diesem Tag windstill war. Sie habe das Schaben der Wacholderäste gehört und das Pfeifen, das entstand, wenn der Wind das trockene Inselgras bog. Sie habe die Wirbel gehört, die entstanden, wenn sich die Ströme vom offenen Meer mit dem Aufwind an der Felswand mischten, und das Platzen der Schaumblasen, die der Sturm auf den Sand drückte. Dann habe sie die Jalousie heruntergelassen.

In diesem Augenblick habe sie beschlossen, sich Rainer Feldberg gegenüber so zu verhalten, als kenne sie ihn nicht. Sie würde behaupten, er täusche sich.

»Keine Ahnung, worauf Sie sich da eingeschossen haben,

habe ich zu ihm gesagt. Aber wenn ich Ihnen sonst irgendwie helfen kann; die Tour beginnt in fünf Minuten.«

»Du hast den Typen abblitzen lassen«, sagte ich, stellte die Flasche auf den Boden und zog mein Sweatshirt an. Es wurde kühl. »Ist doch völlig korrekt.«

Inez antwortete nicht. Sie sah in den dunkel verhangenen Himmel, an dem nur ein einziger Stern zu sehen war, auch der nur schwach.

»Ich meine, wenn ich erst mal anfange, zu erzählen, wer mich alles –«

»Was?«, sagte Inez wie von weit her.

»Ich meine, wer mich alles hat abblitzen lassen. Denen steig ich doch zwanzig Jahre später nicht mehr nach.«

»Dazu bist du auch zu jung, Erik.«

»Was ist denn das für ein Typ, dem zwanzig Jahre später einfällt, dass er's da vielleicht noch mal versuchen könnte?«

»Es geht nicht um gekränkte Liebhaber«, sagte Inez. »Oder jedenfalls nicht nur.«

»Und worum geht es?«

Inez hielt die Bierflasche vor den blassroten Himmel und betrachtete das Bier in der Flasche.

»Ich kann mir gar nicht vorstellen, dass dich jemand abblitzen lässt«, sagte sie unvermittelt.

In dieser Nacht hatten wir uns geküsst, und den nächsten Tag verbrachte Inez mit mir am Strand. Wir hatten uns eine Stelle gesucht, die hinter einer steil aufragenden Felswand lag. Wenn man sich vor der Wand durch die Büsche schlug, tat sich überraschend ein kleiner, feinsandiger Strandabschnitt auf. Das Wasser war schneidend kalt, aber die Sonne hatte aufgedreht und wärmte den Sand und uns, und Inez'

Hand wärmte meinen Bauch. Wir hatten uns in der Nacht geküsst, aber wir hatten sie nicht zusammen verbracht.

»In Wahrheit bin ich noch nie abgeblitzt«, sagte ich. »Außer bei dir.«

Inez lag neben mir im Sand und spielte mit meinem Hemd. Sie fing an, es von unten nach oben aufzuknöpfen.

»Für mich sieht das hier nicht nach Abblitzen aus«, sagte sie. »Für mich sieht das eher nach einer ziemlich aussichtslosen Leidenschaft aus.«

»Wir könnten mein Praktikum verlängern.«

»Aussichtslos, aber nicht ohne Romantik«, sagte Inez.

»Was spricht denn dagegen?«

»Oh, nichts.« Inez lachte. Sie öffnete den letzten Knopf und legte ihr Kinn auf meine Brust. »Außer, dass du gerade erst am Anfang bist«, sagte sie. »Dass du noch viel vorhast.«

»Das lässt sich verschieben.«

»Und dass ich nicht mehr so viel vorhabe.«

»Wenn du den Altersunterschied meinst; ich bin nicht einer von diesen Spießern.«

»Nein«, sagte Inez, streckte ihren Arm aus, um mir die Hand an die Wange zu legen, »das bist du nicht«, verfehlte sie aber, und ihre Hand landete auf meinen Augen. »Das wäre auch meine geringste Sorge.«

Unter ihrer Hand war es dunkel. Unter ihrer Hand war es warm, und ich spürte dem leichten Druck ihrer Finger nach, dem Gewicht ihres Oberkörpers auf meinem, ich spürte ihrem Duft nach, den ich nachts zuvor auf dem Plateau zum ersten Mal so intensiv wahrgenommen hatte, dass ich mir einbildete, er ziehe in meine Haut, lagere sich dort ab, werde für immer in den Poren gespeichert, und bei dieser Vorstellung war mir erneut der Schweiß ausgebrochen.

Ich hatte sie losgelassen. Inez hatte noch eine Weile so dagestanden, ihre Hände an meiner Taille, an die Hauswand gelehnt, wo wir uns geküsst hatten, nachdem sie schon hatte gehen wollen und nicht gegangen war, nachdem sie mich an sich gezogen und leise gesagt hatte: *Vorsichtig, Erik, ja? Ich habe alles verlernt, ich habe die letzten Jahre wie ein Eremit gelebt.*

Sie lehnte an der Hauswand und sah mich an. Aber vor dem hellen Nachthimmel kann ich nur undeutlich zu erkennen gewesen sein, der Umriss eines Jungen, der, wie sie mir später gestand, ungelenk auf sie wirkte, dessen Wildheit sie aber schon anzog, seit ich diesen ungezähmten Galopp über die Felsen hingelegt hatte. Das habe so eine verrückte Schönheit gehabt, hatte Inez gesagt, und sie habe sich gefragt, ob sie mit gerade mal einundvierzig schon so weit war, dass sie die ganz Jungen anziehend fand. Oder ob sie sich damit nur beweisen wolle, dass sie noch nicht aus dem Spiel war, und als ihr diese Frage erneut in den Sinn gekommen sei, habe sie ihre Hände von meiner Taille genommen. Sie küsste mich auf die Wange und ging.

Rainer Feldberg hatte diese Nacht nicht im Leuchtturm verbracht. Sein Zimmer blieb dunkel. Es war still. Ich lag auf dem Bett, ohne zu schlafen. Ich starrte die Zimmerwände an, bis sie auseinanderzudriften begannen und Inez sich mit ihnen entfernte. Im Nachhinein kommt es mir so vor, als wären die ganze Nacht die Wassersportler zu hören gewesen, sehr laut, das Zischen der Glasfieberkörper, der Knall, mit dem die Kajaks, von den Wellenkämmen herabgeschleudert, abprallend auf dem Wasser aufsetzten, das verwischte Schlagen der Paddel, das rhythmische Schlagen des Atems, als lösten sich Minuten und Stunden einfach so auf.

»Du schläfst ja«, sagte Inez am Strand und nahm die Hand von meinen Augen. »Und lässt mich hier die ganze Zeit reden?«

Wenig später hatte Inez einen Anruf vom Inselverein bekommen, der sie zwang, erneut nach Visby zu fahren. Als sie zurückkehrte, war sie gereizt. Sie verschwand in ihrem Büro. Sie arbeitete bis spät abends. Wieder ging sie mir aus dem Weg, wieder hatte sie es eilig, wenn sie mich sah. Wieder überlegte ich, meinen Rucksack zu nehmen und abzufahren. Aber ich fuhr nicht ab. Ich wartete, bis sie von einer Führung über die Insel zurückkehrte, die sie mit einer Gruppe Biologiestudenten machte. Als sie die Museumstür abschloss, trat ich hinter sie und zog sie an mich, darauf gefasst, dass sie mich wegschieben würde. Sie blieb einen Moment starr, drehte den Schlüssel im Schloss und lehnte sich dann mit ihrem ganzen Gewicht gegen mich. Ich fragte sie, was los sei, und entgegen meiner Erwartung schien sie erleichtert, dass ich fragte. »Also gut«, murmelte sie. »Bevor wir hier noch Wurzeln schlagen …«

Sie war vom Vorsitzenden des Inselvereins ins Hotel *Varvsholm* gebeten worden. Dort hatte sie mit drei Männern in einem viel zu großen Konferenzraum gesessen. Durch die offenen Fenster drang das Klirren der Wanten an den Segelmasten im Hafen.

Bringen wir es schnell hinter uns, sagte man ihr. *Schildern Sie uns einfach Ihre Sicht der Angelegenheit. Bisher müssen wir davon ausgehen, dass Sie einen Flecken der Insel dazu verwenden, Rauschpflanzen anzubauen, auf einer Fläche von mehr als einem Hektar, um genau zu sein.*

»Was denn für Rauschpflanzen?«

»Genau! ›Was denn für Rauschpflanzen?‹ Das habe ich auch gesagt.

›Es wäre sinnvoll, wenn Sie uns darüber Auskunft geben würden‹, sagten die Herren vom Verein zu mir, und dauernd kam diese Frau und schenkte ungefragt Kaffee nach.«

Inez checkte ihr Funkgerät.

»Ja und?«

»Nichts und.« Inez steckte das Gerät in die Fronttasche ihrer Outdoorweste. »›Es wäre sinnvoll, wenn wir nicht erst ein paar Rauschgiftfahnder zu Ihnen rüberschicken müssten‹, sagten sie. Rauschgiftfahnder! Ich habe ihnen erklärt, dass ich keine Botanikerin bin, sondern mich mit der Anpassung der Trottellumme und der Tordalke an verschärfte Umweltbelastungen beschäftige. Das wissen die natürlich, die haben mich ja eingestellt! Also geben sie mir freundlich zu verstehen, dass wir nicht in einem Verhör sind, sondern beim Kaffeeplausch, und dass sie die Sache gern schnell und sauber vom Tisch haben würden. ›Überlegen Sie doch bitte, von welchen Rauschpflanzen in dieser Anzeige hier die Rede sein könnte.‹«

Inez hatte mir die Rauschpflanzen, von denen in der Anzeige die Rede gewesen sein konnte oder nicht, gezeigt. Auf der Brachfläche, die hinter den Schafweiden begann, wuchsen massenhaft krautige Büsche, keiner davon höher als einen Meter, die Blütezeit war vorbei, und unter den Blättern hatten sich kleine grüne Beeren entwickelt.

»Ich habe mal nachgeschlagen«, sagte Inez, »das Atropin in der Tollkirsche verursacht Realitätsverlust. Die Pupillen weiten sich, was zur Lähmung des Ziliarmuskels, also zu erheblichen Sehstörungen führt. Zehn Beeren lösen bei Erwachsenen Tod durch Atemlähmung aus. Insofern war die Anzeige nicht unbegründet. Man nennt sie auch Schlafkirsche. Oder Irrbeere. Allerdings betreibt der Kalkboden den Anbau der Tollkirschen ganz von allein.«

»Wahrscheinlich hatte der Anzeigenerstatter selber welche eingeworfen!«

»Ganz sicher nicht.« Inez pflückte eine Beere vom Strauch. Sie roch daran. »Es ging auch nicht um den Inhalt der Anzeige, Erik.«

Ich pflückte auch eine Beere. Sie roch nach nichts. »Ich werde das Gefühl nicht los, dass ich bei dir nie ganz mitkomme.«

»Das kenne ich«, sagte Inez. »Alle anderen wissen Bescheid, nur du nicht.«

»Und warum habe ich ausgerechnet bei dir dieses Gefühl?«

»Weil dir da ein Stück Realität fehlt.«

»Du meinst, ich hab ein paar Beeren eingeworfen?«

»Die Realität dieser Leute, die so eine Anzeige erstatten, ist nichts, was ich an deiner Stelle vermissen würde«, sagte Inez und schnippste ihre unreife Irrbeere weg.

Es war nicht um Rauschpflanzen gegangen, wie ich heute weiß. Es war darum gegangen, eine Abmahnung des Vereins, adressiert an Inez Rauter, in der Post zu haben, wo sie wenigstens einer der Scouts zu Gesicht bekam, am besten Guido, der diese Post jeden Mittag auf die Bürotische der Mitarbeiter verteilte.

Abends lag ich bäuchlings auf dem Bett. Ich hatte mir das Neue Testament, das in allen Zimmern im Nachttisch lag, als Schreibunterlage geholt und schrieb Postkarten an Annegret. Ich hatte ihr bisher nur eine SMS geschickt mit Grüßen von der Vogelinsel und einem Bild vom hellen Mitternachtshimmel. Ich wollte ihr erklären, warum ich nicht wie geplant

Mitte Juli zurück sein würde. Ich wusste, dass sie wartend zwischen Umzugskisten saß. Ich versuchte, logisch zu klingen, vernünftig zu klingen, so zu klingen, wie es von mir zu erwarten war, wie sie mich kannte und erzogen hatte. Auf mich war Verlass. Wenn ich nicht pünktlich zurückkam, musste es einen guten Grund dafür geben, und ich lag da und mir fielen viele Gründe ein, keiner davon war gut. Ich kam mir weder vernünftig noch logisch vor, weshalb ich sie auch nicht anrufen konnte, am Telefon hätte sie mein Zögern bemerkt, hätte sofort gewusst, dass die zurechtgelegten Sätze nur ein Ausweichen gewesen wären, ein Ausweichen vielleicht vor mir selber. Wenn ich ihr jedoch schrieb, so bildete ich mir ein, wenn da erst mal eine Anrede stand, würde sich der vernünftige Tonfall schon einstellen und mit dem Tonfall die *passende Notwendigkeit*, wie Inez sagen würde. Ich schrieb ihr vom überraschenden Angebot eines Praktikums. Vom Geschrei der Vögel. Von der Tordalke und ihrer weißen, markanten Rille im Schnabel. Klein und fast unleserlich schrieb ich hinter meine Unterschrift: *Hab jemanden kennengelernt.*

Ich las die Karte noch einmal durch, und mir fiel ein, dass meine Mutter diese Art von Postkarten schon einmal bekommen haben musste, *ich bleib noch ein bisschen hier* oder *warte nicht auf mich* oder *komme später* hatte auf diesen Karten gestanden, Karten mit russischen Briefmarken, abgeschickt in Urengoi, in Sosnowo, in Serpuchow, als sie schon keine Briefe mehr erhielt, nur noch die Karten. In einem der letzten Briefumschläge hatte ein Foto gesteckt; ein nackter Mann, der in der Schaufel eines Baggers saß. Die Schaufel hatte dieselbe Farbe wie seine Haut, sie war hellbraun. Die kleine Gestalt war in der Krümmung der Schaufel kaum zu erkennen. Es sah aus, als wären ihre Gliedmaßen in sie hineingesackt, obwohl der Mann sich zu einer Bewegung hochreckte, die ein Winken sein konnte. Vielleicht rutschte seine Hand auch nur an der glitschigen Schaufelwand ab. Wasser rann an den Seiten herunter. Die Schaufel schwebte über einem See oder einer Grube, am Rand lag Schutt.

Mit diesem Bild war ich aufgewachsen. Das nackte Männlein, das in einer Schaufel hockte, war der, von dem ich alles hatte, was nicht in die Familie zu passen schien. *Die gleichen Augen, das gleiche blonde Strubbelhaar, auch der Sturkopf vom Vater und die Lust an Zahlen und Mathematik*, wie meine Mutter sagte. Sie hatte schnell verstanden, warum ich mit fünfzehn Anzüge zu tragen begann. Ich wollte nicht mehr mit diesem Nackten verglichen werden. Dass auch ich ihr jetzt nur noch Postkarten aus der Ferne schrieb, würde nicht so einfach zu verstehen sein.

Sie hatte seine Karten in der Nachttischschublade verstaut. Es war verboten, die Schublade zu öffnen, aber als Kind hatte ich den Duft, der aus der Lade kam, geliebt. Es war ein Duft nach Holzleim, Leder und Papier. Manchmal hatte ich die Schublade heimlich aufgezogen, immer eilig, immer ängstlich, weil der Griff locker war und quietschte. Annegret bewahrte dort auch ihre Papiere und Urkunden und ein paar Münzen auf, die von den seltenen Auslandsreisen, die sie allein und später gemeinsam mit mir gemacht hatte, übrig geblieben waren. Fünf Forinth, ein paar tschechische Heller. Nach der Wende waren zwei dänische Kronen und sehr viele Franc-Stücke dazugekommen, das Wechselgeld, als ich kurz vor unserem Abflug in Paris noch eine Krawatte kaufte; goldenes Paisley auf leuchtendem Blau.

Ich hatte nie etwas in der Schublade angefasst. Der Duft,

der mich benebelte, das polierte Eschenholz der Lade, der Anblick fremder Münzen und einer großen Lackbrieftasche genügten. Es gab ein Samtkissen, auf dem eine Uhr und Manschettenknöpfe aus eingedunkeltem Silber lagen, Erbstücke wie der Nachttisch selbst. Und so stellte ich mir als Acht-, Neun-, Zehnjähriger das Erwachsensein vor. Man erbte eine Schublade, in die das eigene Leben passte. Und was dort aufbewahrt wurde, durfte niemand außer einem selbst berühren. Denn sollte jemand Fremdes, und war es nur der eigene Sohn, darin herumwühlen, wäre dieses Leben für immer durcheinandergebracht.

Dass es dort noch ein anderes Foto gab, hatte ich nicht gewusst. Und nachdem ich es gesehen hatte, nachdem ich verstand, warum ich Annegret nicht ähnlich sah, warum ich nicht ihre weiße, sonnenbrandgefährdete Haut haben konnte und es nicht mehr nötig war, mich von einem Mann zu unterscheiden, der an der *Trasse der Druschba-Freundschaft* verunglückt war, nachdem ich begriffen hatte, dass sich noch eine ganz andere Geschichte neben der auftat, die ich bisher für meine gehalten hatte, verlor die Schublade ihren Reiz.

Das Foto war schwarz-weiß. Die Frau auf dem Bild war höchstens fünfzehn. Sie hatte schulterlanges, helles Haar, ein glattes Gesicht und blickte ernst an der Kamera vorbei. Sie erschien mir weder hübsch, noch war sie unattraktiv. Sie trug eine kurzärmelige Bluse, Polyester wahrscheinlich, einen gemusterten Rock und ein Band im Haar. Sie stand vor einer Haustür, die Farbe blätterte. Im rechten unteren Eck war ein Betonpapierkorb zu sehen. Das Bild war im Sommer aufgenommen worden. Ich hatte es an einem Sprühregentag im Herbst gesehen, nachdem mich meine Klassenkameraden damit aufgezogen hatten, dass ich nicht wie alle anderen in der Klasse eine richtige Mutter hatte, als ich dachte, dass es meine falsche Mutter war, die da im Schlafzimmer an der Heizung lehnte und durch die Gardine auf die Straße sah. Das Foto lag auf dem Bettrand.

»Das ist sie.«

Auf der Straße parkte der Golf des Nachbarn halb auf dem Bürgersteig, vor dem Getränkestützpunkt saßen die beiden Alkis, das Trafo-Häuschen versorgte das Neubauviertel ordentlich mit Strom. Und über alles legte die Gardine ihr feinmaschiges Gitter.

»Sie muss gewollt haben, dass du es mal bekommst.«

Ich starrte meine Mutter an.

»Du musst jetzt entscheiden, was du damit machen willst.«

»Das sagst du mir jetzt?«

»Ich habe lange über den richtigen Zeitpunkt nachgedacht«, sagte meine Mutter ruhig. »Und ich glaube, es gibt keinen.«

»Du hättest es mir von Anfang an sagen können.« Ich spürte zum ersten Mal, wie es war, die Kontrolle über die Muskeln zu verlieren. Mein Kopf fing unwillkürlich an zu zittern.

»Du hättest es nicht verstanden.«

Das Zittern griff auf die Schultern über, auf die Oberarme, es zog hinunter in die Hände.

»Was hätte ich nicht verstanden?«

»Alles«, sagte meine Mutter. »Wie es zusammenhängt. Du und ich. Was es bedeutet.«

Ich riss die Gardine auf. Ich hasse Gardinen, ich hasse ihr feinmaschiges Gitter, mit dem sie die Landschaft in kleine Einzelteile zerlegen. Das Gesicht meiner Mutter wurde im hereinbrechenden Licht grellweiß.

»Ist dir schwindlig«, sagte meine Mutter, »dann setz dich lieber hin.«

»Mir ist nicht schwindlig.«

»Mach es dir nicht so schwer, Erik.«

»Nein«, sagte ich. »Ich mach's mir nicht schwer.« Ich öffnete die oberen Hemdknöpfe. Dann nahm ich das Foto vom Bett. »Das ist sie, ja?«

»Das Foto war bei den Babysachen.«

»Woher weißt du, ob das stimmt?«

»Man kann heute alles überprüfen.«

»Hast du's?«

»Nein. Ich meinte, du kannst es überprüfen, wenn du Zweifel hast.«

»Man sieht überhaupt nichts. Keine Ähnlichkeit.«

»Auf dem Bild ist sie sehr jung.«

»Und wo hast du das her?«

»Es war in dem Beutel mit Sachen, die sie für dich eingepackt hatte.«

»Was für Sachen?«

»Eine rote Babyklapper. Zwei Strampler.«

»Zwei Strampler«, sagte ich.

»Sie sind im Keller. Ich habe sie für dich aufgehoben.«

»Danke. Ich werde sie unter Glas legen.«

»Sei nicht albern.«

»Ich werde sie unter Glas legen und ein Schild dranhängen: hier ruht mein richtiges Leben.«

»Lass dir Zeit, Erik.«

Das Mädchen auf dem Foto schaute zu mir hoch. »Hast du dir mal angeguckt, wie die aussieht«, sagte ich. »Mit *der* Frisur hätte ich mich vor meinem Kind auch nicht blicken lassen!«

»Erik.« Meine Mutter strich mir über die Wange.

»Hör auf, mich wie ein Kind zu behandeln!«

»Da auf dem Foto, das ist irgendein Mädchen. Die für ihr Leben nicht die Verantwortung übernehmen wollte.«

»Das da ist die Frau, die für mein Dasein verantwortlich ist!«

Die Nachttischschublade hatte offen gestanden, und die ganze Zeit war dieser Duft ausgeströmt, Holzleim, Leder und Papier.

»Für dein Dasein«, sagte sie und nahm mir das Foto aus der Hand, »habe ich gesorgt, mein Lieber. Vergiss das nicht.«

Ich hatte es nicht vergessen. Zuerst taten wir beide so, als hätte es das Foto nie gegeben. Ich bemühte mich, ihr zu zeigen, dass unser Verhältnis so war wie zuvor, liebevoll und uneingeschränkt offen, und sie ging noch stärker als sonst auf mich ein. Vielleicht spürte sie, dass ich unterhalb meiner Anstrengung in Abwehrhaltung war, dass ich diese Wendung in meinem Leben nicht wollte und doch gezwungen war, sie hinzunehmen. Vielleicht hatte meine Mutter auch Angst um sich selbst. Sie hakte sich auf der Straße bei mir ein, sie strich mir in der Kaufhalle vor allen Leuten übers Haar. Abends wollte sie Kinderfotos mit mir ansehen. Meine Laune verschlechterte sich. Ich wurde wütend. Ich fuhr meine Mutter wegen Kleinigkeiten an. Oder ich redete nicht mit ihr. Manchmal tagelang. Ich wusste, dass sie sich schuldig fühlte, dass sie versuchte, einen Fehler, den sie nicht begangen hatte, wiedergutzumachen, was meine Wut noch steigerte. Eines Tages fragte ich sie höhnisch, ob sie nur fremder Leute Kinder erziehen könne, was mir heute noch leidtut, rannte ins Schlafzimmer und zog demonstrativ die Schublade auf, wo das Foto immer noch lag.

Eingepfercht steht sie zwischen Papierkorb und Tür, der

Blick geht in die Ferne. Kinn und Wangenknochen sind scharf konturiert. Ihre rechte Hand greift nach dem offenen Kragen.

Der Geruch aus der Schublade beruhigte mich. Jedesmal, wenn ich die Schublade wieder schloss, dachte ich, Annegret hatte recht; die Frau war eine Fremde, und es spielte keine Rolle, wer sie war, und nach ein paar Tagen ging das Spiel von vorn los, und eines Tages hatte ich die Schublade offen gelassen und zu Annegret gesagt, dass uns das kaputtmachen würde, dass ich etwas unternehmen müsse.

»Mein Sohn interessiert sich ausgerechnet für die Frau, die ihn nicht wollte?«

»Ist das so unvorstellbar?«

»Du warst gerade ein paar Tage alt. Du kannst dir da gar nichts vorstellen.«

»Ich könnte sie fragen, warum sie mich nicht wollte.«

»Sie kann in einer Zwangslage gewesen sein oder krank. Sie war überfordert.«

»Du weißt es nicht. Aber du nimmst sie in Schutz.«

Meine Mutter hatte mir die Hand auf den Arm gelegt, und als ich nicht reagierte, hatte sie die Hand wieder weggenommen. Sie war aufgestanden, hatte die Jacke von der Flurgarderobe genommen. Bevor sie die Wohnung verließ, hatte sie gesagt: »Wenn du zum Jugendamt gehst, vergiss deinen Ausweis nicht.« Sie war in dieser Nacht nicht zurückgekehrt.

Ich wusste, dass ich die Frau, die für mein Dasein verantwortlich war, finden würde, früher oder später würde sie mir begegnen. Damals dachte ich das so: für mein Dasein verantwortlich. Eine Weile spielte ich tatsächlich mit der Idee, zum Jugendamt zu gehen. Ich stellte mir vor, wie ich zu der in den

Akten vermerkten Adresse aufbrechen würde, wie ich eine völlig fremde Frau aus der Ferne beobachten würde, wie sie mit ihren Einkaufstüten nach Hause kommt, drei Kinder springen um sie herum oder auch nicht, sie fährt einen Sportwagen oder auch nicht, ihr neuester Lover ruft sie auf dem Handy an. Es war eine Filmszene: wie die Ahnungslose unangekündigt vor der Haustür gestellt wird. Wie sie zusammenfährt. Wie ihr eine Tüte aus der Hand fällt; Zeichen des Schocks. Wie sie abwiegelt, wie die freie Hand fuchtelt, wie die Mundwinkel beben beim Versuch, diesen aufdringlichen jungen Mann auf freundliche Weise so schnell wie möglich loszuwerden, und nicht weiß, wie, mitten auf der Straße vor ihrem Haus, die Nachbarn tratschbereit an den Fenstern. Wie sie ihm schließlich eine Visitenkarte mit ihrer Telefonnummer gibt und in der Haustür verschwindet, die heruntergefallene Papiertüte zurücklassend, aus der eine Bio-Milch rollt; letztes Bild in Nahaufnahme.

Ich würde zu jenen verlorenen Kindern gehören, die ich bisher nur aus solchen Filmen oder aus der Zeitung kannte. Sie hatten ihre leiblichen Eltern wiedergefunden, und erklärt hatte das nichts. Nur die Fremdheit war offensichtlich geworden. Sie zerstörte die schöne Idee von der untergründigen Macht des Blutes. Das eigene Leben ließ sich nicht mit der Herkunft rechtfertigen, und schon damals begann ich zu denken, dass das vielleicht die ehrlichere Einstellung zu sich selber war.

Ich gab mein Vorhaben auf.

Ich suchte nicht mehr in jeder Frau, die mir begegnete, nach dem Gesicht, das ich auf diesem Schwarz-Weiß-Foto gesehen hatte.

Annegret glaubte mir nicht. Sie dachte, ich wollte sie damit nur beruhigen. Und dabei blieb es. Dabei wird es auch jetzt bleiben. Ich kehre zurück, und für Annegret wird sich nichts ändern. Und das, was für mich in dieser Zeit auf der Insel anders geworden ist, wird all das Unausgesprochene, das sich zwischen uns angesammelt hat, nur vermehren.

In der Nacht, als ich auf dem Bett lag und Karten schrieb, wurde ich vom Geräusch einer zufallenden Tür gestört, es war die Tür zu Feldbergs Zimmer. Ich hörte seine Schritte auf dem Gang, die sich in Richtung der Treppe entfernten. Auf meiner Uhr war es fast eins. Um diese Zeit lag die Insel im blauen Zwielicht. Das Zwielicht ebnete Felsvorsprünge und abschüssige Stellen im Boden ein und ließ Schatten wie Hindernisse aussehen. An den Gebäuden gab es keine Außenbeleuchtung. Stora Karlsö wurde nur mit dem nötigsten Strom versorgt, da die Insel unter strengen Naturschutzauflagen stand. Feldberg brach um diese Zeit nicht zu einem Spaziergang auf.

Ich legte die Karte an Annegret auf den Nachttisch. Ich nahm Kapuzenshirt und Lederjacke und warf mir eine Handvoll Nüsse in den Mund. Ich hatte an diesem Abend noch nichts gegessen.

Als ich nach draußen kam, sah ich Feldbergs weiße Schirmmütze hinter den Wacholderbüschen verschwinden. Wie zwei Säulen flankierten die Büsche den Pfad, der zum Museum führte. Es war windstill. Der noch am Abend schräg an Land treibende Nieselregen hatte sich verzogen, und die Windstille machte die Luft klebrig. Ich zog mein Kapuzenshirt wieder aus und warf es neben die Außentreppe. Dann folgte ich dem unruhigen Lichtfleck seiner Taschenlampe, der sich den Pfad hinunter entfernte, durch die graublaue Nacht.

Heute, auf der Fähre, mit dem Abstand von mehreren Monaten, wirkt dieser Junge lächerlich. Es wäre leicht, zu behaupten, dass es schon damals eine Ahnung gab, die mich antrieb, etwas Untergründiges, das sich noch nicht ins Bewusstsein vorgearbeitet hatte. Aber so war es nicht. Hätte ich eine Ahnung gehabt, wäre ich Feldberg vielleicht nicht so leichtherzig gefolgt. So aber lief ich hinter ihm her, getrieben von Neugier und dem Gedanken, er könnte sich zu Inez aufgemacht haben, er treffe sich heimlich mit ihr, ich hatte den Film schon im Kopf.

Feldberg lief zum Museum. Ich sah, wie der Fleck seiner Taschenlampe über die Tür irrte, dann verharrte. Die Tür ging auf, Feldberg musste im Besitz eines Schlüssels sein. Er ließ die Tür angelehnt. In Inez Büro ging das Licht an. Vor ihrem Fenster standen die Brennesseln hoch. Als ich die Arme hob, um näher heranzugehen, ohne die Pflanzen zu berühren, knarrte meine Lederjacke. Daran erinnere ich mich deutlich, das laute Knarren der Jacke und wie ich mit erhobenen Armen reglos in den Brennesseln stand.

Ich wartete vielleicht eine Viertelstunde. Ins Büro konnte ich nicht hineinsehen, weil die Jalousie heruntergelassen war, ich sah nur die Lichtpünktchen zwischen den Ritzen. Nichts geschah. Als ich mich wieder aus den Brennesseln herausgearbeitet hatte und zurückgehen wollte, hörte ich Feldberg hinter mir sagen: »Erik!« Er klang nicht überrascht.

»Ich habe Licht gesehen und dachte …«

»Sie wollten doch nicht um diese Zeit noch arbeiten?« Er klang gutgelaunt.

»Und Sie?«, sagte ich. Inez Büro war jetzt dunkel.

»Das Gehirn arbeitet immer. Nur nicht immer in die gewünschte Richtung.« Er schloss die Tür ab. »Mir will nicht in den Kopf, dass sich die Tollkirsche innerhalb eines Jahres dermaßen vermehrt haben soll. Sie gehört zu den Pflanzen, die auf diese Insel eingeschleppt worden sind, und wenn ihre Ausbreitung bisher nicht verhindert wurde, kann das nur heißen, dass Auflagen nicht beachtet werden. Und tatsächlich. Ich habe es gerade noch einmal nachgeschlagen; die Verdrängung nicht standortgerechter Pflanzen ist ein wichtiger Punkt in der Zielvereinbarung mit dem Verein.«

»Und das müssen Sie nachts nachschlagen«, sagte ich.

»Ach so, daher weht der Wind.« Feldberg legte mir seinen Arm um die Schultern. »Sie sind ein wachsamer junger Mann, Erik. Inez hat Ihnen sicher gesagt, dass ich ein Unruhestifter bin, womöglich sogar aufdringlich, nicht wahr, und jetzt denken Sie, Sie haben einen Schnüffler auf offener Tat ertappt, nicht wahr? Warum glauben Sie ihr? Hat Inez Ihnen auch gesagt, dass ich sie einmal beim Betrügen erwischt habe? Geldunterschlagung? Dass sie ihre Doktorarbeit deshalb erst jetzt schreibt? Das ist lange her, aber sie hat es mir nie verziehen.« Er lachte. »Manche Sachen verfolgen einen ein Leben lang.«

»Und da wollten Sie sie gerade jetzt um Verzeihung bitten.«

Feldbergs Hand steuerte mich an der Schulter den Weg entlang. »*Diese* Hoffnung habe ich schon lange aufgegeben.«

»Sie wird nicht mit Ihnen reden.«

»Sie haben es also versucht?«

»Sie erzählt mir auch nichts über Sie. Falls Sie sich da Sorgen machen.«

»Das weiß ich. Aber sie könnte. Geben Sie nicht auf.«

»Das haben Sie mir schon gesagt.«

»Information ist alles«, sagte Feldberg. Er schaltete die Taschenlampe an. Der Schein stach einen Dunghaufen dicht vor uns aus dem Boden aus. »Ohne umfassend informiert zu sein, können wir nie gewährleisten, dass unsere Schlüsse, die wir über Menschen ziehen, richtig sind. Das ist das A und O, Erik, das A und O meiner Tätigkeit. Und des Lebens. Finden Sie nicht, dass Entdeckungen aufregend sind?« Wir umrundeten den Dung und begannen den Aufstieg zum Leuchtturm.

»Kommt drauf an.«

»Wenn man so jung ist wie Sie, sollte alles eine Entdeckung sein.«

»Das sagt der Mann, der schon Pferde hat kotzen sehen.«

»Glauben Sie, Sie leben ewig?«, sagte Rainer Feldberg heftig. »Ihre Arroganz, junger Mann, ist nicht angebracht. Sie sollten wissen, dass wir in dieser kurzen Spanne unseres Lebens nur eine noch viel kürzere Zeitspanne haben, in der es uns überhaupt möglich ist, echte Entdeckungen zu machen. Diese Offenheit, was glauben Sie denn, wie lange Sie dazu noch in der Lage sind? Wie lange Sie noch auf diese unsichere Weise durch die Gegend stolpern? Widersprechen Sie nicht, schätzen Sie sich lieber glücklich! Wie lange, denken Sie, dauert so eine Phase? Fünf Minuten, zehn? Ha! Verschätzt mein Freund. Ein Zischen, und schon ist es verglüht. Ehe Sie es bemerken, haben Sie sich eingerichtet. Sie versinken in Ihrem Sofa und gehen auf Nummer sicher. – Also Erik, vergessen Sie Ihr zartes Selbstmitleid! Sie haben nicht viel Zeit, aber noch haben Sie sie. Noch haben Sie diese unverschämte Ahnungslosigkeit.«

Ich sah Feldberg von der Seite an. Das Zwielicht hob die flachen Stellen seines Gesichts schattig empor. Er sah zurück, und sein Blick war fast körperlich spürbar.

»Aber Sie *haben* doch schon etwas entdeckt«, sagte er, »nicht wahr?«

»Einen wie Sie«, sagte ich locker. »Mir ist gerade klargeworden, dass Sie ein richtiges Aha-Erlebnis sind.«

»Ich?« Er lachte. »Na, kommen Sie, reden Sie nicht so einen Unsinn. Wissen Sie«, sagte er dann, »mich wundert es überhaupt nicht, dass Sie Inez glauben. Sie sind verliebt. Da ist das eine ganz natürliche Reaktion. Widersprechen Sie nicht. Man sieht es Ihnen an.«

Ich merkte, wie ich rot wurde. Ich hatte so ein Gespräch noch nie geführt, nicht mit Annegret, nicht mit einem meiner Kumpel, ich hatte mir nur vorgestellt, dass meine Kumpel diese Art Gespräch mit ihren Vätern führten. Ich fand nicht, dass Rainer Feldberg ein Recht auf diese Rolle hatte, und trotzdem war ich froh. Er hatte es ausgesprochen.

»Woher kennen Sie Inez?«

»Wir waren Kinder, und ich habe sie verhungern lassen«, sagte Feldberg knapp.

»Sie haben was?«

Feldberg rückte seine Mütze zurecht. »Ich erzähl's Ihnen«, sagte er. »Aber kommen Sie. Bleiben Sie nicht dauernd stehen.« Er ließ den Strahl der Taschenlampe über den Weg streifen. »Ich habe sie auf einer Wippe verhungern lassen. Auf einem Spielplatz. Sie saß oben, und ich ließ sie nicht wieder runter. Lachen Sie nicht, Erik. Das war nicht gerade ein günstiger Beginn. Aber später hatte sie sich in eine blöde Sache verstrickt, und ich wurde so etwas wie ihr Schutzengel.«

»Wann war das«, sagte ich.

»In einem Teil der Welt, der nicht mehr existiert und mal die Zukunft war.«

»Im Osten? Also doch.«

»Greifswald war damals das Epizentrum des Ostens. Die atomare Machtzentrale.«

»In der Nähe bin ich aufgewachsen.«

»Dann kennen Sie's ja«, sagte Feldberg. »Da glaubten sie damals noch an die Zukunft. Und das machte sie zu anderen Menschen.«

»Die Greifswalder?«

»Nicht nur die Greifswalder, mein Lieber. Das ganze Land. Man baute jeden Tag daran. Und abends erfreute man sich am Widerschein, den das noch unfertige Gebäude warf, entschuldigen Sie, wenn ich schwülstig werde.«

»Klingt, als ob Sie von einem anderen Planeten reden.«

»Das haben Sie gut herausgehört. Von einem verschwundenen und besseren Planeten.«

Wir hatten den Leuchtturm erreicht.

»Und was war das für eine Sache, in die Inez sich verstrickt hatte?«

»Richtig! Wenn Sie den Rat eines Freundes hören wollen: Begeben Sie sich immer in die Rolle des Wahrheit Suchenden«, sagte Feldberg. »Aber ich kann Ihnen an dieser Stelle nicht viel mehr erzählen. Ich war damals in einer Position, in der es mir möglich war, ihr zu helfen. Na ja. Später habe ich sie aus den Augen verloren.« Er schaltete die Taschenlampe aus. »Aber eines kann ich Ihnen sagen, sie war nicht gerade die keuscheste Person unter der Sonne.« Er grinste und schob die Lampe in die Jackentasche. »Ich mochte sie. Mir wäre es lieber gewesen, ich hätte sie nicht erwischt.«

»Bei was genau?«

»Geldunterschlagung. Soligeld.« Er sah mich an. »Aber das wollen Sie nicht wirklich hören. Das ist vergangen und vergessen. Schwamm drüber. – Und wir zwei beiden? Was machen wir jetzt?«, sagte er schwungvoll. »Im Kühlschrank habe ich eine angebrochene Flasche Aquavit. Hat die Verfolgungsjagd Sie nicht durstig gemacht?«

Die Rolle des Wahrheit Suchenden, hatte er gesagt, nicht *der Wahrheit Suchende* oder *die Wahrheit suchen*, sondern *die Rolle des Suchenden*. Diese Formulierung tauchte später und in einem anderen Zusammenhang wieder auf, in einem Zusammenhang, in dem auch der Zeitungsartikel auf einmal einen Sinn bekam, den Rainer Feldberg in jener Nacht auf dem Boden in Inez' Büro liegenließ, aus Versehen oder nicht. Der Zeitungsartikel, den Inez sich aus dem Internet heruntergeladen und ausgedruckt hatte und den sie am nächsten Morgen dort auf dem Boden liegen sah, wo sie ihn nicht hingelegt hatte. Der Artikel, der es ihr unmöglich machte, sich noch länger einzureden, dass Feldbergs Auftauchen auf Stora Karlsö Zufall wäre.

Der Zufall. Der als Begründung dient, wenn Erwartungen nicht erfüllt werden.

Inez hatte erwartet, dass Feldberg mit seinem Besuch auf der Insel eine Absicht verfolgte. Der Zeitungsartikel, der am Morgen wie hingeweht auf dem Boden lag, bestätigte diese Erwartung. Feldberg war nicht gekommen, um den Anbau von Rauschpflanzen zu überprüfen.

Atropa baetica. Atropos, die Unabwendbare. Die von den Dingen singt, die sein werden. Schicksalsgöttin, die den Lebensfaden abschneidet. Wenn man an Schicksal glaubt. Oder wenn jede andere Begründung für ein Ereignis seine Glaubwürdigkeit verloren hat.

Das alles fand ich später heraus.

Was Feldberg in dieser Nacht im Juli in Inez' Büro eigentlich gesucht hatte, welche *Ressourcen* er hatte auftun, welches Material er hatte *sichern* wollen zur *konkreten und lückenlosen Nachweisführung*, die Inez als unzuverlässig *hinstellte*, wie er wahrscheinlich sagen würde, habe ich nie herausgefunden.

Am nächsten Morgen war das Büro aufgeräumt wie immer. Der Schreibtisch war leer bis auf die blauen Kästen der Ablage, die sich an der Fensterseite türmten, beladen mit Tabellen und Briefen. Die Kiste mit Datenloggern stand unverändert neben dem Drucker. Als ich Inez fragte, ob sie etwas vermisse, sah sie mich überrascht an. Wir waren allein im Büro, die Jalousie war zur Hälfte aufgezogen.

»Ich weiß es nicht.« Sie machte sich an der Kiste mit Datenloggern zu schaffen, schloss einen der Logger über ein Verbindungskabel an ihren Laptop an. »Wenn ich dich sehe, Erik«, sagte sie schließlich, »habe ich jedesmal das Gefühl, mich daran zu erinnern.«

»Woran.«

»An das, was ich vermisse.«

Ich war an diesem Morgen verkatert aufgestanden, hatte einen Kaffee getrunken und mich beeilt, einer der Ersten im Museum zu sein. Die ganze Nacht hatte ich im halbwachen Zustand und mit Rest-Aquavit im Blut Feldbergs Worte im Kopf herumbewegt und versucht, sie loszuwerden, wobei sie immer nur tiefer eingedrungen waren und ein Misstrauen aufgeschürt hatten, das ganz eindeutig Inez und nicht Feldberg galt.

»Dann ist alles in Ordnung hier?«

»Natürlich ist alles in Ordnung«, sagte Inez. »Was ist denn los mit dir?«

Ich war mit einem dumpfen Druck im Kopf eingeschlafen, und er hielt auch jetzt noch an. Ich stand da wie im Nebel.

Die Nacht, das Büro, diese Frau erschienen mir undeutlich, entfernt.

»Erik?«, sagte Inez leise. »Erik?« Und als ich sie durch den Nebel hindurch ansah und auf sie zugehen und in die Arme nehmen wollte, sagte sie rau wie immer: »Da du so früh bist, könntest du aus den ausgelesenen Loggern schon mal die Batterien rauslöten und neue einlöten. Dann schaffen wir es vielleicht, sie heute noch zu kalibrieren.«

»Ist das alles?«

»Das wäre erst mal alles, ja.« Sie setzte sich an ihren Computer.

»Und was hast du gerade in der Mappe verschwinden lassen?«

»Welche Mappe?«

»Die gelbe. Hinter dir im Regal.«

»Wenn du mich jetzt fragen würdest, was ich vermisse, würde ich sagen eine gewisse Unaufdringlichkeit.«

Ich stand da wie im Nebel, und auf einmal ging mich das alles nichts mehr an. Weder diese Frau noch die Probleme auf der Insel oder der Typ mit seinem Knick im Hut, der sich aufführte wie ein antiquierter Detektiv. Ich hatte sein verheißungsvolles Herummenscheln satt, ich hatte es satt, dieser Frau nachzulaufen, ich wollte meinen Rucksack nehmen und abreisen, nach Hause fahren, zurück ins normale Leben und mit dem weitermachen, was ich mir vorgenommen hatte, statt meine Zeit mit sinnlosen Geschichten zu vergeuden und meiner Mutter verkrampfte Karten zu schreiben, und ich wollte auch nicht mehr von diesem untergründigen Fieber getrieben sein.

Als Inez am frühen Nachmittag mit einer Tour draußen in den Felsen war, ging ich in ihr Büro. Ich nahm die Mappe aus dem Regal. Der Artikel stammte aus der Online-Ausgabe einer deutschen Zeitung. Es war ein nichtssagendes Interview mit einem Kandidaten für den Bundestag, ein Brandenburger, der auf ein Direktmandat hoffte, sich volksnah gab und seine Heimat- und Familienverbundenheit als Trumpfkarten ausspielte. Auf dem Bild unter dem Artikel hatte er für den Fotografen ein Gesicht gemacht, das er für ein trauriges halten musste. Die Bildunterschrift lautete: »Ein Vater gibt nicht auf.«

Ich setzte mich auf Inez' Bürostuhl. Die Jalousie klapperte gegen das Fenster. Auf dem Tisch stand ihr Kaffeebecher, halb ausgetrunken, der Kaffeerest kalt.

»Kandidat für den Bundestag stellt sich vor«, lautete die Überschrift. »Gestern präsentierte sich der Kandidat der CDU im Haus der Sozialen Gerechtigkeit der Presse.« Das Interview nahm eine Doppelseite ein, darunter gab es eine Anzeige für Wurst.

»MAZ: ›Herr Ton, Sie sind ein Neuling auf der politischen Bühne und steigen gleich mit einem Direktmandat ein. Glauben Sie, Sie werden das Vertrauen der Wähler gewinnen?‹

Ton: ›Ich bin sicher, dass ich durch meine langjährigen Erfahrungen als Mann der Wirtschaft wertvolle Kenntnisse in meine politische Arbeit einbringen kann, und als alteingesessener Brandenburger sind mir die Nöte und Sorgen meiner Landsleute vertraut.‹

MAZ: ›Was würden Sie als die drei wichtigsten Punkte bezeichnen, für die Sie als Person stehen?‹

Ton: ›Ich stehe für soziale Gerechtigkeit, Schutz von Ehe und Familie, halte eine saubere Kernenergiepolitik für zwingend notwendig und befürworte eine lückenlose Aufklärung der DDR-Vergangenheit im zwanzigsten Jahr nach der Wende. Im Wahlkampf wird es auch darum gehen, zu zeigen, wie wacklig die ideologischen Stützpunkte der gegnerischen Parteien in Wahrheit sind.‹

MAZ: ›Über Ihren Werdegang liegen uns nur grobe Eckdaten vor. Sie haben Fernmeldetechniker gelernt, mit Abitur, ein Studium der Ökonomie absolviert und in diesem Bereich gearbeitet. Können Sie uns etwas über Ihre Familiengeschichte erzählen? Sie waren mal liiert, aber leben allein?‹

Ton: ›Sie haben recht, das Leben ist viel zu lang, um es allein zu verbringen! Das ist mir in den letzten Jahren aufgegangen. Man muss sich auch mit der eigenen Vergangenheit auseinandersetzen. Und es macht mich traurig, dass ein Teil dieser Vergangenheit verschwunden ist. Ich rede nicht von der DDR im Allgemeinen. Ich rede von meinem persönlichen Lebenslauf. Wie Sie vielleicht wissen, ist meine Frau damals in den Westen gegangen, meinen Sohn habe ich nie gesehen. Als sie wegging, hat sie mich in dem Glauben gelassen, sie habe das Kind mitgenommen. Erst nach der Wende fand ich heraus, dass das nicht der Fall war. Sie hat es weggegeben. Momentan setze ich alles daran, den Kontakt zu meinem Kind herzustellen. Hier treffen sich meine Überzeugung als Politiker und meine persönlichen Gründe, mich dafür stark zu machen, den Menschen aus der DDR Gerechtigkeit widerfahren zu lassen. Ich wünsche mir, meine politische Karriere als wiedervereinigter Vater beginnen zu dürfen.‹«

Während die Schiffsschraube die Ostsee in Salzschaum verwandelt und die Insel in der Ferne an Farbe verliert, versuche ich, mir vorzustellen, was Inez gedacht hatte, an diesem Morgen, als sie den Zeitungsartikel auf dem Boden liegen sah. Mir kommt nur eine ihrer typischen Formulierungen in den Sinn: *Hoffentlich merkt jemand, was das für eine Sprache ist. Hoffentlich merkt man, dass er redet wie im Kalten Krieg.*

Was Rainer Feldberg zu diesem Artikel gesagt haben dürfte, ist mir völlig klar: *Legendenbildung*. Und: *Ich werd mich mal umhorchen, wie der wiedervereinigte Vater ankommt.*

Damals konnte ich mit diesem Artikel nichts anfangen. Ich legte ihn in die Mappe und schob die Mappe zurück ins Regal.

Wenig später rief der Vereinsvorsitzende alle Mitarbeiter der Insel zu einer Aussprache zusammen. Wie sich herausstellte, hatte Guido darauf gedrungen. Er fand, er sei überlastet. Er fand auch, dass Inez' Verhalten unverantwortlich sei. Sie sei zu oft bei den Vögeln und setze sich zu wenig für die touristischen Belange auf der Insel ein. Die Anzeige wegen illegaler Bepflanzung sei zwar fallengelassen worden, sagte Guido im Vorführraum des Museums, wodurch die anderen überhaupt zum ersten Mal von dieser Anzeige erfuhren, das bedeute jedoch nicht, dass sich artfremde Pflanzen nicht weiterhin ungehindert ausbreiten würden.

Der Vereinsvorsitzende bat Rainer Feldberg um eine Zusammenfassung seiner Untersuchungen. Feldberg lehnte ab. Er hielt es für voreilig, schon jetzt ein Urteil abzugeben. Der Vorsitzende forderte die Scouts und die Praktikantin auf, ihre Sicht vorzutragen.

»Wann ist Ihre sogenannte Untersuchung denn abgeschlossen?«, fragte Inez dazwischen.

»Frau Rauter, bitte!« Die Rolle, die der Vorsitzende an diesem Tag innehatte, schien nicht seine liebste zu sein. »Ich habe Ihnen doch schon wiederholt zu verstehen gegeben, dass es sich um eine Routineuntersuchung handelt. Die Bewirtschaftung durch den Karlsöclubb darf nicht, und ich lese Ihnen das gern noch einmal im Wortlaut vor«, er schlug eine Seite in seinem Aktenordner auf, »*darf nicht zu erheblichen Beeinträchtigungen des Vogelschutzgebiets in seinen für die Erhaltungsziele oder den Schutzzweck maßgeblichen Bestandteilen führen.* Die europäischen Rechtsvorschriften müssten Ihnen als Fachfrau eigentlich bekannt sein.«

Inez hatte sich im Stuhl zurückgelehnt. Sie hatte den Arm ausgestreckt und drehte einen Pappbecher.

»Herr Feldberg hat für diese Untersuchung soviel Zeit, wie er eben benötigt«, sagte der Vereinsvorsitzende.

Inez drehte den Becher langsam und mechanisch im Kreis.

Der Vereinsvorsitzende wartete noch einen Moment, aber als von Inez nichts mehr kam, nickte er Giudo zu. Guido klappte sein Notizbuch auf und berichtete, dass er seit neuestem zwei Touren am Tag mache, anstatt nur einer, dass es bei der Zimmerbelegung im Leuchtturm Überschneidungen gegeben habe, er nannte die Daten, dass die Belehrung der Touristen vernachlässigt werde, auch hier hatte er Daten, erst gestern habe er ein verirrtes Pärchen aus der Naturschutzzone zurückgeholt.

»Warum genau haben Sie diese Untersuchung in Auftrag gegeben?«, fragte Inez.

»Frau Rauter, Sie sind jetzt nicht dran.«

»Ich arbeite seit fast drei Jahren hier, was ich Ihnen zu verdanken habe.«

»Es geht nicht nur um Sie.«

»Warum sollte ich meine Forschungsarbeit kurz vor dem Ende riskieren, indem ich meine Verpflichtungen gegenüber dem Karlsöclubb vernachlässige? Ich frage mich, wer Sie davon überzeugt hat, diese Untersuchung in Auftrag zu geben.«

»Das waren die Kollegen von der deutschen Umweltbehörde«, sagte der Vereinsvorsitzende. »Da es sich bei uns, wie Sie wissen, um eine deutsch-schwedische Projektträgerschaft handelt, hat das auch seine Richtigkeit.«

»Haben Sie mal überprüft, ob das sogenannte Gutachterbüro, das Sie da beauftragt haben, für Umweltbelange tatsächlich auch ausgewiesen ist?«

Man hörte das Schaben des Pappbechers auf der Tischplatte bei jeder Runde, den er in Inez' Hand machte.

»Herr Feldberg kommt von einem seriösen Unternehmen«, sagte Guido.

»Weil das auf seiner Visitenkarte steht? Das soll er erst mal beweisen.«

Feldberg lächelte.

»Finden Sie nicht«, sagte der Vereinsvorsitzende, »dass Sie ein wenig überreagieren?«

»Ein Naturschutzgebiet ist nicht zum Schutz der Menschen da«, sagte Inez.

»Frau Rauter, ich kann verstehen, dass Sie nervös sind. Aber ich sag es noch mal: Es ist eine reine Routinekontrolle. Wenn ich anfangen würde, jeder Empfehlung der deutschen Kollegen zu misstrauen, hätte ich ziemlich schnell ein politisches Problem am Hals. Also lassen Sie den Mann seine Arbeit machen, und Sie machen Ihre.«

Inez reagierte nicht. Nur den Becher ließ sie los. Sie schnippste gegen den Rand, und der Becher fiel um und schlitterte über den Tisch, direkt auf Feldberg zu, der zurückwich, aber der Becher erreichte ihn nicht.

»Was genau unterstellst du Feldberg eigentlich?«, fragte ich Inez hinterher.

»Er verarscht uns alle«, sagte sie und ließ mich stehen.

Als ich noch einmal zurückging, um meine Jacke zu holen, die ich vergessen hatte, sah ich Feldberg mit dem Vereinsvorsitzenden am Fenster stehen. Der Vereinsvorsitzende wischte auf seinem Westover herum, als hätte er Flecken oder Fussel auf der Wolle entdeckt. Rainer Feldberg redete auf ihn ein. Ich hörte ihn sagen, dass regelmäßige Zwischenberichte über die Betreuung der Touristen sinnvoll wären, dass man einen besseren Zugriff auf die Vorgänge auf der Insel bekomme, wenn Inez Rauter wöchentlich einen Fragekatalog auszufüllen hätte, den sie zur Unterschrift vorlegen müsse. Dass das schwedische Prinzip der Freiheit mit Verantwortung, demzufolge, wenn er das richtig verstanden habe, schon den Kindern zugestanden werde, verantwortungsbewusst und selbstständig zu handeln und dabei das Wohl der Gemeinschaft immer vor Augen zu haben, dass dieses *duktig* also, so heiße das doch, keine deutsche Tugend sei, weshalb zu viel Freiraum in diesem Fall nicht unbedingt vorteilhaft für den Auftraggeber wäre.

Der Vereinsvorsitzende nickte und pflückte Fussel von seinem Westover. Dann lächelte er Feldberg an und sagte: »Ich wünschte, meine Frau würde die Wäsche nicht immer so huschhusch machen.«

Anfang oder Mitte Juli. Das waren die Abende und Nächte, die wir auf dem Plateau verbrachten. Wir hatten uns angewöhnt, auf den Liegestühlen nah an der Hauswand zu sitzen, die die Wärme des Tages gespeichert hatte. Jeden Abend saß ich dort und wartete auf Inez. Ich trug Flipflops oder Chucks, die Luft war mild, ich spürte den Sonnenbrand im Rücken. Ich sorgte für Bier, ich öffnete Inez eine Flasche, sobald sie kam, und wenn sie keine Lust hatte auf Bier, trank ich allein. Es gefiel ihr nicht, wie ich sie ansah. Sie habe sich bedrängt gefühlt, gestand sie mir später, sie empfand es als störend, so herausfordernd angestarrt zu werden, manchmal schon fast als Provokation. Und doch habe sie sich gesehnt nach diesen Abenden. Sie sei häufig morgens schon mit dieser Sehnsucht aufgewacht, weshalb der Tag dann leicht und sorglos verlaufen sei.

Auch mir gelang es in jenen Tagen nicht, dieses Fieber auszuschalten, die Vorstellung von ihrem Körper auszuschalten, die mich vor dem Einschlafen besonders heftig überfiel, die weißen Träger ihres BHs, die Fältchen, die in ihre Achselhöhle führten, auch nur für einen Augenblick zu vergessen, ihre Brüste, die unter dem luftigen Shirt in den weißen Schalen zu ahnen waren, ihren Duft, der tief war und klarer als bei den Mädchen, die verwaschen nach Kaugummi, Bodylotion und süßlichen Deos rochen. Es erregte mich, mir vorzustellen, wie Inez sich morgens im Bad im Spiegel ansah, wie sie sich fertig machte, wie sie Eyeliner, Lippenstift und Lidstrich so auftrug, dass es kaum sichtbar war, aber ihr Gesicht strahlen ließ. Mich erregte, dass sie eine Frau war, die mit ihrem Gesicht umgehen konnte, eine Frau, die man in den Linien und Konturen ihres Gesichts erkannte, während die Gesichter der Mädchen hinter einer dicken, glatten Gewebeschicht steckten, die sie alle gleich machte. Und selbst wenn es mir gelungen wäre, alle diese Vorstellungen auszuschalten, wenn es mir gelungen wäre, nüchtern zu bleiben und mich umfassend zu informieren, wie Rainer Feldberg gesagt hatte, wenn ich versucht hätte, in Kenntnis aller Einflussgrößen zu gelangen, selbst dann wäre alles genauso passiert. Ich war Inez verfallen.

Eines Abends brachte ich sie dazu, mir zu gestehen, dass etwas in diesem ersten Augenblick stattgefunden hatte, in diesem Moment auf dem Kai an der Fähre, etwas, das nicht Rainer Feldberg betraf, sondern mich, auch wenn es sich nur in einem Zögern gezeigt hatte.

Sie hatte es zugegeben und das Thema gewechselt. »Hörst du das, Erik? Wie schläfrig die Vögel sind? Sie sind schläfrig von diesem unglaublichen Sommer.« Der Wind trieb eine Haarsträhne auf ihre Wange. Es ließ sie verwegen aussehen. »Dieses Abendgeschrei«, sagte sie. »So matt und so voller Ungeduld.«

Wir redeten bis zum Morgen, bis es Zeit wurde, in die Felsen zu gehen. Inez hatte sich angewöhnt, der Praktikantin zweimal in der Woche die Frühschicht abzunehmen, die gegen fünf begann, wenn die ersten Vögel zu Beutezügen starteten. Sie stießen von den Felsen zum Wasser hinab, tauchten und brachten im Schnabel Fische zurück, die im Spektiv deutlich zu sehen waren.

Die Luft war kühl. Ich hatte die Fleecejacke bis oben geschlossen und hockte übernächtigt neben Inez. Abwechselnd sahen wir durch das Spektiv. Wir suchten nach Nestern, in denen noch Eier waren. Im Juli gab es nur noch wenige brütende Pärchen, einjährige, unerfahrene Tiere, deren Küken zu spät schlüpfen würden. Für diese Nachzügler blieb keine Zeit mehr. Sie schafften es nicht, rechtzeitig die Wärmeregulierung ihrer Körper auszubilden. Bevor das Gefieder wasserresistent geworden war, mussten sie ins Meer springen, begleitet von einer ausgewachsenen Lumme, die sich in einem trudelnden Schmetterlingsflug hinter dem Jungen herfallen ließ. Jeder der trancegleichen Flügelschläge trieb ein dünnes Japsen aus dem Körper der Lumme, als ahne sie, dass dem Küken, sobald es aufkam, das Wasser in die Federn dringen, es nicht tragen würde, sondern immer tiefer hinunterzog.

Wir behielten die Nester im Auge. Wir versuchten, die Farbe der Eier zu erkennen, sobald sich ein Vogel erhob. Die Lummen peitschten mit den Flügeln den Felsen, drehten das Ei um die Achse, um sich dann wieder niederzulassen oder dem Partner Platz zu machen. Es gab ockerfarbene und braune, gelbe und sandfarbene Eier, jedes war anders gesprenkelt. Als Inez glaubte, ein türkisfarbenes Ei zu erkennen, schob sie sich auf dem Bauch bis zum Rand des Felsvorsprungs heran, um einen besseren Blick zu haben. Und als ich sie so daliegen sah, musste ich an Feldberg denken und an seinen Auftrag *im Interesse des Vereins* und dass das, was er als starkes Abkapseln bezeichnet hatte, eine Notwendigkeit war. Wer so viel Zeit bei den Vögeln verbrachte, wer stundenlang draußen auf dem Beobachtungsposten saß, wer die Vogelschreie zu deuten verstand und ihren Flug lesen konnte, passte sich dieser einsamen Beschäftigung zwangsläufig an, wurde einsilbig, verschlossen, verträumt. Und auch jetzt, da ich weiß, dass ihr Verhalten noch ganz andere Gründe hat, halte ich ihre Zurückgezogenheit, ihre ins Innere gerichtete Kraft für eine ihrer wesentlichen Eigenschaften.

Wir entdeckten an diesem Morgen kein türkisfarbenes Ei. Hätten wir eines entdeckt und wäre das Nest erreichbar gewesen, hätte ich das Ei gestohlen und es ihr geschenkt. Ein türkises Ei, sagte Inez, finde man so selten wie eine dreißig Jahre alte Tordalke.

Die Abende auf dem Plateau glichen sich, der rote Himmel, das aufgepeitschte Wasser, das Tumultgeschrei der Vögel auf den Wellen, die ihre Jungen lockten. Tauchte eine Lumme windgejagt oberhalb der Klippe auf, schimmerte ihr Gefieder.

»Weißt du eigentlich, dass das Feldberg war?«, sagte ich eines Abends. »Vor einer Woche in deinem Büro? Ich bin ihm gefolgt.«

Inez sagte nichts.

»Ich frage mich, was er dort wollte.«

»Du könntest einfach mit dem Fragen aufhören«, sagte Inez.

»Warum?«

»Es würde mir besser gefallen.«

»Hast du was zu verbergen?«

»Bei deiner Neugier ist es schwer, etwas zu verbergen.«

»Du weißt, dass es Feldberg war, oder?«

»Es interessiert mich nicht.«

»Hattest du was mit ihm? War er dein erstes Mal?«

»Im Frühjahr, wenn die Vögel nach einem langen Winter auf offenem Meer an Land kommen«, sagte Inez, »das ist ein erstes Mal, das man nicht vergisst.«

Damals schien es mir, als wolle sie meiner Frage ausweichen. Aber sie war nicht ausgewichen, wie ich heute weiß. Sie bezog die Frage nur auf das, was ihr in diesem Moment geschah. Sie war überrascht, dass ihre Schroffheit bei mir nicht die übliche Wirkung hatte. Normalerweise hielt sie die Leute mit dieser Schroffheit auf Abstand, die Scouts, die Vereinsmitglieder, die Ornithologen, mit denen sie früher, vor der Doktorarbeit, bei *seabirds at sea* zu tun gehabt hatte. Sie hatte mir erzählt, dass sie jedesmal mit einem anderen Schiff, mit einer anderen Reederei unterwegs gewesen war. Die Gespräche an Bord hatten sich um Praktisches gedreht, darum, die See- und Küstenvögel auf einem zweihundert Meter breiten Streifen rechts und links vom Schiff zu erfassen; Daten, die dazu verwendet werden würden, Meeresschutzgebiete in der Nordsee auszuweisen und einen Atlas der Seevögel der Deutschen Bucht zu erstellen, *schiffsgestützte Transektzählung*, wie sie dazu sagte. Die Leute auf diesen Schiffen hatte sie in der Regel nicht wiedergesehen. Nur an eine Frau konnte sie sich gut erinnern, an einen nautischen Offizier, eine Amerikanerin, die an einem stürmischen Tag zu ihr gesagt hatte: *You don't show it, but you are a loose cannon*, und Inez hatte erzählt, dass sie eine Weile gebraucht hatte, bis sie verstand, was damit gemeint war.

Gemeint war, dass einer der wesentlichen Gründe, auf diesen Schiffen unterwegs zu sein, für Inez nicht die Vögel waren, auch wenn sie stundenlang zusehen konnte, wie sie sich dem Wind anvertrauten, sich hineinlegten in seine Auftriebe, wie sie sich reglos höher tragen ließen, die Flügel leicht nach innen gewölbt, bis eine Unterströmung sie ergriff und ihre Körper beschleunigte und sie die Führung wieder übernahmen, sich mit schnellen Flügelschlägen wegdrückten aus dem Sog des Windes und fast senkrecht hinunterstürzten, aufklatschten auf dem Meer. Inez hatte mir erzählt, dass sie auf diesen Schiffen unterwegs gewesen war, um frei und unkontrollierbar zu sein.

Als ich sie auf dem Plateau nach ihrem ersten Mal gefragt hatte, war das Einzige, worauf sie nicht eingegangen war, meine Plumpheit gewesen. Sie redete nicht vom ersten Sex. Sie redete davon, wie sie sich jetzt fühlte, mit mir: Land in Sicht nach einem langen Winter auf offenem Meer.

»Du kannst ihn nicht mal für einen Abend vergessen,

was?« Das nächtliche Rot leuchtete in Inez' Haar und auf ihrem Gesicht.

»Wen?«

»Feldberg.«

»Hattest du was mit ihm oder nicht?«

»Nur für einen Abend, Erik.«

»Er hat mir geholfen.«

»Da ich dich mag, sollte mich das vermutlich freuen.«

»Willst du nicht wissen, wie?«

»Nein.«

»Wir haben eine Flasche Aquavit leergemacht, und er hat mir alles verraten.«

»Es gibt nichts, was ich weniger wissen möchte.«

»Er hat mir verraten, woher ihr euch kennt.«

»Was gibt es da zu verraten«, sagte Inez.

»Du hättest mir sagen können, dass du aus dem Osten bist. Ich habe dich gefragt.«

»Und ich«, sagte Inez und griff nach der Bierflasche, die neben der Sonnenliege stand, »hatte keine Lust, darüber zu reden. Es langweilt mich.«

Sie trank, ließ die Hand mit der Bierflasche über die Armlehne hängen, lehnte sich zurück und schloss die Augen. Sie wollte mir zeigen, wie sehr es sie gelangweilt hatte, wie es sie auch jetzt langweilte, wie sehr unser Abend auf dem Plateau von einem so langweiligen Thema zerstört wurde.

»Du musst ja nicht drüber reden«, sagte ich.

»Gut. Reden wir nicht darüber.«

»Du hättest es mir einfach mitteilen können.«

Inez saß immer noch mit geschlossenen Augen da. »Wozu?«

»Weil man das normalerweise so macht, wenn man sich kennenlernt!«

»Du meinst, ich bin dazu verpflichtet.«

»Man erzählt sich, wo man aufgewachsen ist.«

»Wenn man im Osten aufgewachsen ist, hört das aber an dieser Stelle nicht auf, Erik. Dann muss man *normalerweise* Auskunft geben.«

»Ja und«, sagte ich heftig, »was ist daran so schlimm?« Aus dem Rot der Ostsee tauchte das Motorboot auf, sein gleichbleibend dumpfer Ton drang zu uns herauf. Die Sportler drehten eine Abendrunde. Ihre Kajaks waren blasse Striche auf dem Wasser, nur das Boot mit seinem schwarzen Rumpf hob sich deutlich ab. »Ich finde es schlimm, belogen zu werden.«

Inez lachte. »Du bist ja ein Süßer«, sagte sie. »Du bist wirklich süß.«

»Er hat mir verraten, dass er dich wegen Geldunterschlagung angezeigt hat.«

Inez öffnete die Augen und sah mich an. »Dann scheint er dir wirklich geholfen zu haben.«

Ich wich ihrem Blick aus. »Soviel geb ich auch wieder nicht auf das, was er sagt.«

»Nein«, sagte sie. »In seinen Augen werde ich jetzt für dich erst richtig interessant!«

Am Rand des Plateaus tauchte die Praktikantin auf. Sie fuchtelte mit den Armen, als gebe es eine entscheidende Neuigkeit oder als brauche sie dringend Hilfe, und Inez sprang auf. Ich sah sie beruhigend auf das Mädchen einreden, bis die Praktikantin nickte und aufhörte, mit den Armen zu fuchteln und nur noch mechanisch an ihrer Jacke zog.

»Ich würde mehr auf das geben, was *du* sagst«, sagte ich, als Inez zurück war. Die rote Färbung des Himmels verblasste.

»Du willst gern hören, was alle gern hören wollen,

stimmt's?«, sagte Inez. »Du willst gern hören, wie sich jemand gegen die Staatsgewalt aufgelehnt hat und zur Heldin wurde. Lauter kleine Helden im Arbeiter- und Bauernstaat.«

»Ich will gar nichts Bestimmtes«, sagte ich.

»Das glaube ich dir sogar. Du hast ja auch eine Mutter, die dir das erzählen kann.« Sie schaute in die Richtung, in die die Praktikantin verschwunden war. »Er hat sie auf dem Kieker«, sagte sie.

»Feldberg?«

»Nein, Guido. Ausgerechnet Guido. Sonja war völlig durcheinander. Was ist hier bloß los?« Inez griff nach ihrer Bierflasche. Es war diesmal echtes Bier, *Mariestads*, wir hatten es mit der Fähre kommen lassen. »Ich habe ihr versprochen, morgen früh für sie einzuspringen. Hast du was dagegen, mit mir wach zu bleiben?«

»Es ist sowieso zu hell zum Schlafen.«

Ich hatte mit Feldberg in der Küche getrunken bis drei, vier Uhr nachts, und beim dritten Glas Aquavit hatte er angefangen, von seiner Mauernacht zu reden und wie diese Nacht für ihn in Flammen aufgegangen war, wie er in seiner Datsche ein großes Feuer gemacht und sein Leben verbrannt hatte, das eine von sieben, wie er lachend sagte, *ein verfrühter Totensonntag*. Ich hatte mir angehört, wie er sein riesiges Feuer angeheizt hatte, immer noch mehr Scheite und Astwerk, Funken sollte es geben, eine Feuermauer sollte es sein, und alles, was er und seine Arbeit gewesen waren, sollte in Fetzen davonfliegen, sein Leben, das jetzt nichts mehr bedeutete, *ab in den Orkus!*

»Das Bier ist gar nicht so übel«, sagte Inez. Sie trank einen Schluck, und in diesem Mitternachtslicht, das sich über den gesamten Horizont verteilte, das alles erfasste, das seine Farbe im Laufe der Nacht änderte, aber nie verschwand, war sie mir auf einmal sehr nah. Es kam mir seltsam vor, dass ich sie erst seit ein paar Wochen kannte.

»Hast du eine Ahnung, was der Typ in deinem Büro wollte?«

»Das hat er dir beim gemeinsamen Besaufen nicht erzählt?«

»Er hat gesagt, er wollte die Lage mit den Tollkirschen checken.«

»Er wollte mir Angst machen«, sagte Inez. »Oder nein. Er wollte mich daran erinnern, dass einer seiner Kumpel Angst hat.«

»Und wer ist dieser Kumpel?«

»Du willst doch was ganz anderes hören.«

»Kandidiert dieser Kumpel zufällig für den Bundestag?«

»Du möchtest gern hören, wie sich jemand vom Soligeld, das er eingesammelt hat, etwas in die eigene Tasche steckt«, sagte Inez leise. »Ein Akt gegen die Staatsgewalt, für den er jahrelang schikaniert wird und kein Abitur machen darf.« Sie machte eine Pause. »Du stöberst also in meinen Sachen herum.«

»Nein.«

»Nein? Ich dachte, du findest Lügen schlimm.«

»Ich habe einen Zeitungsartikel gelesen. Das ist kein Herumstöbern.«

»Man kann auch schnüffeln dazu sagen. Oder spionieren.«

»Mit dir zu reden ist so, als ob man ständig hungrig ist.«

»Du willst hören, wie jemand den Ruf verliert und die Freunde verliert und wie die Familie, die Zukunft, die Gesundheit, die körperliche und geistige Gesundheit – Betonung auf geistige – zerstört werden«, sagte Inez.

»Ich will gar nichts Bestimmtes hören«, sagte ich noch mal.

»Nein«, sagte sie. »Wir tun bloß was gegen den Hunger.«

Sie beobachtete, wie eine langgestreckte Wolke sich von den Rändern her auflöste.

»Du willst hören, wie das Leben und die Liebe und die Hoffnung zerstört werden, Betonung auf zerstört, so dass du am Ende denkst, in so einem Arbeiter- und Bauernland möchtest du aber nicht gelebt haben, wie gut, dass das vorbei ist, dass das bloß eine Geschichte ist. Nur der Mensch, der täglich auf seinen zwei Beinen durch diese Geschichte gelaufen ist, hat nicht auf einmal zwei neue Beine oder einen neuen Rumpf. Und das kränkt ihn, Erik. Und es kränkt ihn auch, dass er gezwungen ist, sich auf diese Weise an sein Leben zu erinnern. Und zwar jedesmal, wenn er darüber Auskunft geben muss. Es kränkt ihn, dass das sein Leben gewesen sein soll.«

»Verstehe.«

Sie sah mich skeptisch an.

»Wenn man sich einmal darauf einlässt, hat man keine normalen Beine mehr.«

»Ich hab's kapiert.«

»Gut«, sagte Inez. »Dann bist du mein persönlicher Erbe. Falls mir was passiert, weißt du Bescheid. Und jetzt entspann dich, Erik. Ich trag ja keinen Sprengstoffgürtel, der gleich in die Luft geht.«

»Soligeld. Das haben doch die Angolaner von uns gekriegt, oder?«

»Gib mir noch ein Bier«, sagte Inez. »Und bevor du die Flasche aufmachst, könntest du mich noch einmal küssen.«

»Findest du das nicht total lächerlich?«

»Vorhin hatte ich nicht diesen Eindruck.«

»Ich meine, dass Feldberg dich deswegen anzeigt!«

Als ich mich hinunterbeugte, um eine neue Flasche aus dem Sixpack zu nehmen, fing Inez meine Hand ab.

»Ich bin dafür, dass du mit in meine Hütte kommst«, sagte sie rau. »Jetzt, wo wir wissen, wie der Sonnenuntergang funktioniert.«

Das war Mitte Juli. Als das Wetter am schönsten war.

Inez' Hütte stand abseits der Bucht. Bis zur Landzunge gab es einen Weg. Danach folgten wir der weißgescheuerten Spur auf den Steinen. Es war hell genug. Wir brauchten keine Taschenlampe.

Was ich in ihrer Hütte zuerst sah, war ein kleiner Handspiegel. Er lag auf der wackligen Konsole neben der Tür. Darüber hingen an einem in die Wand geschlagenen Haken ein Regenmantel, eine robuste Arbeitsjacke und ein Kletterharness. Die Hütte bestand aus zwei Zimmern. Im Wohnraum gab es eine offene Küche, auf dem Tresen standen ein Messerblock, ein silberner Wasserkocher und ein Espressoautomat. Ein Notizbuch lag aufgeschlagen daneben. Ich erkannte ein paar Zeichnungen von Schnäbeln, eine zum Trocknen eingelegte Blüte. Auf dem Sofatisch stand ein schwerer gläserner Aschenbecher. Inez rauchte nicht. Sie benutzte den Aschenbecher, um Teelichte hineinzustellen. Wären der Werkzeugkasten und die Kiste mit Datenloggern in der Ecke nicht gewesen, die wie halbe Maiskolben aussahen, hätte man das Ganze für das Musterbeispiel einer Ferienhütte halten können.

Inez legte keine Musik ein.

Sie zündete Teelichte an. Sie gab mir Wein. Wein, den sie von ihren Einkäufen in Visby mitbrachte. »Trink«, sagte sie.

Sie stellte die Flasche auf den Küchentresen. Sie kam um

den Tresen herum, nahm meine Hand und zog mich zum Sofa, auf dem ein dunkelgrünes Kissen lag. Durch die offene Tür zum Nebenraum konnte ich ein stabiles Holzbett sehen, ein Sonnenschirm lehnte zusammengeklappt an der Wand.

Inez machte mir umstandslos den Gürtel auf.

Es war kühl in der Hütte.

Ich hörte das Metall der Gürtelschnalle klicken, und saß da, als warte ich auf einen weiteren Befehl.

Inez zog sich schweigend vor mir aus.

Ihr Haar löste sich und fiel ihr auf die Schultern. Unter ihrem Shirt trug sie ein dünnes, grasgrünes Tanktop mit Spaghettiträgern. Sie schob die Träger über die Schultern und ließ das Top auf ihre Hüfte rutschen. Bevor ich sie länger ansehen konnte, leuchtende Strähnen vor dem Kerzenlicht, das dichteste, duftendste Haar, das ich je wahrgenommen hatte, legte sie mir ihre Hände auf die Unterarme. Sie tauchte unter dem Sweatshirt durch, das ich über den Kopf gezogen, aber noch nicht fallen gelassen hatte. Sie lehnte sich an mich. Ich spürte Gänsehaut auf ihren Armen.

»Wenn du irgendwelche Bedenken hast«, flüsterte sie in meine Schulter, »sag's mir nicht erst hinterher.«

Als ich mich losmachen und aufstehen wollte, es waren nur ein paar Schritte ins Nebenzimmer zum Bett, hielt sie sich an mir fest.

»Ich hab keine Bedenken«, flüsterte ich.

»Auch nur den kleinsten Zweifel.«

»Nein. Wieso?«

»Dann mach was«, sagte Inez, *nicht gerade die keuscheste Person auf diesem Planeten*, wie Rainer Feldberg gesagt hatte, die sich jetzt weigerte, mir zum Bett zu folgen.

Sie hielt sich an mir fest, und ich spürte ihre Brüste. Sie

waren weich und ein bisschen schwer, und als ich Inez mit mir gezogen hatte und wir endlich auf dem Bett lagen, setzte sie sich noch einmal auf.

»Du hast es dir schon vorgestellt?«, fragte sie leise, »oder?«

»Ja.«

»Was hast du dir vorgestellt?«

»Alles«, sagte ich.

Sie streckte die Hand aus, um mein Gesicht zu berühren. »Zeig mir, was du dir vorgestellt hast.«

Später wollte sie nicht, dass ich blieb.

Es war schon hell, als ich zurück zum Leuchtturm kam. Ich lag wach. Ich hörte die Ostsee an die Felsen donnern. Das Donnern klang so nah, als wäre die Ostsee an meinem Bett, als könne sie unter dem Kopfkissen Wellen schlagen. So früh am Morgen waren die Vögel still. Kein Tagesgeräusch dämpfte den unermüdlichen Schlag des Wassers. Kein sportlicher Ruf aus dem Motorboot, der die Stille durchschnitt und die Kajaker durchs Megaphon um die Insel trieb, *nicht nachlassen, Stunde noch!*

Ich lag wach und versuchte mir vorzustellen, was Inez dachte, nach dieser Nacht mit mir, in der ich nervös und eckig gewesen war, ich fragte mich, ob es ihr gefallen hatte, und spürte mein rotgescheuertes Knie.

Für die Praktikantin war an diesem Tag niemand eingesprungen.

Abends saßen wir auf dem Plateau, Inez und ich, in diesen Tagen im Juli, im August, und Feldberg konnte uns, wenn er wollte, dort sehen. Wir hatten genug Bier für die Nacht und die Sonnenstühle zusammengerückt, wir saßen nah an der Hauswand. Feldberg konnte unsere Stimmen durchs offene

Fenster hören, Inez' Stimme und meine, und wenn er den Leuchtturm verließ, mussten trotz des Reißen des Windes noch Fetzen unserer Gespräche zu verstehen sein.

Wir mochten es dort. Inez war nicht auf ihren Vorschlag zurückgekommen, woanders hinzugehen. Sie schien sorgloser geworden zu sein. Nach unserer ersten gemeinsamen Nacht tat sie zwar so, als hätte diese Nacht nie stattgefunden, sie redete nicht davon und lud mich nicht mehr zu sich ein. Wenn meine Umarmung zu drängend wurde, entzog sie sich. Aber ich spürte, dass sie mich wollte. Jeden Tag fragte sie mich, ob ich abends vor dem Leuchtturm auf sie warten würde. Sie wusste, dass ich dort saß, und ich wusste, dass sie jeden Abend wiederkam.

Auch ich war sorglos.

Die Karten an Annegret waren abgeschickt. Ich hatte sie in den Briefkasten auf der Fähre geworfen, der in Klintehamn geleert wurde. Meine Mutter würde Bescheid wissen, ich hatte meine Pflicht erfüllt. Solange ihr Umzug bevorgestanden hatte, plagte mich noch das schlechte Gewissen, und ich hatte gehofft, sie würde mich nicht auf dem Handy anrufen. Aber sie rief nie von alleine an, denn ich hatte eine stolze Mutter, und als der Termin verstrichen war, verblasste der Gedanke an den Umzug. Je länger ich auf Stora Karlsö blieb, umso seltener dachte ich an meine Mutter, und fast nie dachte ich ans Ende des Sommers, an meine Pläne, Wirtschaft und Politik, und ob von einer Uni schon eine Zulassung gekommen war.

Das Leben schien einfach. Ich ging schwimmen und verschaffte mir an abgelegenen Stellen Erleichterung. Manchmal ging ich zu den Tollkirschen an der Schafsweide. Ich legte mich ins harte Gras oder auf eine der sonnenwarmen

Kalksteinplatten und stellte es mir mit Inez in diesem Palazzo drüben auf Gotland vor. Halbbekleidet sah ich sie auf den weißen Stufen der Freitreppe. Ich ließ sie ihr grasgrünes Tanktop abstreifen. Ich ließ sie mit zurückgelegtem Kopf und verrutschtem Hemd dasitzen, ich ließ sie ihre Augen schließen und ihre Brüste hart werden vor Lust. Ich ließ mich zu ihr auf den Marmor fallen.

Den Palazzo hatte ich auf einem meiner Streifzüge entdeckt, bevor ich nach Stora Karlsö gekommen war. Mitten im Wald war ein Anwesen aufgetaucht. Das Haus war im italienischen Stil gebaut. Es hatte hohe Fenster, wilder Wein wuchs an der Hauswand. Es passte nicht in diese Landschaft, auf dieses Kliff, an diese raue Küste.

Ich war vom Strand gekommen und einem matschigen Weg gefolgt, der am Kliff empor in einen Wald aus Krüppelkiefern führte. Er endete an einem steinernen Torbogen. Hinter dem Tor erstreckte sich ein Lustgarten mit südeuropäischen Laubengängen, blühenden, betäubend duftenden Büschen, Skulpturen. Die Türen des Palazzo standen weit offen. Niemand war zu sehen. Im Haus brannten die Leuchter. Ein Flügel stand mit geöffnetem Deckel mitten im Gartensaal, die Wände waren bedeckt von Zeichnungen.

Ich war in diesem fremden, kunstbestückten Haus so allein, wie ich zuvor im Wald allein gewesen war. Es war nicht ganz real. Und wenn ich es mir mit Inez dort vorstellte, waren auch wir nicht ganz real. Wir würden es auf dem polierten Holzboden tun. Auf dem Flügel oder auf der Wendeltreppe, die sich in den ersten Stock schraubte. Von draußen käme der Geruch des geschnittenen Rasens und der dicken gelben Akaziendolden herein, und nur das Rauschen wäre zu hören von den Kiefern, vom Meer.

Wäre ich von der Straßenseite gekommen, wäre mir der Palazzo nicht so unwirklich erschienen. Ich hätte das Schild bemerkt, das Ausstellungsbesucher um eine Spende bat. Aber die Verbindung zur Straße entdeckte ich erst später.

Beim Schwimmen ließ die Erregung vorübergehend nach. Doch schon während des Abtrocknens, wenn ich mir frierend T-Shirt und Pullover überwarf, war das Verlangen wieder da, und ich konnte den Abend kaum erwarten, wenn Inez zu mir käme aufs Plateau.

Manchmal verbrachte ich die verbleibenden Stunden auf dem Beobachtungsposten. Ich hatte mir einen Felsvorsprung gesucht, unter dem vier Vogelpaare ihre Nester hatten. Ich lag bäuchlings auf dem flachen Stein, den Kopf über die Kante geschoben, und führte Buch darüber, wie oft die Vögel zu Beutezügen aufbrachen. In Inez' Untersuchung ging es auch um den Einfluss der Umweltbelastungen in der Ostsee auf das Verhalten bei der Nahrungsaufnahme. Die Vögel waren nur eine Armlänge von mir entfernt. Es stank.

Eine Lumme hatte das Nest seit Tagen nicht verlassen. Sie brütete noch. Ihre Federn waren schmierig vor Kot. Ich hörte ihr gleichmäßiges dunkles Schnarren. Immer wieder sah sie mit seitlich gelegtem Kopf zu mir hoch, weil der Himmel über ihr auf einmal ein Gesicht hatte.

Manchmal ging ich zum Hafen und sah den Sportlern zu. Sie hatten ihr Training beendet oder machten sich für eine weitere Runde fertig. Sie trugen Neoprenanzüge über ihren Badehosen und machten Dehnübungen oder sprinteten zur Erwärmung über den Strand. Einmal hatte ich gefragt, ob sie mir eines ihrer Kajaks ausleihen würden. Aber sie hatten keines übrig, oder sie sagten mir das, damit sie ihre Boote nicht hergeben mussten. Es lagen genug am Strand.

Ich setzte mich draußen vors Café. Ich nahm die *Dagens Nyheter* vom Zeitungsständer, aber ich war zu unruhig zum Lesen. Ich sah in die Sonne und sehnte mich danach, mit dem Boot die Insel zu umrunden, mich auszupowern und das Wasser neben dem Boot hoch aufspritzen zu lassen.

Guido kam vorbei. Er bemerkte mich nicht oder er tat so. Er ging ins Café. Nach einer Weile stellte er sich mit einem Becher Kaffee in die Tür.

»Falls du Nachschub brauchst«, rief ich ihm zu, »ich hab hier eine ganze Kanne.«

Guido krempelte die Ärmel seines karierten Hemdes herunter, darüber trug er eine Weste aus blauem Kunstfell.

»Hast du Feierabend?«, rief ich. »Lust auf ein Wettschwimmen?«

Er sah mich nur an.

»Hey, trau dich! Ich bin total aus der Übung.«

Er wartete noch einen Moment und kratzte sich im Nacken. Dann kam er zu mir herüber.

»Schwimmen«, sagte er und setzte sich hin. »Bisschen kalt heute, oder?«

»Die Luft ist warm.«

»Morgen soll's regnen.«

»Noch ein Grund, heute eine Runde zu drehen.«

»Wenn's regnet, haben wir morgen endlich mal 'n bisschen Ruhe«, sagte er.

»Keine Touris?«

»Dann komm ich auch mal wieder zum Zeitunglesen.« Er beugte sich vor und schnipste gegen die Blätter. »Unsereiner hat nicht soviel Zeit wie du.«

»Ich hätte gedacht, auf so einer Insel ist insgesamt mehr Rummel.«

»Hättest du.«

»Ja.«

»Du schläfst ja noch, wenn die morgens hier wie die Kaputten einfallen und sich die Bäuche vollschlagen.«

»Sie haben einen Tagesausflug mit Lunch gebucht!«

»Genau. Und deshalb stopfen die sich die Krabbenbrote rein wie verhungerte somalische Kinder.«

»Mich stört's nicht.«

»Sag ich doch. Einer wie du kann sich da fein raushalten.«

»Warum machst du diesen Job, wenn's dich stört?«

»Weil es um dieses Land hier geht. Verstehste? Um jeden Krümel Kalk, um jede Weichselkirsche, jedes Leberblümchen. Da weißt du, was du riechst, was du fühlst. Das ist noch echt. Da gehörst du hin als Mensch. Es war immer schon da, und es darf nicht sein, dass es vor unseren Augen verschwindet.«

»Schon klar«, sagte ich. »Aber Vogelgucker sind keine Ballermanntouris. Die machen deine Leberblümchen nicht kaputt.«

»Nein?« Guido lachte höhnisch. »Die meisten kommen her, weil sie sich einbilden, dass der Kaffee auf der Insel anders schmeckt. Von wegen Vogelgucker«, sagte er. »Der Norden boomt. Nicht lange, und die bauen hier einen Klopper von Hotel hin.«

»Ins Naturschutzgebiet?«

»Noch«, sagte Guido, »ist das Naturschutzgebiet.« Er trug an diesem Tag eine Brille, ein altmodisches Gestell, bei dem die Bügel um die Ohren gebogen wurden. »Aber lange wird man die Insel nicht mehr schützen können.« Er sah mich provozierend an. »Dann dürfte man bestimmte Leute hier nämlich gar nicht drauflassen.«

»Man könnte pro Tag nur eine bestimmte Anzahl Leute drauflassen.«

»Das meine ich nicht.« Guido legte lässig ein Bein quer übers andere und lehnte sich zurück. »Ich meine bestimmte Leute. Ich meine Leute, die denken, sie tun der Natur was Gutes, wenn sie gucken, wie sie funktioniert.«

»Du bist einer von diesen Fundis, oder?«

»Was dagegen?«

Ich lehnte mich auch zurück. »Inez hat erzählt, hier gab es schon vor hundert Jahren Landwirtschaft. Welcher Natur, glaubst du, wird dann was Schlechtes getan?«

»Sind bei euch alle so spitzfindig?«

»Nur wenn man uns provoziert.«

»Ich habe dich nicht provoziert. Ich rede nur Klartext. Was nämlich Inez angeht«, sagte er, »sind das genau die Leute, die ich meine.«

»Das dachte ich mir.«

»Aha«, sagte Guido, »soll ich dir mal was sagen?«

»Wenn sich's nicht vermeiden lässt –.« Ich sah in die Zeitung.

»Vor hundert Jahren gab's hier noch keine deutsche Forscherin, die Vogelbeine zählt und zum Ausgleich mit solchen Flachwichsern wie dir rummacht.«

Er sah mich abwartend an.

»Glaubst du, nur, weil du die Chefin fickst, kannst du hier dein Maul aufreißen«, sagte er, und da hatte ich mich nicht mehr im Griff, ich riss ihn vom Stuhl hoch, stieß ihn an die Hauswand und packte sein Kinn. Ich schob Guidos Kinn hoch, wie es im Jugendprojekt mal einer mit mir gemacht hatte, und obwohl ich nicht darauf achtete, was ich tat, hörte ich es knirschen, roch seinen Kaffeeatem und sah, wie Guidos

Mund und das gesamte Gesicht sich verschoben. Unter der anderen Hand spürte ich, wie ich an der weichen blauen Weste langsam abrutschte. Aber da senkte sich Feldbergs Hand auf meine Schulter.

»Mal halblang, Jungs! Wenn ihr euch prügeln wollt, braucht ihr ’n Kampfrichter und ein, zwei Regeln. Erste Regel, loslassen, wenn der andere darum bittet. Guido, ich kann dich nicht hören.«

Guido versuchte, mir in die Eier zu treten, aber Feldberg war schneller.

»Loslassen, Erik. Und du setzt deine Brille wieder auf und machst ’n Abflug.«

»Ich denk nicht dran«, sagte Guido und hielt sein Kinn in den Händen.

»Nein?« Feldberg rückte seinen Hut zurecht und setzte sich hin. »Du möchtest dich auch mit mir anlegen?« Er fing an, in der Zeitung zu blättern.

»Ich soll abhauen, wo dieser Flachwichser *mich* angegriffen hat?«

»Es gibt interessantere Motive als die männliche Ehre.« Feldberg goss sich aus der Thermoskanne, die auf dem Tisch stand, Kaffee ein. Es war der Becher, aus dem ich zuvor getrunken hatte.

»Fährst du jetzt auf Mösenlecker ab«, sagte Guido.

»Es gibt auch interessantere Arten, sich auszudrücken.«

»Ich glaub, du kriegst hier was nicht mit, Rainer«, sagte Guido. »*Ich* steh für die gute Sache ein! Oder hast du auf einmal die Seiten gewechselt?«

Als Feldberg nichts erwiderte, setzte er seine Brille auf und sagte: »Scheiße, echt. Immer dasselbe mit euch deutschen Bratwurstfressern: Ihr bildet sofort eine geschlossene Front.«

Er wischte die Zeitung vom Tisch, die Feldberg ruhig wieder aufhob, und ging.

»Das hat doch nichts mit Deutschland zu tun«, rief ich ihm hinterher.

»War ich zu früh?«, sagte Feldberg zu mir. »Hätten Sie ihn lieber richtig zusammengeschlagen?«

»Wie bitte?«

»Was hat er Ihnen denn getan?« Feldberg trank, dann hielt er inne. »Das war Ihre Tasse, oder? Entschuldigen Sie, das war mir gar nicht aufgefallen.«

»Schon okay.«

Feldberg nickte. »Oder hätten Sie statt Guido lieber mich am Schlafittchen gehabt.« Er goss in aller Ruhe den Kaffee in Guidos Becher auf und schob mir den Becher hin. »Aber ich biete Ihnen zu wenig Angriffsfläche, nicht wahr?«

»Ich bin nicht der Typ, der sich prügelt.«

»Vielleicht würden Sie gern jedes Detail, das ich von Inez weiß, aus mir herausprügeln, weil sie selbst es Ihnen nicht sagt«, sagte Feldberg.

»*Sie* sind doch der, der immer wieder davon anfängt! Mir reicht's langsam. Ihr habt ja alle den Inselkoller.«

»Was machen Sie dann noch hier?«

»Und Sie«, sagte ich und merkte, wie die Wut wiederkam, dass sie noch nicht verschwunden, sondern vom überraschenden Auftauchen Feldbergs nur kurzzeitig überdeckt gewesen war. »Was machen Sie noch hier? Mit Ihrem bescheuerten Hut? Ihrem schwachsinnigen Gequatsche von der Durchschaubarkeit der Leute und wie Sie drüberstehen. Sie Menschenkenner!«

Feldberg zuckte mit keiner Wimper. »Sie fragen mich das ziemlich oft, Erik.«

»Ja. Bis ich es kapiert habe.«

Er öffnete die Hände, machte eine Geste, als wäre er ein Priester, der zum hundertsten Mal erklärte, dass Gott nicht zu begreifen ist, und sagte dann: »Wissen Sie was, Erik. Ich hatte mir Ihren Einfluss auf Inez ein bisschen anders vorgestellt.«

»Dumm gelaufen«, sagte ich. »Da müssen Sie wohl selber Hand anlegen beim Büscheabholzen.«

»Wovon reden Sie?«

»Die Irrbeeren«, sagte ich. »Das Rauschgift. Die Mafia. Schon vergessen? Das müssen Sie jetzt alles ganz alleine vernichten.«

Feldberg lachte.

»Wahrscheinlich sind Sie dabei genauso gründlich, wie Sie es bei Inez waren. Sie hat gesagt, dass sie wegen Ihnen kein Abitur machen durfte.«

Feldberg stellte den Becher, ohne zu trinken, auf dem Tisch ab.

»Dann sind Sie also doch schon weiter, als ich dachte«, sagte er und sah mich freundlich an. »Und haben Sie sie denn auch«, er zögerte, »Sie wissen schon –« Er machte aus der rechten Hand eine Faust und schlug mit der flachen Linken mehrmals auf die Öffnung, als würde er eine Weinflasche verkorken.

Ich starrte ihn an.

»Ach nun kommen Sie, kriegen Sie doch nicht gleich immer den Moralischen! Es muss doch auch mal Spaß machen dürfen«, sagte er.

»Nicht mit Ihnen.« Ich spürte, wie das Zittern im Nacken begann, und konzentrierte mich auf die Tischplatte.

»Also, mein Lieber, *mir* ist das doch ganz einerlei«, sagte

Feldberg. »Oder nein. Vielleicht sollte ich es anders sagen. Es gefällt mir. Es ist schön, dass ihr beide jetzt so gut miteinander könnt.«

»Dann haben Sie es ja jetzt gesagt.«

»Das Abitur hat sie übrigens nachgeholt. Falls Sie sich um ihren Bildungsweg sorgen. Sie ist kein Dummchen.«

Ich sah in meinen Becher, auf eine blasse, sahnige Brühe.

»Am besten, Sie verschwinden jetzt.«

»Schon gut, Erik. Tut mir leid. Entschuldigen Sie!« Er griff über den Tisch hinweg nach meiner Hand. »Entschuldigen Sie meine Unverfrorenheit. Aber wissen Sie, wenn man sich so lange kennt wie ich Inez«, sagte er, und ich zog meine Hand zurück, »wenn man sich so lange nicht gesehen hat wie ich und Inez«, er wischte sich über den Mund, »dann geht es manchmal ein bisschen mit einem durch. Verstehen Sie? Ich gebe zu, ich war mal nicht ganz unbeteiligt an ihrem Leben und auch nicht ganz unbeteiligt an der Sache mit dem Abi. Ich war jung. Wir waren alle jung. Dabei war man damals ja immer schon erwachsen.« Er verschränkte seine Hände, dehnte die Handflächen und ließ die Knochen knacken.

»Da gab es dieses Mädchen. Hübsches Ding, dachte ich. Dachten einige. Schon mit fünfzehn völlig ausgeflippt. Rannte im Winter immer mit Pulswärmern rum. Lila, grün, orange – machte man damals nicht. Und eine Arroganz; du meine Güte! Hielt sich für was Besseres. Kam aus einem Intelligenzlerhaushalt, wie man damals gesagt hat, Vater Lehrer, die Mutter irgendwas mit Schiffen. Meine beiden Alten zu Hause waren Arbeiter. Verstehen Sie. Schichtarbeiter! Knochenarbeit. Sie hatten ihre Privilegien, klar. Sie konnten ihr Maul aufreißen, wie sie wollten, bewirkte aber nichts. Man ließ sie quatschen und schuften. Waren eben keine Elite. Hat mich aber nie gejuckt. War ja der richtige Staat für so was. Und dann Pulswärmer und so ein Getue, als hätte sie ein Adelszeichen auf der Stirn. Der Gegensatz, verstehen Sie. Und trotzdem. Die Faszination war da.«

Feldberg strich sich mit Daumen und Zeigefinger über die Mundwinkel, als hätte sich Spucke dort abgesetzt.

»Die Faszination war da, das muss man schon zugeben«, sagte er. »Adelszeichen hin oder her. Hatte sich damit dann ja auch bald. Hat irgendwie rebellieren wollen gegen das ganze verkopfte Zeug, weg von der Schule, Erfahrung machen und so. Zog mit den richtigen Leuten um die Häuser, so was beeinflusst. Gerade in dem Alter, Stichwort Ressourcenallokation, verstehen Sie, Erik, da werden Weichen gestellt. Da hat jemand den richtigen Zugriff gehabt. Würde gern sagen, man selber. Man selber war aber zu schüchtern, nicht wie Sie, Erik, Sie sind das Kind einer anderen Welt. Umgänglich. Nicht so leicht zu beeindrucken. Hohe Meinung von sich selbst. Kannte man damals nicht. Machte man nicht. Hatte man nicht auf dem Schirm. Oder nur die wenigsten. Man war ja kollektivistisch unterwegs. Immer mit der ganzen Truppe. Hat Vorteile gehabt, ganz klar. War man immer irgendwie mit zugange. Kam keine Leere auf. Für manche der Pluspunkt im Sozialismus. Für meine Mutter sogar die Rettung. Konnte nicht allein sein. Ein echter Tick. Keine Minute allein im Zimmer, ohne Schweiß auf der Stirn und Erstickungsanfälle, hat gedacht, ist wieder in Dresden und der Keller brennt. Komisch für Sie, was, Erik? Strange«, sagte er und sprach das Wort deutsch aus. »Wie die Jugend von heute sagt.«

»Ja«, sagte ich. »*Strange.*«

Feldberg nickte. Dann lachte er. »Das gibt's doch nicht! Sie haben mich erwischt, Freundchen. Sie haben mich an einem neuralgischen Punkt erwischt, Sie müssen zugeben, dass meine Theorien zum Selbsterklärungsbedürfnis der Menschen nicht ganz von der Hand zu weisen sind. Merken Sie sich, wie Sie das angestellt haben. Man kann es immer mal wieder gebrauchen.«

»Ich merk's mir.«

»Inez war eine echte Ausgeflippte«, sagte er.

»Das haben Sie schon gesagt.«

»Aber hallo! Hatte jede Menge Grips, wollte aber lieber durchs Land trampen, weg von zu Hause, von ihren Intelligenzlereltern. Die hatten schon werweißwas im Kopf, sollte Frau Professor werden, noch eine Studierte mehr.«

»Ich dachte, Schule schmeißen ging nicht im Sozialismus.«

»Das ging ganz von selber«, sagte er. »Schneller als man gucken kann. Und jemand musste dann was drehen. Musste ihr unter die Arme greifen. Man selbst hat ihr unter die Arme gegriffen. Man war damals, wie soll man sagen, in der richtigen Position. Freundschaftsdienst. Wollte mich für sie einsetzen. Jeder hat andere Ressourcen, und meine hab ich ihr unumschränkt zur Verfügung gestellt. Fand sie später aber nicht mehr so gut. Malochen ist anstrengend. Hat gedacht, ich wollte ihr was. Steine in den Weg«, sagte er. »Erzählt sich heute auch viel besser. Ich kenn doch meine Pappenheimer. Siebzehn Millionen, und alle sind Opfer.«

Ein Windstoß blätterte die *Dagens Nyheter* auf. Feldberg betrachtete gedankenverloren die Abbildung von Schafen.

»So ist das also«, sagte ich.

»So ist das.«

»Ich hab's immer noch nicht kapiert.«

»Kann man auch nicht. Kann man sich heute alles nicht mehr vorstellen.«

»Wenn Sie ihr so toll geholfen haben, wieso ist sie dann sauer auf Sie?«

»Das Kind sollte Abitur machen. Die Eltern waren da hinterher wie sonst was. Aber sie wollte lieber rumtouren. Hat sich abgeseilt.«

»Und dafür brauchte sie das Soligeld?«

»Die Zulassung zum Abi war dann im Eimer.«

»Ich kapier's nicht.« Ich stand auf. »Ich muss was essen. Ich krieg sonst noch einen Koffeinschock.«

»Gute Idee«, sagte Feldberg. »Bringen Sie mir eines von diesen Krabbendingern mit, ja?« Er war plötzlich wieder munter und kramte in seiner Hosentasche. »Hier. Aber ohne dieses Glibberzeug, was sie da draufklatschen!«

Das Glibberzeug war Mayonnaise mit rotem Farbstoff. Der Koch überzog unterschiedslos alle Gerichte damit, auch die Krabbenbaguettes waren dick belegt. Ich nahm zwei aus den Kühlregalen am Tresen. Das eine legte ich auf einen Teller und brachte den Teller zu Feldberg. Mein Baguette packte ich in eine Papiertüte. Ich wollte nicht mit ihm essen. Ich nahm die Tüte zum Leuchtturm mit.

Im August öffnete das Café nur noch vier Stunden am Tag. Touristen kamen seltener, und Inez fragte oft, wann ich abreisen würde, bis ich irgendwann sagte: »Ich bleibe, solange es dauert.«

Rainer Feldberg war abgereist. Ende Juli oder Anfang August. Eines Nachmittags hatte er die Fähre genommen, nicht ohne eine deutliche Botschaft zu hinterlassen. Er hatte sich nicht dazu bekannt, aber es kam niemand anderes in Frage. Er war der Einzige außer mir und der Praktikantin, der wusste, dass Inez morgens häufig allein in die Felsen aufbrach. Nicht immer wegen ihrer Doktorarbeit. Sie ging in die Felsen, um die Tordalke zu besuchen. Nachdem ich Inez geholfen hatte, sie neu zu beringen, hatte sich der Vogel einige Tage nicht gezeigt. Inez hatte befürchtet, die Alke könnte die Tortur übelgenommen und sich ein anderes Nest gesucht haben. Sie hätte nur ein paar Felsvorsprünge weiterzuziehen brauchen, und wir hätten sie in der dicht bevölkerten Kolonie nicht wiedergefunden. Aber sie war wieder aufgetaucht. Eines Morgens saß sie an ihrem alten Platz, und seitdem ging Inez häufig morgens hinaus zur Steinplatte, von der aus man den besten Blick hatte, und blieb dort, bis die Fähre einlief und es Zeit war, das Museum aufzuschließen.

Nach dem Zwischenfall mit Guido verzichtete ich darauf, mit ihm ins Freiland zu gehen. Ich arbeitete entweder alleine oder mit Sonja, und manchmal nahm mich Inez morgens zu ihrer Tordalke mit. Sie breitete eine Regenplane aus, so dass es auf dem kalten Stein eine Weile auszuhalten war.

Im Nest lag seit kurzem ein Ei. Aber die Alke kümmerte sich nicht darum, es zu bebrüten. Sie schien zu wissen, dass es zu spät war, weshalb sie das Brüten dem Männchen überließ. Mit einem Pulk anderer Vögel schoss sie durch die Luft. Als sie mit einem Fisch zurückkehrte und das Männchen ihn ihr aus dem Schnabel riss, watschelte sie ungerührt zum Felsrand, richtete sich flügelschlagend auf und legte den Kopf schief, als würde sie uns gerade entdecken. Sie stand mit dem Rücken zum Abgrund. Sie stand still und sah in unsere Richtung. Ihr schwarzes Gefieder glänzte. Wir saßen ebenfalls still. Und ich verstand, was Inez an dieser Alke so faszinierte. Man konnte den Eindruck haben, sie nehme Kontakt zu uns auf. Ihr Kopf ruckte, als versuche sie, uns besser zu sehen. Ihre Verbeugungen sahen wie Kommunikationsversuche aus. Und als sie genug hatte, hob sie ihre Schwanzfeder, zuckte noch einmal mit dem Kopf und brach wieder zu ihren *Wonneflügen* auf, wie Inez das nannte. Für mich sahen diese Flüge wie betrunken aus, als torkele der Vogel besoffen durch die Luft, von langgezogenen, erregten Schreien begleitet.

Inez hatte das Spektiv aufgebaut. Die Alke verfolgte sie aber durchs Fernglas, das handlicher war. Besoffen oder nicht; für mich sahen die Tiere im Schwarm alle gleich aus. Aber Inez verlor die Alke nicht aus dem Blick. Wenn der Vogel einen scheinbar freien Fall abrupt und haarscharf vor der Wasseroberfläche abfing, atmete Inez laut aus.

Nach einer Weile begann ich, Unterschiede zu erkennen. Hungrige Schreie klangen anders als ängstliche Schreie, Lockrufe, die den Jungvögeln galten, anders als die ekstatischen Schreie im *Wonneflug*. Ich versuchte, der Alke mit dem Spektiv zu folgen. Ich sah, wie sie sich hinunter aufs Wasser trudeln ließ zu denen, die dort schon waren und bei ihrer Ankunft aufstoben, ich sah den weißen Bauch aufleuchten, wenn die Sonne ihn traf. Ich sah die Tordalke im Pulk der Vögel verschwinden, die sich mit den Flügeln peitschend über die Wasseroberfläche trieben, ohne abzuheben, die mit den Bäuchen eine Welle mitnahmen und surften, die in Kreisen und Achten das Wasser entlangrasten und dabei manchmal mit Artgenossen kollidierten, woraufhin alle gemeinsam wie auf Kommando abtauchten und unter der Oberfläche weiterjagten.

Wenn ich sie verlor, holte Inez sie mir wieder ins Bild. Ich sah, wie die Alke aufflog, um sich einem Schwarm anzuschließen, der sich pfeilförmig in den Himmel schraubte. Der Schwarm stieg immer höher, um weit oberhalb der Klippe am scheinbar höchsten erreichbaren Punkt in einer einzigen koordinierten Bewegung umzukehren und achterbahngleich in Richtung Wasser zu rauschen. Dem Sturz hingegeben hielt die Tordalke ihren mattschwarzen Kopf in die Geschwindigkeit hinein, ihren dicken schwarzen Schnabel, der auch im Spektiv jetzt nur undeutlich zu erkennen war, und stieg, ohne auf dem Wasser aufzusetzen, nach einer schnellen Kurve erneut senkrecht an der Felswand empor. Es sah kunstvoll aus und frei.

Das Wasser glitzerte.

Ich musste an den Palazzo denken. Die Wonneflüge der Tordalke hatten den gleichen Effekt auf mich wie der barocke Garten in der kargen Felslandschaft. Sie waren nicht ganz real.

»Du hattest recht«, sagte ich. »Der Sommer macht diese Vögel ganz irre.« Ich rückte vom Spektiv ab, um Inez anzusehen. »Das kommt von dieser Landschaft. So wild und so sanft. Wie in Trance. Und wenn man dann mitten im Wald plötzlich vor einem italienischen Palazzo steht, denkt man, jetzt ist es vorbei, jetzt bist du wirklich verrückt geworden.«

»Der Palazzo«, sagte Inez und verfolgte weiter den Flug der Alke. »Du meinst Muramaris. Dann bist du schon ganz schön rumgekommen.«

»Ich hab's zufällig entdeckt. Ich dachte, ich bin auf Drogen.«

»Kennst du auch die Geschichte?«

»Nein.«

»Die Malerin, die Muramaris errichtet hat, war auch im Rausch. Sie war liebeskrank. Sie kam aus der Stockholmer Oberschicht und hatte sich in den viele Jahre jüngeren Lehrer ihres fünfjährigen Sohnes verliebt.«

»Und der wollte sie nicht.«

»Der wollte sie sogar sehr. Aber die Frau war verheiratet. Wenn es rausgekommen wäre, hätte man sie aus der Stockholmer Gesellschaft verstoßen. So gehörte sich das zur vorletzten Jahrhundertwende. Also ist sie über die Ostsee gefahren und hat ihrer verbotenen Leidenschaft auf Gotland eine Villa errichtet. Und in den Garten hat sie die Skulptur der Liebesgöttin gestellt, an der du wahrscheinlich achtlos vorbeigelatscht bist.«

»Bin ich nicht«, sagte ich.

»Es war ein Exil.«

»Und ein Paradies.«

»So ist es.« Inez nahm das Fernglas herunter und sah mich an. »Für diese Frau lag es außerhalb von allem. Ein Ort des Reichtums, der Exstase und der völligen Verlorenheit.«

Ich hielt ihrem Blick stand.

»Sie hatte keine Bedenken wegen des Altersunterschieds«, sagte Inez. »Es gab nur die Sehnsucht.«

Sie sah mich immer noch an, und ich sah sie halbbekleidet auf der Freitreppe, wie sie ihr grasgrünes Tanktop auf den Mamor fallen lässt.

»Und während wir uns der Sehnsucht widmen«, sagte ich langsam, »was machen wir so lange mit deinem Sohn?«

»Wir schicken ihn spielen«, sagte Inez.

»Aber nicht in den Garten. Durch die großen Fenster könnte er uns sehen.«

»Dann schicken wir ihn runter an den Strand.«

»Das Kliff ist abschüssig.« Das Spiel begann mir Spaß zu machen. »Er könnte sich verlaufen.«

»Das ist mein Sohn«, sagte Inez, »der kennt sich aus.«

»Er ist gerade mal fünf!«

»Wenn du willst, schicken wir den Gärtner mit«, sagte Inez. »Es gibt doch immer einen Gärtner. Einen, der den Rasen mäht, die Rosen schneidet und sich um die Regentonne kümmert.« Sie sah am Spektiv vorbei auf das Wasser. »Ich glaube, wir haben sie verloren.« Sie drehte mir das Gerät zu. »Schau du mal. Es sind so viele. Ich kann unsere alte Dame von den anderen nicht mehr unterscheiden.«

Diese Tordalke war es, die Rainer Feldberg für seine Botschaft ausgewählt hatte. Eines Abends war er zu uns auf das Plateau gekommen. Sein Zimmer lag auf der anderen Seite des Gebäudes, aber wenn er den Leuchtturm verließ, konnte er unsere Stühle von der Vortreppe aus sehen. Es war ein schwülwarmer Abend.

»Achtung«, sagte ich zu Inez. »Dein spezieller Freund ist im Anmarsch.«

Inez und ich hatten über Guido gesprochen, der mich mied, der die Praktikantin losschickte, wenn er etwas von mir wollte, und sich, wenn wir zufällig im selben Zimmer waren, die Ohren mit einem iPod verstöpselte. Ich war froh, dass die Saison bald zu Ende ging und wir dann allein bleiben würden, Inez und ich. Ab der letzten Augustwoche wurden Touristen nur noch im Ausnahmefall auf die Insel gelassen, aber Inez war es erlaubt, bis Ende September zu bleiben. Und da ich nicht vorhatte, früher als sie abzureisen, würde sie nicht einsam sein.

»Na? Noch die letzten Sonnenstrahlen mitnehmen?«, sagte Feldberg. Er streckte sich, gähnte und rückte seine Mütze zurecht. »Schön habt ihr's hier. Schöner Blick! Von meinem Fenster aus sieht man nur Kraut und Rüben.«

Inez hatte gesagt, dass die Schweden nie einsam wurden, es sei denn unter Menschen, und sie hatte mir einen Witz erzählt. Sie hatte den Witz vom Kapitän der Fähre gehört, und ich sagte zu Feldberg: »Kennen Sie den schon? Ein Schwede wird von einem Ausländer gefragt, ob ihm nicht irgendwann langweilig wird so allein in seiner *stuga* mitten in der Natur, wo die nächsten Nachbarn zwanzig Kilometer entfernt sind. Darauf sagt der Schwede: ›Im Sommer vermehren wir uns und fischen. Aber im Winter können wir nicht fischen.‹«

Inez fing wieder an zu lachen, und Feldberg sah mich abwartend an. »Das war's schon«, sagte ich. »Da kommt nichts mehr.«

»Ach so«, sagte Feldberg.

»Wenn du mal ein garantiert humorfreies Gespräch führen willst, brauchst du dich nur mit dem Schnüffler hier zu unterhalten«, sagte Inez zu mir.

»Die deutsche Komik liegt mir mehr«, sagte Feldberg.

»Die auf Kosten anderer geht«, sagte Inez immer noch zu mir. »Auf Kosten ihrer Schwächen. Unser Spürhund will sagen, dass er sich am besten amüsiert, wenn Leute gedemütigt werden.«

»Holen Sie sich doch einen Stuhl«, sagte ich.

»Nein«, sagte Inez. »Wenn du dich mit ihm unterhalten möchtest, dann wird hier einer frei.«

»Schon gut, Erik. Ich bin eigentlich nur gekommen, um mich zu verabschieden.«

»Ich kann's kaum abwarten«, sagte Inez, und jetzt sah sie ihn an. Sie drehte sich halb zu ihm hin, einen Arm auf der Rückenlehne. Unter dem transparenten Stoff ihrer Bluse zeichnete sich ein weißes, tiefausgeschnittenes Büstier ab.

Als sie aufs Plateau gekommen war, hatte ich gedacht, dass sie das für mich trug; figurbetonte Sommerhosen, Schuhe mit eleganten, hohen Absätzen. Sie sah umwerfend aus. Aber sie hatte sich den Anschein einer solchen Alltäglichkeit gegeben, dass ich sicher war, mich getäuscht zu haben.

Feldberg stand da wie ein Dackel. Er tat mir leid mit seinem Knick im Hut, in Shorts und mit dieser Flechte, die sich, wie mir erst jetzt auffiel, sein ganzes linkes Bein hochzog und unter dem Blick dieser Frau zu wachsen schien. Inez sah ihn an, als würde die Flechte seinen Hals und sein Gesicht bedecken, als wäre er nichts als verschuppte Haut.

»Vorübergehend«, sagte Feldberg, »verabschieden.«

»Auch bei weiterer Präzisierung wird sich nicht das kleinste Fünkchen Bedauern auftreiben lassen«, sagte Inez.

»Die Familie wartet?«, sagte ich brav zu Feldberg.

»Ich muss mich zu Hause um ein paar Dinge kümmern. Unserem Kandidaten für den Bundestag ein Instrumentarium an die Hand geben, um die gegen ihn wirksamen Kräfte im Wahlkampf auszuschalten. Aber ich werde sicher bald wieder da sein. Falls Sie mich vermissen sollten, Erik, rufen Sie mich an.« Er gab mir eine Visitenkarte. Es war mir unangenehm vor Inez, und ich knickte sie und hielt sie in der geschlossenen Hand, die feucht wurde.

»Oder wenn Sie Neuigkeiten für mich haben«, sagte Feldberg. »Könnte doch sein, nicht wahr«, sagte er zu Inez, die sich wieder umgedreht hatte und auf den Horizont sah, als sei er ein Bildschirm, »dass er im Gegensatz zu dir einfach ein offenes Wesen hat. Vielleicht nicht gerade herzlich, aber doch mit einem Gespür für Gerechtigkeit und einem Wissensdurst, wie es sich für einen so jungen Menschen gehört. Wie alt sind Sie noch mal, Erik? Neunzehn?«

»Quatsch«, sagte ich. »Ich habe es Ihnen doch schon gesagt. Ich bin vierundachtzig geboren. Was ergibt das?«

»Neunzehnhundertvierundachtzig. *Es war ein klarer kalter Tag im April, und die Uhren schlugen dreizehn.*«

»Falsch«, sagte ich. »Es war im Dezember.«

»Er wird fünfundzwanzig, Inez.« Feldberg legte eine Hand auf ihre Lehne. »Das sind genau sechzehn Jahre. Ist dir das noch nicht aufgefallen? Und er ist schon richtig groß, ein echter Mann.«

»Erik«, sagte Inez angespannt, »könntest du –«

»Was soll denn dieser verspießerte Scheiß«, sagte ich zu Feldberg.

»– könntest du unseren Gast zur Tür begleiten?«

»Glauben Sie, Sie können hier groß rumposaunen, nur weil da mal was gelaufen ist mit Ihnen? Das ist ewig her. Urschleim! Pech für Sie!«

»Erik«, sagte Inez.

»Lassen Sie, Erik, ich finde den Weg«, sagte Feldberg. »Und machen Sie sich keine Sorgen, ich habe überhaupt kein Problem damit. Ihr zwei seid ein schönes Paar. Nicht wahr, Inez. Das findest du auch. Ist es nicht ein bisschen so wie nach Hause kommen? Wie zu sich selber finden? Ein bisschen Was-wäre-wenn?« Inez antwortete nicht. Im Gehen drehte sich Feldberg noch einmal um: »Willst du eigentlich, dass ich unserem Kandidaten was ausrichte?«

»Verschwinde«, hatte Inez gesagt. »Das ist alles, was ich will.«

Abflug! Verpiss dich! Mach dich dünn, du Arsch! denke ich jetzt, im Benzingeruch der Fähre, *Chorkind war ein viel zu edles Wort für dich.*

Am nächsten Morgen konnten wir die Tordalke nicht finden. Inez hatte mich gegen sechs aus dem Schlaf geklopft. Sie stand auf dem Flur im Leuchtturm, und ich hatte die Tür noch nicht geöffnet, da hörte ich sie schon rufen: »Erik! Beeil dich! Du musst mir helfen! Wir müssen sie finden.«

»Wen willst du finden?«

»Friederike ist weg.«

»Vielleicht hatte sie es satt, dauernd angeglotzt zu werden.«

»Du würdest sie doch erkennen, oder?«, sagte Inez und rannte vor mir her. »Du weißt doch, wie sie aussieht. Du hast sie doch gesehen. Ich bin so nervös. Ich sehe sie einfach nicht.«

Das Männchen saß wie immer geduldig im Nest. Es bebrütete ein Ei, das nie ausgebrütet werden würde, es machte trotzdem weiter. Auf dem Wasser unterhalb der Felsen wogten noch hunderte von Vögeln. Die Zeit des Lummensprungs war vorbei, die letzten Jungen würden bald anfangen zu fliegen, viele waren schon auf dem Weg in den Süden. Wir warteten. Dann liefen wir die Felskante entlang und versuchten, die Alke auf den verkoteten Felsnasen zu finden.

»Vielleicht ist sie schon aufgebrochen.«

»Nein, Erik. Da stimmt was nicht. «

Das Männchen wurde unruhig. Es richtete sich auf, peitschte mit den Flügeln, setzte sich wieder, erhob sich, verbeugte sich pausenlos, wie diese Vögel es tun, wenn sie aufgeregt sind, und flog schließlich nach einem erneuten Brutversuch weg.

»Das Ei!«, rief Inez. »Wir müssen das Ei retten!« Sie warf die Windjacke ab. Sie griff nach dem Sicherungsseil und ließ sich, ohne auf mich zu warten, über die Felsplatte hinab. Sie hielt sich nur mit einer Hand fest, den Kletterharness hatte sie nicht mitgenommen. Ich rief ihr nach, dass ich den Harness holen würde, dass sie warten solle, aber sie hörte mich nicht. Sie schwang sich Schritt für Schritt die glatte, abfallende Steinplatte hinunter bis an die Kante. Dann stand sie da, zögerte kurz und versuchte schließlich, an der steilen Felswand hinabzuklettern.

Sechzig Meter über dem Meer auf Kalkstein. Die Vorsprünge in der Wand waren gerade groß genug für zwei Vogelkörper. Der Aufwind war stark.

Ich sah Inez hinter der Kante verschwinden, bis nur noch ihr Kopf sichtbar war, der sich auf einmal nicht weiter bewegte. Vielleicht hing sie fest oder fand keinen Halt. Dann sah ich sie nach oben schauen, und als ich der Richtung folgte, in die sie sah, entdeckte ich die Möwe. Weiß und gewaltig näherte sie sich. Kopf und Schnabel waren sondierend nach unten gerichtet. Die Schwingen hatte sie wie zwei Schwerter gezückt, ich hörte das Surren, mit dem sie durch die Luft schnitten. Die Beine hingen dürr vor der großen Schwanzfeder. Die Zerbrechlichkeit dieser Beine ließ den Vogel noch gefährlicher erscheinen. Sein Flug war ruhig und gezielt, der Schnabel rötlich, die Spitze gekrümmt, ein Widerhaken, ein Todeswerkzeug.

Als die Möwe das leere Nest ansteuerte, peitschten die Lummen auf den benachbarten Felsvorsprüngen mit den Flügeln. Aber ihre aufgeregten panischen Schreie blieben wirkungslos. Kurz vor dem Angriff zog sich der Möwenkörper zusammen. Die Möwe stieß herab, packte das Ei und war in Sekundenschnelle wieder aufgestiegen.

Inez bewegte sich noch immer nicht. Sie sah dorthin, wo die Möwe gerade noch gewesen war. Sie sah nicht in Richtung Nest. Sie sah auf diese leere Stelle am Himmel, die nicht leer war, weil sie noch immer von den bedrohlichen Umrissen einer Möwe gefüllt wurde. Inez musste die Möwe noch immer sehen, so wie ich, wenn ich jetzt von der Fähre zurückschaue, die Insel noch sehen kann, obwohl sie doch schon im Dunst verschwunden ist.

Inez wollte das Ei retten, um den Vogel zu retten. Als hätte sie damit den Tod der Tordalke rückgängig machen können, den sie schon ahnte. Oder als hätte sie die Ahnung aufschieben können, die sich kurz darauf bestätigte. Sie fand den Vogel nicht weit von ihrer Hütte am Strand. *Ihr Hals hing mir aus den Händen wie ein wasserloser Schlauch.*

»Ich kann mir nicht vorstellen, dass Feldberg so was macht«, sagte ich.

»Da wirst du nicht der Einzige sein.«

Noch am selben Tag rief sie den Vereinsvorsitzenden an. Sie erzählte ihm von Rainer Feldbergs Botschaft.

»Vergiftet scheint mir ein allzu starker Ausdruck«, sagte der Vereinsvorsitzende. »Besteht nicht ebenso die Möglichkeit, dass die Tordalke auf natürliche Weise verendet ist?«

»Sie meinen, auf so natürliche Weise wie das Aussterben ganzer Gattungen?«, sagte Inez, die am Bürotisch lehnte und das Telefon laut gestellt hatte.

»Sie war alt. Nichts spricht gegen einen natürlichen Tod.«

»Nach dem Aussterben des Riesenalken ist die Tordalke weltweit der einzig verbleibende Vertreter der Gattung Alca. Das wissen Sie, oder? Mich würde in diesem Zusammenhang nämlich interessieren, wie Sie den Begriff des Natürlichen definieren. Fallen die sprachlichen Verniedlichungen, die Sie bevorzugen, auch darunter?«

Der Vereinsvorsitzende sagte nichts. Wahrscheinlich

fühlte er sich, wie so oft in letzter Zeit, in seiner Haut nicht ganz wohl, hatte aber ein zu ausgeprägtes Pflichtgefühl, um einfach aufzulegen.

»Der Riesenalk ist nicht verendet, weil seine Zeit abgelaufen war oder der große Manitou ihn zu sich in die ewigen Jagdgründe gerufen hat. Er wurde ausgerottet«, sagte Inez. »*Das* wäre für mich die adäquate Bezeichung. Der *Ausdruck*, der der Tatsache, dass diese Vögel niederknüppelt wurden, am nächsten kommt.« Inez zog die Telefonschnur lang. Ihre Hand zitterte. »Niedergeknüppelt, um Brennstoff aus ihren Knochen zu machen und Daunen aus den Federn. Niedergeknüppelt, weil die Methode am einfachsten und am billigsten ist bei Vögeln, die nicht wegfliegen können.«

»Frau Rauter«, sagte der Vereinsvorsitzende mit aller Sanftheit, die er aufbringen konnte. »Beruhigen Sie sich. Wir haben es mit einer einzelnen Tordalke zu tun. Und niedergeknüppelt hat sie meines Wissens ja wohl niemand.«

»Sie wurde mit einem toten Fisch gefüttert«, sagte Inez, »dessen aufgeschlitzter Bauch mit Tollkirschen vollgestopft war. Wahrscheinlich ein völlig natürlicher Tod, nach Ihrer Auffassung. Wahrscheinlich wurde der Fisch auf natürliche Weise erst über Land zu den Tollkirschen gelockt, um dann mit der hochdosierten Droge im Bauch, den er sich selbst aufschlitzte, in den Schnabel des Vogels zu springen.«

»Die Natur bringt viele Dinge hervor, die wir nicht verstehen«, sagte der Vereinsvorsitzende schwach.

»Sie haben recht. Das Aufschlitzen des Bauches wird dieser Fisch sicher im Rauschzustand bewerkstelligt haben.«

»Ich bitte Sie!« Die Vereinsvorsitzende räusperte sich. »Es gibt tausend glückliche Vögel da draußen, die keine Drogenvergiftung haben. Und wir haben Ihnen bereits gesagt, Sie sollen sich um die Beseitigung der Rauschpflanzen kümmern!«

»Vernichtung«, sagte Inez. »Ich soll mich um die *Vernichtung* dieser Pflanzen kümmern. Im Übrigen gehe ich davon aus, dass das letzte brütende Pärchen der Riesenalken von genau den Leuten getötet und an Sammler verkauft wurde, die die unpräzisen Formulierungen bevorzugen. Ihnen erscheint ein ausgestopfter Vogel doch auch viel natürlicher, oder nicht?«

Sie legte übergangslos auf und sah das stumme Telefon an.

»Das hört nie auf«, sagte sie und zog unvermittelt ihren Haargummi aus dem Haar, das sie zum Zopf gebunden hatte. Sie legte den Kopf nach hinten und schüttelte die Haare frei. »Ich habe noch keinen Mann gesehen, dem es nicht graut vor zu viel Leben, vor unkontrollierbarem Leben«, sagte sie ruhig, so ruhig, dass es mich erschreckte. »Auf die eine oder andere Weise muss er es töten. Und als Beweis seiner sinnlosen Herrschaft stellt er es sich ausgestopft oder verschleiert in die Wohnung. Und es sind immer Männer, Erik, immer!« Sie fasste die Haare mit beiden Händen zusammen und band sie neu.

»Das ist nicht fair«, sagte ich.

»Stimmt. Das ist alles andere als fair.«

Ich bin nicht ahnungslos gewesen. Ich lief nicht monatelang wie ein Träumer herum. Im Juli. Im August. Es ist nicht wahr, dass ich nicht den geringsten Verdacht hatte.

Jedenfalls kann ich es mir jetzt nicht mehr vorstellen. Außerdem ist es nie so gewesen, wie es in der Erinnerung den Anschein hat. Man erinnert sich nur lieber auf angenehme Weise. Die Wahrheit ist: Ich steckte in der Rolle des Suchenden fest.

Vielleicht gefiel mir das. Vielleicht gefiel mir die Rolle so sehr, dass ich gar nichts finden wollte, dass ich das Naheliegende absichtlich übersah.

Sie sind verliebt, hatte Feldberg gesagt, *da ist das eine ganz natürliche Reaktion.*

Ich weiß nicht, ob ich damals schon auf die Idee kam, dass er nicht zufällig auf derselben Fähre gewesen sein könnte.

Er hatte mich und die anderen Passagiere nicht aus Interesse angesehen, er hatte nicht bloß feststellen wollen, mit wem er da unterwegs war; eine Großfamilie, auf dem Arm das rotzverschmierte Kind, zwei Finninnen, ein Junge mit Rucksack. Ich weiß jetzt, dass Feldberg die anderen gemustert hatte, um mich zu täuschen, ein *wirkungsvolles ressourcenbewusstes Spiel,* wie er dazu sagen würde, das er spielte, um mir zu zeigen, dass er mich dort sitzen sah: auf der Fähre nach Stora Karlsö, ahnungslos auf dem Weg zu Inez.

Ich habe nicht herausgefunden, ob er mir schon länger gefolgt war. Vielleicht war er mir durch ganz Gotland hinterhergefahren. Er hatte mich am Flughafen in Visby ankommen sehen und sich *an meine Fersen geheftet*, wie Inez Feldbergs Annäherungen einmal beschrieb.

Visbys Flughafen hat die Größe eines Kleinstadtbahnhofs. Es gibt ein Bistro und zwei verglaste Warteräume, die Passagiere laufen zu Fuß über das Rollfeld zu den kleinen Propellermaschinen. Vom Flughafengebäude führt eine schmale, mit einem Weidezaun gesäumte Straße in die mittelalterliche Stadt. Wenn Feldberg vor dem Flughafen gewartet hatte, war es möglich, dass ich dicht an ihm vorübergekommen war auf der Suche nach dem Busfahrplan. Hatte mich nicht jemand nach der Uhrzeit gefragt?

Vielleicht war er mir zu den Klappersteinfeldern gefolgt,

den weißen, steinernen Stränden, die wie ein halber Rettungsring die Nordwestspitze von Gotland umgeben. Vielleicht hatte er nicht weit von mir zwischen den Raukar gestanden, hatte sich hinter einer dieser Kalksäulen verborgen, die Finger auf der sonnenwarmen porösen Steinhaut, diese von Sommersprossen rötlich gefärbten Finger. Ich sehe es genau. Ich sehe seine Finger an der weichen Gesteinshaut herumkratzen, während er zu seinem Zielobjekt hinübersieht. Ich sehe ihn Schichten freilegen, die aus Fossilien bestehen, aus Algen, Schnecken und Muschelkörpern, deren Substanz sich längst aufgelöst hat, die aber als Abdruck noch immer erhalten sind und jetzt von diesen Fingern zu Kalkstaub zermahlen werden.

Feldberg konnte sich unter die Menschen gemischt haben, die mit Autos und Bussen angereist waren, um sich die Raukar anzusehen. Er konnte mich dabei beobachtet haben, wie ich einen Stein aufhob. Der Stein hatte ein Loch. Er klapperte, und ich hielt ihn mir ans Ohr, was idiotisch ausgesehen haben musste.

Ich bilde mir sogar ein, mich an einen Mann zwischen den Raukar zu erinnern, der die gedrungene Statur Feldbergs hatte und die gleiche Art, verlegen in die Sonne zu blinzeln. Ich erinnere mich auch, dass Feldberg nachts beim Aquavit von der Raukar-Küste geredet hatte. In der Küche des Leuchtturms hatte er gesagt, dass ihm an der Raukar-Küste klar geworden sei, wie gefährdet wir seien, von Zeit und Wind abgeschliffene, umgebogene Kreaturen, ohne Ausnahme, alle. Ohne Rücksicht auf die Regeln, denen wir gehorchen, auf die Vorzeichen, unter denen wir geboren seien. In der Küche hatte er auch wieder von seinen Geheimnissen gefaselt, die nicht von vornherein da seien, sondern erst in die Menschen hineinbefördert werden müssen, um sie anschließend aus ihnen herauslocken zu können, und dann hatte er von Schwachstellen geredet.

In den Schwachstellen sitzt die Vergänglichkeit, hatte er, schon angetrunken, erklärt. *Auch bei Ihnen, Erik. Ihre ganz persönlichen Schwächen, das sind die Stellen, durch die der Wind pfeift, der Sie an die Zufälligkeit Ihrer Existenz erinnert. Ich kenne nichts Trostloseres als den Zufall*, hatte er mit schwerer Zunge gesagt, *wenn Sie bemerken, wie sehr Sie von sich erwartet haben, etwas zu bedeuten, und dann hören Sie in Ihrem Inneren nur das hohle Echo dieses Windes.*

Stolz sei so eine Schwachstelle. Eitelkeit. Ein Hang zur Exzentrik. Ein Sinn für Gerechtigkeit. *Man muss sich diese Stellen schmerzhaft bewusstmachen, Erik, und dann immer feste gegensteuern!* Familienbande seien Schwachstellen. Die Liebe zu einem Hund. Zu einem Kind.

Vielleicht war Feldberg auch in der Nähe, als ich abends in den sonnenroten Fåröer Felsen saß und glaubte, allein zu sein, allein und frei, der einzige Mensch, der elf Uhr abends mit *Lättöl* und dem Räucherlachs, den ich zuvor einem jungen Mädchen abgekauft hatte, am Klappersteinstrand von Langhammars saß und Picknick machte. Ich hatte mich allein geglaubt, als ich Fischhaut und Gräten in einer Felsspalte verschwinden und ein paar flache Steine über die Wellen springen ließ, und ich hatte mich allein geglaubt, als ich später ins Naturschutzgebiet pinkelte. Ich hatte mich allein geglaubt mit dem Gras und dem Geröll und den Küstenseeschwalben. Auf einer Wiese hatte ich mein Zelt aufgeschlagen. Ich hatte mich bis auf die Unterhosen ausgezogen, ich hatte an den Socken gerochen und beschlossen, sie am nächsten Tag noch einmal zu tragen, ich hatte mich im Zelt in den Schlafsack gelegt im Glauben, ich wäre der Einzige hier. Dabei war ich nur der Einzige von uns beiden, der nicht wusste, dass es einen Schatten gab, einen durchsichtigen Schatten, der die ganze Zeit auf mir lag.

Feldberg wusste von Anfang an, wer ich war.

Er hatte sich in Klintehamn einquartiert und mich über den leeren Parkplatz im Hafen laufen sehen; ein Junge mit Rucksack und Shirt, an den Füßen Chucks und im Gesicht das naivste und gutgläubigste Lächeln, das je ein Mensch haben kann.

Feldberg wusste, bei wem Inez Halt suchte, als ich am Kai an ihr vorüberging. Er wusste, nach wem sie griff.

Feldberg sah ihre Hand an meinem Arm, und obwohl er Inez aufgegeben hatte, obwohl er sie längst nicht mehr zu den Frauen zählte, um die er sich bemühte, war sie schön, sie musste ihm noch schöner vorgekommen sein als in seiner Erinnerung, natürlich war das so, sie war die Schönste, und er wünschte sich, der Arm dieses Jungen wäre seiner, und er wehrte sich gegen diesen Wunsch und hörte für einen Moment auf, klar zu denken.

Vielleicht war Feldberg sogar die Vermutung gekommen, dass die flüchtige Berührung im Hafen am Kai ein Zeichen war. Er sah sie als Zeichen dafür, dass wir uns schon kannten, Inez und ich, dass etwas hinter seinem Rücken vorgefallen und ihm entgangen war. Das musste einen wie Feldberg nervös machen. Vielleicht wollte er deshalb so dringend mit mir zu den Vogelfelsen gehen. Vielleicht wollte er überprüfen, ob seine Vermutung stimmte.

Alles Rekonstruktionsversuche.

Vielleicht hat Inez bei all dem eine ganz andere Rolle gespielt.

Wer kann das heute noch so genau sagen.

Nur: welche Rolle spiele ich.

Noch einmal möchte ich Inez so nah sein wie damals im Juli, im August. Ich möchte ihr noch einmal so nah sein, wie man sich nur in Unkenntnis voneinander nah sein kann.

Alles andere versuche ich hinauszuzögern. Ich versuche, die Erinnerung an den Streit hinauszuzögern, den wir in einer stürmischen Nacht in ihrer Hütte hatten, Inez und ich, in derselben Nacht, in der ich später oben an der Klippe stand, sechzig Meter über der Ostsee. Ich versuche, die Erinnerung an die Gespräche über Felix Ton hinauszuzögern. Ich möchte noch einmal in diesen ahnungslosen Zustand zurückkehren, in dem ich mich befand, bevor ich von den Ereignissen auf dem Spielplatz oder auf Feldbergs Datsche erfuhr, bevor ich von den regelmäßigen Besuchen wusste, die Felix Ton Rainer Feldberg abstattete, in der Zeit, als Ton in Karlshorst studierte. Ich möchte noch einmal nichts von Felix Tons Interesse an Inez wissen oder von seinem Interesse an ihrem Vater, was nicht dasselbe war, einander aber bedingte, wie Inez vermutete.

Ich möchte ihn noch einmal haben, diesen freien Blick zurück auf eine versinkende Insel.

Solange der Dunst, der über der Fähre hängt, die Trennschärfe aufhebt, mit der Wasser, Himmel und Land voneinander unterschieden sind, solange ich keinen festen Boden unter den Füßen habe und die Vögel das einzige Zeichen für Festland sind, möchte ich alles noch einmal sehen. Arglos und ohne das Wissen von dem, was später kam.

Inez.

Wie sie über die Wiese geht. Wie sie dem vom Regen aufgeweichten Pfad hinauf zur Steilküste folgt. Wie der Rückenwind ihr das Haar aufwirbelt und um den Kopf tanzen lässt.

Wie sie ausschreitet und ihr heller Schatten neben ihr über die Felsen gleitet. Wie sie sich umdreht und ruft *Erik, hast du die Orchideen gesehen? Du hast gedacht, es ist Unkraut, oder? Falsch! Es ist breitblättriges Knabenkraut und gehört zur Gattung der Dactylorhiza. Wilde Orchideen, die auf stickstoffarmen Feuchtwiesen wachsen.*

Inez.

Wie sie die Hände in die Taschen ihrer Khakihosen schiebt und aufs Meer sieht, das hinter der Felskante beginnt.

Inez.

Wie sie mir erklärt, dass der Stein, den ich zwischen den Raukar auf Fårö gefunden hatte, Klapperstein heißt. *Klappersteine sind selten. Zuerst hält man sie für Feuersteine, weil die Flintkugel anthrazitfarben ist und aussieht wie beim Feuerstein. Aber ein kleines Loch in der Flintschale unterscheidet sie. Im Inneren gibt es einen versteinerten Schwamm,* Plinthosella Squamosa. *Vor Millionen Jahren hat das Meerwasser ein Loch in die Flintschale gespült. Das Meer hat das Innere des Klappersteins ausgewaschen. Der Schwamm blieb lose zurück und versteinerte. Man kann diesen Schwamm nicht sehen. Aber du hast ihn klappern gehört.*

Inez.

Der ich nie gesagt habe, wie mir die Hände schmerzten. Sie schmerzten, wenn ich Inez berührte. Es war ein ziehender Schmerz in den Handinnenflächen, den ich zum ersten Mal gespürt hatte, als ich sie eines Nachts im Bett auf den Bauch drehte. Anfang oder Mitte August.

Die Nächte wurden länger. Die Schaumkronen der Ostsee leuchteten im Dunkel. Wir konnten sie vom Fenster der Hütte aus sehen. Die Vögel hatten die Insel verlassen. In den letzten Tagen des Juli hatten sich immer mehr Tiere unterhalb der Steilküste auf dem Wasser gesammelt, ein schwarzgefleckter Teppich, der langsam weiter aufs Meer hinaustrieb, und innerhalb weniger Wochen waren die Felsen leer. Kein Schreien mehr nachts, keine fallenden Schatten, nur der Geruch blieb zurück. In der Nähe der Kolonien roch es noch immer streng, die Felsen waren mit weißgrauem Kot bedeckt. Die Fähre kam eine Stunde später und legte am Nachmittag eine Stunde früher wieder ab.

Das Licht war schon blass. Wenn ich im Hafen eine Runde drehte und die Sonne so tief stand, dass sie frontal in die Augen schien, ohne zu blenden, und wenn die Kette, mit der das einzelne Ruderboot am Kai vertäut war, gegen den Metallpfosten klapperte, wenn sie immer wieder mit der gleichmäßigen Unruhe der Wellen anschlug, war es dieses Geräusch, das mich zu Inez trieb.

Ich fiel bei ihr ein wie ein Verfolgter.

Es war die Leere endloser Sonntagnachmittage, die mich in diesem Hafen überfiel. Dieselbe Ödnis wie mit dreizehn, vierzehn, fünfzehn, als ich in der ausgetrockneten Heizungsluft meines Zimmers oder auf einer demolierten Tischtennisplatte hinter dem Haus herumgelungert hatte, umringt von Plattenbauten, die unter ihrem orangefarbenen Anstrich immer noch grau waren. Oder ich hatte im Frittieröldunst des einzigen Imbisses abgehangen, der sonntags geöffnet hatte und von Vietnamesen betrieben wurde, die außer ihren Asia-Pfannen auch Pommes verkauften, nebenan neueröffnete Geschäfte, die gelbe und grüne Blusen mit Schulterpolstern angeboten, aber schon wieder dichtgemacht hatten und in denen Pappe in den Fenstern hing, auf denen *Zu vermieten!* stand. Ich begann, mir selbst so ein Schild um den Hals zu phantasieren, *Zu vermieten* an alle, die vorbeikamen, die mich hier rausholten. Aber niemand kam.

Inez rettete mich. Sie rettete mich jedesmal, auch wenn ich nicht mehr in Neubrandenburg, sondern auf Stora Karlsö und erwachsen war und nur das Echo dieser Nachmittage noch durch den Körper hallte.

Mitte oder Ende August.

Sie blieb oft länger im Büro, *wegen der Schriebse*, wie sie das formulierte, Fragebögen, die sie für den Verein auszufüllen hatte. Sonntags hatte sie frei. Wenn keine Touristen kamen, arbeitete sie an ihrer Doktorarbeit. Ich fiel in ihrer Hütte ein, und sie fuhr den Laptop herunter und zog meinen Kopf an ihre Brust, und einen dieser Abende habe ich besonders deutlich in Erinnerung.

Inez hatte Pasta gemacht mit einer scharfen, roten Soße. Wir hatten gegessen, und draußen hatte es angefangen zu regnen, und sie hatte die kleine rote Stehlampe eingeschaltet und den Wein geöffnet, den wir zusammen in Visby gekauft hatten. Ich war mitgefahren, weil mir die Stadt gefiel und Inez der Meinung war, ich würde bald eine wärmere Jacke brauchen, und im *Systembolag* hatte sie gesagt, Merlot oder Tempranillo, und ich habe keine Ahnung von Wein und sagte Merlot. Sie lächelte, prüfte noch einmal die Etiketten und nahm den Tempranillo. Als Inez die Reste der Soße mit einem Stück Weißbrot vom Teller strich, räumte ich unsere Gläser ab. Ich küsste ihren Nacken unter dem Haaransatz, biss in den Muskel neben der Wirbelsäule, bis sie Gänsehaut bekam, und sah zu, wie sie die Teelichte im Aschenbecher entzündete. Wir zogen uns aus. Ich wollte, dass Inez sich auf den Bauch legte.

Sie warf ein Kissen nach mir. Sie hasste es, auf dem Bauch zu liegen, weil sie mich dann nicht sah. Ich schob das Kissen weg. Ich rollte sie sanft und ohne ein Wort auf die Seite, wo sie halb aufgestützt liegenblieb. Ich legte mich hinter sie und nahm sie in den Arm. Sie sagte, dass das nicht ginge, dass ich das nicht dürfe, und sie schob mich nicht weg. Sie griff nach meiner Hand, die ich an ihre Brust gelegt hatte, und unter ihrer Berührung wurde ich still.

Ihr Kopf sank auf das Kissen. Und so blieben wir.

Reglos.

Für einen Moment, in dem sogar die Wellen der Ostsee innezuhalten schienen.

Dann hob sie ihr Becken, dieses schmale, so leicht zu umfassende Becken, das mir wie das Becken eines Mädchens vorkam. Aber Inez hatte mit diesen Mädchen nichts gemein. Es waren Mädchen mit feuchten, unsicheren Händen und einem faden Mixgetränke-Geschmack auf den Lippen gewesen, an die ich mich im Einzelnen kaum erinnerte, weil ich immer dann, wenn es passiert war, zu viel getrunken hatte.

Inez hob mir ihr Becken entgegen. Sie gab meinem Drängen nach. Sie lag auf ihre Unterarme gestützt, ihr nackter gebogener Rücken unter meiner Hand, sie bot sich mir an. Und erst da, erst, als sie so vor mir war und ich mich an sie drängte, fiel mir auf, wie angespannt ihr Körper gewesen war, als hätte sie jahrelang unter Druck gestanden, und der Druck ließe jetzt langsam nach.

Als ich eindrang, widersetzte sie sich. Sie schien sich mir noch zu widersetzen, als sie schon den Rhythmus aufnahm, den ich vorgab, den ich nicht vorgab, denn ich war das nicht, dem sie folgte. Meine Hände, mein Körper schienen ihren Bewegungen nachzugeben, ich folgte ihr, bis sie weinte. Sie wollte nicht, dass ich aufhörte. Sie trieb mich in einen Taumel, in einen Rausch hinein, der dem ähnelte, den ich später am Rand der Felskante noch einmal erleben würde, als ich da oben stand, sechzig Meter über der Ostsee, mit meinem sinnlosen Reichtum und daran dachte, noch einen Schritt weiter und über die Klippe hinauszugehen.

Als es vorbei war, weinte Inez noch immer. Draußen stand ein Stern über einer Wolkenbank.

Ich hielt sie und flüsterte und kam mir alt und abgeklärt vor. Sie wollte, dass ich in dieser Nacht bei ihr blieb.

»Was für ein Desaster, Erik«, sagte sie, als wir nebeneinanderlagen.

»Wie meinst du das?«

»Ich weiß nicht genau.«

»Hab ich dir weh getan?«

»Nein.«

»Bist du wütend?«

Sie sagte nichts. Sie stand auf. Sie nahm das Nachthemd vom Boden. »Deine Hände«, sagte sie dann. »Diese verwahrlosten schönen Hände.«

Sie ging ins Bad. Ich lag da und sah draußen helle Sturmwolken ziehen. Ich wartete. Es kam mir vor, als hätte ich noch nie im Leben so gewartet. Ich hörte das Wasser, dann lange Zeit nichts, und als ich schon dachte, ich sei eingeschlafen, als ich, was sie sagte, hörte wie im Schlaf, streichelte sie meine Wange und strich mit den Fingerspitzen mein Haar aus der Stirn.

»Es hat mir vorher besser gefallen, allein zu sein.«

Sie kam neben mich.

»Erinnerst du dich, was ich dir von Muramaris erzählt habe? Diese Malerin und ihr Sohn? Ich habe von ihm geträumt.«

»Lass deine Hand da.«

»Wir haben ihn an den Strand geschickt. Wie du gesagt hast. Aber dann haben wir Angst bekommen. Ich muss ihn retten. Ich sehe ihn vor mir herlaufen. Er klettert das Kliff hinunter. Er ist unvorsichtig, er weiß nicht einmal, dass man vorsichtig sein muss, und da fange ich an zu rennen. Aber der Abstand zwischen uns wird nur größer. Ich versinke im Sand. Er lacht, dreht sich zu mir um und läuft in die Wellen. Er lacht noch, als ich stürze, als der Sand mich schon verschlingt. Und als ich endlich aufstehen kann, ist er verschwunden. Ertrunken, nehme ich an.«

Wir lagen eine Weile still nebeneinander.

»Mich rettest du immer«, sagte ich. »Jedenfalls vor diesem Sonntagnachmittagsgefühl.«

»Schlaf, Erik.« Sie streichelte mein Gesicht. »Morgen wird das nur ein Traum gewesen sein.«

Ich weiß nicht, ob Inez in dieser Nacht geschlafen hat. Ich nahm mir vor, darauf zu achten, ich bemühte mich, nicht einzuschlafen, aber dann war es schon Morgen, und neben dem Bett stand ein Espresso, und sie war nach draußen gegangen und warf den Motor des Minitraktors an.

Feldberg war abgereist. Die Tordalke wurde begraben. Inez kam am nächsten Tag nicht ins Büro. Die Praktikantin sagte, sie habe sich krankgemeldet, und sie beauftragt, mir zu sagen, dass ich die restlichen Datenlogger einlesen und sie für den nächsten Einsatz vorbereiten solle.

»Dich beauftragt?«, sagte ich.

»Ja.« Sie strahlte mich an. »Und heute Mittag könnten wir zusammen einen Kaffee trinken, draußen, es ist gar nicht kalt, und vielleicht kannst du mir –«

»Inez hat *dich* beauftragt, das *mir* zu sagen?«, sagte ich noch mal.

»Ja. Irgendwas komisch?«

»Allerdings«, sagte ich. »Du scheinst darüber außergewöhnlich glücklich.« Ich schob die glückliche Praktikantin zur Seite und rannte aus dem Museum, hinüber zum Strand bis zur Landzunge, an der der schmale Trampelpfad endete, und weiter über die Steine zu Inez' Hütte. Inez war nicht da. Oder sie machte nicht auf. Das Fenster, das zugänglich war, zeigte die Küchenzeile, aufgeräumt, unberührt. Zwei Tassen standen im Abtrockenkorb. Das andere Fenster war vom Ginster zugewachsen.

Inez war an diesem Tag da gewesen. Sie hatte auf dem Bett gelegen und mich klopfen gehört. Aber sie hatte sich nicht gerührt, und ich war beim Versuch, zum Schlafzimmerfenster vorzudringen, mit meinen Flipflops auf den Steinen abgerutscht. Ich hatte mir den Zeh gestoßen, und die Dornen des Ginsters hatten mein T-Shirt zerfetzt.

PLINTHOSELLA SQUAMOSA

lag ganz ruhig. Sie hörte den Jungen auf den Steinen vor der Hütte und lag da, ohne zu atmen, obwohl ihr Atmen von draußen nicht zu hören sein konnte. Sie hatte sich bis zum Hals zugedeckt. Hitze trieb durch ihren Körper. Sie bekam nie Fieber. Sie bekam auch keine Kopfschmerzen, aber an diesem Morgen hatte sie Fieber und Kopfschmerzen und hasste die Sonne, die durch das Fenster fiel und den Schatten des Ginsters auf die weißverputzte Wand warf. Sie hasste das grelle Licht und das zitternde, schwarze Bild gegenüber, das zu einer dürren, knochigen Hand mit riesigen Fingern wurde, Tentakeln, die nach ihr griffen, durch die Haut drangen, sich in die Venen hineinschoben und Hitzeschübe verursachten.

Inez versuchte, nüchtern zu bleiben. Das schwarze Bild war nur der Schatten des Ginsters, die Hitze kam von erhöhter Temperatur. Sie musste sich erkältet haben. Sie ärgerte sich, dass Kopfschmerztabletten nicht zu ihrer Erste-Hilfe-Ausrüstung gehörten. Alles, was sie in ihrem Badeschrank finden konnte, waren Mittel zur Wundversorgung und Kräutertropfen, die ihr der Kapitän wegen einer Magenverstimmung vor längerer Zeit besorgt hatte.

Sie versuchte zu schlafen. Aber sie hatte die ganze letzte Nacht schwer und erschöpft geschlafen, und es war nur das Fieber, das ihr den Eindruck von Müdigkeit gab, darunter war sie hellwach. Sie hörte den Jungen an der Tür und wie er versuchte, zum Schlafzimmerfenster durchzudringen, sie hörte das Poltern der lockeren Steine, sein Fluchen, als er abrutschte, sie hörte das Brechen von Zweigen, sie sah, wie der Schatten des Ginsters wackelte.

Inez drehte sich vom Fenster weg und schloss die Augen. Sie wollte den Jungen nicht sehen.

Gestern hatte sie die Tordalke begraben.

Sie war bei einem Spaziergang am Strand auf den Vogel gestoßen. In der Ferne hatte sie ein schwarzes Bündel liegen gesehen und war in der Annahme, dass es sich um einen Müllsack handeln müsse, verärgert darauf zugegangen. Jemand musste den Müllsack halbvoll ins Gebüsch am Ufer geschleudert haben, wo er von den Wellen aufgegriffen, weggetragen und an einer anderen Stelle wieder angespült worden war. Erst im Näherkommen hatte sich der Umriss eines Vogelkörpers abgezeichnet. Das Gefieder war schlammbesudelt, ein Flügel war hochgerissen, der Hals wie umgeknickt gewesen.

Abrupt war sie stehen geblieben. Sie hatte für einen Moment noch das Gefühl haben wollen, sich zu täuschen. Sie hatte für einen Moment noch glauben wollen, es könnte irgendein Vogel sein. Es wäre nicht Friederike. Sie hatte glauben wollen, Friederike flöge in diesem Moment über sie hinweg in den Süden.

Der Himmel war leer geblieben.

Inez hatte sich in den Sand gekniet. Sie hatte die Handschuhe vom Gürtel losgemacht und sie angezogen. Vorsichtig hatte sie den hochgerissenen Flügel an den Körper zurück gelegt. Sie hatte ihre Hände zu einer Mulde geformt und sie unter den Körper im Sand geschoben. Als sie die Alke aufgehoben hatte, war ihr der Kopf weggerutscht und schlaff zwischen die Unterarme gefallen. Sie hatte aufgeschrien.

Später hatte sie mit dem Feldspaten ein Loch unter einem Wacholder ausgehoben. Sie hatte die Alke hineingelegt und den aufgeschnittenen Leib mit Wacholderzweigen bedeckt. Beim Sezieren hatte sie Tollkirschen gefunden. Es hatte nichts genützt. Man hatte ihr die Alke genommen, und die Ursache zu kennen konnte sie nicht wieder lebendig machen. Inez hatte die Stelle mit Erde zugeschaufelt. Es gab andere Vögel. Es gab tausende Vögel in der Kolonie. Es gab hunderte solcher Kolonien. Und eines Tages würde sie vielleicht sogar wieder einen darunter finden, zu dem sie morgens hinausgehen und der sie erkennen würde. Und dann würde sie auch den wieder verlieren.

Nachts bekam sie Fieber. Sie wusste nicht mehr, ob sie wach war oder schlief. Sie sah den aufgeschnittenen Vogelbauch vor sich, dann erschien Feldberg riesenhaft am Rand des Plateaus. Erik saß neben ihr und erzählte einen Witz, Feldbergs Schatten fiel auf ihre Bluse. Der Schatten wuchs, während Feldberg näher kam. Sie hatte für diesen Abend eine besonders schöne Bluse ausgesucht, sie hatte das für den Jungen getan. Sie trug eine weiße Bluse aus glänzender Rohseide, weil sie mehrmals beobachtet hatte, wie Erik den Stoff einer Jacke oder eines Hemdes befühlte, und sie ihm zeigen wollte, dass sie das bemerkt hatte. Es war ihre Art, ein Geständnis zu machen.

Feldberg hatte seinen Hut abgesetzt und hielt ihn ihr wie eine Schüssel hin, und als sie nicht zufasste, drehte er die

Schüssel um, und die Alke stürzte ihr tot vor die Füße. Inez schreckte hoch.

Sie versuchte aufzustehen, um sich ein Glas Wasser zu holen, aber die Fieberbilder überfluteten sie. Feldberg drückte sie zurück auf die Sonnenliege und flüsterte: *Sechzehn Jahre, Inez. Ist das nicht ein bisschen so wie nach Hause kommen?*

Er sah sie so bedeutungsschwer an, dass seine Augen sich aus dem Kopf herausschraubten und wie eigenständig auf sie zu schwebten, und als sie versuchte, diesen Augen auszuweichen, und sich wegduckte, überlegte sie verzweifelt, was Feldberg damit meinte.

Es konnte ihm nicht darum gehen, sie an ihre Eltern zu erinnern. Er wollte sie nicht an ihr altes Zimmer erinnern oder an den Schulweg, den sie täglich mit ihrem Rad gefahren war, vorbei an der Kinderkombination, der Sporthalle, dem Schotterplatz, auf dem nachmittags gebolzt wurde, vorbei an dem hohlen, vom Blitz gespaltenen Baum, der im Winter von Dohlen bevölkert war. Er wollte sie nicht an das Wohnheim erinnern, in dem sie zwei Jahre verbracht hatte. Oder jedenfalls nicht nur.

Inez versuchte sich zu konzentrieren, aber die Bilder trugen sie weg. Sie sah auf einmal das Wohnheim in Einzelheiten vor sich, sie sah die gefliesten, schmutzigen Gemeinschaftsduschräume, die Flure im Neonlicht, sie sah die wackligen Möbel mit aufgeklebtem Holzfurnier, das abblätterte oder abgepult worden war von all den Mädchen, die vor ihr dort eingezogen und wieder ausgezogen waren, die ihre Kluft in dieselben Schränke gehängt hatten wie sie, ihre Dederonstrümpfe, ihre Manchesterhosen, die glänzenden Nylonanoraks, die Parkas und Römerlatschen, mit den Bildern kamen auch Worte, altes, vergessenes Vokabular, das das

Fieber aufspürte; die Klammeraffen und Filzstifte, die in der Assiette gebackenen Kuchen, die Pfeffis, die sie gelutscht, die Plempe, die sie getrunken, die Lippenpomade und die Frommse, die sie unter der Matratze versteckt hatten, die blau-weißen Essengeldturnschuhe, der Muckefuck, die Nickis, die Klettis, die Abende, an denen sie mit den anderen *übelst einen drauf* gemacht, die Morgen, an denen sie *blau gefeiert* hatte, ohne für einen Moment zu vergessen, dass sie nicht in einem Lehrlingswohnheim, sondern an einer Erweiterten Oberschule mit Abitur hätte sein sollen. Die Bilder waren so eindringlich, dass sogar der Geruch wieder auftauchte, der in der Kleidung und den Möbeln gehangen hatte, der süßlich schleimige Geruch nach Roggen, Gerste und Zuckerrüben, die sie in achtstündigen Schichten zu Mehl, Grieß oder Kleie zerkleinert hatten.

Nichts davon konnte Feldberg gemeint haben.

Inez lag fiebernd im Bett und versuchte, die gedankliche Konstruktion dieses Mannes zu ergründen, der es schon immer verstanden hatte, die Menschen zu verunsichern, der die Menschen aber nicht verstand. Er schien darauf anzuspielen, dass sich mit dem Alter von sechzehn Jahren ein bestimmtes Gefühl verband. So wie es ein Gefühl dafür gab, zum ersten Mal das Meer zu sehen oder zum ersten Mal zu küssen, schien Feldberg sagen zu wollen, dass der Zeitabschnitt von sechzehn Jahren in ihr ein ganz besonderes Gefühl wecken sollte.

Aber sie konnte die Person, die sie mit sechzehn gewesen war, und die, die sie heute war, nicht in Einklang bringen. Und nur dann, dachte sie, nur, wenn sie zu dieser Person überhaupt einen Kontakt hätte herstellen können, hätte ihr Interesse an dem Jungen mit seinem Alter zu tun haben können, vorausgesetzt, dass die Rückkehr in eine frühere Version der eigenen Persönlichkeit so etwas wie nach Hause kommen war, und Erik ihr diese Rückkehr ermöglichte.

Feldberg hatte sie vorgetäuscht, dass sie ihn nicht kannte, und Feldberg hatte gesagt: »Beweise mir das mal. Beweise mir, dass ich dich nicht kenne.«

Feldberg hatte ihre Schritte nach rechts und nach links, mit denen sie ihm ausweichen wollte, gespiegelt, und dann hatte Inez sich von seinem Griff befreit und war zum Hafen gelaufen, um zusammen mit dem Kapitän die neue Kette an ihrem Minitraktor aufzuziehen.

Inez wusste, dass Rainer Feldberg sich Menschen merkte, die ihn abblitzen ließen. Nicht, weil er sich gekränkt fühlte und auf Genugtuung sann. Vorfälle, bei denen er nicht weiterkam, bei denen er abgewiesen wurde, nahm er längst nicht mehr persönlich. Er hatte gelernt, sie als etwas zu betrachten, das in seinem Beruf regelmäßig anfiel; Objekte, an denen zielgerichtet zu arbeiten war. Sie sich zu merken war ein bloßer Reflex. Er hatte auch gelernt, die Art, in der Menschen ihn abwiesen, in verschiedene Kategorien einzuteilen. Da waren die sturen Neinsager, die Wackelkandidaten und die Schüchternen, die nickten, aber *nein* meinten, da waren die Herauswinder mit ihren durchschaubaren Ausflüchten und die, die ihm auf den Kopf zusagten, was sie von ihm hielten. Das waren die aussichtslosen Fälle, die er säuberlich von denen unterschied, an denen *weitere Arbeit zweckmäßig* war.

Inez gehörte in keine dieser Kategorien. Jemand, der sich selbst verleugnete, verdiente seine besondere Aufmerksamkeit. Das wusste Inez. Sie quetschte sich beim Einbau der Kette ihre linke Hand. Während sie das Kühlkissen, das ihr der Kapitän aus dem Sanikasten der Fähre geholt hatte, auf die schmerzende Stelle drückte, weckte sie ein Klopfen aus ihren Fieberträumen.

Sie lag in ihrer Hütte auf dem Bett. Sie hörte Eriks Stimme. Er rief nach ihr. Er klopfte. Sie lag reglos da. Sie hörte ihn fluchen. Er hämmerte mit der flachen Hand gegen die Tür. Sie atmete nicht. Dann hörte sie, wie sich seine Schritte entfernten. Das Bett unter ihr schwankte. Es wurde von Wellen angehoben und abgesenkt, schließlich rutschte es immer mehr in eine Schräglage. Sie hing am oberen Ende. Ihr Körper verkrampfte sich. Sie klammerte sich ans Bettgestell, um nicht in die Tiefe zu stürzen, und in dieser Tiefe sah sie unter sich einen Spielplatz.

Der Spielplatz lag zwischen Neubauten. Von der Schaukel war ein Holzsitz gerissen, im Sandkasten lagen Kippen und altes Papier. Es war der Spielplatz auf dem sie sich oft abends mit Freundinnen getroffen hatte. Sie hockten auf dem Betonrand des Sandkastens, sie tranken Apfelschnaps, sie rauchten, es wurde dunkel, und die Freundinnen zogen ab.

Später bremste ein Auto, Sand schlug auf, Türen knallten, das waren die jungen Männer, die immer erst kamen, wenn die Jüngeren schon nach Hause gegangen waren, die Männer mit ein paar Mark in der Tasche, sie kamen mit Mopeds und brachten Wodka mit, aber an diesem Abend war ein Auto gekommen und nah an den Spielplatz herangefahren.

Rainer Feldberg hatte sich auf den unteren Sitz der Wippe gesetzt.

»Wie lange willst du oben bleiben?«, sagte er.

»Bis Mittwoch«, rief sie und klammerte sich an den Eisengriff.

Rainer Feldberg zählte die Wochentage dreimal durch und

ließ dreimal den Mittwoch aus. »Tja«, sagte er. »Nicht so einfach. Was krieg ich, damit es schneller Mittwoch wird?«

»Versuch's noch mal.«

»Pech«, sagte er. »Klappt nicht. Und der Getränkenachschub ist auch bei mir.« Eine Wodkaflasche stand neben ihm im Sand.

»Mittwoch kommt nach Dienstag.«

»Was krieg ich dafür?«

»Vielleicht können dir deine Kumpel helfen.«

»Haben sich alle verdünnisiert, wie's aussieht.« Er kreuzte die Arme über der Wippe. »Schicker Rock«, sagte er. »Bestimmt auch was Schickes drunter.«

»Nicht für dich.«

Irgendwo ging ein Licht aus. »Ich könnte die Wippe festbinden und nachgucken.«

»Dann schrei ich. Ich schrei das ganze Wohngebiet zusammen.«

»Einen Versuch wär's wert. Das wird die Sportsfreunde vielleicht sogar ans Fenster locken.«

»Lass mich runter«, sagte sie. »Kapierst du nicht? Es macht keinen Spaß mehr.«

»Ich wette, da ist ein kleiner heißer Punkt drunter, dem es schon angefangen hat, Spaß zu machen.«

»Lass sie runter.« Inez hatte nicht bemerkt, dass außer ihr und Rainer Feldberg an diesem Abend noch jemand auf dem Spielplatz zurückgeblieben war. Ein Mann lehnte am Klettergerüst. Inez sah den Glühpunkt einer Zigarette, sie sah nur das Aufleuchten der Zigarette, nicht sein Gesicht. Sie sah, wie der Glühpunkt einen Schlenker in der Luft machte, sternschnuppengleich zu Boden fiel und im Sand erlosch. Sie sah das Aufglühen der Zigarette und hörte ihn sagen: »Lass sie runter, Kumpel, du hast doch gehört, es macht ihr keinen Spaß mehr.«

Rainer Feldberg stand abrupt auf. Die Wippe gab nach, und sie sauste nach unten, sie fiel und fiel und schlug schließlich unsanft mit der Hand gegen die Wand hinter ihrem Bett.

Der Schatten des Ginsters war hinauf zur Decke gewandert.

Inez lag in ihrer Hütte. Sie war wach. Sie rollte sich auf die Seite und versuchte, sich die Person vorzustellen, die sie mit fünfzehn, mit sechzehn gewesen war, in jenen Jahren mit Rainer Feldberg und Felix Ton.

Felix Ton, der am Klettergerüst gelehnt und zugesehen hatte, als würde ihm die Vorstellung gefallen, ihr Retter zu sein. Später hatte sie gedacht, dass es ihm vielleicht schon damals gefallen hatte, sie ausgeliefert zu sehen.

Die Bilder drängten ununterbrochen heran.

Sie zeigten den Hafen von Wieck. Sie zeigten einen Tag in den Sommerferien, in diesen acht Wochen langgestreckter Zeit, bevor auf den Feldern die Ernte begann und sie in die zehnte Klasse versetzt wurde. Inez hatte einen Ausflug mit dem Fahrrad gemacht. Eine Freundin hatte mitkommen wollen, dann abgesagt, und schließlich war Inez mit zwei geschmierten Stullen und einem Apfel im Rucksack allein losgefahren. Sie drehte eine Runde am Bodden, das Wetter war heiß, aber luftig, und auf dem Rückweg radelte sie durch Wieck und dann an der Ryck entlang zum Fischereihafen, um den Männern auf den Fischerbooten ein paar Makrelen abzuschwatzen.

Sie stieg ab und lehnte ihr Fahrrad gegen einen Boller, als sie jemanden rufen hörte: »Wenn das nicht Lass-mich-runter vom Spielplatz ist!«

Sie erkannte die Stimme sofort. Ihn erkannte sie nicht sofort, weil es beim letzten Mal dunkel gewesen war und er jetzt im grellen Sonnenlicht am Geländer der Holzzugbrücke stand. Er trug kurze blaue Hosen, die mal eine lange Niethose gewesen waren und an den Oberschenkeln Fransen zogen. Mit seinem zerschlissenen T-Shirt und dem verwirbelten Haar sah er wilder aus, als sie ihn in Erinnerung hatte.

»Komm lieber von der Brücke runter. Nicht, dass sie aufgeht und du wieder oben hängst«, sagte Felix Ton. »Aber ich bin ja da, falls du einen Retter brauchst.«

»Ritter«, sagte Inez. »Ich würde wenn, dann einen Ritter brauchen.«

Er pfiff durch die Zähne. »Mein Kumpel holt grad was zu futtern«, sagte er. »Oder gruselst du dich vor Fischköppen?«

»Ich mag Fischköppe.«

Rainer Feldberg tauchte am Ende der Zugbrücke auf, er trug ein Päckchen in der Hand und rauchte. »Sprotten«, sagte er, »hab meine Beziehungen spielen lassen.«

»Deine Beziehungen oder dein Parteibuch?«, sagte Felix Ton.

»Siehst du, was das für ein Affe ist«, sagte Feldberg zu Inez. »Ich würde aufpassen, mit wem ich mich einlasse.« Er hatte es locker gesagt, wie zum Scherz, aber sein Gesicht war ohne Regung gewesen. Er sah sie ausdruckslos an, er fixierte sie, bis sie weggucken musste.

»Vielleicht werde ich auf der Wilhelm Pieck anheuern«, sagte Felix Ton und lachte. »Die Weltmeere besegeln. Und du«, sagte er zu Rainer Feldberg. »Was wirst du nach dem Sommer machen?«

»Was soll ich schon machen? Ich bin Facharbeiter.«

»Klasse! Facharbeiter ist ja enorm aufregend! Ich meine,

wenn du dir was aussuchen könntest. Was würdest du machen?«

»Ich habe mir genau das ausgesucht«, sagte Feldberg und ließ sein Feuerzeug schnappen.

»Mann, Rainer! Ohne 'n paar verrückte Ideen kriegen wir das Leben doch nie rum. Oder?«, sagte er zu Inez. »Also, Kumpel, merk dir was: Wenn du die Frauen nicht ein bisschen unterhältst, dann wird das nix.«

Als Inez wieder hingesehen hatte, sah Rainer Feldberg sie immer noch an. Die Augen graublau. Ohne mit der Wimper zu zucken.

Auch im Klubhaus war er dabei. An jenem Abend, an dem die ganze Stadt da war, die ganze Stadt und Felix Ton, Ende August 1983. Es war ein Abend, an dem der Sommer schon am Verlöschen war, an dem er noch einmal aufflammte mit der ganzen Hitze und Trockenheit abgeernteter Felder, dem splissigen Staub, der durch die Straßen bis in die Hausflure zog und Lippen und Münder so austrocknete, dass der Speichel beim Spucken in der Luft zerstäubte, ein Abend, an dem die Kühle des Herbstes unter der Hitze schon zu ahnen war, vielleicht hatte der Wind gedreht und brachte eine salzige Schärfe von der Ostsee mit, vielleicht bewirkte er jene Unruhe, die die Leute lauter reden, mutwillig gegen Papierkörbe treten, Flaschen zerschlagen und sich nach dumpfer, ekstatischer Abwechslung sehnen ließ, versessen darauf, die ganze gespeicherte Energie des Sommers gegen sein bevorstehendes Ende aufzubieten. Inez erinnerte sich in allen Einzelheiten daran, wie ein Mecklenburger Sommer verlischt.

Sie saßen zu zweit an der Bar, Feldberg und Ton. Die überflüssigen Jacken hatten sie unter sich auf den Barhocker geklemmt. Eine Diskokugel sprühte Licht durch den Raum. Die runden Silberaschenbecher an den Eingängen zum Saal waren übervoll und stanken, obwohl die Saaltüren geöffnet waren.

Sie hatten jeder ein Bier vor sich, zwei leere Schnapsgläser, eine noch unangebrochene Flasche Sekt, und von dem Sekt boten sie Inez an.

»Ich trinke nicht«, sagte sie. Damals war Rainer Feldberg das Einzige gewesen, was sie an Felix Ton gestört hatte.

»Mensch«, sagte Felix Ton. »Das Leben dauert viel zu lange, um nicht zu trinken.« Und gleich darauf, als ihre Eltern zur Bar herüberkamen: »Herr Rauter, Frau Rauter, das ist mein Kollege Feldberg. Wurde es nicht Zeit, dass die Arbeiterfestspiele mal bei uns stattfinden?«

»Die Herrschaften kennen sich?«, sagte Feldberg und stand auf, um ihrer Mutter seinen Barhocker anzubieten.

»Komm«, sagte ihr Vater.

»Es ist noch nicht mal Mitternacht! Außerdem ist mein Geburtstag. Und wir wollten gerade was trinken.«

»Wir passen gut auf sie auf, Herr Rauter, wir liefern Ihre Tochter pünktlich zu Hause ab.«

»Meine Tochter ist fünfzehn.«

»Gratuliere.« Felix Ton hatte sich über die Bar gebeugt und ein Glas aus dem Abtrockenkorb gefischt. Es war ein Saftglas, und er stellte es vor Inez hin und goss es voll bis zum Rand. »Ein Schlückchen Sekt hat noch keinem geschadet.«

»Hoffentlich spielen sie nicht gleich wieder Marschmusik«, sagte sie.

»Inez. Ich möchte, dass du auf der Stelle mitkommst.«

»Herr Rauter, trinken Sie einen mit auf den Geburtstag Ihrer Tochter. Sie ist nie wieder so jung.« Felix Ton hatte zwei weitere Gläser aus dem Korb genommen.

»Marschmusik geht mir wirklich auf die Nerven«, sagte Inez. »Vor allem sozialistische.«

»Inez!«

»Junge Leute interessieren sich eben mehr für Chansons«, hatte ihre Mutter leichthin gesagt, Rainer Feldberg für das Angebot seines Barhockers dankend zugenickt und sich bei ihrem Mann eingehängt. »Aber es wird jetzt wirklich Zeit. Wir waren gerade im Aufbruch.«

»Du meinst wegen der süßlichen Komponente, die Mädchen in meinem Alter anspricht«, hatte Inez gesagt. »Deswegen interessiere ich mich mehr für Chansons?«

Felix Ton lachte.

»Weil nur Mädchen wie ich noch diese bourgeoisen Hoffnungen hegen, dass ein Ritter sie nach Hause bringt?«

Felix Ton lachte noch mehr, und das hatte ihr gefallen, sein freies, ungezwungenes Lachen und dass er sich nichts daraus machte, wie unpassend sie sich benahm, und ihren Unsinn sogar mochte, den sie nur erzählte, weil sie es hasste, vor ihm als Töchterchen dazustehen.

Auf der Zugbrücke in Wieck hatte er sie geschnappt, sich wie einen Sack über die Schulter geworfen und sie singend über den Kai getragen, an den johlenden Fischern vorbei, und auch das hatte sie gemocht. Seine Leichtigkeit und wie er ihr zum Abschied die Hand küsste.

»Sie haben ein intelligentes Kind«, hatte Rainer Feldberg an der Bar zu ihren Eltern gesagt. Er hatte sie nicht aus den Augen gelassen.

»Intelligenter jedenfalls als das Gesockse, mit dem man es täglich zu tun hat«, hörte Inez Felix Ton sagen, als sie hinter ihren Eltern her zur Saaltür ging.

»Du hast den Sinn der Nutzung solcher Personen, die du

Gesockse nennst, noch nicht ganz kapiert«, hatte Rainer Feldberg geantwortet.

Als er nach Stora Karlsö kam, hatte er längst den Beruf gewechselt, und bestimmte Dinge sagte er nicht mehr. Aber Inez war sich sicher, dass Feldberg noch genau in diesen Begriffen dachte.

»Beweise mir das mal«, hatte er zu ihr gesagt.

Sie lag auf dem Bett ihrer Hütte, und alles war wieder da. Der Spielplatz war wieder da und die Brücke in Wieck. Das Fahrrad, an einen Boller gelehnt. Ton mit seiner großen Klappe, das Glühen der Zigarette und wie sie sternschnuppengleich zu Boden fiel. Da waren auch die Fischer in ihren Booten und die Schlaufen seiner kurzen Jeans, die sich in ihre Finger schnitten, als sie auf seinem Rücken hing und versuchte, sich an ihm festzuhalten.

Und sein Geruch war wieder da. Ein Geruch nach frischem Holz, Spee und nach etwas Herb-Salzigem. Dieser erste Geruch, den sie vergessen geglaubt hatte und den sie jetzt, nach so vielen Jahren, deutlich wahrnahm. Dieser frühe, so anziehende Geruch von Felix Ton.

Da war der Abend im Klubhaus, an dem sie widerwillig nach Hause gegangen war. Durch den Erntegeruch und den Biergeruch und den fauligen Geruch, der von der Greifswalder Bucht herüberzog, ging sie hinter ihren Eltern her. Sie hätte sich lieber umgedreht und wäre zurückgerannt in den Saal, hätte den Ellbogen kühn auf dem Tresen platziert und die Hand mit dem leeren Saftglas zu Felix Ton hinübergeschoben.

»Inez, hör auf zu bummeln, es ist spät«, hatte ihre Mutter gesagt. »Morgen in der Schule hängst du wieder durch.«

Sie wollte neben ihm an der Bar stehen und ihm zutrinken, seinem Lachen, seinem Spott über die Leute, sie wollte nicht nach Hause in ihr kleines Zimmer gehen, in ihr aus der Wand klappbares Bett neben dem grauen Kasten der Fernheizung.

In diesem Sommer, als sie fünfzehn geworden war.

Ihr Vater hatte geklopft und vorsichtig die Tür geöffnet.

»Bist du noch wach?«

»Kommt drauf an.«

»In ein paar Jahren kannst du ausgehen, solange du willst.«

Sie sagte nichts.

»Dann kannst du auch trinken, soviel du willst. Oder mit wem du willst«, sagte ihr Vater nach einer Pause und untersuchte die Türklinke, die ein bisschen wackelte. »Der hat dich wohl ausgeguckt, was?«

»Sag nicht der. Er heißt Felix.«

»Ich weiß, wie er heißt«, sagte ihr Vater. »Und ich weiß auch, was das für einer ist.«

»Es ist mir total egal, *was das für einer ist*, ich finde es zum Kotzen, Menschen zu beurteilen, die man gar nicht richtig kennt!«

»Nicht jeder ist edel, hilfreich und gut. Auch wenn wir dich in diesem Sinne erzogen haben, ist es vielleicht an der Zeit, das etwas zu relativieren«, sagte ihr Vater.

»Weil ein Mädchen wie ich auf Chansons reinfällt und Felix Ton in den Bereich Chanson gehört, stimmt's?«

»Was denn für Chansons«, sagte ihr Vater, der bei diesem Teil des Gesprächs im Klubhaus offenbar mit den Gedanken woanders gewesen war.

»Chansons eben. Gesinge. Bürgerliches Gedankengut.«

»Dann hast du mich falsch verstanden.«

»Wie soll ich's denn richtig verstehen?«

»Inez, wir haben dich immer –«

»– als einen offenen und ehrlichen Menschen erzogen, ich weiß.«

»Ja. Aber nicht jeder kommt dir mit der gleichen Offenheit und Ehrlichkeit entgegen, auch wenn er so tut. Das scheinst du in deiner Spontanität manchmal zu vergessen.«

»Ich versteh's immer noch nicht.«

Ihr Vater hielt seine Hand auf der Türklinke für einen Moment still.

»Ich möchte nicht, dass du Umgang mit diesen Leuten hast«, sagte er.

»Wenn du mit diesen Leuten junge Männer meinst, die einer Fünfzehnjährigen ein Glas Sekt spendieren und sich auch sonst nicht der allgemeinen Moral anpassen, dürfte das schwierig werden. Aber ich werd's mir merken.«

»Du bist alt genug«, sagte ihr Vater, während er noch einmal die Türklinke untersuchte. Die Plaste war an der unteren Schraube eingerissen. Irgendwann waren diese Türklinken immer an der Schraube eingerissen, und vielleicht kam ihrem Vater kurz der Gedanke, die Sache ließe sich aus der Welt schaffen, wenn er die Türklinke reparierte, wenn er die Plaste löten würde, die Klinke nicht mehr wackelte und die Tür problemlos schloss. »Sei vorsichtig. Ich sag das nicht aus Jux und Dollerei.«

In den Tagen des Fiebers war Felix Ton ununterbrochen da. Sie konnte ihn spüren, als wäre er körperlich in der Hütte anwesend. Sie hatte eine Fiebertablette genommen, aber manchmal schreckte sie hoch in der Einbildung, seine Hand legte sich auf ihre Schulter, in ihr Haar. Oder sie hörte seine

Stimme. Sie hörte ihn draußen, hörte seine flache dunkle Stimme nach ihr rufen. Sie wusste, dass dort der steinige, weißleuchtende Strand von Stora Karlsö war, und die Stimme, die sie hörte, war die Stimme des Jungen, aber das alles verschwand, und zurück blieb Felix Ton.

Sein schwarzes wildes Haar. Die feingliedrigen Hände, die kräftigen Unterarme. Auch wenn er das Haar noch so straff kämmte, fiel es sofort in diese zerzauste Frisur zurück, die sie an einen Spanier denken ließ, obwohl sie damals noch nie im Leben einen gesehen hatte. Er sehe aus wie ein spanischer Seemann, sagte sie ihm, als sie sich das nächstemal trafen, was ihm gut gefiel. Er trug ein weißes Hemd, die Hemdsärmel offen, seine braungebrannten Füße steckten in Ledersandalen. Sie mochte sogar die Füße. Er öffnete die Arme, er strahlte Weite und Leben aus, und sie konnte keine Spur von jener Unruhe entdecken, die anderen Männern in den Gliedern zu sitzen schien und Inez nervös machte. Der blasse Schleicher, wie sie Feldberg insgeheim nannte, war nicht dabei. »Ich habe ihn in die Takelage geschickt«, hatte Felix lachend gesagt. »Hoffen wir, dass er schwindelfrei ist!«

»Bist du denn schwindelfrei?«

»Überhaupt nicht. Aber wenn ich dir ein Kompliment mache, ist das hundertprozent ungelogen.«

Sie musste um zehn zu Hause sein. Aber der Nachtklub in Neubrandenburg hatte erst um neun Uhr aufgemacht, und es konnte immer passieren, dass ein Wartburg auf der Landstraße liegenblieb. Und auch wenn dieser Wartburg, der Felix Ton gehörte oder nicht, nicht liegengeblieben war, hatte sie sich verspätet.

Sie hatte nichts gesagt, als Felix Ton auf der Rückfahrt in

einen Feldweg einbog und hielt. Staub war durchs Scheinwerferlicht getrieben und hatte sich dann gelegt. Als sie die Deckenleuchte einschalten wollte, hatte Felix ihren Arm abgefangen und langsam an sich gezogen, bis ihre Hand auf seinem Bauch lag. »Maschin kaputt.«

Es war dunkel gewesen bis auf den erleuchteten Streifen der Stadt in der Ferne. Am Himmel hing ein Stück Mond. Sein Fenster stand halb offen, und man hörte Grillen im Gras der Böschung. Am Ellbogen spürte sie das flauschige Kunstfell der Schonbezüge, unterhalb des Ellbogens begann sein Körper. Ihr fiel keine passende Entgegnung ein.

Den ganzen Abend hatte sie diesen Übermut verspürt, ein Glucksen im Hals, das immer wieder aufstieg und ausbrach bei allem, was Felix ihr erzählte oder sie ihm oder was sie beide wildfremden Leuten über Tischtelefon erzählten, bis sich jemand beschweren gegangen war.

»Beleidigen Sie nicht meine Braut«, hatte Felix dem Einlasser gesagt, der bezweifelte, dass Inez schon achtzehn war, und sie auch, nachdem sie kurzerhand in den Verlobtenstand versetzt worden war, nicht hineinlassen wollte, weil das ein Nachtklub war und in einem Nachtklub nur – »Halt mal die Luft an, Mensch«, sagte Felix Ton und tippte ihn vor die Brust. »Du willst doch nicht, dass dein Nachtklub Volkseigentum wird, oder?«

Sie setzten sich an einen der kleinen, eckigen Tische an der Wand. Es gab eine Flasche Sekt im Kühler, ein rosafarbenes Telefon, die Lampenschirme sahen aus wie Faltenröcke aus Papier. Inez hatte ihn gefragt, woher er wisse, dass dieser Klub privat betrieben werde. »Guck dir die Kaffeetassen an«, hatte er gesagt. »Ist das HO oder Mitropa?«

»Das ist ja die reinste Bourgeoisie«, hatte Inez empört

gerufen und sich bemüht, das Wort übertrieben französisch klingen zu lassen, und so hatte es angefangen. Sie war zum ersten Mal in einer Lokalität mit Tischtelefon und wollte unbedingt wissen, wie man es benutzte.

»Ich hätte gern mit Madame Pompadour neben Ihnen gesprochen«, hatte sie zum männlichen Teil eines steifen Ehepaars gesagt, »ich glaube, ihr Büstenhalter hängt schief.«

Einer Frau mit Kaltwelle flüsterte sie zu, eine gewisse Marie-Claire habe ihr verwanztes Höschen in die Jackentasche ihres Mannes gesteckt und sie solle es doch unauffällig in die Reinigung tragen. Als Felix die Nummer einer Gruppe Männer wählte und ihr den Hörer hinhielt, sagte sie zackig: »Messieurs, hier spricht die Partei: Ihr Hosenstall ist auf.« Einem Offizier raunte sie hastig zu: »Beschütz mich vor der Pershing, mon amour«, einer aufgetakelten Gattin sagte sie, ihr Schmuck funkele imperialistisch durch den Raum, und wenn eine der Frauen pampig wurde, rief sie: »Merci, du Kuh!« in den Hörer und legte auf.

»Wie kommt es, dass du so perfekt französisch sprichst?«, hatte Felix gefragt, und sie hatte in den nächsten Lachkrampf hinein gesagt, das liege an dieser Sängerin mit Topfschnitt, und jetzt saß sie im Dunkeln neben ihm im Auto, und ihr fiel nichts ein. Auch er sagte nichts. Er sah aus dem Fenster, als würde der Mond dort einen Auftritt haben. Und dann fing er an, ihren Arm zu streicheln. Zuerst streichelte er nur das Gebiet, das auf seinen Körper hinüberragte. Später wagte er sich weiter hinauf.

Als er sie vor der Haustür absetzte, war es drei Uhr nachts. Der Wohnblock war unbeleuchtet.

Sie drückte die Autotür zu und legte die Handflächen kurz an die Fensterscheibe. Das konnte *Stopp!* heißen oder *Ich ergebe mich*, und selbst Inez hatte in diesem Moment nicht gewusst, was sie meinte.

Auch in den folgenden Wochen war sie jedesmal ins Schwanken geraten, wenn Felix Ton sie nach Hause brachte.

Stopp! oder *Ich ergebe mich*.

Sie sah das Auto hinter den Bäumen verschwinden und bereute es, ihn nicht länger umarmt, ihm nicht ernster in die Augen gesehen, auf seinen Kuss nicht deutlicher reagiert zu haben, ein Kuss, den sie mit geschlossenen Lippen erwiderte.

Sie bereute es, ihn nicht gefragt zu haben, ob er mit ihr schlafe. Denn so stellte sie sich das vor: Sie würde fragen. Sie hatte Angst und keine Erfahrung, und ihre Frage würde das verschleiern.

Wenn sie zu ihm ins Auto stieg, kam sie sich wie eine Vagabundin vor. Im Auto lagerte alles, was man brauchte, um jederzeit aufbrechen zu können und nicht zurückzukommen. Er fuhr eine komplette Ausrüstung mit sich herum; Luftmatratze, Schlafsack, Bierflaschen und ein Zelt. Auf den Rücksitzen lagen ein Paar Turnschuhe, eine Regenjacke, einige Reclambüchlein, *Tauschware, man kann nie wissen*.

»Wer würdest du sein wollen?«, fragte er sie einmal. »Mal angenommen, du könntest sein, wer immer du willst.«

Felix war der schillernde bunte Vogel, der Arara, der auf einem Poster an der Wand ihres Zimmers hing und von dem sie eines Nachts träumte.

Der Arara saß zutraulich auf einer Wiese, das Gefieder geplustert, den Kopf gereckt, ein majestätisches Tier. Seine Federn leuchteten in Türkis und Orange. Sie lief auf ihn zu, aber als sie ihn fast erreicht hatte, flog er auf. Er schwang sich von ihr weg. Ein paar Meter weiter wartete er auf sie, bis sie ihm so nah kam, dass sie ihn beinahe berühren konnte, und hob wieder ab. Auf diese Weise querten sie die Wiese. Der Arara schwebte mit windgetragenen Sprüngen vor ihr her, ließ sich nieder, flog auf, bis das Bild sich weitete und sie sich von oben sah; wie sie einem schillernden Vogel hinterherlief, der von Drähten geführt wurde, die an einem Brückenkran befestigt waren. Der Kran überspannte die Wiese. Es war nicht der Wind gewesen, der ihm die Flügel aufgeklappt hatte, sondern eine Fernsteuerung, und mit diesem Ende war sie nicht einverstanden gewesen.

»Alles«, sagte sie zu Felix. »Ich würde alles sein wollen. Jeden Tag etwas anderes.«

»In Ordnung. Womit fangen wir an?«

Inez lag auf dem Bett.

Sie hörte den Wind und den Sand, der mit dem Wind über die Felssteine wischte. Sie hörte, wie es den Sand in gelben körnigen Schlägen gegen das untere Ende der Regenrinne trieb. Sie hörte, wie der Wind den Sand vom Hügel abtrug, unter dem die Tordalke lag, und wie sich die Tordalke aufrichtete, mit den Flügeln peitschte und davonflog für immer.

Die Zweige des Ginsters kratzten auf dem Fensterbrett. Und dieses Kratzen war es, das sie schließlich weckte. Ihre Hände waren heiß, ihr Mund war trocken. Der Junge hatte schon lange aufgehört zu rufen. Sie vermisste ihn. Sie vermisste seine Stimme. Sie vermisste seinen Körper, seine Anwesenheit. Sie war überrascht, wie stark das war. Sie hörte nach draußen. Aber da war nichts, nur die Schläge des Sandes, ein paar Blätter trieben vorm Fenster vorbei. Die Geräusche vermischten sich mit der nächsten Fieberwelle, die einen intensiven Herbstgeruch mit sich brachte.

Sie lag in ihrer Hütte und war ungeschützt.

»Wir sind für was Großes gemacht!«, hatte Felix Ton gesagt. Er stand auf einer Straße in Berlin. Er schrie in den Herbstwind zu ihr herüber. Im Oktober 1983. Sie waren längst ein Paar, eines, das Ausflüge zu verfallenen Kirchen machte, sich in Hausfluren und im Kino küsste, eines, das am Bodden spazieren ging und sich gegenseitig die Hände unter die Kleidung schob, und manchmal musste sie ihn bremsen.

Er war mit ihr nach Berlin gefahren, um ihr sein Institut zu zeigen. Sie wollten in der Mensa etwas trinken, aber die Mensa hatte schon zu. Sie liefen lange durch Karlshorst und suchten eine Gaststätte. Einmal ließ sie seine Hand los und rannte auf die Gleise der Straßenbahn. Sie balancierte auf den Schienen und hielt ihr Gesicht in den Regen.

»Weißt du, warum ich mit dir zusammen bin?«, rief sie ihm zu.

»Weil du mich liebst.«

»Quatsch!«

»Weil du nicht anders kannst.«

»Schon besser.«

»Weil wir für was Großes gemacht sind?« Felix Ton war auf dem Gehweg geblieben, hielt aber den Schirm in die Höhe wie ein Seiltänzer.

»Was Großes, genau! Und der Rest ist Jux und Dollerei!« Sie sprang von der Schiene. »Nur mein Vater kapiert das nicht.«

»Er hat dir erlaubt, mit mir wegzufahren«, sagte Felix Ton, als sie wieder neben ihm war.

»Hat er nicht. Ich hab's mir selbst erlaubt.«

Sie hatten keine Gaststätte gefunden, nur eine Kneipe, in der zwei Angetrunkene am Tresen saßen. Aber Kaffee gab es und Bockwurst mit Brötchen, und auch wenn das nicht der

Gipfel der Romantik war, nicht so jedenfalls, wie sie sich das auf der Fahrt ausgemalt hatte, kein Lokal mit Kristalllüstern und schweren Vorhängen und Kellnern, die einen platzierten, war es doch eigentlich gut. Die Bockwurst knackte, und der Saft spritzte heraus, und Felix wollte einen Kognak zum Kaffee trinken, und sie wollte auch.

»Dein Vater«, sagte Felix Ton später, als sie in seiner Studentenbude saßen und er die Flasche aufschraubte, die er der Tresenkraft abgetrotzt hatte, »das ist ein guter Typ.«

Er goss den Kognak in Kaffeetassen, die am Boden dunkle Ränder hatten.

»Ja?«, sagte sie. »Manchmal ist er total stur. Wenn ich mich nicht meinem Alter entsprechend verhalte und zu spät von einer *Tanzveranstaltung* nach Hause komme, schaltet er auf Durchzug.«

Ton lachte. Er drehte den Flaschenverschluss zwischen den Fingern. Er sagte nichts.

»Hast du etwa Schiss?«

»Wovor?«

»Davor«, sagte Inez. »Davor, dass ich zu jung bin.«

»Und du? Hast du Schiss?«

»Nein«, sagte Inez. »Ich nicht.«

Sie saßen auf dem Rand des Bettes. Inez saß am Fußende, Felix am Kopf. Die Decke hatten sie zwischen sich. Eine ganze Weile saßen sie so nebeneinander, sie da, er da, ohne sich zu berühren.

»Dieses Feuerwasser ist auch nichts für dein Alter«, sagte Felix.

»Dieses Feuerwasser bringt Tote um!« Sie spuckte den Kognak in die Tasse zurück. »Die Pulle musst du alleine austrinken.«

»Mach ich«, sagte Felix.

Sie saßen auf einem Neunzigzentimeterbett, in einem Achtquadratmeterzimmer mit einem tropfenden Wasserhahn, und sie wollte ein Paar sein. »Ein richtiges«, sagte sie zu Felix Ton, und Felix Ton sah sie eine Weile an. Dann legte er den Flaschenverschluss auf den Tisch.

»In Ordnung«, sagte er. Er schob die Decke weg. Er warf sie auf den Boden. »Ich mach's ganz langsam«, flüsterte er, während er entschlossen mit dem Handrücken über die Innenseite ihres Schenkels strich. »Und du sagst mir, ob du weniger willst oder mehr.«

Er schob die Hand höher. Er fing an, mit ihr zu spielen, und sie hörte das Tropfen des Wassers nicht mehr. »Ein bisschen bourgeoises Feingefühl«, flüsterte er und öffnete den Reißverschluss ihrer Hose, »mehr brauchen wir nicht.« Er zog ihr die Hose über die Hüfte hinunter. Er öffnete seine Jeans und zog sie aus, und sie spürte zum ersten Mal in ihrem Leben einen Schwanz. Er lag schwer auf ihrem Oberschenkel. Und dort hatte Felix sich auch ergossen, auf ihrem Bein, während seine Hand plötzlich in ihr war.

Draußen herrschte Nieselwetter. Felix Ton riss eine Ecke des Lakens unter der Matratze hervor, um sie damit abzuwischen, und lehnte sich dann mit dem Rücken an die Wand. Sie rutschte bis zum Kinn unter die Bettdecke.

»Das war's?«, sagte sie dann mutig. »Das machen wir noch mal.« Aber sie hatten nichts gemacht, sondern nur so dagesessen, Schulter an Schulter, vom Bett ganz bedeckt.

Manchmal schauten sie sich an, aber die meiste Zeit sahen sie auf die weißen Berge ihrer Knie oder auf die Hände oder zu den Tropfen hinüber, die vom Wasserhahn fielen, hinunter ins Waschbecken an der Wand, und Felix hatte das Spiel mit dem Flaschenverschluss wieder aufgenommen. Nackt war es einfacher gewesen, sich nah zu sein.

Als es draußen dunkel wurde, sagte sie: »Ich darf nicht zu spät nach Hause kommen.«

»Klar. Natürlich.« Felix schnellte hoch und griff nach seiner Jeans. »Ich fahr dich.«

»Deswegen werde ich heute gar nicht nach Hause kommen«, sagte sie.

»Was?«

»Ich bleibe hier.«

»Im Ernst?«

»Wir sind doch jetzt ein Paar.«

Felix legte die Jeans zurück. »Spüre ich da eine revolutionäre Regung?« Es klang wie ein Lob, was ihr gefiel.

»Ist schon ein guter Typ, dein Vater«, sagte er beim Verschließen der Zimmertür. »Wird schon nicht so schlimm werden.«

»Du hast doch Schiss. Gib's zu!«

»Er wird mir die Hölle heiß machen.«

»Feigling.«

Felix lachte. »Keine Sorge. Ich glaub, er findet mich ganz in Ordnung. Hat sich ja immer mich ausgesucht für seine Waldläufe. Jeden Dienstag und Donnerstag, gleich nach der Schule, sind wir gerannt. Er hatte total bekloppte, schräg geschnittene, blaue Turnhosen an. Es gab ein paar Tussis in meiner Klasse, die haben sich kaputtgelacht. Was 'n das für'n Homo, geht der zu Hause im Fummel und so. War man natürlich gleich mit unter Verdacht, wenn man mit ihm im Wald verschwand.« Felix goss sich Kognak in die Tasse. »Die beiden Detlefs und so. War mir aber egal. War mir immer eine Ehre, mit deinem Vater zu laufen. Gab nicht so viele

Lehrer damals, die meine Stärken erkannt haben.« Er trank einen Schluck, dann kniete er sich hinter sie und nahm ihre Hüfte zwischen seine Beine. »Hat nicht lange gedauert, und ich bin ihm davongerannt«, flüsterte er ihr ins Ohr, während seine Hände sich unter ihre Brüste schoben, »und jetzt hab ich seine minderjährige, aber sehr aufregende Tochter verführt und hab kein bisschen Schiss.«

Das Fieber brachte alles zurück, all diese Sätze, es verdoppelte sie, ließ sie auf mehreren Tonspuren gleichzeitig laufen, während Inez schwitzend im Bett lag, die Handflächen heiß. Aber die Ereignisse blieben entfernt von ihr, sie waren ein Hall von sehr weit unten.

Sie fand nicht heraus, wie sie sich damals gefühlt hatte, als sie fünfzehn, sechzehn gewesen war. Wie es sich wirklich angefühlt hatte, auf diesem schmalen Studentenbett zu sitzen, neben diesem Mann, der seine Hände zielstrebig über ihren Körper gleiten ließ zu Kuschelrock aus dem Kofferradio. Sie konnte nicht sagen, ob sie glücklich gewesen war.

Über das Ende ihres Traums mit dem Arara hatte sie später oft nachgedacht. Sie hatte darüber nachgedacht, bis sich das Traumbild abnutzte, bis es aussah, als sei es von Fingerabdrücken, Flecken und Eselsohren besudelt, obwohl es nur in ihrer Vorstellung existierte; die Drähte unter den Schwingen des Vogels. Es war ihr unverständlich, dass es eine Zeit gegeben hatte, in der sie die Bedeutung dieses Endes nicht begriff.

Vieles war ihr später unverständlich erschienen. Beispielsweise war es ihr unverständlich, dass sie ihrem Vater nicht zugehört hatte, als er ihr eines Tages erzählte, Felix Ton sei bei ihm gewesen. Er sei bei ihm gewesen und habe zu ihm gesagt: *Begeben Sie sich in die Rolle des Wahrheit Suchenden! Das sind Sie sich und unserem Land schuldig.*

Wenige Wochen, nachdem sie und Felix ein Paar geworden waren.

Ihr Vater war gerade dabei gewesen, sich für einen Waldlauf fertig zu machen. Er war in Turnhose und Trikot zur Wohnungstür gegangen, vor der Felix Ton mit einer Aktentasche unter dem Arm gestanden und darum gebeten hatte, hereingelassen zu werden. Ihr Vater hatte ihn ins Wohnzimmer geführt, und zu ihr hatte er gesagt, dass er seit dem Abend im Klubhaus über den Jungen mit dem wilden Haar habe nachdenken müssen und sich nicht sicher sei, ob der Jahrgang, zu dem dieser Schüler gehört hatte, acht oder zehn Jahre zurückliege.

»Sie laufen immer noch jeden zweiten Tag, was?«, hatte Felix Ton gefragt.

»Leider nur noch einmal die Woche. Mir fehlt so ein Heißsporn wie Sie, der mich ein bisschen herausfordert.«

»Ich studiere noch«, hatte Ton gesagt. »Aber der Heißsporn hat es schon zu einem Wartburg gebracht. Na ja. Es ist fast meiner. Das hätten Sie nicht gedacht, was, dass ich noch mal anständig werde?«

Ihrem Vater war aufgefallen, dass er nichts zu trinken angeboten hatte. Und als er aufstehen wollte, um eine Cola oder ein Bier vom Balkon zu holen, habe er einen Widerstand gespürt, hatte er zu Inez gesagt, einen Widerstand, der mit dem Wartburg zusammenhängen konnte, den ein junger Mann unter normalen Umständen nicht besaß, und damit, dass er sich in seinen kurzen Turnhosen auf einmal angreifbar vorkam. Er habe versucht, sich zu beruhigen. Er habe sich eingeredet, dass er später beim Laufen Seitenstechen bekäme, wenn er jetzt etwas mit Felix Ton trinken würde.

»Sie sind ein Mensch mit einem ungezügelten Charakter, Felix«, hatte ihr Vater gesagt. »Aber ich habe Sie immer gemocht. Ich wusste, wenn Sie mal hinaus ins Leben gehen, dann haben Sie nur zwei Möglichkeiten. Sie werden es sich selber schwermachen und dafür am Ende etwas Großartiges fertigbringen, etwas, wofür den meisten Menschen die Kraft fehlt. Oder Sie werden es sich nicht so schwermachen.«

Felix Ton hatte gesagt: »Sie waren immer mein bester Lehrer, Herr Rauter.«

»Das hört man gern.«

»Ich möchte Sie auf meiner Seite haben.«

»Das haben Sie, Felix. Sie hatten immer meine volle Unterstützung.«

Felix Ton hatte am Schnappverschluss der Aktentasche gespielt, die er bei sich hatte, sie aber nicht geöffnet. »Wissen Sie noch«, sagte er, »was Sie damals zu diesem Marterpfahl sagten? Der Pfosten der Selbstkritik!«

Das Ereignis mit dem Marterpfahl hatte sich ihr Vater nicht erst vor Augen rufen müssen. Es war mit der Gegenwart dieses Jungen verbunden, ob es nun acht oder zehn Jahre zurücklag.

»Ich musste Sie ja irgendwie raushauen. Sie hatten sich in eine missliche Lage gebracht. Und ich konnte doch nicht mit ansehen, wie einer meiner besten Schüler von der Schule fliegt.«

»Pfosten der Selbstkritik!« Felix Ton hatte gelacht. »Da haben die Heinis vom Kreisschulrat aber geglotzt, da ist denen glatt die Spucke weggeblieben, diesen Kanaillen!«

»Besser wäre es gewesen, Sie hätten Ihre überschüssige Energie woanders ausgetobt. Nicht gerade an einem Ihrer Mitschüler.«

»Das war unter Kumpels. Ich habe ihn ein bisschen gekitzelt. Ich hatte nicht vor, ihm was zu tun.«

»Sie haben ihn an einen Baum gefesselt!«

»Herr Rauter, jetzt nehmen Sie nicht alles zurück. Sie haben mir beigestanden, und ich bin Ihnen sehr dankbar dafür. Außerdem waren das Schnürsenkel. Wie lange halten aneinandergebundene Schnürsenkel einen kräftigen Jungen wohl aus?«

Felix Ton hatte ihren Vater angesehen. »Dass Sie aber auch auf so was gekommen sind!« Wieder hatte er gelacht. »Dieses Ding mit der Selbstkritik. Wie Sie meinen Jungsstreich in den Politjargon des Kreisschulrats übersetzt haben. Das konnten die ja gar nicht abschmettern. Sonst hätten die am Ende auch noch Selbstkritik üben müssen vor ihrem Politoffizier.«

»Ich hätte Ihre Eltern zwingen müssen, zu der Aussprache mit Ihnen zu erscheinen.«

»Sie waren doch bei uns zum Elternbesuch.«

»Es hätte noch andere Mittel gegeben.«

»Dem ist nun mal nicht so gewesen«, hatte Felix Ton nach kurzem Zögern gesagt und an den Fransen der Tischdecke gezupft. Es waren lange, blaue, vom Waschen zersplissene Fransen. Auf ihren Vater hatte Ton in diesem Moment einen geknickten Eindruck gemacht. Er hatte überlegt, wie er diesen Jungen aufmuntern konnte, den er fünf Jahre lang unterrichtet hatte, in einer schwierigen Zeit, in der Zeit, als er aus der Pubertät herausgewachsen, aber noch nicht ganz im Erwachsenenleben angekommen war, in dieser schwebenden Zwischenphase, in der es sich manchmal schon entschied, ob man es sich schwer oder lieber leichter machen würde.

»Mal ehrlich, Herr Rauter«, hatte Felix Ton da gesagt und

in seinen früheren Schwung zurückgefunden, »das Leben ist viel zu lang, als dass Eltern einen Einfluss drauf hätten. Ihre Familie mal ausgenommen. Pfosten der Selbstkritik«, hatte er dann gesagt und gelacht, »das war wirklich der Hammer. Wie Sie dieses, wie soll ich sagen: imperialistische Symbol des Marterpfahls in einem für mich günstigen Licht erscheinen ließen. Am Ende haben alle geglaubt, ich sei nur übereifrig meiner vorbildlichen Gesinnung gefolgt. Wissen Sie, was ich darin sehe? Echtes Talent.«

Ihrem Vater war der Gedanke gekommen, dass dieser Junge es sich vielleicht ganz leicht machte.

»Felix«, hatte er gesagt. »Warum sind Sie hier.«

Felix Ton hatte sich aufrecht hingesetzt. »Sie waren immer mein bester Lehrer, Herr Rauter.« Er hatte ihren Vater fixiert, ohne ihm in die Augen zu sehen. »Begeben Sie sich in die Rolle des Wahrheit Suchenden«, hatte er dann mit veränderter Stimme gesagt. »Das sind Sie sich und unserem Land schuldig.«

Inez schlug die Bettdecke zurück und setzte sich auf. Sie blieb eine Weile auf dem Bettrand sitzen. Als das Schwindelgefühl nachließ, stand sie auf und ging langsam in die Küche. Sie füllte sich ein Glas Leitungswasser ab. Der Fußboden war kalt unter ihren nackten Füßen, draußen zogen rotleuchtende Streifen über den Abendhimmel. Es war angenehm, hier zu stehen. Sie trank ein zweites Glas Wasser.

Die Person, die sie mit fünfzehn oder sechzehn gewesen war, ließ sich nicht mehr aufspüren. Da half auch kein Fieber. Und nur dann, nur wenn sie in diese Person von damals noch einmal hätte hineinschlüpfen können, hätte sie vielleicht auch sagen können, ob sie glücklich gewesen war.

Inez ging zurück ins Bett. Sie legte sich auf die Seite und zog die Knie an den Bauch. Es war still. Der Wind hatte nachgelassen. Sie dachte an das, was ihr Vater erzählt hatte und wie sie damals schulterzuckend aus dem Zimmer gegangen war, und sie fragte sich, ob ihm eines Tages der Gedanke gekommen sei, daß er bei diesem Schüler einen Fehler gemacht hatte. Auf diesen Gedanken konnte man kommen, dachte Inez. Sie drehte das Kopfkissen mit der kühlen Seite nach oben. Sie versuchte einzuschlafen. Als sie beinahe eingeschlafen war, diesmal ruhiger und ohne Hitzeschübe, fiel ihr etwas ein, das sich mit dem Alter von sechzehn doch noch auf eine besondere Weise verband. Es handelte sich nicht um ein Gefühl, wie sie nach Feldbergs Anspielung vermutet hatte, sondern um ein Wissen, das man zu einem bestimmten Zeitpunkt des Lebens auf einmal hat.

Vor ihrem sechzehnten Lebensjahr hatte sie nicht gewusst, dass ein Hund sich auf ähnliche Weise erniedrigen kann wie ein Mensch. Sie hatte das in Feldbergs Datsche gelernt, in die er ein paar Freunde zum Grillen eingeladen hatte. Im September 1984.

Felix Ton hatte sich angewöhnt, die Wochenenden in Greifswald zu verbringen. Er hatte sich bei Feldberg einquartiert. Die Wohnung seiner Eltern kam nicht in Frage, und Feldberg, der eine Zweiraumwohnung hatte, ließ ihn auf dem Sofa schlafen. So oft es ging, traf er sich mit ihr; Treffen, die, wie sie damals nicht wusste, ein ständiger Streitpunkt zwischen Feldberg und Ton waren. Aber Felix hatte Übung im Umgang mit Sticheleien und schlechter Laune. *Ich leg ihm Bier und Würstchen in den Kühlschrank und schleppe ihn auf Feten mit. Der schafft es ja noch nicht mal, mit seinen Nachbarn zu reden, geschweige denn, eine Frau anzuquatschen. Wenn ich ihm eine vorstelle, dann tu ich so, als wär seine Schweigsamkeit was ganz Geheimnisvolles, ein Typ mit Tiefgang. Da fahren die Mädels drauf ab. Der kapiert schon, was er an mir hat. Da kann er mich auch bei sich pennen lassen!* Die Grillfeten in Feldbergs Datsche waren Felix' Idee.

Feldberg hatte seine schiefe, selbstgemauerte Terrasse gefegt und Holzkohle gekauft. Er hatte kästenweise Bier und Schnaps und Sekt besorgt und sich wie immer darauf verlassen, dass Felix Ton die richtigen Leute mitbrachte. Der Regen der vergangenen Nacht stand in den Pfützen. Neuankömmlinge mussten einen großen Schritt über den aufgeweichten Boden machen, wenn sie die Terrasse betraten, und von weitem sah es aus, als würden sie zögern, als würden sie noch einmal überlegen, ob sie nicht doch woanders hingehen sollten. Als der Grill später zum Lagerfeuerkübel umfunktioniert wurde, wurden die Pfützen zur Zielscheibe für Zigarettenkippen, und wäre die Stimmung nicht so aufgeheizt gewesen, hätte man gelungene Würfe am Zischen erkannt.

Der September 1984 war fast fünfundzwanzig Jahre her.

Purer Zufall, dass sie das Grundstück nicht durch die Gartentür betreten hatte, sondern außenherum gegangen und am Kompost durch eine Lücke im Holzzaun geschlüpft war. Auf diese Weise war sie unbemerkt bis zum Schuppen gelangt. Eine Gerätekammer eigentlich. Ein winziger Holzverschlag für Harken, Grubber und Spaten, vor dem sie stand und zur Terrasse hinübersah. Das Grundstück gehörte zu einer langen Reihe von Gärten, eine kleine, quadratische Parzelle, durch einen Sandweg von der nächsten getrennt, der im Sommer staubig, im Frühjahr und Herbst schlammig, im Winter glatt und nicht gestreut war. Aber im Winter waren die Beete und Büsche in den Gärten winterfest und die Lauben dicht, und bis auf einen Mann, der sein endgültiges Alter schon vor Jahren erreicht zu haben schien und immer gleich greisenhaft und kräftig wirkte, war niemand mehr hier.

Es war ein kühler Abend in diesem September, und sie wäre gern hinüber zum wärmenden Grill gegangen. Aber sie mochte es, unbemerkt im Schutz des Verschlags zu stehen und den Gestalten auf der leicht erhöhten Terrasse zuzusehen, die mit zunehmender Dunkelheit an Farbe verloren. Sie war keine zehn Meter entfernt, und sie konnte hören, was gesprochen wurde, und sie wollte wissen, was über sie gesprochen wurde, wenn sie nicht dabei war.

Felix Ton hatte die Holzkohlenzange in der Hand. Er berührte prüfend die Feder und ließ die Zange auf- und zuschnappen.

»Was bist'n du für'n Kunde«, sagte jemand im gestreiften Hemd, den sie nicht kannte. »Bei dem Sprit, den du da raufkippst, fackeln wir noch alle ab!«

Sie kannte nicht jeden auf der Terrasse. Die meisten der Frauen kannte sie nicht. Es kamen jedesmal andere, weil die Beziehungen und Affären mit den Männern, die sie auf Feldbergs Feten kennenlernten, nicht hielten. Sie mussten nicht halten, denn Felix brachte immer wieder neue Frauen mit. Er lernte sie bei seinen Werksbesuchen kennen, in Jugendklubs oder auf der Straße, sie flogen ihm zu, wie er einmal erklärt hatte, nicht ihr, sondern einer großen Blonden, die den Rekord aufgestellt hatte und dreimal hintereinander eingeladen gewesen war. Felix war an keiner dieser Frauen interessiert, jedenfalls hatte es lange den Anschein gehabt.

Er schnappte mit der Holzkohlenzange nach dem gestreiften Hemd.

»Ey, du Witzbold! Lass das! Ich versuche, deinen Kumpel

vom Kokeln abzuhalten, damit wir heute noch was zwischen die Kiemen kriegen!«

»Leute, die zum ersten Mal hier sind, halten die Klappe«, sagte Felix zu ihm.

»Was hast'n da wieder alles rangeschafft, Feldberg?«, sagte ein anderer. »Sind das Schweinekoteletts?«

»Im rechten Topf«, sagte Feldberg. »Im linken ist Reh. Frisch aus der Decke geschlagen.«

»Gegrilltes Reh?«, schrie eine Frau.

»Autounfall?«, sagte der im gestreiften Hemd.

»Ich habe es in saure Sahne eingelegt«, sagte Feldberg an die Frau gewandt.

»Wenn's ein Autounfall war, dann war's hoffentlich nicht mit'm Trabi. Lass mein Hemd los, Mann!«

Felix nahm die Zange weg.

»Dann war's hoffentlich mit'm Westwagen. Da ist wenigstens ordentlich Bumps dahinter, und das Tier leidet nicht stundenlang Todesqualen.«

»Wenn ihr euch hören könntet, Leute«, sagte Felix. »Da reißt sich hier einer den Arsch auf, um euch 'ne echte Delikatesse an Land zu ziehen, und alles, was euch einfällt, ist, ob's 'n dicker Schlitten war.«

»Ich habe Beziehungen zu einem Förster«, sagte Feldberg. »Ein guter Schütze. Da gibt's keine Todesqual. Wenn der schießt, geht das Ding direkt zwischen die Augen.«

»Ist ja übelst lustig hier«, sagte eine Frau, die mit einer Cola-Wodka am Geländer lehnte, zu Felix. »Auf Typen wie dich ist also auch kein Verlass.« Sie klang enttäuscht.

Felix sah zu ihr hoch, und Inez glaubte für einen Moment, so etwas wie Wut und die Wucht des Begehrens in seiner Körperhaltung zu erkennen, als wolle er die Frau anspringen und niederreißen, aber dann legte er ruhig die Holzkohlenzange auf den Steintisch und stand auf. »Also, Jungs. Das ist 'ne Fete hier, kein Jagdkommando!« Er sah in Richtung Gartentor. »Wo bleibt eigentlich meine Kleine? Glaubt die, alle Welt würde auf sie warten oder was.«

»Das sind ja ganz neue Töne«, sagte Rainer Feldberg. Er hatte die Schweinekoteletts dicht nebeneinander auf den Grill gelegt. Das Fett tropfte auf die Kohle und ließ Flammen hochschlagen, die Feldberg mit Bier ablöschte. Felix machte einen großen Schritt über die Pfütze. Er nahm Feldberg die Bierflasche aus der Hand, trank einen Schluck und legte ihm dann den Arm mit der Flasche um die Schultern.

»Es gibt Leute, die leben, und Leute, die dumme Bemerkungen drüber machen, Genosse.«

»Ich meine ja nur.«

»Klar meinst du nur.«

»Früher hättest du dafür gesorgt, dass sie pünktlich ist. Du hättest sie abgeholt. Das meine ich.«

»Unser Cowboy ist liiert«, sagte die Frau mit der Cola-Wodka.

»Da kannste Gift drauf nehmen«, sagte jemand. »Mit einer Minderjährigen.«

»Sie ist eine mündige Staatsbürgerin, du Nulpe«, sagte Feldberg.

»Ja«, sagte die Nulpe, »und unser Cowboy hier hat sich vorbildlich darum gekümmert, dass sie unserem Staat rechtzeitig sozialistischen Nachwuchs beschert.«

»Du etwa nicht?«, sagte Felix Ton über Feldbergs Schulter. »Du hast doch schon drei Gören in die Welt gesetzt, da konntest du noch nicht mal das Einmaleins aufsagen.«

»Das kann die Nulpe immer noch nicht«, sagte jemand anders.

Es wurde gelacht. Das Licht auf der Terrasse schwankte. Jemand war an den einzelnen Lampion gestoßen, der mit einem Nagel an einem Stück überhängender Dachpappe an der Laube befestigt war.

Nulpe, Kanaille, Witzbold.

Der Lampion wackelte, und das Licht flog durch die Nacht, erhellte die Gesichter und die zerrupfte Knallerbsenhecke vor der Terrasse, erhellte das Gras und streifte den Kopf des Hundes, der die ganze Zeit nah bei der Hecke gelegen haben musste und vom Licht geweckt aufsprang. Er war so groß wie ein Schäferhund mit hellbraunem, am Bauch fast weißem Fell. Er sprang mit einem Satz auf die Terrasse und lief auf Feldberg zu, angelockt vom Geruch des Schweinefetts. Er umrundete die Pfütze, stellte sich vor den Grill und sah Feldberg an.

»Doch nicht etwa der«, sagte der Mann im gestreiften Hemd. »Sag nicht, der hat das Reh zur Strecke gebracht.«

Die Frau mit der Cola-Wodka nahm die Wodkaflasche vom Tisch und füllte ihr Glas. »Von einem Köter hat mir unser Cowboy auch nichts gesagt«, sagte sie auf eine so eindeutige Weise zu Felix, dass jeder auf der Terrasse verstehen musste, wie viel diese Frau dafür geben würde, noch einmal seinem Blick ausgesetzt zu sein, diesem triebhaften, diesem Blick wie ein Lasso, dachte Inez höhnisch auf ihrem Beobachtungsposten, egal, wie sozialistisch oder wie liiert ihr Cowboy war.

Feldberg machte sich aus Felix Tons Umarmung los. Er packte seinen Hund am Halsband und schob ihn weg. »Du bist später dran, Akko. Ab mit dir.« Der Hund stemmte sich gegen die Hand. Er rutschte auf gestreckten Läufen über die

Terrasse, und als Feldberg losließ, machte er einen erneuten Versuch. Diesmal drehte er seinem Herrchen das Hinterteil zu.

»Ab mit dir, hab ich gesagt!« Der Hund knickte mit den Hinterläufen ein und fing an, seinen Arsch vor Feldberg hin- und herzuschwingen. Sein Schwanz war kurz, ein abgeschnittener fleischiger Stumpf, der durch die Luft peitschte, während der Hund sich halb hockend an ihn drängte, bis Feldberg ihm einen Tritt in die Flanke versetzte. Der Hund sprang winselnd auf, lief ans Ende der Terrasse und kroch durch das Geländer zurück ins Dunkel. Er war jetzt näher an der Stelle, wo Inez stand. Sie sah nur seinen Schatten. Dann hob er den Kopf. Er blieb ganz ruhig, er bellte nicht. Wenn sie Feldberg bisher mit seinem Hund gesehen hatte, hatte er ihn an der kurzen Leine geführt. Aber er schien nicht gedrillt, nicht militärisch abgerichtet zu sein, er musste keine Kommandospielchen mitmachen, und dafür war sie Feldberg fast dankbar gewesen, obwohl sie nicht einmal den Namen des Hundes gewusst hatte.

Sie blieb stocksteif, wo sie war, im Rücken den Verschlag. Der Hund kam zu ihr gelaufen. Er schnupperte an ihren Schuhen. Als sie sich nicht rührte, drehte er sich um und drängte seinen Hintern gegen ihre Beine. Er rieb sein Hinterteil an ihrer Hose. Sein Stumpf schlug gegen ihre Schienbeine, eine harte, kurze Gummipeitsche. Sie rührte sich immer noch nicht. Der Hund sah sich nach ihr um. Er fing erneut an, sich zu reiben. Sie spürte seine zitternden Hinterbacken. Vorsichtig legte sie eine Hand auf seinen Rücken, um ihn davon abzuhalten. Sie versuchte, ihn zu streicheln, weil es ihr peinlich war, vor sich selbst, vor dem Hund, vor den Leuten auf der Terrasse, die sie gar nicht sahen, von denen sie aber annahm, dass sie den Hund vermissen und vielleicht nach ihm suchen würden, und dann wäre entdeckt, dass sie alle belauscht hatte.

Unter ihrem Streicheln wurde der Hund ruhig. Schon damals kam ihr das unanständig vor. Aber erst später hatte sie begriffen, warum. Als Felix Ton in seinem Wartburg zu ihr gesagt hatte *Lass mal. Zieh dich wieder an*, hatte sie begriffen, was mit diesem Hund los war. Sie hatte begriffen, dass er nichts anderes kannte, dass er darauf abgerichtet war, seinen Arsch zu präsentieren, dass diese Bewegung ihm die einzige Form der Zuneigung einbrachte, die ihm zustand, ihm gebührte, dachte Inez in ihrem kleinen Zimmer mit der roten Stehlampe. Die Fenster der Hütte klapperten. Sie hatte begriffen, dass dieser Hund auf die sexuelle Befriedigung seines Herrchens gedrillt war.

Die Ostsee schlug gleichmäßig an.

Der Himmel im Schlafzimmerfenster hob sich schwach von der aufragenden Felswand ab. Das Kopfkissen war durchgeschwitzt. Wasser hatte sich zwischen den Brüsten gesammelt, auch das Laken war nass. Inez stand auf und tastete sich ins Bad, griff nach einem der Handtücher, um sich trockenzurubbeln, sie machte kein Licht. Sie wollte sich nicht im Badspiegel sehen.

Am Morgen dachte sie, auch das wäre eine Fiebererscheinung gewesen. Sie hätte den düsteren Anbau in Feldbergs Datsche für ihr Bad gehalten. Feldberg hatte einen Schlauch und ein Plumpsklo unter einem Wellblechdach installiert, und sie hatte den Lichtschalter nicht gefunden. Sie war damals im Dunkeln zum Klo gestürzt. Das gegrillte Fleisch hatte so stark nach Tier geschmeckt, feucht und modrig und bitter, dass ihr alles hochgekommen war, und auf der Flucht ins Bad war sie in die Pfütze getreten und gegen die Frau mit der Cola-Wodka getaumelt, und während sie kotzte, war ihr der Gestank aus dem Plastetank entgegengeschlagen, und sie hatte die Frau lachen gehört und dann Ton, der gegen die Tür donnerte.

Aber das Handtuch, das am Morgen im Bad ihrer Inselhütte auf dem Boden lag, war weich und frisch gewaschen. Das Handtuch erinnerte sie daran, dass sie nachts aufgewacht und ins Bad gegangen sein musste. Es erinnerte sie daran, dass sie sich gerettet hatte, dass sie entkommen war.

Als das Fieber nachließ, machte Inez sich einen Tee. Sie stand auf und duschte, sie zog sich eine bequeme Hose und ein Hemd an und setzte sich mit dem Tee an den schmalen Küchentresen. Das Notizbuch lag neben dem Abtrockenkorb. Sie blätterte es durch. Sie stieß auf Beobachtungen, die sie nirgendwo verwenden konnte. Auf Telefonnummern, die sie nicht anrufen würde. Auf Gedanken, die noch nicht spruchreif waren, wie der Gedanke, sich nach Ablauf des Doktorandenstipendiums, wenn die Forschungsarbeit auf Stora Karlsö abgeschlossen war, ins Ausland zu bewerben. Der Gedanke, sich die Haare wieder kürzer zu schneiden. Der Gedanke, wie fragil die Idee der Vererbung war, wenn schon kleine Veränderungen der Umwelt die vermeintlich fundamentale Weitergabe der Gene von einer Generation zur nächsten stören konnten.

Oder ein Gedanke dieses Sommers, genaugenommen, der Gedanke, den sie notiert hatte, nachdem Feldberg den Ausdruck des MAZ-Artikels wie zufällig auf dem Fußboden ihres Büros hatte liegenlassen: Felix Ton einen Brief zu schreiben, in dem sie ihm mitteilte, dass sie an die Presse gehen würde.

Sie würde öffentlich darüber reden, für wen er mehr als fünf Jahre gearbeitet hatte, sollte er wirklich vorhaben, Kontakt mit seinem Kind aufzunehmen. Dieses Kind, das für sie gestorben war und hoffentlich ein gutes Leben hatte; *Ende der Sentimentalitäten.*

Sie sah ihn vor sich. Sein immer noch kräftiges, immer etwas zu langes Haar, die grauen Schläfen. Er war apart gekleidet, er war redegewandt. Sein Körper war drahtig, ein drahtiges Stehaufmännchen, jedenfalls war das die Gestalt, in der sie in den ersten Jahren nach der Wende an ihn dachte.

Seine Redegewandtheit und seine legere Art mussten Vertrauen erweckt haben bei westdeutschen Aufbauhelfern, die sich nicht auskannten, die mit der verhuschten Vorsicht ihrer neuen Kollegen im Osten nicht umgehen konnten, was sie bis zur Arroganz reizte, und die froh waren über einen wie Ton, über einen mit *Stabserfahrung*, wie es hieß, der die Dinge auf dieselbe Weise in die Hand zu nehmen schien wie sie. Jedenfalls glaubten sie, sie nähmen die Dinge in die Hand, und wie sie Ton kannte, ließ er sie in diesem Glauben. Er *mauschelte mit*, wie sie früher gesagt hätte. Einer wie Ton hatte da keine Hemmungen. Er wusste, wie man Verbindungen knüpfte und aufrechterhielt und sie nutzte. Hier ein Gefallen, da ein passender Anruf, auf Empfängen immer die aalglatte aufgeblasene Zerstreutheit, die signalisierte, was für ein Kotzbrocken man war, und dort, wo früher Mangelwaren getauscht und vermittelt wurden, Klempner, Ersatzteile, gute Ärzte, eine Datsche am See, war heute Geld im Spiel und manchmal immer noch eine Datsche am See.

Das Leben ist viel zu lang, hörte sie ihn sagen, *der reine Wahnsinn, darauf nicht hundertprozent Einfluss zu nehmen.*

Den Fuß in der Tür haben.

Den Ball am Laufen halten.

Aktiv sein.

Ein *Mover und Shaker*, wie er wahrscheinlich heute sagte. Einige seiner früheren Kollegen hatten es auf die gleiche Weise versucht wie er. Aber sie hatten auf die falschen Verbindungen gesetzt, sie waren zu eifrig gewesen, hatten sich von Immobilienhaien hereinlegen oder von Investitionen in die falschen Papiere verlocken lassen, oder sie hatten sich bei Deals mit Autokonzernen übernommen. Sie hatten nicht den richtigen Riecher gehabt. Ton hatte den richtigen Riecher. Sie war sicher, dass er nicht nur wusste, wohin das Geld aus den Tresoren der Bezirksleitung nach der Wende verschwunden war, sondern dass er, wenn er wollte, an dieses Geld auch herankam.

Nur eine konnte den Ball stoppen.

FELIX TON

der Mover und Shaker, schaute in die Spiegelung seiner selbst in der Nacht.

Er saß in einem restaurierten Barockaltbau auf der Couch und schwenkte den Cognac im Glas. Sein Spiegelbild schwebte zwischen ihm und der Dunkelheit, die Slidetec-Schiebeläden hatten sich bei Sonnenuntergang geräuschlos geöffnet.

Derselbe Geck aus der Inneneinrichtungsbranche hatte sie empfohlen, der ihm Dimmer in allen Deckenleuchten vorgeschlagen hatte. Felix Ton war nicht fürs Dimmen. An oder aus. Das war die Idee. Grauzonen gab es bei den wesentlichen Fragen nicht. Man war tot oder lebendig. Halbtot gehörte zu den umgangssprachlichen Witzen, mit denen man sich bloß um Tatsachen herummogelte. Das gehörte in den rhetorischen Bereich, in dem er sich tagsüber oft genug bewegte.

Jetzt könnten die Schiebeläden vielleicht nützlich werden. Wenn der Rummel zunähme, wäre es gut, die Schotten dichtmachen zu können. Allerdings würde er dann in einem Büro in Berlin sein und käme nicht jeden Abend nach Potsdam rausgejockelt, und nur die wechselnden Mitarbeiter der Putzfirma würden die Wohnung beleben oder Maja, wenn sie ihre WG mal wieder satthatte. Die Schiebeläden ließen sich so programmieren, dass sie sich täglich zu anderen Tageszeiten öffneten und schlossen. Außerdem könnte man jemanden anheuern, der sich immer mal durch die Wohnung bewegte und lüftete, um Anwesenheit vorzutäuschen. *Billige Masche*, würde Feldberg sagen, *dafür hätte man uns damals auf die Finger geklopft.* Aber damals hätte Ton nicht im Traum daran gedacht, eines Tages in einer restaurierten Vierzimmerwohnung mit Stuckaturen und dem ganzen denkmalschutzverdächtigen Schnickschnack zu leben. Damals hätte er auch nicht gedacht, dass er es einmal sein würde, der Feldberg auf die Finger klopfte. Was ihn auf den Gedanken brachte, sein Handy zu checken. Aber Feldberg hatte keine neue Nachricht geschickt. Er hatte sich für zweiundzwanzig Uhr angekündigt, und dabei schien es zu bleiben.

Was war nicht alles seit damals passiert, dachte Felix Ton und atmete den Cognac ein. Es war ein würziger, milder Geruch, der das sanfte Glühen vorwegnahm, mit dem sich das Getränk in seiner Kehle und dem Magen ausbreiten würde.

Was hatte man damals nicht alles gedacht, dachte er, und

was dachte man nicht alles heute, und wie wenig hatte das eine oder das andere mit dem zu tun, was man wirklich dachte, dachte er. Aber wenn man mal darüber nachdachte, war das nicht so leicht auszudenken. Was dachte man denn in Wirklichkeit von dem, was man damals gedacht hatte, oder besser, von dem man in der Öffentlichkeit so getan hatte, als hätte man es gedacht, weil man doch dachte, man denke innerlich anders. Er jedenfalls. Und was dachte er heute innerlich, wenn er an den wenigen Abenden, an denen er nicht eine LPG besuchen musste oder ein Obstweinfest oder eine von zig Wahlkampfveranstaltungen in der Lausitz oder der Uckermark, auf seiner Couch saß und den Cognac schwenkte. Wenn er ganz ehrlich war, dann wusste er zwar genau, dass er nicht so dachte wie draußen auf den Veranstaltungen, aber je länger er über diese Unterscheidung nachdachte, umso unmöglicher wurde es, das zu Ende zu denken, eine übermenschliche Verrenkung.

Dann fiel ihm ein Schlager ein. Und der Schlager erinnerte ihn an das, worüber er eigentlich hatte nachdenken wollen, und er entspannte sich und nahm einen Schluck vom Cognac.

Wenn du denkst, du denkst, dann denkst du nur, du denkst, du hast ein leichtes Spiel, doch ich weiß, was ich will, drum lach nur über mich, denn am Ende lach ich über dich.

Die wichtigsten Dinge hatte er sofort geregelt. Da war nichts mehr zu holen. Die feinen Kollegen von der Grenze hatten ihre Mäuler vor Staunen und Schreck noch nicht wieder zugeklappt und eifrig Nachrichten durch die Gegend gefaxt, die zwar formal den Anforderungen entsprachen, inhaltlich aber Stuss waren, als er schon längst damit begonnen hatte, ganze Stöße durch den Reißwolf zu jagen. Das sah ein

Blinder, wie schnell die Ersten auf die Idee kommen würden, die Zentralen zu stürmen, *er* hatte es vorausgesehen. Da musste die Mauer nicht erst in kleinen Bröckchen um die Welt wandern, da war die Mauer noch gar nicht geöffnet worden. Kurz nach neunzehn Uhr an jenem entscheidenden Tag war er noch einmal ins Büro gefahren, um den Rest der Papiere durchzugehen und so weit zu sondieren, dass am Ende bestimmte Karteieinträge und Vorgänge unter seinem Namen nicht mehr existierten. In Berlin bei der Auslandsspionage standen sie schon bis zu den Knöcheln in der Papierpampe, nur hier zögerten sie. Als sei es nicht bescheuert genug gewesen, so lange den Befehlen eines Greises zu folgen, warteten sie auch jetzt noch darauf, dass er ihnen zu Hilfe käme.

Vielleicht war Ton aus irgendeinem Grund besser als andere in der Lage, verschiedene Perspektiven einzunehmen und die Seite zu wechseln, und er dachte nicht: *die gegnerische Seite*, denn wenn er ehrlich war, und da Felix Ton mit dem dritten Glas Hennessy auf der Couch saß, war er sehr ehrlich, dann hätte er an ihrer Stelle auch so gehandelt. Er hätte als Erstes die Zentralen gestürmt. Er wusste, dass er nur zufällig auf der anderen Seite war. Zufällig hatten sich in diesem Land, in das er mit Hilfe eines gedankenlosen Ficks während der Kartoffelernte hineingeboren wurde, die meisten Möglichkeiten dort geboten, wo er gelandet war.

Dort summte es.

Dort glühte die Energie durch die Leitungen. Ein Dummerjan, wer das nicht nutzte.

Da suchten sie Leute und gaben ihnen Entfaltungsspielräume, die sich in dieser Einhunderttausendquadratkilometerbeengtheit nirgendwo sonst auftaten, was ihm, wann immer er darüber nachdachte, leicht die Luft genommen hatte. Aber er dachte nicht oft darüber nach, und außer dem Karnickel, das er vorübergehend und ebenso zufällig besaß, erfuhr davon niemand. Das Karnickel hatte er von dem Mann geerbt, der ihn auf eine Empfehlung Feldbergs als *Perspektivkader* vorgeschlagen und ihm einen Studienplatz in Karlshorst besorgt hatte. Als der Kollege mit seiner Frau zusammengezogen war in eine zentralbeheizte Dreiraumwohnung, konnte er den Hasen nicht mitnehmen, und schlachten wollte er das Tier nicht, weil er wider Erwarten an ihm hing. Felix Ton hatte er angewiesen, dem Hasen keinen Namen zu geben und ihn nicht zu streicheln, auch nicht beim Füttern, damit ihm für den Fall, dass er ihn schlachten wollte, nicht der gleiche Fehler unterlief.

Zu viel Feindkontakt, hatte der Kollege grinsend gesagt, *macht dich weich*. Er kam aus der Hauptabteilung XIV, und Ton vermutete, dass seine Anweisung dem Verhalten gegenüber Häftlingen entsprach: man gab ihnen Nummern statt Namen.

Ton hatte von Anfang an beim Außenhandel arbeiten wollen. Er, Resultat eines Ficks in der Kartoffelernte. Das war und war nicht eine günstige Voraussetzung für so eine Laufbahn. Günstig war es, weil er dem Ungetüm einer Bauernfamilie entsprang. Ungünstig, weil dieses Ungetüm sich so verhielt, als gebe es keinen Arbeiter- und Bauernstaat oder überhaupt einen Staat, in dem man sich an bestimmte Regeln und Vorschriften zu halten und produktiv etwas beizutragen hatte. Man hielt es für ausreichend, sich in löchrigen Vorkriegsmöbeln einzurichten, ein paar Ziegen zu hüten und sich an einem großen Gemüsebeet zu schaffen zu machen, dessen Ernte überschaubar blieb. Entweder vergaß man, die Tomaten zu stengeln oder den Rotkohl rechtzeitig ins

Freiland zu pflanzen, oder die unter Lebensgefahr geklauten Schwarzwurzelsprösslinge wurden aus Versehen umgegraben, und manchmal verfaulte der Salat, weil das Ungetüm sich gerade im Familienstreit befand.

Die Kartoffelernte war eine Zwangsveranstaltung gewesen, zu der seine Eltern unabhängig voneinander in verschiedenen Mannschaftswagen der Armee gekarrt worden waren, Kroppzeug, das eingegliedert und zu sozialistischen Menschen erzogen werden sollte. Aber bevor das glückte, hatte das Kroppzeug sich nicht nur miteinander bekannt gemacht, sondern auch schon vereinigt.

Ihr einziger Beitrag zum sozialistischen Kampf für Frieden und Fortschritt war reichlich Leergut, meistens Schnaps- und Bierflaschen. Das wurde so lange im Keller gebunkert, bis es von selbst die Kellertreppe hinaufkam und Felix mit einem Fußtritt die Treppe hinunter befördert wurde, mit dem nützlichen Hinweis auf Taschengeld. Der Keller war permanent feucht. Das alte Bauernhaus, in dem sich die Tapeten beulten und im Winter überfroren, stand nah am Bodden auf sumpfigem Gelände. Auf Feten verkündete Ton gern, er komme aus dem Sumpf, und sogar Feldberg hatte eine Weile gebraucht, um die Doppeldeutigkeit zu kapieren. Ton war sicher, dass nicht die Versumpfung der Natur der Grund dafür war, dass die Behörden Haus und Bewohner schließlich in Ruhe ließen. Seine Eltern wurden nicht mehr zu Aussprachen vor dem Kollektiv in die Melkanlage geholt, Erziehungsmaßnahmen wurden eingestellt. Die LPG machte einen Bogen um dieses Haus. Selbst sein Klassenlehrer hatte Abstand davon genommen, Herrn und Frau Ton in die Schule vorzuladen. Immerhin hatte Rauter den Schneid gehabt, zu ein oder zwei Elternbesuchen vorbeizukommen. Seine Mutter hatte ihm daraufhin dreimal das Schulbrot geschmiert und Geld für einen Trainingsanzug besorgt, bevor alles wieder in den alten Trott zurückgefallen war.

»Ganz nutzlos waren sie ja nicht«, hatte der Kollege mit dem Karnickel zu ihm gesagt. »Sei dankbar, mein Freund. Sie haben uns einen feinen Kerl wie dich gemacht. Nur den Kontakt solltest du unterlassen.«

Von heute aus betrachtet war es eine gute Entscheidung gewesen, in die Wirtschaft zu gehen. So gelang der Übergang später fast nahtlos.

Ein paar brenzlige Momente hatte es noch gegeben.

Ein paar Reibereien hier und da. Holpersteine.

Schwulitäten.

Die Garzau-Liste, die irgendein Idiot im Atombunker vergessen hatte, war so eine Schwulität.

Atomkriegssicher gelagert. Das musste man sich mal vorstellen.

Kein Wunder, dass da die Reißwölfe schlappmachten.

Man hätte es wie die Russen machen sollen, die das Zeug auf einen Truppenübungsplatz schleppten und den Flammenwerfer anschmissen. Und alles, was nicht brannte, wurde ausgeflogen nach Moskau.

Stattdessen lagerten sie den heißen Datensatz in einem lichten Kiefernwäldchen hinter Straußberg. Wie blöd konnte man denn sein.

Dachte Felix Ton auf der weißen Couch in seinem Barockaltbau, während draußen der Mond aufging. Blöder waren nur noch die Bürgerrechtler gewesen. Die kriegten gar nicht mit, was da mit ihrer Zustimmung und unter dem Schutz der Kirche vernichtet wurde. Die sammelten sogar noch brav die Akten auf, die beim Transport vom Laster fielen, und gaben sie bei der nächsten Polizeidienststelle ab, dachte Ton, oder die Geldkassette, die ihm jemand zurückgebracht hatte, die Scheine ordentlich noch drin, und er schmeckte dem letzten Schluck Hennessy nach, wie er sahnig den Mundraum füllte und weich durch die Kehle glühte.

Nur in diesem Moment damals, kurz nach neunzehn Uhr am neunten November, in seinem halbdunklen, nach Linoleum und Zigarettenasche riechenden Büro, wäre er gern einer dieser Vollbärte gewesen, die jetzt von ihren Bratkartoffeln aufsahen, ihre melancholischen Glubschaugen aufrissen, aufsprangen und sich die Parkas überwarfen. Dort ging jetzt etwas los, während hier die Energie abgezogen wurde. Er hatte es gespürt. Er war mitten im Raum zwischen Schreibtisch und Heizung stehengeblieben und spürte, wie die Wände und die Zimmerdecke nachgaben, wie die Räume einzusacken drohten, wie sie leer und tot und museal wurden, und dann fing er an, hektisch aufzuräumen, Ordner heranzuschleppen, zu durchwühlen, sie krachend zuzuschlagen, um nicht auch so leer und tot und museal zu werden, aber als er nach draußen hörte, war dort alles still.

Das Karnickel war nach wenigen Wochen eingegangen. Es konnte sich nicht umgewöhnen. Es verweigerte das Möhrenkraut, das es von nun an ohne menschliche Wärme fressen sollte. Es hockte in seiner Buchte hinter Tons Garage, sah die Wand an und atmete immer flacher. Eines Morgens lag es mit offenen Augen im Karnickelurin, und Ton fragte sich jetzt, Jahre später, ob seinen ursprünglichen Besitzer vielleicht am Ende das gleiche Schicksal ereilt hatte.

Er hatte ihn nur noch einmal gesehen. Der Mann hatte ihn eingeladen in seine Platte. Er hatte von Gelderumverteilungen und Notlagen geschwatzt und herausgekommen war, dass er eine gewaltige Summe in einen windigen Autohandel auf dem Territorium der Ex-DDR gesteckt und verloren hatte. Herausgekommen war auch, dass seine Tochter in einen teuren Scheidungsprozess verwickelt war, weshalb er jetzt ganz auf Ton zählte. Ton, der seine Fühler zu westlichen Investoren doch längst ausgestreckt, der in Sachen Immobilien und Grundstücke Kontakte hätte, der für einen wie ihn Verwendung haben müsste bei diesem ganzen Brachland, das jetzt zu bebauen wäre.

Der Mann hatte an seinen Stolz appelliert und an *unsere verschworene Gemeinschaft*, die Elite, die sie immer noch waren und deren das Gesockse draußen, auch das aus dem Westen, nichts wert war. Er benutzte Worte wie *alter Kämpe* und *durchhalten* und *treu bleiben*, er sagte *verbündet* und *zusammengeschweißt* und *niewiederKrieg*, und Ton hatte gedacht, dass diese Jahrgänge noch nie einen Blick fürs Kommende besessen hatten. Also hatte er ihm ein paar zeitgemäße Hinweise zu Risikoeinsatz und Profilanalysen des Geschäftspartners gegeben. Aber der Mann hatte ihn nur angeglotzt und dann den Schnaps wie zur Gegenwehr hinuntergeschüttet. Kein Wort der Dankbarkeit. Und trotzdem hatte Ton sich an der Tür noch einmal umgedreht. Er hatte einen grünen Schein unter den Aschenbecher auf dem Tisch gelegt, einen anfeuernden Ruf ausgestoßen, und dann hatte er diesen Mann aus den Augen verloren.

Er hatte viele aus den Augen verloren. Was umgekehrt nicht unbedingt der Fall war, wie Felix Ton wusste. Deshalb vergaß er nie, wem er einen Gefallen schuldete und wer ihm. Auch als die Brisanz dieses Themas nachließ und die Leute aufhörten, sich für die Vergangenheiten der Macher zu interessieren, schrieb er noch Kürzel hinter die Namen ins Adressbuch: ein GO war einer, dem er was schuldete, ein SO, einer, der bei ihm in der Kreide stand, war das O durchgestrichen, war der Fall erledigt.

Ansonsten wendete er sich wieder dem zu, was ihm das Leben weniger lang werden ließ.

Dem Glühen. Dem Rausch der Energie.

Ton stellte das leere Cognacglas auf den Tisch und öffnete die Fenster. Die heiße Augustnacht schlug ihm mit ihrer ganzen Schwüle entgegen.

Und während er noch einmal versuchte, sich daran zu erinnern, was er damals wirklich gedacht hatte hinter allem vorgedachten oder vorgemachten Denken, lief nur der Schlager weiter durch seinen Kopf, hörte nicht auf, *drum lach nur über mich, denn am Ende lach ich über dich,* ein beruhigendes, hohles Mantra, das er noch eine Weile dulden wollte, bevor er einen dieser privaten Jugendsender im Radio suchen und auf volle Lautstärke stellen und mit diesem unsinnigen Herumdenken Schluss machen würde. Es war ein gutes Gefühl zu wissen, wie man mit bestimmten Dingen Schluss machte.

Eine Straßenbahn hielt. Die Türen öffneten sich in die leere Nacht. Niemand stieg aus. Feldberg verspätete sich. Es war halb elf. Gewöhnlich hielt sich Feldberg an Absprachen. Es konnte nur mit der Brisanz der Angelegenheit zu tun haben, dass er nicht rechtzeitig aufkreuzte. Ton freute sich schon auf das Gesicht, das er machen würde, wenn er aus der Bahn stieg. Er würde in einen lächelnden Hochglanz-Ton hineinlaufen. Das Plakat hing an jeder Haltestelle. Es zeigte ein starkes Lächeln, ein Lächeln, das Halt gab. Selbst wenn die Leute sich nur in ihm spiegelten, ihren

Lippenstift nachzogen oder ihren Gesichtsausdruck prüften, den das Dunkel seiner Haare unter Glas perfekt zurückwarf, gingen sie innerlich gestärkt davon.

Das Plakat zeigte eine Machermiene. *Jetzt gib mir den Macher*, hatte der Fotograf gesagt, einer dieser Jungen, die ihre Professionalität durch hängende Hosen und große knallige PVC-Taschen betonten, was ihm gefiel. Es hatte genau die zerstreute Kraft, die er an sich selber mochte, und für eine Sekunde erlaubte Ton sich zu denken, Inez würde aus der nächtlichen Straßenbahn steigen. Sie würde stehen bleiben und dann wahrscheinlich wegsehen. Aber seine Vorstellung dirigierte sie dicht vor das Plakat. Er sah sie vor sich, wie sie den Stolz auf sein herausforderndes Lächeln zu verbergen suchte. Das gefiel ihm so gut, dass er sich erlaubte, auch an ihre Haare zu denken, hell im Schein einer Laterne, an den Flaum unter ihren Achseln, die Härchen an ihren Flanken, an ihren Arsch auf der Rückbank. Diesen festen jungen Arsch, den sie ihm so gern angeboten hatte. Nachts auf den Fellsitzen seines Wartburgs. Ihr Höschen in den Kniekehlen. Das Dach, das zu niedrig, die Vordersitze, die zu nah waren. Wie er es manchmal ganz langsam gemacht hatte, trotz der Enge. Wie er es sie ganz langsam hatte spüren lassen. Er erlaubte sich auch, an ihr Zittern zu denken, mit dem sie kam, und an dieses andere Zittern später, Wut oder Angst, als sie sich wie eine Verrückte vor ihm ausgezogen hatte und er schon wusste, dass er wieder das Gleiche sagen würde. *Lass mal. Zieh dich wieder an!*

Aber das lag an der Nachtluft, die vielversprechend schwül war, und am verheißungsvollen Summen der Bahn, die sich so dunkel lockend entfernte, als sei dort, wo sie verschwand, alles Mögliche denkbar, und es lag an einem Glas Hennessy zu viel. Eigentlich dachte er längst nicht mehr so.

Felix Ton sah in die Nacht.

Er sah den Straßenstaub, der sich klebrig auf Autos, Häuser und Sterne gelegt hatte, und er sehnte sich nach Regen. Er sehnte sich jeden Sommer nach einem schweren warmen Landregen, nach diesem anschwellenden, berauschenden Pladdern aus seiner Kindheit, als er in Gummistiefeln in schnell wachsenden Pfützen gespielt hatte, als er das Leergut aus dem Keller mit dem braunen Schlammwasser gefüllt und gewartet hatte, bis es aufklarte, um es dann unter die vollen Flaschen zu schmuggeln und zu sehen, was passierte, wenn die Alten eine Pulle Schlammwasser erwischten. Aber es war nie etwas passiert. Sie hatten die Flaschen immer an den geöffneten Verschlüssen erkannt.

Mit der Sehnsucht nach dem Regen war die Assoziation des Wegschwemmens und Auslöschens verknüpft, was ihm bewusst war oder nicht. Bewusst war ihm, dass er diese Sehnsucht immer im August verspürte und dass er sich, wenn es im August tatsächlich regnete, danach sehnte, dass es heftiger und anders regnete. Und jetzt, wo es seit Wochen nicht geregnet hatte, war sein Lächeln an der Haltestelle staubbedeckt. Eine grauschlierige Schicht machte seine Machermiene stumpf, und er beschloss, bei der Stadt anzurufen und darum zu bitten, die Putzfirma öfter zu den Werbetafeln der Straßenbahnhaltestellen zu schicken.

Wenn du denkst, du denkst, dann denkst du nur, du denkst. Der Schlager blieb hartnäckig. Der Schlager brachte ihn auf das zurück, was er sich eigentlich hatte vor Augen führen wollen.

Inez.

Inez auf einer Vogelinsel in ihrer dürftigen Existenz als Einzelgängerin, der sie sich seit Jahren verschrieben zu haben schien, und vor allem: weit weg. Und so sollte es bleiben.

Sie war lange her. Sehr lange. Äonen. So lange, dass er sich beim Gedanken, jemals mit ihr zusammengewesen zu sein, wie ein Fossil vorkam, eines dieser weißen, löchrigen Dinger, nach denen Inez immer wie eine Verrückte den Strand abgesucht hatte, und dann hatte sie nichts gefunden als Glasscherben.

Später hatte er eine Abmachung mit ihr getroffen.

Es war eine faire Abmachung.

Es war eine faire und beschissene Abmachung, und jetzt war es fast elf.

Eine leichte Nervosität machte sich hinter Tons Augen bemerkbar. Feldberg war zurück von Stora Karlsö, es gab keinen Grund für die Verspätung. Es sei denn, er hatte schlechte Nachrichten oder wollte ihn aus irgendeinem Grund schmoren lassen.

Ohne Feldberg kam er in der Sache nicht weiter. Nicht aus übertrieben großer Vorsicht oder weil irgendein Ehrbegriff ihn davon abhielt, eine Abmachung zu brechen, sondern weil er diese Frau nicht einschätzen konnte. Er hatte schlicht keinen Handlungsmodus bei ihr.

Ein einziges Mal hatte sie sich bei ihm gemeldet. Das war kurz nach der Wende. Er war damals gerade beim Tapezieren gewesen. Er hatte die Tapete in schönen langen Bahnen an der Wand ausgestrichen, Seidentapete, die wie von selber fiel, nicht dieses störrische Zeug von früher, das Blasen zog und flatterte. Er hatte oben auf der Leiter gestanden, der Kollege, der ihm geholfen hatte, in einer blauen Werksjacke unten. Es war nicht Feldberg gewesen. Feldberg lag im Krankenhaus. Der Kollege hatte seine neuen Sting-CDs mitgebracht, und

Ton hatte das Telefon nicht gleich gehört. Als es zum zweiten Mal klingelte, war die Bahn ausgestrichen. Er war auf dem Weg in die Küche, um Kaffee zu machen.

»Ich bin's. Inez.«

Dass sie seine Nummer kannte, hatte ihn irritiert.

»Wir müssen was klären.«

Er hatte gehört, wie ihre Stimme zitterte, und sich in aller Ruhe an die Wand gelehnt.

»Ich bin gerade beim Tapezieren, sonst hätte ich gesagt, komm vorbei und lass uns was trinken.«

»Wie passend«, sagte Inez.

»Was?«

»Nichts.«

»Bist du in der Nähe? Kann ich dich irgendwo abholen?«

»Nein.«

»Na komm! In welche Laubhütte hast du dich verkrochen? Schlaues Mädchen, fünf Jahre in Deckung, meine Hochachtung. Aber wenn du mal den Fernseher einschaltest, wirst du merken, dass das nicht mehr nötig ist. Also, sag mir, wo du bist, ich sammel dich ein und wir trinken einen Versöhnungsschluck. Ich hätte dich übrigens gefunden«, sagte er. »Wenn ich gewollt hätte.«

Sie war still.

»Schon gut. Was ist los.«

»Alles bleibt beim Alten«, sagte sie. »Auch wenn die Mauer jetzt auf ist.«

»Klar, meine Süße. Bleibt immer alles beim Alten.«

Er hatte gehört, wie sie atmete. Er meinte sogar zu hören, wie sie ihre trockenen Lippen mit der Zunge befeuchtete.

»Ich bin gar nicht in Deckung gegangen«, hatte sie auf einmal und irgendwie überrascht gesagt. »Wie denn. Wie hätte ich das denn machen sollen deiner Meinung nach: *in Deckung gehen?* Bist du schon so abgehoben, dass du nicht mehr weißt, in welchem Land wir gelebt haben?«

»Sag mir genau, was du meinst«, hatte er gesagt.

»Ich dachte, du hättest damit – als eine Art Entschuldigung.«

»Ich habe gar nichts. Aber du wirst mir jetzt diesen Gefallen tun und mir sagen, was du meinst.«

»Wieso hat der Shiguli nicht mehr unten gestanden? Die ganze Zeit stand dieser Shiguli da. Unter dem Fenster meiner Eltern. Und von einem Tag auf den anderen war er weg.«

»Leute wie du hängen immer noch den alten Hirngespinsten nach.«

»Und Leute wie du renovieren.«

Er lachte. »Du weißt, dass ich den Jungen finde. Ich find's raus. Selbst wenn du ihn eigenhändig in deiner Laubhütte verbuddelt hast.«

Sie hatte eine Weile nichts gesagt. Und dann sagte sie leise: »Ich bin gespannt, was sie mit einem wie dir jetzt machen.«

»Oder war's gar kein Junge? Du hattest es so verdammt eilig, ich habe ihn ja noch nicht mal *gesehen*!« Er lehnte mit dem Ellbogen an der Wand. »Das Leben ist viel zu lang, um ihm das anzutun, Inez. Unserem Jungen!« Das hatte er ernst gesagt, und er hatte es aus tiefstem Herzen gesagt, er spürte, wie es in seinen Muskeln zog, als er es sagte, denn er hatte sich vorgestellt, dass es da draußen jemanden gab, der mit ebensolchen Muskeln herumlief und mit dem gleichen Überdruss wie er, jemand, der vielleicht dasselbe Problem mit dem Meniskus hatte oder haben würde und dazu die Augen von Inez, jemand, der jetzt knapp fünf Jahre alt war. Und er hatte gedacht, dass er gar nicht wusste, wie man mit einem fünf

Jahre alten Menschen umging. Aber da hatte Inez gelacht. Es war ein unfrohes, seltsam hohes Lachen, und das Ziehen in den Muskeln war schlagartig weg.

»Sag mir, was du meinst. Sprich es aus. Du willst mir sagen, dass ich die Hände von dem Jungen lassen soll. Du willst, dass ich meine schmutzigen Tschekistenhände von deinem sauberen Nachwuchs lasse.« Er spürte, wie sein Arm und die Hand mit dem Telefon blutleer wurden. »Weißt du was, Süße? Das kannst du haben. Ist gebongt. Unter einer Bedingung. Solange du nämlich die Schnauze hältst, wird hier niemand irgendwas machen.«

Es war eine notgedrungene Abmachung, und er hatte sie jetzt gebrochen. Im Eifer der Kandidatur war er zu weit gegangen. Die Presse hatte sich seine Legende, wie er aus Gewohnheit immer noch sagte, begeistert einverleibt. Der *wiedervereinigte Vater* kam gut an. Er war sogar dem *Spiegel* eine Seite wert gewesen. Selbst wenn er einen Rückzieher machen und nicht mehr versuchen würde, den Kontakt zu seinem Kind herzustellen, würde sich das mediale Karussell weiterdrehen.

Herr Ton, könnten Sie uns nicht ein Babyfoto zur Verfügung stellen?

Herr Ton, verraten Sie uns doch, wo und wann Sie Ihre schwangere Freundin zum letzten Mal gesehen haben!

Herr Ton, wir hätten Sie gern noch mal im O-Ton. Ein Witz, den er bis zum Erbrechen zu hören bekam.

Er war nicht der Typ, der Rückzieher machte.

Er war der Typ, der einen wie Feldberg nach Stora Karlsö schickte.

Der Typ, der eine Idee gegen alle Hindernisse *verteidigte*, wie er gern sagte. Den Hindernisse demütigten. Der von einer

Idee so tief erfasst wurde, dass es ihm körperliche Schmerzen bereitete, sie nicht durchzusetzen.

INEZ RAUTER

klappte das Notizbuch zu.

Ton war ihr vertraut. Was sie überraschte, war die Tatsache, dass Feldberg es geschafft hatte, sich einer deutsch-schwedischen Trägerschaft anzudienen, unter der das zweitälteste Naturschutzgebiet der Welt stand. Es gab keinen Zusammenhang zwischen Feldberg und Ton und einem Naturschutzgebiet.

Was sie überraschte, war, dass die Leute Feldberg immer noch glaubten. Er hatte beim Vereinsvorsitzenden durchgesetzt, dass sie als studierte Biologin mit einer Spezialisierung in Ornithologie und Umweltwissenschaften und mit praktischen Erfahrungen im Umweltschutz seit der letzten Mitarbeiterversammlung Protokolle über ihre Arbeit anfertigen, ihre Tätigkeiten stündlich auflisten und begründen und einmal die Woche einem Vertreter des Vereins persönlich Bericht erstatten musste. In den Protokollen ging es auch um den neuen Praktikanten. Man dachte darüber nach, ihm den weiteren Aufenthalt auf der Insel zu verweigern. Was sie überraschte war, dass Feldberg für all das keinen Nachweis einer Befähigung erbringen musste.

Er war abgereist. Aber das hieß nichts. Sie konnte nicht einschätzen, wie weit er noch gehen würde. Seinem Druck hatte sie schon jetzt nicht standgehalten. Die alten Bilder waren da. Das reichte.

Sie stand auf. Sie schob die kleine Fußbank vor den Schrank und holte den Koffer herunter. Es war möglich, dass Feldberg in ihrer Hütte gewesen war. Bei schönem Wetter ließ sie das Fenster offen, das auf die Felswand hinausging, und es wäre ihm leicht gefallen, sich Zugang zu verschaffen. Sie zog den Reißverschluss auf. Sie klappte eine Schutzhülle zurück und tastete nach dem versteckten Notizbuch. Es war das Erste, das sie je geführt, und das Einzige von allen, das sie bis heute aufgehoben hatte. Sie vergewisserte sich, dass es noch da war. Sie machte den Koffer wieder zu und schob ihn auf den Schrank zurück.

Dann nahm sie ein Glas aus dem Abtropfkorb und entkorkte eine Flasche Wein. Draußen war es hell, vielleicht Mittag. Sie begriff, dass sie jetzt eine starke Gegenwart brauchte, um sie dem Mahlstrom der alten, heraufdrängenden Bilder entgegenzusetzen. Sie goss sich ein Glas Rotwein ein. Sie trank.

Draußen frischte der Wind auf. Sie sah das Wasser in der Ferne weiß aufblitzen, Schaumkämme, die breiter wurden, länger auszinkten, dann wieder tief hineingesteckt wurden ins Grau der Ostsee, die etwas Besonderes hatte. Sie war verspielt. Im Grunde war sie nur ein See. Aber sie öffnete sich weit genug, um den Anschein eines Ozeans zu erwecken. Die Ostsee täuschte das Meer gewissermaßen vor. Und um die Glaubwürdigkeit der Täuschung zu erhöhen, brachte sie einzelne Elemente des Meeres ins Spiel: Salzwasser. Muscheln und Möwen. Feuersteine, Tordalken und Lummen. Den geographischen Beweis, dass die Ostsee ein Stück vom Weltmeer war, erbrachten die dänischen Meerengen mit ihrem Durchlass zum Kattegat.

Diese Verrücktheit hatte Inez schon als Kind geliebt. Mehr noch als den herben Algengeruch, die weichen Kreidefelsen und Kalksteinstrände, die Dünen, dahinter das flache, kiefern- oder wacholderbestandene Land. Vielleicht lag es daran, dass sie als Kind kein anderes Meer gekannt hatte. Vielleicht lag es auch an der Unscheinbarkeit der Ostsee. Sie war nichts weiter als ein sauerstoff- und artenarmes Brackwassermeer, und so öde das klang, so sehr verbarg sich darunter eine Schönheit, die nur den Geduldigen sichtbar wurde. Es gab keine dramatischen Färbungen oder schillernden Fische, wie sie sie im Pazifik gesehen hatte. Das Wasser war weich und nicht besonders salzig, und die Wellen blieben auch weiter draußen meistens flach. Aber wenn es stürmte, konnte sich auch dieses Meer so aufschaukeln, dass Segelboote kenterten, manchmal eine Fähre sank und Steilküsten ausgespült wurden. Es gab das Licht in seiner intensiven nördlichen Klarheit und das Wagnis des Spiels, das Risiko einer Behauptung.

Vielleicht war das den meisten zu wenig. Manchmal schien es ihr, dass man die Ostsee schon aufgegeben hatte. Es war ein Wunder, dass dieses Meer überhaupt noch existierte. Die Algen im Sommer waren nicht zu übersehen, und jedes Jahr wurden sie mehr. Der Schwefelwasserstoffgehalt stieg. Seit Jahren hatte es nicht gestürmt. Es hatte keinen dieser großen, das Meer bis in die Tiefe aufreißenden, furchtbaren Stürme mehr gegeben, und neue Todeszonen breiteten sich aus. Sie überlagerten die alten, in denen noch immer Fischer an Phosphorklumpen aus dem Zweiten Weltkrieg verbrannten oder Überreste der fünftausend Flüchtlinge aus DDR-Zeiten auf den Grund gesunken waren, Halsketten, Surfbretter, von Minen zerfetzt.

Das schwedische Meteorologische Institut hatte festgestellt, dass auf zwanzig Prozent des Bodens in der Ostsee kein Leben mehr existierte. Auf riesigen Flächen gab es nichts als

Bakterien. Und trotzdem fuhren noch immer Schiffe darüber, die ein Schweröl mit einem viel zu hohen Schwefelanteil benutzten. Ohne einen Salzwassereinbruch aus der Nordsee, der frischen Sauerstoff ins Tiefenwasser spülte, würden bald noch weniger Fische laichen und noch mehr Fische sterben, und die Lummen würden nach und nach verschwinden. Aber auch das hatte seine Logik, dachte Inez. Je mehr Flächen man verloren gab, umso kleiner wurde der Gewissenskonflikt. Auf toten Flächen ließ sich problemlos eine Erdgaspipeline verlegen.

Inez trank. Der Wein wühlte sie auf. Später würde er sie besänftigen, das war wie mit dem Fieber. Zuerst heizte es auf, dann machte es schlapp.

Sie leerte ein Glas nach dem anderen. Sie trank sich zu den eigenen toten Flächen durch, was schwieriger war. Sie lagen tiefer als in der Ostsee, und sie hatte keine Ahnung, auf welche Pipelines sie am Ende stoßen würde.

Sie trank, bis die angenehme Verschwommenheit hinter der Stirn zurückkehrte. Das Fenster verschwamm. Als sie vom Fenster wegsah, hinterließ der Rahmen eine weiße Schleifspur in der Luft, eine Art Schaukel. Sie holte die Schaukel an einem der Seile zu sich heran und setzte sich auf das Schaukelbrett und holte Schwung. Und je höher sie schaukelte, desto näher kam sie wieder der Gegenwart. Je höher sie schaukelte, desto geringer wurden die Bedenken, die sie bis jetzt wegen dieses Jungen gehabt hatte.

Erik.

Sie mochte ihn. Sie mochte sein Lächeln. Sie mochte sein Gesicht, das aus der weichen Unbestimmtheit des Anfangs noch nicht heraus war.

Sie sah ihn vor sich. Sie sah ihn, wie sie ihn einmal vom

Fenster aus gesehen hatte. Sie hatte ihn dabei beobachtet, wie er sich am Strand auszog. Es war kühl und sonnig gewesen, einer dieser Tage im Juni, bevor sie sich geküsst hatten. Er hatte sein T-Shirt abgestreift und in Shorts da gestanden, die zu tief saßen, wie die Hosen der Jungs heute immer zu tief saßen. Sie sah seinen Rücken vor dem Meer, diesen glatten, kräftigen, gebräunten Rücken, der in einer leichten Kurve in die Rundung seines Hinterns überging. Die Shorts ließ einen schmalen Streifen unbedeckt. Er glaubte sich allein, oder er tat so. Vielleicht legte er es darauf an, dass sie ihn sah; ein Gedanke, der sie erregte. Er drehte sich nicht um. Er schob seine Hände unter den Gummibund der Shorts und ließ ihn schnippsen. Dann streifte er die Hosen ab. Nackt stand er da. Der Schwung, mit dem der Rücken vom leuchtendsten, kräftigsten Braun in das mildeste Weiß hinein verlief, schien ihr wie ein Zeichen seiner strahlenden Jugend, eines sehnsuchtsvollen, dehnbaren, starken Anfangs. Alles war da, was sich vielleicht in ein paar Monaten schon versteift und eingelebt hätte, und so wollte sie ihn.

Sie wollte ihn so sehr, dass sie noch einen Moment am Fenster stehenblieb, eine Hand unter dem T-Shirt, bevor sie sich zusammenriss und einen Artikel aus der letzten Ausgabe der Zeitschrift *The Auk* aufgeschlug.

Seit sie den Jungen so gesehen hatte, schien ihr der eigene Körper gealtert. Die starken Adern der Hände, die strengen Linien von der Nase zum Kinn, das war ihr vorher nicht aufgefallen. Wenn sie mit dem Finger prüfend die Haut am Arm oder am Hals zusammenschob, stellte sie erschrocken fest, wie lange die Haut in den entstandenen Falten hängenblieb. Und wie die Falten, wenn die Haut sich endlich geglättet hatte, rote Streifen hinterließen.

Es war schwer, sich vorzustellen, dass der Junge das nicht bemerkt hatte. Wenn sie ihn sah, seine hellbraunen Augen, dieses ungelenk großkotzige Lächeln, dann konnte sie es nicht verhindern, ihn umringt zu sehen von Mädchen, beim Beachvolleyball oder in Clubs, wo eine andere, coole Sprache geredet wurde, jedenfalls nicht ihre, *großkotzig* würde dort garantiert niemand mehr sagen.

Vielleicht war dieser Junge nur eine Gelegenheit, eine rein körperliche Sache, anziehend und erregend, faszinierend in seiner trotzigen Selbstbehauptung, etwas, was man mitnahm, weil es nicht wiederkehren würde. Das herauszufinden konnte sogar der Grund gewesen sein, aus dem sie schließlich mit ihm schlief, an diesem Abend, nachdem sie mit ihm auf dem Plateau gesessen hatte und ihr seine Fragerei über Feldberg auf die Nerven gegangen war.

Ich bin dafür, dass du mit in meine Hütte kommst. Jetzt, wo wir wissen, wie der Sonnenuntergang funktioniert.

Inez saß auf der Schaukel. Sie schwang höher, und der Wein ließ ihre Beine fliegen und machte sie leicht.

Das Schaukeln verwischte die Bedenken.

Weder das Verwischen noch das Betrinken passten zu Inez, weshalb sie es an diesem Tag systematisch tat.

Danach legte sie sich aufs Sofa und schlief. Bevor sie wieder ins Büro ging, rief sie ein Restaurant in Visby an und reservierte einen Tisch.

DIE FLINTSCHALE

Die Insel ist im Dunst verschwunden.

Die Fähre saugt Wasser ein und spuckt es wieder aus. Wenn ich länger hinsehe, erfasst mich einer der Strudel, die sich im Kielwasser bilden, und wirbelt mich herum. Mir kommt es vor, als würde die Überfahrt nie enden.

Die Ostsee gibt sich stumpf. Bleiblau.

Sobald wir in Klintehamn anlegen, wird das vorbei sein. Dann wird der leere Hafen da sein, der nackte Beton, die verrammelte Fischbude und drüben auf der anderen Seite der Bucht das weiße Restaurant, in dem eine Wurlitzer Jukebox spielt. Fats Domino und Bill Haley, das ganze Zeug, das meine Mutter so mag, dringt zusammen mit dem Gläserklirren und dem Tellerklappern aus den geöffneten Fenstern.

Es wird alles so sein wie vor drei Monaten. Es wird normal sein und so alltäglich, dass man vermuten könnte, nichts sei in der Zwischenzeit geschehen.

Ich bin unterwegs gewesen, ich habe mich ein bisschen umgesehen in der Welt wie meine Kumpel aus Schulzeiten, bevor der Ernst des Lebens beginnt. Wenn meine Kumpel das sagten, *der Ernst des Lebens*, meinten sie allerdings auch das Ende der Phantasie. Es klang, als würden sie ihr Leben nur noch durch ein Raster betrachten, in dem alles geordnet dargestellt war.

Schluss mit lustig, Ende Gelände, Aus die Maus, sagten sie, klatschten sich ab und lachten sich kaputt über diese altmodischen Formulierungen, die ihnen da auf den Zungen lagen und die sie früher mal von ihren Eltern gehört hatten. Aber ihrem Lachen war auch die Genugtuung anzuhören, dass sie jetzt endlich soweit waren, dass sie dazu gehörten, dass niemand ihnen diese erwachsene Normalität mehr streitig machen konnte.

Damals hatte ich aus Protest nicht mitgelacht.

Und wenn ich sie jetzt wiedersehe, werden sie von ihren Jobs reden und davon, wie viel Kohle sie machen und, wieviel sie für ihre Wohnungen und Autos und Freundinnen ausgeben, und garantiert wird einer von ihnen bald Vater, und irgendwann werden sie merken, dass ich meinen Mund halte, und fragen, was ich eigentlich den Sommer über getrieben habe, *Mann, alles klar bei dir?*

Die erwachsene Normalität. Der Ernst des Lebens.

Manchmal denke ich, wenn ich Inez nicht kennengelernt hätte, wenn ich mich nicht in sie verliebt hätte, hätte ich niemals gewusst, wie das ist: einen Ort zu haben, an dem nichts so geschieht, wie man es kennt. Oder besser: einen Ort, der sich andauernd entzieht, weil es ihn nur in der Vorstellung gibt.

Aber das werde ich ihnen nicht erzählen. Es wird ein Geheimnis bleiben, ein Geheimnis zwischen Inez und mir, und vielleicht ist es das, was uns am Ende am meisten verbindet. Nicht das Schicksal. Nicht die Bande der Geburt.

Vieles bleibt lückenhaft.

Was Inez in den Tagen machte, nachdem sie die tote Lumme gefunden hatte, weiß ich nicht. Die Praktikantin sagte mir, sie wäre krank. Aber dann sah ich, wie sie dem Kapitän eine Tüte mit leeren Weinflaschen gab, die er in den Glascontainer in Klintehamn werfen sollte, und später sagte sie mir, sie habe versucht, sich den Zustand von Unschärfe und Betäubung mit Alkohol zu erhalten, nachdem das Fieber nachgelassen hatte.

Als sie wieder ins Büro kam, war sie übernächtigt und blass. Es regnete. Ich saß auf ihrem Stuhl und las einen englischen Forschungsbericht über das Tauchverhalten der Lummen, *Verfolgungstaucher, die ihre Nahrung in einer Tiefe von bis zu hundert Metern jagen*, kam aber über die Einleitung nicht hinaus. So hatte ich die letzten Tage verbracht. Das Wetter war kühl und unbeständig, nur manchmal abends hörte der starke Wind auf, und ich machte einen Streifzug über die Insel. Tagsüber lag ich im Leuchtturm auf dem Bett. Ich redete mir ein, ich würde nachdenken. Und vielleicht dachte ich auch nach. Vielleicht dachte ich darüber nach, was hier passierte, denn etwas passierte, soviel war sicher. Das lag in der Luft, das war im Geschrei der Vögel, die die Klippen verließen, im Nachhall ihrer Schreie und ihrer wie an nassem Wind entlangwischenden, eiligen Flügelschläge, aber ich wusste nicht, was, und das machte mich zum nutzlosesten Menschen der Welt. Also stand ich auf und ging hinüber ins Büro, surfte im Internet, kramte in den Schubladen, blätterte ein paar Ordner durch. Wenn die Praktikantin zur Tür hereinsah, tat ich beschäftigt. Die Praktikantin tat so, als wolle sie sichergehen, dass es mich noch gab, und da das jedesmal zu ihrer äußersten Überraschung der Fall war, konnte sie ihr eigentliches Anliegen loswerden: dringend mit mir Kaffee trinken zu gehen. Ich hatte in diesem Fall immer schon Kaffee getrunken und fand die Forschungsberichte oder Vorlesungsmitschriften aus Inez' Studienzeit weitaus wichtiger. Meistens las ich nur das, was rot unterstrichen war.

Einer der Sätze, die rot unterstrichen waren, lauteten: *Frauen in emotionalen Stresssituationen bringen überdurchschnittlich häufig Jungen zur Welt.*

Inez nahm mir den Bericht aus der Hand. Sie warf ihn ans Ende des Schreibtisches und sagte, als wäre der Raum voller Menschen: »Hat sich jemand um die Tabellen zur Nahrungsverfügbarkeit gekümmert?«

Ich sah mich hilfesuchend zum Schrank um. »Vielleicht mein schüchterner Kollege hier?« Inez ging nicht auf den Witz ein. Sie klickte auf eine Datei im Computer und forderte mich auf, die Messergebnisse auszuwerten. Es ging darum, ob die Lummen im Vergleich zum Vorjahr mehr Plankton oder mehr Fische fraßen.

»Geht's dir wieder besser?«

»Ja«, sagte sie. »Ich hol mir einen Kaffee. Soll ich dir einen mitbringen?« Sie kam mit zwei Bechern zurück. »In diesen Sommerklamotten kannst du nicht mehr lange rumlaufen.«

»Wieso, es ist August!«

»Eben. Ende des Hochsommers.«

»Das ist alles, was ich dabeihabe.«

»Deshalb fahren wir morgen nach Visby. Für den Abend habe ich uns einen Tisch reserviert.«

Am nächsten Morgen regnete es, und die Fähre legte im Nebel ab, aber noch während der Überfahrt klarte es auf. Wir nahmen im Fährhafen den Bus nach Visby, und als wir an der östlichen Seite der Stadtmauer ausstiegen, war die Sonne zu sehen.

Wir liefen durch das Stadttor in die Altstadt hinein, wir liefen die schiefen Kopfsteingassen zum Hafen hinunter, an

Kirchen und niedrigen, bunten Holzhäusern vorbei, wir stiegen sie wieder hinauf. Wir kauften Safrankuchen in einer Bäckerei und aßen ihn vor der Ruine des St.-Karins-Kloster im schweren grünen Licht, das durch den Efeu fiel. Inez nahm meine Hand.

In einem Laden in der Nähe der Stadtmauer fand ich einen teuren Pullover aus Lammwolle. Er war dunkelblau, über der Brust spannten sich sandfarbene Streifen. Inez gefiel er, und ich kaufte ihn. Es war aufregend, etwas Teures zu kaufen, weil es ihr gefiel.

Auf den Tischen der Restaurants standen Karaffen mit Weißwein. Decken lagen über den Stühlen. Die Heizlampen brannten. Inez schlug vor, einen Aperitif im Freien zu trinken und zum Essen hineinzugehen. Wir setzten uns so, dass wir den Marktplatz sehen konnten und die Chorgänge der Ruine. Durch die Rundbögen leuchtete der Himmel.

»Trink was Gutes, Erik«, sagte sie und legte sich eine der Decken über die Beine. »Ich hab dir was zu sagen.« Der Wind war kühl, und ihr Haar war offen und fiel weich auf die Schultern, auf den schlichten, geraden Mantel in einem hellen Grau, auf den großen, geschwungenen Kragen, und für einen Moment war ich wie geblendet.

»Also. Was nimmst du?«

»Was immer du nimmst.«

»Martini.« Sie winkte dem Kellner. »Du bist eingeladen.«

Als der Kellner kam, bestellte ich zwei Martini auf Eis. Und bevor Inez etwas sagen konnte, fügte ich hinzu: »Europäischer Martini.«

»Bist du sicher, dass sie die Hemingway-Version mit Olive hier überhaupt kennen?« fragte Inez, als der Kellner gegangen war.

»Ob *die* das mit der Olive kennen, ist mir eigentlich egal.«

Inez lachte. »Du willst also deine Weltläufigkeit raushängen lassen.«

»Und? Wie war ich?«

»Beeindruckend. Aber einen Schweden wirst du damit nicht aus der Ruhe bringen. Ihre größte Angst ist es, dass man sich über sie lustig macht.«

»Das hatte ich nicht vor.«

»Sobald sie diese Gefahr wittern«, sagte Inez, »ziehen sie sich in ihr Schneckenhaus zurück. Sie tun so, als würden sie tief über das Gesagte nachdenken. Unwissende legen ihnen das als Kälte oder Desinteresse aus. Aber eigentlich warten sie nur, bis sie sicher sein können, wieder festen Boden unter den Füßen zu haben.«

»Darauf warte ich auch.«

Inez sah mich ungläubig an.

»Fester Boden unter den Füßen wäre mal eine Abwechslung.«

»Hör zu, Erik«, sagte Inez ernst. »Ich war ein bisschen überfordert in letzter Zeit. Das bedeutet nicht, dass es so bleiben muss.«

»Okay.«

Als die Martinis kamen, hob sie ihr Glas, die Eiswürfel klirrten gegen die Glaswand.

»Auf deine Hartnäckigkeit«, sagte Inez. »Ich an deiner Stelle hätte längst aufgegeben.«

»Kann ich mir gar nicht vorstellen.«

»Ich bin froh, dass du's nicht getan hast.« Wir tranken.

»Ich vermute mal, dass du deine Gründe hast. Und jetzt wäre eine Gelegenheit, sie mir zu sagen.«

»Das werde ich.«

Ich drehte mein Glas in der Hand. Ich konnte mich nicht erinnern, wann ich das letztemal einen Martini getrunken hatte.

»Es gefällt mir«, sagte sie, »wenn jemand sich seiner Sache sicher ist. Mir ist diese Fähigkeit zwischendurch verlorengegangen. Ich musste sie mir erst wieder mühsam beibringen. Ich bin froh, dass du nicht aufgegeben hast«, sagte sie dann noch mal.

»Ich werde auch jetzt nicht aufgeben.«

Der Martini war klebrig.

»Bestell was anderes.«

»Ich glaube, ich würde lieber auf was anderes anstoßen.«

»Auf uns«, sagte Inez nach kurzem Zögern.

Sie hob das Glas.

»Darauf, dass wir hier sind«, sagte sie. »Dass es ausgerechnet dir und mir passiert.«

»Auf dich und deine Geheimnisse!«

»Und auf deine Phantasie.«

»Auf die Trottellummen«, sagte ich, »ohne die du nie auf diese Insel gekommen wärst und zum Gedenken an die Tordalke, die sich –«

»Nicht«, sagte Inez. »Trinken wir darauf, dass dir deine Phantasie nicht ausgeht.«

»Von mir aus.«

»Solange dir die Phantasie nicht ausgeht, werde ich dich nicht langweilen. Was hat deine Mutter vorhin eigentlich dazu gesagt, dass du so lange weg bist?«

»Nichts. Sie war beunruhigt, dass sie nichts von mir gehört hat.«

»Dann muss sie jetzt erleichtert sein.«

»Manchmal ist sie ein bisschen schwierig.«

Inez sah mich an.

»Sie ist nicht meine leibliche Mutter. Seit ich das weiß, denkt sie, ich würde sie mit anderen Augen ansehen, mit fremden Augen.«

Ich hatte Annegret an diesem Tag angerufen. Ich hatte versucht zu erklären, was passiert war, während Inez im Teeladen losen Earl Grey gekauft hatte, und Annegret hatte versucht, mir keine Vorwürfe zu machen. Sie fragte nicht, wie lange ich noch bleiben würde. Sie redete darüber, wie sie den Umzug gemeistert hatte, und es war ein wenig wie früher, als erzählte sie eine witzige Geschichte. In ihrer Geschichte hatte eine naive ältere Dame eine Umzugsfirma engagiert und wurde, wie zu erwarten, von der Firma übers Ohr gehauen. Weil zwei der vier Packer nichts taten, als unten auf der Ladefläche zu stehen und sich darüber zu streiten, wer an diesem Tag die Anweisungen gab, hatte das Ganze viel länger gedauert als vereinbart. Das Sonderangebot, das nur für fünf Stunden galt, war zunichte, der Preis war um das Dreifache in die Höhe geschnellt. Die naive ältere Dame hatte den Männern trotzdem Kaffee gekocht, Schinkenbrote angeboten und ein gutes Trinkgeld gegeben, denn schließlich hätte einer der Packer ihr Sohn sein können, und an dieser Stelle war es nicht mehr wie früher. An dieser Stelle war es, als würde sie die Geschichte einem Fremden erzählen. Sie erwähnte nicht, dass der Sohn dieser Dame im Norden verschollen war, aber ich verstand es auch so.

Ich schwieg. Der Handyempfang im Stadtzentrum war gut. Es war nicht damit zu rechnen, dass die Verbindung abriss.

Dann lachte die ältere Dame, die meine Mutter war. Sie schien irgendeine Entscheidung getroffen zu haben und sagte: »Okay, mein Sohn. Ich *bin* furchtbar enttäuscht. Und du *solltest* ein schlechtes Gewissen haben. Die Schweine haben *richtig* an mir verdient. Außerdem hast du inzwischen die Zusagen von zwei Universitäten hier. Aber, Erik, wenn es wichtig ist, hörst du, dann musst du dortbleiben. Ich wünschte nur, du würdest deine alte Mutter ein bisschen besser informieren.«

»Ich kann auch meine junge Mutter informieren.«

Sie räusperte sich. Dann wurde es so still am anderen Ende, als sei die Verbindung doch abgerissen, und ich hörte mir ihr Schweigen eine Weile an, ehe ich kapierte, worum es ging. »So habe ich das nicht gemeint!«, sagte ich. »Ich meinte –. *Du* sollst dich nicht älter machen, als du bist!«

»Schon gut. Gibt's in der Richtung irgendwas Neues?«, sagte sie kühl.

Als ich auflegte, brannten mir die Hände.

»Hast du sie beruhigen können?«, sagte Inez, die ihren Martini fast ausgetrunken hatte.

»Logisch. Schweden ist schließlich nicht Afghanistan.«

»Und sie ist schließlich deine Mutter.«

»Ganz genau«, sagte ich. »Sollen wir reingehen? Mir ist arschkalt.«

Inez trank den letzten Schluck und wickelte sich aus der Decke.

Wir bekamen einen Tisch am Fenster, und zum Kellner, der uns mit den Speisekarten vorangegangen war, sagte Inez: »Von allem, was Sie uns bringen, nehmen wir auf jeden Fall mehr.« Und als der Kellner fragte, ob das jeweils eine doppelte Portion bedeutete, sagte sie: »Wir sind sehr hungrig. Wir würden heute Abend gern richtig satt werden. Und diese Portionen hier sind doch sehr klein.« Der Kellner sah auf seinen Block. Ihm fiel offenbar nicht ein, wie er diese Auskunft in eine Bestellung übersetzen sollte. Schließlich gab er auf und ging. Ich nahm Inez den Mantel ab, den sie achtlos über die Stuhllehne hängen wollte, weiches Material, Kaschmir. Ich hatte noch nie einer Frau den Mantel abgenommen, nicht mal meiner Mutter, die sich jedesmal genierte, aber Inez machte mit, und es fühlte sich gut an.

»Was nimmst du?«, fragte ich, als ich von der Garderobe zurückkam. »Ein gebratenes Täubchen? Wir könnten es mit Beringung bestellen.«

Inez verzog das Gesicht.

»Das sollte ein Witz sein.«

»Das ist ganz und gar kein Witz. Das spaltet die Forscherwelt.«

»Ob man Federvieh essen darf oder nicht?«

»Ich kann manchmal selbst an eine Weihnachtsgans nicht ran. Andere haben da gar keine Probleme. Die essen von der Blaumeise bis zum Eisvogel alles.«

»Singvögel?«

»Ja.«

»Sollte das nicht tabu sein?«

Inez lachte.

»Die essen ihre Schützlinge?«

»Auch wenn du aus Forschungsobjekten Schützlinge machst, wird das die Vogelfresser unter den Ornithologen nicht abschrecken.«

»Man würde denken, es gibt so etwas wie eine Berufsehre.«

»Sie glauben, sie können nur das begreifen, was sie essen. Wenn sie einen toten Vogel bei ihren Feldforschungen finden, wird der gegrillt. Solange er keine Zeichen von Krankheit zeigt.«

»Kolibris?«

»Sie würden auch Kolibris braten, wenn es an den kleinen Rippen was zu nagen gäbe.«

»Absurd.«

»Die anderen von uns glauben, dass die vogelfressende Gruppe noch im Kleinkindalter steckt und dass die Kollegen wahrscheinlich auch ihr Fahrrad erst mal ablecken, bevor sie damit fahren.«

Der Kellner kam mit einem großen Korb Knäckebrot zurück, den er herablassend vor uns hinstellte.

»Was nimmst du?«

Ich blätterte in der Karte. Die Auswahl war nicht groß.

»*Grillad lax filet* mit neuen gotländischen Kartoffeln und Salat.« Inez brach ein Stück Knäckebrot ab. »Pasta mit Gorgonzolasoße klingt auch nicht schlecht.«

»Käsepasta hat meine Mutter ständig gemacht.«

»Komisch, oder«, sagte Inez, »dass wir dem, was uns vertraut ist, oft am stärksten misstrauen.« Sie bestrich das Knäckebrot mit Butter aus einem Näpfchen.

»Ich meinte nur, dass es mich langweilt, immer dasselbe zu essen.«

Inez strich die Butter in die Täler und auf die Hügel des Knäckebrots. Sie machte das langsam und gründlich. »Was ich dir sagen wollte, Erik –« Sie führte einen neuen Splitter Butter zum Brot. »Weswegen wir hier sind –« Sie strich die Butter glatt. Ich hatte noch nie jemanden so lange ein Knäckebrot bestreichen sehen. »Solange es so aussieht, als könnte es was werden mit uns, solltest du das Recht haben –« Sie hörte auf mit dem Streichen und legte das Messer weg. Sie sah mich an. »Sollten wir beide das Recht haben, es zu genießen, findest du nicht?«, sagte sie, als hätte sie gerade einen wichtigen Gedanken gehabt und ihn verworfen. »Und heute Abend fangen wir damit an.«

Ich weiß bis heute nicht, was Inez mir damals hatte sagen wollen. In diesen Tagen und Wochen im August kam sie nicht mehr darauf zurück. Wir saßen auf dem Plateau, oder ich ging zu ihr in die Hütte, und über den langen Abenden vergaß ich unser Gespräch. Es wurde so nebensächlich wie dieses Gefühl, das dem ähnelte, eine Treppenstufe zu verfehlen und mit dem Fuß ins Bodenlose zu treten: Etwas passierte, ohne dass ich hätte sagen können oder auch nur ahnte, was.

Ich ging zu Inez, wann ich wollte, wann immer mich die Leere im Hafen überfiel. Inez kam und ging. Vor den Scouts tat sie nicht mehr so, als wäre ich irgendein Praktikant. Sie ließ sich von mir in den Arm nehmen, sogar wenn Guido in der Nähe war. Sie wollte, dass ich meine Arbeit in ihrem Büro erledigte. Als ich zu einer Mitarbeiterbesprechung zu spät kam, stand sie auf und küsste mich. Die anderen hatten es sowieso längst gewusst. Aber für uns fühlte es sich anders an. Für uns war es neu. Es gab jetzt dieses Wort: uns.

Und dann tritt der Fuß ins Bodenlose.

Und nichts bleibt, wie es ist.

Mitte August oder schon September.

PLINTHOSELLA SQUAMOSA

hätte nach ihrem Fieberanfall keinen Tisch im Rosengården bestellen müssen. Sie hätte sich nicht gegen den Widerstand des Inselvereins drei Tage freinehmen und nicht in den Schatten der Ruine von St. Karin sitzen müssen, und als der Junge sie berührte, hätte sie nicht das Gefühl haben müssen, die Knochen würden alle auf einmal aus ihr entweichen. Sie hätte nicht zu ihm sagen müssen *Du bist einer der realsten Menschen, die mir je begegnet sind*, und die Eiswürfel im Weinkühler hätten nicht klingen müssen wie lang aufgestautes Lachen. Sie hätte nicht glücklich sein müssen.

Im Grunde, dachte sie, hätte alles nicht sein müssen, hätte sie den Jungen gar nicht erst berührt unten am Steg, als noch Sommer war.

Und sie hatte es getan.

Sie war mit ihm nach Visby gefahren. Sie hatte ihm den Marktplatz gezeigt. Den ganzen Sommer über hatten Händler dort ihre Stände aufgebaut. In der ersten Juliwoche herrschte das größte Gedränge. Politiker und Gewerkschaften, gemeinnützige Vereine und christliche Verbände trafen sich für eine Woche in Visby, stellten ihre Programme vor, boten Diskussionsrunden und Seminare an. Mitte Juli überschwemmten die reichen Jugendlichen aus Stockholm die kleine mittelalterliche Stadt, um in den Cafés am Platz und im Hafen flaschenweise Champagner zu trinken, sich tief und sinnlos zu verlieben und sich in der nicht dunkel werdenden Nacht der Illusion hinzugeben, sie könnten die flüchtende Zeit festhalten, die ihnen noch blieb, bevor sie das Geschäft der Eltern übernehmen, in die IT-Branche einsteigen, als Manager von Banken, Designerlabels oder Elektronikkonzernen um die Welt jetten würden und diese erste ausgelassene Beschwipstheit nur noch als Bildschirmhintergrund oder Pop-up auf dem i-Phone existieren würde. Im Juli waren auch die Segler hier, die Jachtbesitzer aus Estland oder Finnland. Einmal war ein russischer Oligarch gesichtet worden, dessen Jacht so groß war, dass sie außerhalb des Hafens vor Anker gehen musste. Bus- und Fahrradtouristen ließen sich auf Stadtführungen die historischen Gebäude erklären, und alle blieben bis zum Höhepunkt der Saison, der Mittelalterwoche im August, in der sich die Einheimischen als Burgfräulein oder Ritter verkleideten und Fackeln vor den Häusern entzündeten.

Die Mittelalterwoche war vorbei. Die Stadt hatte sich wieder geleert. In ein paar Tagen würden die Händler ihre weißen Schirme zusammenklappen, ihre Waren winterfest verstauen und zu ihren Teilzeitjobs aufs Festland zurückkehren. Nur ein paar verspätete Touristen spazierten noch zwischen den Ständen herum.

Inez nahm ein paar der angebotenen Dinge in die Hand. Seife aus Ziegenmilch, ein Plüschlamm aus Wolle, gotländischen Honig, ein grünes Lederarmband mit einem samischen Flechtwerk aus Silberfäden. Sie band es Erik ums

Handgelenk. Es saß zu straff, aber es gefiel ihm, und der Händler kramte in seinen Kisten geduldig nach einem größeren. Und während er Lederarmbänder in schwarz und blau vor ihnen ausbreitete, kam es Inez so vor, als wäre sie auf einer romantischen Urlaubsreise.

Sie hatte lange keinen Urlaub mehr gemacht. Sie war öfter auf Reisen gewesen, sie hatte eine Zeitlang jeden Winkel der Welt erforschen und so weit weg sein wollen wie möglich. Sie war auf eigene Faust losgefahren mit dem Geld, das sie neben der Abendschule in einer Backfabrik verdient hatte. Sie war mit Zug oder Bus nach Barcelona gefahren oder nach Amsterdam, aber das war etwas anderes gewesen. Sie war meistens allein gereist. Und als sie dieses Herumreisen mit ihrer Arbeit verbunden hatte, machte sie das, was gewöhnlich als Urlaub galt, täglich.

Zwischendurch hatte sie einen festen Freund gehabt oder auch zwei, aber sie hatte sie schnell wieder aufgegeben. Sie mochte ihren Rasierwassergeruch morgens, sie mochte es auch, wenn sie sich mal nicht rasiert hatten, um sich für die Clubnacht mit ihr einen wilden Anstrich zu geben. Sie fand es nicht unsymphatisch, wenn sie morgens um fünf auf offener Straße betrunken in Tränen ausbrachen, weil sie einen Fehltritt bereuten, einen Flirt an der Supermarktkasse, einen Streit mit ihren Vätern, einen Streit mit ihr. Auch die Fehltritte fand sie nicht unsymphatisch. Aber sie begriff, dass sie nur der Form halber mit ihnen zusammen war.

Sie fühlte sich schäbig, obwohl die Männer ihr versicherten, sie würden dieses Moderne an ihr mögen, sie zögen ihre Unabhängigkeit den emotionalen Erpressungen früherer Beziehungen vor. Aber für Inez war es keine Unabhängigkeit. Diese Männer waren ihr einfach nicht wichtig.

Sie lebte gut. An der Abendschule und später in den Seminargruppen hatte sie Leute kennengelernt, einige von ihnen näher, aber das körperliche Bedürfnis wurde nie so stark, dass sie sich deswegen mittelmäßige Nächte hätte antun wollen. Ihre Abstinenz betrachtete sie als eine Art sexuellen Vorruhestand. Die Lust mit sich selber schloss das nicht aus. Nur Verhältnisse jeglicher Art kamen eben nicht mehr in Frage.

Die ornithologische Arbeit hatte sie an entlegene Orte geführt, an Orte außerhalb Europas, und dort hatte die Sehnsucht, zu reisen, irgendwann nachgelassen. Sie begann wieder mehr zu lesen. Wenn sie Bücher mitnahm, war es nicht nur Fachliteratur. Sie las Krimis, Erzählungen, manchmal Romane. Eine Zeitlang waren es diese Bücher gewesen, die ihr eine Art Urlaubsgefühl verschafften. Inez erinnerte sich an einen Roman, den sie bei subtropischer Hitze gelesen hatte über ein Mädchen aus dem Osten, das Ende der 70er Jahre ein Flugzeug entführt. In dem Drang, weg zu sein, war dieses Mädchen Inez wie eine frühere Version ihrer selbst erschienen. In ihrem Drang oder ihrem Protest gegen das Leben überhaupt, in dem etwas Grundsätzliches nicht stimmte.

Jetzt war Inez einundvierzig und wollte nirgendwo mehr hin.

Sie wollte hier sein. Sie wollte nirgendwo anders sein als auf dem Marktplatz von Visby. Im Spätsommerlicht, das die Gesichter und die Häuser und die Ruine am Rand des Platzes scharf ausschnitt. Auf diesem von Cafés umrahmten *Stora Torget*, wo es nach Ostsee und warmem Safrankuchen roch.

Der Händler bot Erik ein dunkelgrünes Lederhalsband an. Es stand ihm nicht. Als er es wieder abmachte, hinterließ das Band einen Staubstreifen am Kinn. Sie wollte ihn wegwischen, aber Erik war so vertieft in sein Gespräch mit dem

Händler, dass er es nicht bemerkte. Er erklärte auf Schwedisch, dass in Schweden viele Ziegen wohnen und die Menschen politisch antik seien und dass er es anpasserisch fände, überall schöne Informationen über Seen zu erhalten, und man nachts viel Teer am Himmel sehen könne, und weil der Händler begriff, dass es nett gemeint war, sagte er bloß: »Jaha.«

»*Stjärna*«, sagte sie und wischte sich selbst übers Kinn.

»*En så magnifik stjärnhimmel kan man bara se i Sverige*«, sagte der Händler, dem sie eine südeuropäische Herkunft unterstellte. Das politisch Antike schien ihn nicht zu verwirren. Er lächelte jetzt.

»Und was hab ich gesagt?«

»Du hast ihm erklärt, dass sein Himmel voll *tjära* ist.«

Der Wind trieb die ersten heruntergefallenen Blätter in einem Wirbel auf.

»Na ja«, sagte Erik. »Dunkel ist er ja auch.«

Sie sah ihn an: Sein hübsches Ohr. Seine bezaubernde Schläfe. Seine berückenden Lippen.

Alles Stellen, an denen sie sein wollte.

Als sie die Hand hob, um sein Kinn zu berühren, fing er ihre Hand ab. Er schob sie gemeinsam mit seiner in die Jackentasche. Und auch dort wollte sie sein. Sie wollte spüren, wie sicher ihre Hand in seiner Jackentasche lag.

Sie wollte zu ihm gehören.

Das war für sie, für die Verhältnisse jeglicher Art nicht mehr in Frage kamen, ziemlich beunruhigend.

»Ein geteerter Sternenhimmel«, sagte sie, »warum nicht.«

Auch das Foto hätte sie nicht entdecken müssen. Hätte Erik sein Portemonnaie nicht eines Abends liegengelassen, hätte es das Foto nicht gegeben. Es war ein schönes Portemonnaie, eine hellbraune Brieftasche aus weichem Rindsleder. Erik hatte es liegengelassen, als er gegangen war. Er war müde gewesen, und sie hatte noch ein bisschen arbeiten wollen, und als sie die Tür hinter ihm zugemacht hatte und zum Tisch zurückgekommen war, lag das Portemonnaie neben ihrem Laptop. Sie hatte es in die Hand genommen. Sie hatte das Leder gestreichelt, und dann hatte sie es aufgeklappt, wie man ein Buch aufklappt, und hineingesehen. Mehr gab es dazu nicht zu sagen.

Sie hätte nicht hineinsehen müssen. Sie hätte es zurücklegen können. Oder wenn sie schon hineinsah, hätte sie es nicht genauer inspizieren müssen. Sie hätte das Foto in einem der Fächer nicht zu beachten brauchen. Oder wenn sie es beachtet hätte, hätte sie es dennoch stecken lassen können. Sie hätte vieles nicht tun müssen, dachte Inez und trank ein Glas Wasser.

Sie hätte es lassen können.

Das war wie mit den Sternbildern. Sie hatte Erik ein paar gezeigt, als Mitte August die Sonne schwächer und der Nachthimmel wieder dunkel geworden war. Sie hatte ihm Kassiopeia gezeigt und den Adler. Sie hätte ihm auch den Paradiesvogel zeigen können oder den Kranich, aber die waren so weit nördlich nicht zu sehen. Jedes dieser Sternbilder bestand nur aus verstreuten Sternen, die alle eine unterschiedliche Entfernung zur Erde hatten. Aber weil es so schien, als ob sie nah beieinanderlagen, hatte man sie zu einer Einheit zusammengefasst, die ein Bild ergab. Eine Täuschung. Das Bild beruhte auf Einbildungskraft. Und das bedeutete, man musste es nicht sehen. Man konnte es auch lassen.

Lass mal, wie Ton gesagt hatte. *Lass mal und zieh dich wieder an.*

Und jetzt lag das Portemonnaie auf dem Tisch. Außer dem Foto enthielt es ein paar Hundert-Kronen-Scheine, eine EC-Karte, einen Führerschein und zwei Zeltplatzquittungen.

Inez trank das Wasser und spürte den Sprudel im Mund.

Das Foto war eine Schwarz-Weiß-Aufnahme. Auf dem Foto war ein ernstes Mädchen zu sehen. Sie hatte die Augen gegen die Sonne zusammengekniffen. Die Klamotten saßen schlecht. Die kurzärmelige Bluse und der schlabbrige Rock wirkten ärmlich, und das Band im Haar verstärkte diesen Eindruck noch. Aber das Mädchen schien zu glauben, das Haarband mache sie todschick.

1984.

Als geschlitzte Röcke in Schwarz, Weiß oder Grau in Mode waren, betonte Taillen und breitschultrige Jacketts. Als sich das Mädchen auf dem Bild noch schön fand. Sonst hätte sie nicht dieses, sondern ein anderes in das Innenfutter des Beutels genäht, den sie später der Stationsschwester übergab. *Da ist ein Strampler drin und Spielzeug. Ein paar Sachen soll er doch haben.*

Machen Sie sich mal keine Sorgen, hatte die Schwester gesagt, *dem wird schon nichts fehlen.*

Das Foto in der Brieftasche war das, was die Person, die Inez mit fünfzehn oder sechzehn gewesen war, mit der, die sie heute war, unwiderruflich verband.

Finnse nicht so, hatte ihre Mutter gesagt, bevor sie auf den Auslöser drückte, *sonst denkst du später noch, du hättest als Jugendliche einen Silberblick gehabt.*

Ihre Mutter hatte das Foto an einem Sonntagmorgen aufgenommen. Es war der Beginn eines Ausflugs zu einem Kloster aufs Land. Ihre ganze Kindheit bestand aus Ausflügen zu

Klöstern aufs Land. Ihr Vater pumpte im Keller die Räder auf. Inez weigerte sich, ihm zu helfen, ihre Mutter hatte einen schlappen Arm. Sie hatte in der Betriebssportgruppe zu viel Tischtennis gespielt.

So war das gewesen.

Das Foto hatte noch Restwärme von Eriks Jeans. Er trug das Portemonnaie normalerweise in einer der Gesäßtaschen.

Draußen wurde es dunkel. Der Strand war leer. Sie tauschte die Brahms-CD im Player gegen eine CD aus, die Erik ihr gegeben hatte. Das war eine Handlung, an die sie sich kurz darauf nicht mehr erinnerte. Jedenfalls war sie überrascht, dass die Musik schon lief, als sie einige Minuten später den Gedanken hatte, *Brainbug* einzulegen.

Der Song dauerte sieben Minuten. Es war Musik, die ihr fremd war, treibende Sounds, aufpeitschende Percussion, kathedralische Echos ohne Gesang. Es war Musik, die Erik beim Radfahren hörte. Er verstöpselte sich die Ohren damit, und es gefiel ihr, ihn sich mit Stöpseln im Ohr auf einem weißen Rennrad vorzustellen. Sie saß auf der Couch und ließ das Lied laufen und stellte fest, dass das nächste Lied sich vom vorherigen fast nicht unterschied. Die ganze CD bestand aus denselben elektronisch hochgepeitschten Klängen, die ein Witzbold mit Mönchsgesängen abgemischt hatte. Sie saß da und zog ein Bein unter ihren Schoß und hörte sich das an, und das Mädchen im Faltenrock passte nicht dazu. Gehörte nicht hierher.

Das Mädchen, die mit sechzehn Mutter eines Jungen geworden war, und sie, Inez, die mit diesem Jungen schlief, konnten nicht ein und dieselbe sein. Das schien eine nicht ganz logische Verknüpfung.

Ein Fehler.

Eine Ungeheuerlichkeit.

Eine Frechheit, eigentlich. Etwas, das allein *auf Feldbergs Kappe* ging, wie Feldberg das gern formulierte.

Er wird fünfundzwanzig, Inez. Das sind genau sechzehn Jahre. Ist dir das noch nicht aufgefallen?

Das Foto war in Eriks Portemonnaie geraten, weil es jemand dort hineingetan haben musste. Nicht Erik. Jemand anders.

Den ganzen Abend hörte Inez die aufpeitschende Musik.

Bevor sie sich schlafen legte, steckte sie das Foto zurück. Im Portemonnaie hatte es fast kein Gewicht.

»Das geht auf meine Kappe«, hatte Feldberg in jener sternenlosen Nacht vor Jahren auf der Terrasse seiner Datsche gesagt. Es war die Nacht, in der Inez über dem Plumpsklo gehangen hatte und Ton hinter ihr hergekommen war mit einem Stück Toilettenpapier, damit sie sich den Mund abwischen konnte. Sie war an ihm vorbeigerannt, hinaus zum Kompost, ein aufgeschütteter Haufen aus Kartoffelschalen und faulendem Brombeergeäst, und ihr Magen hatte sich beruhigt. Als sie zurückkehrte, war Ton verschwunden. Die Fete war vorbei. Das Feuer im Grill brannte herunter.

Sie hatte sich an den Rand der Terrasse gesetzt, wo Feldberg sich von einem Mann in hellblauem T-Shirt ein russisches Lied beibringen ließ. Alle anderen waren gegangen. Der Russe sang immer wieder die drei gleichen Strophen, den Refrain sang Feldberg schon mit. Sie hatte zu ihm hinübergeschaut, und er hatte seinem Mitsänger auf die Schulter geschlagen und ihr eine Decke aus der Datsche geholt. Der Plastevorhang klapperte.

»Na, besser?«

Sie hatte ihm die Decke abgenommen und sich um die Schultern gelegt und über die angezogenen Knie, und der Garten hatte im Dunkeln keine Grenze.

»Wundern tut's mich nicht. Kein Vertrauen in sich selbst, überkandidelte Ansprüche, krankhafter Ehrgeiz, plus ein scheiß Elternhaus.«

Der Zaun war von einer Buchsbaumhecke zugewachsen, die den Garten vor den Blicken Vorbeilaufender schützte. Aber weder die Buchsbaumhecke noch der Zaun waren zu sehen.

»Ist doch egal.«

»Soll ich dir einen Stuhl holen?«

»Ich will nach Hause.«

»Klaro.« Feldberg hatte sich neben sie gesetzt. »Sind wir Freunde?«

Der Garten hatte nichts preisgegeben. Da war überhaupt nur noch ein Garten, wenn man wusste, dass da einer war, und die Steine der Terrasse waren kalt.

»Damals mit der Wippe«, sagte er, »das war Scheiße. Ich hab's vermasselt.«

Sie hatte versucht, sich die Enden der Decke unter den Hintern zu klemmen.

»Ich hab's eben nicht so mit Turteln. Ich bin da nicht so geschickt«, sagte Feldberg. »Nicht wie dein Satellit. Dein verglühter Satellit.«

Die Decke war zu kurz. Wenn sie die Enden unter sich schob, lagen die Knie frei.

»Wenn du willst, kannst du hier pennen.«

»Fahr mich nach Hause.«

»Bisschen viel gepichelt. Kann kaum noch gradeaus gucken.«

Der einzige Lichtpunkt in der dunklen Fläche des Gartens waren die langsam verglimmenden Holzreste in der Metallschale des Grills.

»Du bist doch sein Freund«, sagte sie. »Du kannst doch mit ihm reden.«

»Fürchte, das wird nichts.«

»Wieso?«

»Weil das auch ein bisschen auf meine Kappe geht, was heute passiert ist.«

»Du meinst, es ist deine Schuld?«

»Na ja. Im Großen und Ganzen hat diese Kiste hier viel weniger mit dir zu tun, als du denkst.«

»Und das traust du dich, mir zu sagen –«

»Nicht alles ist immer durchschaubar, Inez. Auch der Sozialismus nicht. Da geht's nicht ohne Widersprüche ab, verstehste? Theoretisch schon. Theoretisch ist das alles auf höherer Ebene auflösbar. Es entspricht bloß nicht dem Boden der Tatsachen. Was ich sagen will, Inez, du hast da gar keinen Einfluss drauf. Lohnt sich also überhaupt nicht, sich jetzt die Augen auszuheulen. Guck dich lieber um! Hübsch dich auf, Mädchen, such dir was Neues. Klar, hab ich deinem Männe gesagt, er soll sich das gut überlegen. *Mehrmals.* So einen Prachtkerl, das findet man nicht oft. Aber Datsche, Dreiraumwohnung – ich kenn ihn. Er hat dich doch auch schon in meinem Wartburg durch die Gegend kutschiert. Und? Ganz der Strahlemann, oder? Nicht gerade ein Vorzeigesozialist. Aber ich weiß, tief drinnen hat er die richtige Einstellung.«

Inez hielt die Decke mit beiden Händen vor der Brust zusammen. So wusste sie ungefähr, an welcher Stelle der Garten aufhörte und wo ihr Körper begann.

»Wir sind für was Großes gemacht«, sagte sie schließlich.

»Klar«, sagte Feldberg. »Seh ich ganz genauso.«

Jemand anders hatte das Foto in Eriks Portemonnaie getan, und der einzige, der in Frage kam, war Feldberg. Aber diesmal hatte sich Feldberg verrechnet. Sie würde sich von ihm nicht täuschen lassen. Diese Zeiten waren vorbei. Feldberg musste annehmen, die Entdeckung würde ihr so den Verstand rauben, dass sie nicht mehr in der Lage wäre, vernünftig zu denken. Er schien davon auszugehen, dass sie sogar auf die idiotischsten Manipulationen hereinfiel. Aber so leicht raubte ihr nichts mehr den Verstand.

Inez sah in den Spiegel. Sie tupfte sich Hautcreme auf Wangen und Lippen, schraubte das Döschen zu und verteilte die Creme ausdauernd über ihr Gesicht. Sie war erleichtert. Sie hatte Feldberg durchschaut.

Er war methodisch vorgegangen. Zuerst hatte er den Vereinsvorsitzenden benutzt, und als der Vereinsvorsitzende sich nicht mehr benutzen lassen wollte, weil er als Schwede auch subtile Arten von Gewalt instinktiv ablehnte, hatte er ihr die Tordalke serviert. Aber den Trumpf seiner Macht hatte er erst nach seiner Abreise ausspielen wollen, und dazu hatte er Erik benutzt, und Erik hatte sich benutzen lassen, weil er keine Ahnung hatte, weil er zu einer Generation gehörte, deren DDR ein Film mit skurrilen Gestalten war, die ihre Macht längst verloren hatten.

Die Beschaffung des Fotos konnte Feldberg damals nicht schwergefallen sein. Er hatte seine Hände überall im Spiel gehabt. Wahrscheinlich hatte er es sich noch auf der Geburtenstation aushändigen lassen, weshalb es seinen Bestimmungsort nie erreicht hatte. Er brauchte bloß den Stoffbeutel abzutasten, auf die Verdickung zu stoßen und das Foto zu entfernen. Und dann hatte er es aufbewahrt. Zwanzig Jahre lang hatte er es in seinen Akten gelagert. Zwanzig Jahre hatte er auf den entscheidenden Moment gewartet. Inez hatte keine Schwierigkeiten, sich das bis ins Detail auszumalen, während sie weiter ihr Gesicht einrieb, sich auszumalen, wie Feldberg dieses Foto im Laufe der Jahre immer wieder hervorgeholt, mit einem Staubtuch abgewischt und im schwachen Schein einer Lampe betrachtet hatte, sich ergötzt hatte daran, nur, um es ihr zu passender Zeit auf perfide Weise unterzuschieben.

Inez quetschte den letzten Rest aus der Zahnpastatube. Feldbergs Einfall war so abgelegen wie diese Insel. Außer ein paar Insidern und Hobbyornithologen kannte Stora Karlsö niemand. Auch sie hatte nie von dieser Insel gehört, bevor sie sich für das Thema ihrer Doktorarbeit entschied. Man musste schon ein Zufallsfanatiker sein, um zu glauben, dass der verschollene Sohn ausgerechnet hier auftauchen würde. Die Wahrscheinlichkeit, ihm in Tasmanien zu begegnen, wäre nicht geringer gewesen.

Und Feldberg ging sogar noch weiter. Er wollte sie glauben machen, jener Mensch, der für sie gestorben war und hoffentlich ein gutes Leben hatte, *Ende der Sentimentalitäten*, wäre zufällig auch noch mit derselben Fähre gekommen wie Feldberg selbst.

Inez rollte die Zahnpastatube auf und warf sie in den Mülleimer unter dem Waschbecken. Feldberg hatte mit dieser Zahnpastatube eine ungeheure Ähnlichkeit. Sie hatte ihre Form verloren. Vielleicht war der zeitliche Abstand zu seiner früheren Tätigkeit inzwischen so groß, dass er langsam ins Senile abdriftete.

Sie machte das Licht im Bad aus und ging ins Bett.

Sie dachte daran, wie er im Juni am Strand hart ihren Arm gefasst hatte und wie sie das bei Erik kurz zuvor auf dieselbe Weise getan hatte, und das war der einzige Zufall, an den sie in diesem Zusammenhang glaubte. Denn Feldberg hatte bei seinem methodischen Vorgehen etwas Wichtiges vergessen. Er hatte vergessen, dass sie wusste: Wenn man es mit einem wie ihm zu tun hatte, gab es so etwas wie Zufall nicht.

»Seh ich ganz genauso«, sagte Feldberg auf der Terrasse und legte einen Arm um ihre Schultern. Der Arm war schwer, aber er hielt den Andrang des Dunkels, das aus dem Garten kam, zurück. »Lass dir von einem Freund einen Rat geben. Du gehst jetzt rein und haust dich ein bisschen hin, und morgen sieht die Welt schon wieder anders aus.«

»Morgen bin ich noch einen Tag mehr schwanger.«

Feldberg probierte eine andere Sitzhaltung aus. Seine Hand rutschte dabei unter die Decke und schloss sich um ihren Oberarm, ein Griff, den er noch Jahre später, an einem Junimorgen am Strand, genauso beherrschte.

»Was wird's denn?«, fragte er. »Was sagt dir dein weiblicher Instinkt?«

Der Garten brandete gegen sie an. Aber die Decke und der Arm und die Hand bildeten jetzt eine kleine und stabile Höhle.

»Will ich gar nicht wissen.«

»Doch. Natürlich willst du das wissen«, sagte Feldberg sanft. »Ein Prinzesschen oder ein Bengel, das ist ein Unterschied.«

»Kind ist Kind.«

Feldberg presste Inez enger an sich. »Jungs sind Heulsusen«, sagte er. »Wenn's ein Junge wird, würde ich ihm zuerst das Heulen abgewöhnen.«

»Felix macht keine Heulsusen.«

»Felix, Felix«, sagte Feldberg »hast du's immer noch nicht geschnallt? Der hat keine Eier in der Hose, dein Felix. Nimm den Genossen mit der Gitarre. Ganz anderes Kaliber. Der Mensch hat Charakter! Als seiner besseren Hälfte plötzlich einfiel, Beschwerdebriefe an den obersten Komsomol zu schreiben, hat er sie nicht sitzenlassen. Gab keine Feinstrumpfhosen zu kaufen, und da hat sie geglaubt, wenn sie sich beschwert, werden die sie sofort mit einer Sonderlieferung aus dem nichtsozialistischen Wirtschaftsgebiet versorgen. War aber nix. Ein paar Verhöre haben die beiden sich dafür eingefangen. Der große Bruder ist da nicht fein. Die hätten sie auch für immer einbuchten können. Aber er hat zu ihr gehalten, trotz Schwierigkeiten. Hat sich einen Kopf gemacht, hatte irgendeine Ausrede parat, Nervenzusammenbruch, zu viele Schlaftabletten, irgendwas«, sagte Feldberg. »Und wie schön er da jetzt singt.«

»Ich hab niemanden in Schwierigkeiten gebracht.«

»Sag ich doch. Hätte nicht einzuknicken brauchen, das Weichei. War alles auf gutem Wege. Hätte seinen Vorgesetzten nur sagen müssen, dass er für dich die Hand ins Feuer legt.«

»Du lügst.«

»Und deine Eltern«, sagte Feldberg, »lügen die auch?«

Die letzten Lichtpunkte im Grill verloschen.

»Du würdest Felix nicht zum Freund haben«, sagte Inez nach einer Weile. »Wenn das stimmt.«

»Man muss nicht alles mögen. Das ist wie in der Liebe. Keine so große Sache. Man kann immer sagen: Schwamm drüber.«

Sie hatte Erik das Portemonaie zurückgegeben, ohne ihm etwas zu sagen. Sie hätte nicht gewusst, was.

In den Morgenstunden lag sie wach. Die Lummen hatten die Felsen verlassen. Wenn das Meer sich aufwarf und laut gegen die Felsen schlug, drang die Stille in den Schlaf. Keine Schreie, kein sich aufschaukelnder Lärm, nur das gleichmäßige Anrollen und Abfließen der Wellen auf dem steinigen Strand. Seit Erik regelmäßig bei ihr übernachtete, hörte sie ihn neben sich atmen, sobald sie erwachte. Sie wachte im ersten Dämmerlicht auf. Sie musste nicht mehr zu den Vögeln in die Felsen, aber ihr Körper hatte sich noch nicht wieder an den neuen Rhythmus gewöhnt. Sie beobachtete Erik, wie er schlief. Der Morgen blass auf seinem entspannten Gesicht. Der über die Stirn gelegte Arm. Seine Hände. Jeden Morgen, wenn die Stille sie weckte, lag sie da und sah ihn an. Sie sagte ihm nichts davon. Aber sie konnte sich nicht an ihm sattsehen.

Sie strich ihm durchs Haar.

Ihr kam der Gedanke, dass sie ihn nicht wegen der Schönheit seiner Stirn oder seiner Hände betrachtete. Sie betrachtete ihn, weil sie sich vergewissern wollte. Sie versuchte, den Gedanken zu verwerfen, und vergewisserte sich doch wieder und wieder. Und mit jedem Mal sah sie den Älteren sich stärker im Jüngeren abzeichnen. Es kam ihr vor, als hätte der eine Körper sich dem anderen eingeschmiegt, als würde der eine Körper langsam aus dem anderen heraustreten. Das war unsinnig. Es war bloß eine Einbildung, so wie die Sternbilder Einbildung waren. Die Ähnlichkeit der beiden Körper existierte nur für sie. Nur für sie fügten sich die Linien von Eriks Körper neu. Nur für sie ergaben der Schnitt seiner Nase, seiner Augen und seine Art, auf dem Rücken zu liegen, ein Bild, das den Körper von Felix täuschend ähnlich darstellte.

Sie schob sich an Erik heran. Sie hielt ihn fest. Er regte sich im Schlaf. Sein Arm rutschte ihm von der Stirn. Er legte ihn um ihre Schultern, als wolle er ihr versichern, dass alles in Ordnung war. Dass sie sich keine Sorgen zu machen brauchte. Und es war alles in Ordnung.

Sie zog die Knie an und versuchte zu schlafen. Die Brandung schlug an den Strand, der Morgen hängte das Zimmer zwischen dic Wände zurück, und sie roch seine Haut, sie hörte Erik atmen und versuchte sich zu beruhigen, während von der Terrasse grölende Stimmen zu ihr herüberklangen *Auf, auf Verbrannte dieser Erde!* und der saure Dampf aus dem Magen in ihre Atemwege gelangte und sie in eine neue Konvulsion hineinriss. Sie spürte das Kind im Bauch. Es war Herbst, man konnte es schon sehen. Auf der Terrasse schwang der Lampion wild hin und her, Feldberg packte seinen Hund, und als sie sich duckte, um von der Schärfe dieses Lichts nicht zerfetzt zu werden, erstarrten die Bilder, sanken zum Grund, Ablagerungen, die sie nicht mehr aufwirbeln wollte, seit sie auf der Insel war.

Sie stand vorsichtig auf, um Erik nicht zu wecken, und ging ins Nebenzimmer. Sie öffnete ein Fenster. Kälte strömte herein. Ihr Seidennachthemd wurde in der Morgenluft eisig. Sie blieb so lange da, bis sie sicher sein konnte, dass es Erik war, den sie nebenan im Bett liegen sehen würde, nur Erik, niemanden sonst. Sie blieb, bis Felix Ton wieder einer von vielen Männern mit angegrauten Locken war, die mit glattem Aftershave-Lächeln zu den restaurierten Barockaltbauten in Potsdams Innenstadt gehörten. Sein Gesicht so geleckt wie auf dem Bild in der MAZ.

Als sie ins Schlafzimmer zurückging, hatte Erik den Kopf in die Hand gestützt und sah sie an. »Schlaf weiter, Erik. Es ist noch zu früh, um aufzustehen. Ich habe nur seltsam geträumt.«

Im Büro gab es viel zu tun. Die Protokolle der Tiefenmessungen, die sie mit Hilfe der Datenlogger im Juli angefertigt hatte, mussten ausgewertet werden. Die Ergebnisse würde sie in Diagramme und Tabellen übersetzen und die Schlüsse, die sie daraus zog, in eine lesbare schriftliche Form bringen. Ganze Tage verbrachte sie vor dem Computer. Sie fertigte Tabellenunterschriften an. Sie entwarf eine Gliederung. Sie machte lange Spaziergänge allein.

Die Insel änderte ihre Farbe. Sie war in das leuchtende Gelb des Spätsommers getaucht, das in wenigen Wochen ins Grau-Braune zerfließen würde. Der Sandstein schimmerte überall durch. Auf ihren Spaziergängen fing sie an, sich Kapitelüberschriften zu überlegen. Sie notierte nichts, sie arbeitete mit dem Kopf. *Wichtig ist die Reihenfolge*, hatte ihr Vater früher gesagt, *schaff dir eine Reihenfolge, dann vergisst du auch nichts.*

Mit dem stärker schwindenden Licht veränderte sich das Meer. Es wurde schwerer. Manchmal sah es aus wie eine harte Fläche. Wenn sie bei Einbruch der Dunkelheit zurückkehrte, schien das Wasser verschwunden zu sein. Ein metallischer Streifen zog sich noch am Ufer entlang, dahinter war nichts. Selten gab es einen Stern oder ein Schiff, die den Horizont markierten. Es war die Jahreszeit, in der alles seltener wurde.

Auf dem Plateau saßen sie kaum noch. Erik hatte die Liegestühle im Geräteraum des Leuchtturms verstaut. Wurde das Wetter noch einmal schön, setzten sie sich auf die meerabgewandte Seite ihrer Hütte. Sie trugen gefütterte Jacken gegen den Wind. Sie spürte ihn neben sich, sah in die verwaschene Sonne und fröstelte. Es war ein angenehmes Frösteln, von Eriks Körper gebremst, sobald sie sich an ihn lehnte.

Er sagte ihr, er wolle erst Ende September nach Hause fahren. Er würde sich für Wirtschaft und Politik einschreiben, aber er wisse noch nicht genau, wo. Er habe Zusagen, sei aber noch nicht sicher, an welcher der Unis er sich wohl fühlen würde. Sie nickte. Sie hatte damit gerechnet, dass er schon in den nächsten Tagen aufbrechen würde. Noch immer erschien es ihr wie ein Wunder, dass er so hartnäckig war, dass er sogar darüber nachzudenken schien, wie es weitergehen könnte mit ihnen.

Sie vertraute nicht darauf, dass es weiterging. Sie würde sehen, wie es sich entwickelte. Sie war aber auch nicht beunruhigt. Sie mochte es, neben ihm zu sitzen und ihn reden zu hören und für eine Weile diesen merkwürdigen Verschiebungen zu entkommen, denen sein Körper in ihrer Vorstellung jetzt manchmal ausgesetzt war. Sie legte den Kopf an seine Schulter. Erik mochte ein Grund dafür sein, diesen Winter nicht auf Gotland zu verbringen, und trotzdem war ihre Entscheidung unabhängig von ihm. Sie war lange genug hier gewesen. Die Geduld des Vereinsvorsitzenden war ausgereizt. Ihre Messungen waren abgeschlossen. Schreiben konnte sie die Doktorarbeit überall. Vielleicht würde sie sich eine Wohnung in Eriks Nähe suchen. Vielleicht auch nicht. Es blieb noch Zeit, sich das alles zu überlegen. Man musste die Dinge der Reihe nach angehen.

Wie ihr Vater gesagt hatte. Der Reihe nach und nichts vergessen.

Ihr Vater, als er noch nicht wusste, dass er eines Tages gern ein bisschen was vergessen hätte.

Beispielsweise den Herbst 1983.

Der Herbst 1983 hatte wie gewohnt mit Morgennebel und sich einfärbendem Laub begonnen. Die Fischer in Wieck trugen Öljacken. Es hatte einen frühen Frosteinbruch gegeben, und der Rosenstock, den ihre Mutter neben die Kellertreppe gepflanzt hatte, war erfroren. Die Rosenköpfe waren in der Blüte erschlafft. Inez erinnerte sich sehr gut daran. Wie die Sonne auf braunes, mattes Blattwerk schien und ein leichter Modergeruch aufstieg. Vor dem Greifswalder Kaufhaus standen die Leute nach schwarzer Schuhcreme an. Inez erinnerte sich auch an die Röhrenjeans, für die es langsam zu kalt geworden war, und an die mit Lurexfäden durchzogene, türkisfarbene Rollmütze. Sie erinnerte sich daran, dass der Panikrocker aus dem Westen in der Hauptstadt der DDR aufgetreten war, durch die einen Tag zuvor noch die Kampfgruppen der Arbeiterklasse marschiert waren, und dass es ein Dienstag war, ein Dienstag in diesem Herbst 1983, als sie mit Felix nach Berlin-Karlshorst gefahren und dann nicht nach Hause gekommen war, eine ganze Nacht nicht, und am Mittwoch war sie nicht in der Schule gewesen. In diesem Herbst hatte sie die Rollmütze fast täglich getragen. »Doller Eierwärmer«, hatte Felix gesagt und sie ihr über die Ohren gerollt, »lass die Eier nicht kalt werden.«

Zwischen Berlin und Greifswald lagen etwa dreihundert Kilometer. Das Land wurde von Weiden und Feldern bestimmt, auf denen Getreide angebaut wurde oder Sonnenblumen. Kiefernwälder säumten den Feldrand, wo verfallene Hochstände aufgestellt waren für die Förster, die im Abendlicht, geschützt von grüner Dachpappe und Holz, Rehe beobachteten. Die Förster waren dafür verantwortlich, dass es auf der nächsten Jagd genug bewegliche Ziele gab. Auch heute sah das Land noch genauso aus. Landschaft veränderte sich langsam, dachte Inez. Braunerde und Geschiebemergel und Podsol waren noch dieselben wie damals, als sie diese Landschaft durch die Scheibe von Felix' Wartburg gesehen hatte. Nur die Jagden waren heute nicht mehr auf das Politbüro beschränkt.

Damals hatte so eine Fahrt vier bis fünf Stunden gedauert. Sie hatte die Nacht mit Felix im Studentenwohnheim von Karlshorst verbracht und es nicht zur nullten Unterrichtsstunde um sieben Uhr am nächsten Morgen geschafft. Sie hatte es auch nicht versucht. Sie hatte zu ihm gesagt: *Ich bleibe*, und so kam es, dass Inez die drei Moll-Sätze des Sommers aus Vivaldis *Die vier Jahreszeiten*, die gerade im Fach Musik behandelt wurden, nie hörte. Herbst und Winter hatte sie eine Woche später sehr unkonzentriert verfolgt. Sie hatte nicht zugehört, weil sie schon abgelenkt war von der nicht leicht zu verwindenden Tatsache, dass ihre Eltern und sie in der wichtigsten Sache ihres Lebens verschiedener Meinung waren.

Zu Vivaldis Frühling saß sie noch in Hochstimmung im Neonlicht des Klassenraumes. Sie hörte, wie das Violinentrio im ersten Satz Vogelgezwitscher imitierte. Sie fand die Idee sehr schön, dass ein lebloser Gegenstand wie ein Streichinstrument die Täuschung von etwas Lebendigem hervorrufen sollte, und das Dahinschnellen der Bögen auf den Saiten mochte sie auch, aber Vögel hörte sie nicht. Vögel hörten sich anders an.

Sie war in Karlshorst geblieben.

Sie hatte *Die vier Jahreszeiten* sausen lassen.

Sie hatte den Gedanken an ihre Eltern sausen lassen.

Sie hatte ihre Zunge in den Cognac getaucht, und Felix hatte den Cognac von ihrer Zunge geküsst.

Beim Aufwachen hatte sie der Arm eines Mannes auf ihrem nackten Bauch erschreckt. Sie hatte die karierte Bettdecke von sich geschoben und diesen Arm betrachtet und festgestellt, dass seine Schwere sie beruhigte. Draußen war es schon hell. Mülltonnendeckel krachten. Jemand rannte auf Stöckelschuhen übers Pflaster. Aber das blieb alles hinter den braunen Vorhängen, geschah außerhalb ihrer acht Quadratmeter, jenseits der Welt, deren Ausmaß jetzt durch eine Armlänge bestimmt war, ein paar Zentimeter Haut, die vom Handgelenk bis zum Ellbogen mit schlafmattem schwarzen Haar bedeckt waren. Sie zog den Arm eng um ihre Brüste und hielt sich, bis sie wieder einschlief, daran fest.

Auch Felix Ton hatte an diesem Tag die Vorlesungen geschwänzt, was bestimmte Stellen sofort erfuhren. In Greifswald wurde ein Eintrag im Klassenbuch wegen unentschuldigten Fehlens gemacht.

»Sag deinen Eltern, die Kupplung hatte sich festgefressen oder Reifenpanne, und du musstest den Zug nehmen«, hatte Felix gesagt, als er sie nachmittags vor der Haustür absetzte.

Ihr Vater war noch in der Schule. Ihre Mutter war auf Arbeit. Im Flur lag ein Zettel auf der Kommode. *Solltest du vor uns da sein, geh bitte 2x Milch einkaufen!*

Sie sah den Zettel eine Weile an. Er lag neben einer Rolle Pfefferminzbonbons. Inez setzte die Mütze ab. Sie hatte keine Lust, Milch einzukaufen. Sie hatte keine Lust, überhaupt an Milch zu denken oder ans Einkaufen oder daran, weiter jeden Morgen Kakao zu trinken, als wäre nichts geschehen. Sie war kein Kind mehr.

Sie stülpte die Mütze über die Lampe in ihrem Zimmer. Das Licht wurde mild und blau und machte das Vogelposter an der Wand schattig. Im Schatten wirkte der Arara so echt wie in ihrem Traum. Sie schaltete das Radio an und warf sich aufs Bett. Sie suchte nach Musik, die die gleiche Tonlage hatte wie ihr Inneres, und stellte laut. Viel Zeit für diese harmonische Übereinstimmung zwischen ihr und dem Universum blieb ihr allerdings nicht.

»Bist du dir darüber im Klaren, dass du dir mit deinem Verhalten selbst am meisten schadest?«, sagte ihr Vater, bevor er die Schultasche abgelegt hatte.

»Weil ich mir beim Küssen eine ansteckende Krankheit hole?«, sagte sie. »Man wird in diesem Staat doch gegen alles geimpft. Pocken, Mumps, Keuchhusten, Diphtherie, Heuschnupfen. Man ist doch rundum immun!« Wegen der Lautstärke des Radios musste sie schreien. Aber dann war ihre Mutter an ihrem Vater vorbeigestürmt und hatte so heftig auf den Einschaltknopf gedrückt, dass das Gerät zu Boden fiel.

»Ihr müsst ja nicht gleich meine Einrichtung demolieren«, hatte Inez in die Stille hinein gesagt.

»Mein liebes Fräulein! Mit deinen Eltern redest du nicht in diesem Ton.« Ihre Mutter hatte vergessen, die Schuhe auszuziehen. Die Absätze drückten sich in den Teppichboden, sandfarbene Auslegware, die schwer zu bekommen gewesen war. Straßenschuhe wurden gewöhnlich im Treppenhaus ausgezogen. Sie wurden in die Kommode gestellt, aus der Inez einmal in der Woche den Schmutz fegte. Das Ausfegen der Kommode bedeutete, alle Schuhe auszuräumen, sie auf die im Flur ausgebreitete *Freie Erde* zu bugsieren, in der gerade der *30. Jahrestag der Gründung der Kampfgruppen der Arbeiterklasse* gefeiert wurde und *Vertreter der dreißig motorisierten Bataillone, der vierhundertachtundzwanzig motorisierten Hundertschaften und der zweitausend nicht motorisierten Züge stolz im Gedenken an Thälmanns Rotfrontkämpferbund an der*

Tribüne vorbeizogen, auf der der Vorsitzende des Politbüros und weitere Vertreter der Volkskammer den Gruß der Genossen Kämpfer entgegennahmen, das Ganze unter dem Schuhwerk zu begraben, den aufgefegten Staub einzuatmen und alle Schuhe wieder ordentlich einzusortieren.

»Heuschnupfen ist nicht ansteckend«, sagte ihr Vater und legte seiner Frau eine Hand auf die Schulter. »Maria.«

»Was?«

»Wenn sie die Nächte nicht mehr zu Hause zu verbringen gedenkt, dann –«

»Dann was«, sagte ihre Mutter zu ihrem Vater. »Dann kann sie auf Trebe gehen, wie sie will? Damit wir schlaflose Nächte haben?«

»Dann sollten wir wissen, mit wem und wo sie die Nächte verbringt«, sagte ihr Vater zu Inez. »Vielleicht lässt sich so Schlimmeres verhindern.«

»Wenn du mit *Schlimmeres* meinst, sich mit dem Leben anzustecken«, sagte Inez, »seh ich schwarz.«

Ihr Vater hob das Radio auf und stellte es zurück auf den Nachttisch. Dabei blieb sein Blick an den Schuhen seiner Frau hängen.

»Ich habe nämlich nicht vor, vor lauter Immunsein dieses Leben zu verpassen«, sagte Inez.

»Hast du wenigstens Milch eingekauft?«, fragte ihre Mutter.

»Wieso immer ich?«

»Wir werden die Sache beim Abendbrot klären.« Ihr Vater legte die Hand auf die Türklinke. »Wenn du unsere Unterstützung willst, müssen wir dir vertrauen können, Inez.«

Beim Hinausgehen musste ihrer Mutter eingefallen sein, dass sie Füße besaß. Sie hatte sich mit einer Hand im

Türrahmen festgehalten und mit der anderen die seitlichen Reißverschlüsse an beiden Stiefeletten aufgezogen. Ihre Mutter hatte das Zimmer auf Socken verlassen. Daran erinnerte sich Inez. Und dass das damals ein kleiner Triumph gewesen war.

Eine Klärung gab es an diesem Nachmittag nicht. Eine Elternbeiratssitzung kam dazwischen, und Maria Rauter musste zum Friseur. Eine Klärung gab es auch zwei Tage später nicht, jedenfalls nicht im Sinne dessen, was Inez damals unter einer Klärung verstand: andere von den eigenen Ansichten zu überzeugen. Von ihrer Sicht auf die Welt, die für sie eine halbe Armlänge maß und mit schwarzem Haar bedeckt war.

Ihrer Klassenlehrerin hatte sie für den versäumten Schultag nachträglich eine Krankschreibung übergeben, die ihre Mutter bei der befreundeten Hausärztin organisiert hatte. »Kommt sie jetzt schon in dieses Alter«, hatte die Ärztin zu ihrer Mutter gesagt, die das zusammen mit einem Päckchen Kondome an Inez weitergeleitet hatte.

»Wieso geht's hier eigentlich dauernd um mein Alter? Ich bin alt genug zum Staubfegen. Ich bin alt genug, um mit meinem Arsch im Schlamm für den Weltfrieden zu kämpfen. Aber verlieben darf ich mich nicht? Ich will dir mal was sagen: Vor ein paar Jahrhunderten wäre ich längst verheiratet gewesen!«

Ihre Mutter hatte das Päckchen *Mondos* neben Inez auf den Bettrand gelegt. »Ganz generell fände ich es besser, wenn du das ab sofort einstecken hast.«

Einige Tage später wurde sie von ihrem Vater ins Wohnzimmer gerufen. Aus Protest setzte sie sich auf den Boden. Ihr Vater hatte Schwarztee gemacht. Ein Glas Honig stand auf dem Tisch. Ihre Mutter sortierte einen Stapel alter Postkarten aus; Urlaubspostkarten, Weihnachtspostkarten, Geburtstagsgrüße der letzten fünfzehn Jahre.

»Andere Eltern machen nicht so einen Aufstand, wenn ihr Kind einen Freund hat«, sagte Inez und zog die Knie an den Körper.

»Andere Kinder haben entweder weniger besorgte Eltern oder Freunde, die zu ihnen passen«, sagte ihr Vater. Er trug noch die Krawatte, mit der er vom Unterricht gekommen war.

»Wollt ihr im Periodensystem der Elemente nachgucken, wer zu mir passt?«, fragte Inez und sah zu, wie ihr Vater den Teelöffel ins Honigglas tauchte. »Habt ihr nicht alles dafür getan, mich als selbständigen Menschen zu erziehen? Als jemand, der weiß, was richtig ist? Und solange es sich gut anfühlt, ist es richtig.«

»Fehleinschätzung«, sagte ihr Vater.

Inez betrachtete den Löffel, der im Honig schön golden wurde.

»Er hat vielleicht einen Spleen«, sagte sie dann.

Ihre Mutter sah von den Postkarten auf. »Er hat einen Spleen?«

»Ja. Und manche Leute macht das sympathisch.«

»Ich bin mir nicht sicher, ob du die Sache von der richtigen Seite angehst«, sagte ihr Vater.

»Auf jeden Fall ist er nicht so ein risikoscheues Arschloch wie die meisten.«

»Eines möchte ich hier mal klarstellen«, sagte ihre Mutter. »Unsere Tochter geht mit einem von der *Firma* und nennt das einen *Spleen haben*?«

»Maria.«

»Ein Exzentriker mit Weltschmerz? Ein Sensibelchen mit Marotten? Das meinst du doch.«

»Er studiert Außenhandel«, sagte Inez. »Was ist daran so schlimm?«

»Dieser Florian oder Ferdinand horcht Leute aus, weil das seine Marotte ist?«, sagte ihre Mutter zu ihrem Vater. »Oder ist er Melancholiker und kann seiner Melancholie nur dadurch Herr werden, dass er anderer Leute Leben zerstört? Meint sie vielleicht das?«

»Sie meint, er hat sich noch nicht entschieden«, sagte Inez' Vater.

»Ich würde das nicht einen *Spleen* nennen, sondern einen Schlagschatten.«

»Er trägt noch einen inneren Kampf aus«, sagte ihr Vater.

»Da du auf einmal Partei für diese Leute ergreifst, Hans, sag ihm, er soll sich mal in einen Raum setzen, der innen keine Türklinke hat.«

»Sie meint, er liebäugelt zwar mit dem Gedanken, kann sich aber noch jederzeit dagegen entscheiden, nicht wahr, Inez?«

»Ihr wollt es einfach nicht wahrhaben«, sagte Inez. »Ich bin eine erwachsene Frau.«

»Er soll sich in einen Raum ohne Türklinke und Fenster setzen, und zwar als Häftling, dann geht das Entscheiden ruckzuck«, sagte ihre Mutter. Sie riss zwei Postkarten durch und legte sie auf den Wegwerfstapel.

Ihr Vater ließ sich nicht aus dem Konzept bringen. Er sah Inez an.

»Felix Ton hat mich vor einiger Zeit besucht«, sagte er schließlich. »Er hat mich dazu aufgefordert, mich in die Rolle des Wahrheit Suchenden zu begeben. So nannte er das.«

»Eine ziemlich *spleenige* Formulierung für so einen Jungen«, sagte Maria Rauter.

»Ich weiß nicht, wie oft man dich noch mit der Nase drauf stoßen muss, Inez«, sagte Hans-Christian Rauter.

»Ich werde nicht ewig Mami und Papi fragen, wie man sein Leben lebt«, sagte Inez zu niemand Bestimmtem. Sie betrachtete den Löffel im Honig. Es kam ihr vor, als wäre Honig noch nie so golden gewesen.

Alles ging der Reihe nach. Zuerst kamen die vernünftigen Auseinandersetzungen, dann eine Verschärfung des Tons, begleitet vom Umwerfen gefüllter Teetassen und Türeschlagen, besänftigt von stundenlangen Weinkrämpfen, und schließlich kürzte Enttäuschung das Ganze ab.

Enttäuschung darüber, wie wenig man verstanden wurde. Wie sehr man in sich eingeschlossen allein im Universum war.

Die freiwillige Einzelhaft, die Inez von nun an in ihrem Zimmer verbrachte, bestätigte diese Erkenntnis. Abends aß sie für sich. Wenn sie ihren Eltern auf dem Weg zum Kühlschrank begegnete, war ein steifes *Gute Nacht* das Einzige, was sie über die Lippen brachte.

Die Dinge der Reihe nach anzugehen hatte ihrem Vater damals nichts genützt. Sie war ausgezogen. Sie hatte sich abgeseilt. Abgenabelt. Aber wie immer sie das in den Jahren danach auch bezeichnet hatte, es war auf dasselbe hinausgelaufen, und als es Herbst auf der Insel wurde und die Tage kürzer, spürte Inez, dass es auch ihr jetzt nichts nützen würde.

Sie lief weit hinüber auf die andere Seite von Stora Karlsö, nach Suderslätt, nach Stordal und Roisu haid, wo eine Eiche stand, die nach dem Naturforscher Linné benannt war. Sie lief zur Südspitze der Insel, an der es vor tausend Jahren einen zweiten Hafen gegeben hatte. Jetzt gab es dort eine weite, schwach zum Meer hin abfallende Wiese. Mädesüß, Wiesenkerbel und wilder Thymian wuchsen zwischen Windröschen und Schafschwingel. Die Wiese glänzte rosa-violett.

Manchmal kam Inez auch an jener Stelle vorbei, an der sie die Tordalke begraben hatte. Sie überprüfte, ob der Sandhügel noch nicht vom Wind abgetragen worden war. Sie blieb eine Weile dort. Bevor sie ging, legte sie einen frischen Wacholderzweig auf das Grab. Aber alles das nützte nichts.

Sie hatte schon angefangen, im Internet nach einem Foto des erwachsenen Sohnes zu suchen, Arm in Arm mit dem Vater, über ihren Köpfen der Slogan einer Wahlkampfveranstaltung. Sie hatte angefangen, sich ernsthaft zu wünschen, der Sohn möge bei seinem Vater sein, dieser Sohn, den sie nur anhand der Bildunterschrift hätte identifizieren können. Die Abmachung, die sie mit Felix geschlossen hatte, war ihr egal geworden. Sie wollte Erik wieder so unbefangen ansehen können wie zuvor. Sie wollte ihn nicht mehr als Sternbild eines anderen wahrnehmen, nicht länger gegen die Verschiebungen seines Körpers kämpfen. Ein Zeitungsbericht, in dem ein Vater seinen Sohn glücklich in die Arme schloss, wäre die einfachste Lösung gewesen.

Sie fand viele aktuelle Bilder von Felix Ton. Von einem Sohn fand sie nichts.

Sie rief im ehemaligen Rostocker Kreiskrankenhaus an. Sie fragte nach der Säuglingsschwester, die sie damals betreut hatte und deren Name auf einmal wieder da war, aber die Säuglingsschwester war nicht mehr da.

Sie fing an, Erik auszuhorchen. Sie fragte ihn wie nebenbei nach seinen Kinderkrankheiten. Sie fragte ihn, ob er als Kind viel gehustet habe. Sie fragte ihn, ob er diesen beschleunigten Herzschlag kenne, der den Anschein erwecke, das Herz sei in die Kehle gerutscht. Sie war wie gelähmt, als er das bejahte.

Mit anderen Worten: Langsam verlor sie den Verstand.

Eines Morgens erwachte sie spät. Es war nach zehn. Sie ging ins Bad. Sie duschte, machte Kaffee, öffnete weit das Fenster. Der Vereinsvorsitzende hatte sie seit längerem in Ruhe gelassen. Die Einstellung der Heizungsanlage im Museum hatte sie wie immer überprüft, die letzten Berichte pünktlich abgeliefert. Zu Guido war sie freundlich gewesen; ein Beschwichtigungsversuch, kein Streit. Auch der letzte Abend war normal verlaufen. Erik hatte ihr aus dem Internet Musik heruntergeladen, sie hatten die Nacht getrennt verbracht, das kam vor.

Inez hielt sich für jemanden, der Strategien entwickeln konnte, um Gefühle beherrschbar zu machen. Der sich erfolgreich dagegen wehren konnte, dass das Leben untergründig bestimmt wurde von toten Flächen, wie es sie in der Ostsee gab.

Sie ging ins Schlafzimmer. Sie schloss das Fenster. Die Fähre würde in einer Stunde anlegen. Sie wollte vorher noch ins Büro. Sie musste an die Praktikantin und die Scouts die Aufgaben verteilen. Sie musste die Lieferlisten abzeichnen und die Reinigung der Messinstrumente organisieren, und sie wollte pünktlich am Kai sein. An diesem Morgen reiste ein Ehepaar an, das ein Jubiläum feierte. Trotz des schlechten Wetters wollte es zwei Tage auf der Insel bleiben und hatte für den Abend ein Vier-Gänge-Menü im Restaurant inklusive Tischschmuck bestellt.

Inez räumte den Kaffeebecher in die Geschirrspüle. Sie zog sich eine altrosa Strickjacke unter ihren Wattemantel.

Leichter Nebel hing über dem Strand. Der Horizont war hellrot. Das fiel ihr auf, dieser Widerschein der ersten hereinbrechenden Kälte am Morgen, weit draußen über dem Meer, der später von grauem Niesel verwischt wurde. Die Felswand von Norderhamnsberget war schwarz. Der Stein strahlte Kälte ab. Die Luft schmeckte salzig. An der Landspitze hatten sich seit dem Sommer junge, lichthungrige Bäume ausgebreitetet, Erlen, Weichselkirschen, Bast. Sie würden Schutz bieten vor dem Wind. Sie waren ein wichtiger Beitrag zur Uferbefestigung.

Man konnte den Verstand verlieren oder auch nicht.

Inez sah aufs Meer.

FLINT

Ich bin auf der Fähre auf dem Weg zurück. Es ist zu kalt, um an der Reling zu stehen. Der Wind bläst stark. Ich sitze im Passagierraum. Ich bin der einzige Passagier bis auf den Ornithologen, der im nächsten Jahr den Job von Inez übernehmen wird. Wir reden nichts. Er ist Schwede, und es gibt nichts zu reden. Ich versuche, mich auf die Akten zu konzentrieren, die in Feldbergs lederner Arzttasche steckten. Ich habe sie vor mir ausgebreitet, und der Schiffsmotor lässt sie vibrieren.

Kaum eine halbe Stunde ist es her, seit ich Inez das letzte Mal sah. Sie hat am Strand gestanden, als die Fähre ablegte. Sie hat sich umgedreht und ist über die Kiesel gegangen. Sie ging hinauf zum Café. Sie hat nicht zurückgeschaut. Sie hat die Tür des Cafés hinter sich zugemacht. Inez dreht sich um, sie geht den Strand hinauf. Sie wird den Strand hinaufgehen und die Tür hinter sich zumachen. Eine halbe Stunde oder eine Ewigkeit. Alles das geschieht noch immer.

Noch immer ist es Herbst. Noch immer überwiegen Tage, an denen die Sicht im Nieselregen verschwimmt. Schon nach dem Tod der Tordalke schien es mit dieser Unausweichlichkeit Herbst geworden zu sein, die Jahreszeiten an sich haben und die sich im Grunde nicht von jener Unausweichlichkeit unterscheidet, mit der diese Geschichte, die zufällig meine ist, ihren Lauf nimmt, egal, wie lange ich versuche auszuweichen.

An jenem Nachmittag, als wir zu dritt im Museumscafé saßen, Inez, Guido und ich, war die Luft nasskalt. Der Regen war so fein, dass er der Gischt ähnelte, die über den Kai sprühte. Er setzte ein und hörte auf und begann erneut. Er tropfte mir aus den Haaren. Er rann mir die Schläfen hinab. Dieses Gefühl ist so deutlich, als würde es im Augenblick geschehen.

Und doch kann es genauso gut sein, dass ich es nachträglich einfüge, dass ich damals nicht darauf achtete. Ende August oder Anfang September. Erst jetzt, da ich versuche, alles in eine Ordnung zu bringen, fallen mir solche Details wieder ein, da ich alles so sehen will, als wäre es eine Geschichte mit Anfang und Ende und einer inneren Zwangsläufigkeit.

Nicht alles lässt sich rekonstruieren.

Nicht, weil ich mich nicht erinnern kann oder nicht genügend Informationen habe, oder weil alles, was ich zu rekonstruieren versuche, am Ende nur eine Annäherung ist, sondern weil sich mir bestimmte Dinge nicht erschließen. Ich habe Feldbergs Tasche, aber seine Akten geben nicht alles preis. Ich habe Mühe zu verstehen, wie Inez sich in einen wie Felix verlieben konnte. *Resultat eines Ficks in der Kartoffelernte.* Als er sich für die MAZ ablichten ließ, trug er ein Hahnentrittjackett unter dem Mantel. Auf Fotos im Internet trägt er rosafarbene Hemden und Halstücher, die aus dem obersten geöffneten Hemdknopf quellen. Im Internet tritt er als Geschäftsführer einer Immobilienfirma auf, die sich auf Seegrundstücke und Villen spezialisiert hat. Laut Feldbergs Akten führt er noch ganz andere Geschäfte.

Unter anderem soll er Hauptgesellschafter einer Hotelbetreibergesellschaft sein, die von seiner Immobilienfirma Grundstücke zu überhöhten Preisen kauft. Verkäufe, die vom Staat hoch subventioniert werden, da sie zur Belebung der regionalen Wirtschaft beitragen, wofür es entsprechende Fördertöpfe gibt. Die Summen hat Feldberg akribisch dokumentiert.

Er hatte diese Papiere dabei, als er noch einmal nach Visby kam. Das ist keine drei Tage her. Die Fähre fuhr nicht, und er hatte im Hafen von Klintehamn ein Fischerboot gechartert. Weder Inez noch ich hatten ihn ankommen sehen. Auf einmal war er da. Er lief mit seiner ledernen Arzttasche unter dem Arm durchs Café, hielt sein Handy ans Ohr, schüttelte es, als habe er keinen Empfang, und redete dann darauf ein, dass man den Eindruck haben konnte, am anderen Ende wäre niemand. Er schien nervöser als im Juli.

Er hatte die Akten dabei, und er hatte *seine Truppen* dabei, ein Kamerateam und eine Radioreporterin, die ihm nicht von der Seite wich. Aber soweit bin ich noch nicht. Das kommt später.

An jenem Nachmittag im Nieselregen war Guido zu mir ins Büro gekommen. Er hatte meinen Laptopdeckel zugeklappt und gesagt: »Schluss für heute. Wir haben ein Meeting im Café.«

»Wieso?«

»Frag nicht. Anweisung der Chefin.«

Von der Ostsee kam ein matter Wind und ließ die Fahne flappen. Die Fähre hatte noch nicht wieder abgelegt. Morgens hatte ich sie vom Büro aus in den Hafen einlaufen sehen. Der Kapitän hatte Säcke voller gereinigter Bettwäsche ausgeladen und auf dem Hänger verstaut, der später von

Guido zum Leuchtturm gefahren wurde. Außer einem älteren Pärchen war niemand ausgestiegen. Mann und Frau standen unschlüssig am Strand herum, bis der Kapitän sie schließlich hinauf zum Museum schickte. Inez hatte ich den ganzen Tag noch nicht gesehen. Die letzte Nacht hatte ich nicht bei ihr, sondern in meinem Zimmer im Leuchtturm geschlafen.

Mit den Gedanken war ich bei Annegret gewesen. Sie hatte mir eine SMS geschickt. *Deine alte Mutter drückt wieder die Schulbank. Habe einen Englisch-Intensivkurs an der Volkshochschule belegt. Wenn du nach Hause kommst, musst du mit mir üben!*

Ich wusste, dass es sie Überwindung gekostet hatte, mir das zu schreiben. Dass sie lange daran gefeilt hatte. Diese Nachricht war das Äußerste, was ihr Stolz zuließ: Ein ernstzunehmender Vorwurf. Sie hatte den Umzug allein gemeistert. Sie hatte die Küche von einer Malerfirma streichen lassen. Beim Aufbau der Möbel hatten ihr vielleicht die Kollegen geholfen. Aber sie hatte niemanden, dem sie von ihrem Englischkurs erzählen konnte, keinen, mit dem sie gern ins Kino gehen wollte, niemanden, der sich über ihren Nudelauflauf freute und mit dem sie nach dem Essen in der Küche saß und einen Grappa trank. Wahrscheinlich lebte sie noch immer zwischen nicht ausgepackten Bücherkisten. Sie brauchte mich. Sie brauchte meine Hilfe. Sie brauchte wieder Alltag mit ihrem Sohn.

Als Guido hereinkam, hatte ich darüber nachgedacht, was ich ihr antworten sollte, und das Meeting gab mir einen Grund, die Antwort auf später zu verschieben.

Wir gingen hinüber zum Café. Inez hatte sich an einen der Couchtische gesetzt. Sie waren in einer Ecke zu einer Art

Lounge arrangiert. Sie rieb ihre Hände aneinander, als wäre ihr kalt. An ihrer Strickjacke fehlte ein Knopf.

Der Regen wurde stärker. Er wurde zu einem harten, windigen Regen, der gegen die großen Glasfenster schlug. Das Geräusch des fallenden Wassers war so laut, dass Inez aufhörte zu reden. Sie wirkte müde. Ihre Hände lagen jetzt reglos im Schoß. Eine Weile lauschten wir dem Pladdern. Ich betrachtete ihre grünen Ohrringe, die unter dem zurückgebundenen Haar leuchteten. Sie sah mich nicht an. Ich redete mir ein, das liege daran, dass ich mit dem Rücken zum Fenster saß und sie mich nur als dunkle Silhouette wahrnahm. Aber der Regen hatte das Licht in ein Halbdunkel verwandelt, in dem wir alle undeutlich wurden, und während wir da saßen, sah Inez Guido an. Guido mit seinem exakten Haar, das seinen Kopf umstand wie ein Karton. Sie hatte von einem Streit mit dem Vereinsvorsitzenden erzählt. Der Vereinsvorsitzende fand, dass sich zu viele Leute auf der Insel aufhielten, dass zu Saisonende soviel Personal nicht mehr erforderlich wäre. Ein Naturschutzgebiet, hatte der Vereinsvorsitzende gesagt, sei ein Gebiet, das vor den Menschen schützen solle und nicht die Menschen.

Inez sah Guido an. Der Regen ging in Hagel über. Guido sagte nichts.

»Es ist klar«, sagte Inez. »Mindestens einer muss gehen.«

Guido räkelte sich auf der Couch, die Arme auf der Rückenlehne ausgestreckt. Breitbeinig saß er da. Inez neigte sich ihm entgegen. Fast bittend sah sie ihn an. Mir jagte eine Hitzewelle durch den Körper. Ich legte eine Hand auf den niedrigen Couchtisch, der kühl war und stabil, und sagte: »Ein Naturschutzgebiet sollte die Menschen vor sich selber schützen.«

Inez lächelte nicht. Niemand lächelte. Das wassergraue Licht im Café ließ unsere Gesichter bleich und erstarrt aussehen.

»Gibt's heute keinen Kaffee?«, fragte ich laut. »Oder macht der Koch schon wieder 'ne Fuffzehn? Soll *der* doch gehen.«

»Schon dein Zustand von Reflexion ist ein Zustand gegen die Natur«, sagte Guido träge.

Ich zuckte mit den Schultern. »Was ist eigentlich dein Problem, Guido? Dass du nicht mehr nackt rumlaufen kannst?«

»Nur der starke Einzelgänger in seiner ganzen Einfachheit und Unschuld begrenzt seine Natur nicht«, sagte Guido ebenso träge wie zuvor.

»Dann bist du in der Hinsicht ja Partisan.«

Er gähnte. Mir kam es auf einmal so vor, als würde das Licht noch grauer werden, grau und feucht, als nehme es die Konsistenz des Wassers an und triebe mit dem Atem in die Lunge, sammelte sich, der Wasserspiegel in den Lungenbläschen stiege, die Luft würde knapp, so dass ich den Kampf mit Guido nicht aufnehmen könnte. Denn unterschwellig wollte er das, unterschwellig wollte er den Kampf von neulich fortsetzen, vor den Augen von Inez, angefeuert, aufgestachelt von ihrem Blick. Sie sah ihn an und sagte: »Dich brauch ich hier noch.«

Bei mir lagen die Dinge anders. Mich brauchte sie nicht. Mich konnte sie schnell und schmerzlos hinter sich bringen, *weinen wir einander keine Träne nach*, aber es dauerte ewig, bis ich das begriff. Bis ich begriff, dass ich es war, den sie nicht brauchte, dass ich es war, der ihre Stellung gegenüber dem Verein bedrohte, der ihre Arbeit verzögerte, sich aufdrängte und die Einhaltung irgendwelcher Richtlinien gefährdete, die Europas Vogelschützer sich ausgedacht hatten. Die saßen in Brüssel und bestimmten über mein Leben, weil ich mich ausgerechnet auf dem Territorium eines Naturschutzgebietes verliebt hatte und Inez ausgerechnet eine war, die widerspruchslos diesen Naturbürokraten gehorchte. Und vielleicht hatte der ganze Reiz für sie bloß darin bestanden, sich etwas zu nehmen, was sie schon lange hatte haben wollen, und dann hatte sie es gehabt, und mehr war nicht nötig. Ich konnte gehen.

Der Nachmittag im Café verschwimmt in meiner Erinnerung. Der Regen scheint ihn an den Rändern wegzuspülen. Erst spät hörte es auf, als ich schon zurück im Leuchtturm war und meine nassen Sachen ins Treppenhaus hängte, wo die Scouts Wäscheleinen von Geländer zu Geländer gezogen hatten wie im Süden. Die Luft im Zimmer war klamm. Mir blieb die Nacht zum Packen.

Mach es kurz und schmerzlos. Bloß nicht kindisch werden.

Ich knallte meinen Rucksack aufs Bett, warf die T-Shirts und Hosen hinein, ein paar fielen daneben, die ich achtlos zusammenklaubte und den anderen nachstopfte, bis alles drin war, und dann stand ich eine Weile da und starrte diesen Rucksack an. Mir fiel ein, dass ich mir die Antwort an Annegret sparen konnte.

Ich ließ mich aufs Bett fallen. Die Klippe vor dem Fenster war im Nebel versunken. Nicht einmal der trübe Abend zeichnete sich an den grauen Felsen ab. Es gab keine Aussicht. Ich sprang wieder auf. Ich rannte ohne Jacke nach draußen. Ich rannte über den matschigen Pfad bis zur Treppe, die mit einem kleinen Gartentor verschlossen war. Ein Künstler des Schmiedehandwerks hatte eine eiserne Lumme in die Mitte eingelassen. Ich trat der Lumme vor den Kopf. Das Tor sprang auf, ich stürzte die Treppe hinunter durch den dichten, fast tropischen Wald, der sich im Einschnitt der Klippen entwickelt hatte, wo die Luft feuchter, die Jahrestemperatur höher war, aber jetzt war es dunkel. Die Bäume hatten schon Blätter verloren. Ich nahm mehrere Stufen auf einmal, rutschte aus, fing mich, erreichte Inez' Hütte. Ich weiß nicht, was passiert wäre, hätte die Tür nicht nachgegeben.

Inez saß auf einem Hocker an der Küchenzeile. Sie schrieb.

Auf dem Tisch am Sofa standen zwei Gläser Rotwein, eine Kerze. Sie trug eine bequeme weite Stoffhose. Sie beendete das, was sie geschrieben hatte. Sie klappte das Notizbuch zu, erst dann sah sie auf.

»Schließ die Tür, Erik. Und nimm dir ein Glas Wein.«

Von heute aus betrachtet, scheint die Wut, die ich damals empfand, ganz aus diesem Moment entwichen. Das steife Zittern im Nacken, die Übelkeit erregende Leere im Kopf sind verschwunden. Von heute aus gesehen, lehnte ich an der Tür, als hätte ich alle Zeit der Welt, und betrachtete die Frau vor mir auf dem schwarzen Barhocker. Wir sahen uns an. In diesem Augenblick, dem letzten, gab es keine Aufregung, nur eine große Ruhe. Die Ruhe kam von Inez.

»Ich habe auf dich gewartet.«

Inez hatte die Flasche Wein vom Tresen der Bar genommen. Sie hatte sich auf das Sofa gesetzt, die Weinflasche abgestellt, die Kerze angezündet.

»Komm.« Sie lehnte sich zurück, sie schlug die Beine übereinander. Der Wein in den Gläsern warf dunkle Kreise. »Kommst du nicht her? Es wäre leichter.«

Inez nahm das Glas, ließ es gegen meines klingen, das da noch stand. »Man sagt, dass man für jedes Jahr, das eine Liebe gedauert hat, einen Monat braucht, um darüber hinwegzukommen.« Sie trank. »Wir werden also nicht lange dafür brauchen, Erik.« Sie wischte mit dem Finger einen Tropfen vom Glasrand. »Es tut mir leid, dass ich vorhin so hart gewesen bin.« Sie betrachtete ihre Hand, sie leckte den Tropfen vom Zeigefinger, sie ließ die Hand gegen ihre Brust fallen. »Du könntest mir ein bisschen helfen, weißt du.«

»Ich bin nicht der, der Schluss macht.«

»Du könntest dich wenigstens hinsetzen.«

Ich hatte mich nicht hingesetzt. Ich setzte mich auch nicht hin, als sie übergangslos anfing, von Feldberg zu reden. Als gäbe es mich nicht, als ginge es auch in diesem Moment um etwas anderes, als ginge es immer nur um ihn, um diesen Typen, der sie nicht losließ, obwohl er schon vor vier Wochen abgereist war. Sie fing an, von einer seiner Feten zu erzählen, damals im Osten, als er auf seiner Datsche Feten hatte steigen lassen, eine Endjahresfete, eine Spätherbstfete, die Fete, bevor er die Datsche winterfest machte, und angeblich hatte sie damals so dagestanden wie ich jetzt an der Tür, schockgefroren, verletzt und abbestellt, abbestellt von Typen, mit denen sie zusammengewesen war oder nur rumgemacht hatte, wie ich in diesem Moment dachte, rumgemacht, rumgevögelt, getrieben hatte sie es mit allen, die sie kriegen konnte, hatte Feldberg zu mir gesagt, *zum Totlachen*, sagte Inez, aber ich hatte nicht mitbekommen, was zum Totlachen war.

»Allerdings nicht, wenn man sechzehn ist«, sagte sie. »Da ist alles todernst. Besonders die Liebe. Man ist überzeugt, man fühlt alles so groß, wie es klingt. Liebe, Schmerz und Tod. Und man ist die Einzige, die so fühlt. Ein ziemlich einsames Alter.«

»Da bist du ja raus.« Ich nahm mein Weinglas und lehnte mich damit an die Wand gegenüber dem Sofa. »Da bist du ja ein für alle mal raus.«

Sie trank einen Schluck Wein. Sie hörte nicht auf, von der Datsche zu reden, von diesen verkrachten Ostexistenzen mit ihren Orgien, ihrem Alkohol, ihrem Sex auf Sprungfedermatratzen. Feldberg hatte recht. Sie hatte sich ausprobiert, hatte wild in der Gegend rumgevögelt, wer weiß, wie oft und mit wie vielen, und einer von denen hatte sie dann sitzen lassen, eine Demütigung, Kratzer am Ego, und wenn sie mir schon früher von dieser Fete bei Feldberg erzählt hätte, hätte mich das wahrscheinlich interessiert, ich hätte wahrscheinlich sogar nachgefragt, aber jetzt, als sie so da saß und trank, erschien es mir bloß banal.

»Der Hund hätte mich fast verraten«, sagte sie. »Er drehte sich vor mir um und präsentierte mir sein Hinterteil. Er schubberte seinen Arsch an mir.«

»Welcher Hund?«

»Du könntest wenigstens so tun, als würdest du zuhören.«

»Okay. Ich tu so.«

»Sie hatten Feldbergs Hund von der Terrasse gejagt. Felix Ton hat einen Knochen hinter ihm her über die Balustrade geworfen.«

»Felix wer?«

»Der Mann, der mich an diesem Abend abserviert hat.«

»Das hättest du mir früher erzählen sollen.«

»Er war mein erstes Mal.«

»Wenn du's mir früher erzählt hättest, hätte es mich vielleicht interessiert. Jetzt interessiert's mich nicht mehr.«

»Doch«, sagte Inez. »Es interessiert dich sehr. Und deshalb wirst du mir zuhören. Du wirst mir zuhören, bis ich fertig bin.«

Es war kalt gewesen, es hatte nach verbranntem Fett gerochen, später waren die besoffenen Spiele drangekommen, die dreckigen Titulierungen, die Rülpser, mit denen die

Kampflieder begleitet wurden, *na sdrowje, towarisch*, Felix Ton hatte sich eine der Frauen geschnappt und war ihr hinter der Bungalowtür an die Wäsche gegangen, *Fummel-Felix* rief einer der Typen hinter ihm her. Feldberg hatte ein sibirisches Saiteninstrument geholt, Balalaika oder Ukelele, damit kannte sie sich nicht aus, und immer wieder dieselben drei Lieder geschrummelt, die ihm ein Nowosibirsker Polizist bei irgendeiner Schulung beigebracht hatte, und die ganze Zeit hatten Inez und der Hund im Dunkeln gestanden, und der Hund hatte seinen Arsch an ihren Schienbeinen gerieben und manchmal seinen Kopf zu ihr herumgedreht, und sie hatte nur ahnen können, wie sich Felix Ton hinter der Tür an dieser Frau zu schaffen machte, und mir war das alles egal. Die klamme Datsche, in der man mit jedem Schritt tiefer im Fußboden versank, das fossile Getue, die fossilen Leute hatten nicht das Geringste mit mir zu tun.

»Die Ameisen hatten den Boden zerfressen«, sagte Inez. »Kluge Tiere. Sie haben den Zerfall schon lange vorher angekündigt. Wir waren nur zu blöd, das zu bemerken. Wir waren zu sehr damit beschäftigt, uns gegenseitig mit Schimpfworten zu belegen –«

Nulpe, Kanaille, Verbrecher. Das waren die Worte, die sie noch einmal wiederholte, bevor sie abrupt schwieg. Sie drehte den Dimmer der roten Stehlampe herunter.

»Was soll das«, sagte ich.

»Ich begriff, dass der Hund auf die sexuelle Befriedigung seines Herrchens gedrillt war.«

Ich stellte das Glas zurück auf den Tisch. Die Wellen der Ostsee schienen an die Außenwände der Hütte zu schlagen. Im Radio hatten sie schweren Sturm angesagt.

»Alles klar«, sagte ich. »Der Typ ist nicht der Obersympath.«

»Trink noch was«, sagte Inez.

»Soviel kann man gar nicht trinken.«

»Schwer, sich so was vorzustellen. Ich weiß.«

»Ich könnte die ganze Flasche austrinken. Dass der Typ Hunde fickt, würde ich trotzdem nicht glauben.«

»Besonders bei Leuten, die man kennt«, sagte Inez. »Da kann man es sich gar nicht vorstellen.«

»Auch so einer findet eine Frau.«

»Man denkt sich die abstrusesten Erklärungen aus, nur nicht das Naheliegende.«

»Hast du gesehen, wie er es gemacht hat?«

Sie sah mich an.

»Also nicht. Du hast es dir eingebildet.«

»Trink, Erik.« Sie wischte sich eine Strähne aus dem Gesicht.

»Du konntest ihn nicht leiden. Du hattest – was? Liebeskummer?«

Sie strich sich die Strähne hinters Ohr, und ich sah, wie ihr Blick sich veränderte, wie sie begann, durch mich hindurchzusehen.

»Wir sollten diese Nacht feiern«, sagte sie. »Geständnisse muss man feiern.«

»Was soll das denn für ein bescheuertes Geständnis sein?«

»Geständnisse und die Wahrheit und das, was dabei verlorengeht.«

»Du bist betrunken.«

Das offene Haar fiel ihr auf die Schultern. Ihr Gesicht wirkte auseinandergefallen. Es sah aus, als hätte jemand in der Tiefe hinter der Haut die Leinen losgelassen, als würde das Gesicht normalerweise von solchen Leinen straff und in Form gehalten, und jetzt passte nichts mehr zueinander.

»Du solltest auch trinken. Sonst begreifst du es nicht.«

»Nichts mehr da.«

»Dann mach noch einen auf. Der Korkenzieher ist in der Schublade unter der Spüle. Ich werde noch die beste Kundin in diesem Weinladen sein.«

»Das ist nicht schwer, wenn du so weitermachst.«

»Das ist schwer«, sagte sie. »Man ist hier nicht gerade zimperlich beim Trinken.«

Inez hatte ein paar Weinflaschen auf dem Boden neben dem Kühlschrank stehen, und ich suchte eine aus und nahm den Korkenzieher mit.

»Ton war auch nicht zimperlich. Keiner von denen war's. Manchmal haben sie die Nacht durchgesoffen und sind morgens gleich so auf Arbeit. Aber er war was Besonderes. Das dachte ich. Und das war er auch. Kam angebraust in seinem Wartburg. Zitronengelb. Mit ledernem Lenkradband. Auf das war er besonders stolz.« Ihr lächelnder Mund passte nicht zu ihren Augen, die Augen nicht zu den Lidern, die Lider nicht zu den Falten in den Augenwinkeln.

»Ton mochte es im Wartburg«, sagte sie.

»Ich finde nicht, dass ich das hören muss.«

»Du musst noch viel mehr hören.«

Als ich ihr einschenken wollte, schob sie den Flaschenhals zu meinem Glas.

»Koste. Damit du es lernst.«

»Für wenn ich groß bin?«

»Wenn du groß bist und eine Familie hast.«

Ich hielt den Wein vor das Licht der Stehlampe. »Das ist jetzt also die Abschiedsparty.«

»Mach dir nichts vor.«

»Du machst dir was vor«, sagte ich. »*Ich* achte nur beim Wein aufs Alter. Du bist doch die, die nicht drüber hinwegkommt, dass ich jünger bin. Der Vereinsvorsitzende ist bloß eine beschissene Ausrede!«

»So einfach ist es nicht, Erik.«

»Nein? Du hast Schiss gekriegt, weil es dir so gut gefällt?«

»Man kann das Alter nicht immer übersehen.«

»Jeder kann das. Jeder, der will.«

Sie lachte, es klang verächtlich. »Das wird sich noch zeigen«, sagte Inez, »ob du das kannst.« Sie war aufgestanden.

Böen ließen das Fensterglas krachen.

»Er hatte ein Radio mit Kassettendeck.« Sie ging hinüber zu den Arbeitskisten auf der Suche nach ihrem Haargummi. »Er hatte gute Musik, viel von drüben. In der ersten Zeit war es wie verreisen. Wegfliegen. Ein Zauber. Und ich glaubte, er meinte mich. Und dann meinte er mich jedesmal weniger, während sein Kumpel an der Ecke eine rauchte.«

Das ist etwas, das sich mir für immer eingeprägt hat, Inez' Gesicht, in dem sich alles verschoben hatte.

»Ich weiß nicht, was das soll. Ich wünschte, du hättest nie davon angefangen.«

»Wir mussten damit anfangen, Erik. Und jetzt machen wir weiter. Und du hörst auf, dir was vorzumachen.«

»Es interessiert mich nicht, mit welchen Arschlöchern du es getrieben hast!«

»Ich bin dir dankbar, dass du es dir trotzdem anhörst.«

»Das werde ich nicht. Ich werde jetzt gehen.«

»Trink, Erik. Wenn du nicht genug trinkst, wird es weh tun.«

»Du bist die Letzte, die das einschätzen kann.«

»Gut. Dann erzähle ich es dir, und dann kannst du entscheiden, ob es weh tut. Aber lass es mich wissen.«

»Dann tu's doch. Erzähl mir, wie dieser Arsch es dir besorgt hat!«

Inez sah mich an.

»*Wir* sind doch sowieso schon Geschichte.«

»Er hat mich in seinen Wartburg bestellt«, sagte sie ruhig. »Er legte Wert darauf, dass ich nach der Schule auf den Parkplatz hinter der Kaufhalle kam. Er hat mich gefragt, ob ich ihn liebe. Ich habe es ihm gesagt. Er wollte Beweise. Verschiedene Dinge, er konnte sehr einfallsreich sein. Und von einem Tag auf den anderen hörte er damit auf.« Sie schaute die rote Stehlampe an. »Ich versuchte wie eine Bekloppte, ihm zu gefallen. Er sah mir lächelnd zu, wenn ich mich auszog. Und er schickte mich weg. Nein, Erik, hör zu! Er trieb es soweit, bis er mich verachten konnte. Ich war zu jung. Ich wollte die ganze Zeit diesen Ritter wieder, in den ich mich verliebt hatte. Ich war überzeugt, dass er das war. Und ich bin immer noch überzeugt, dass das, was ihn verändert hat, von außen kam. Sonst hätte er nicht jedesmal, wenn ich mich ausgezogen hatte, gelacht und gesagt: Zieh dich wieder an. Zieh dich an! Es hätte einfachere Wege gegeben, mich loszuwerden.«

Der Wind schien verdichtet, hart wie ein Steinbrocken, der von einem langen Arm von irgendwoher gegen die Fenster geschlagen wurde, gleichmäßig heftig, die Hütte dröhnte.

»Wie man Leute los wird, damit kennst du dich ja aus«, sagte ich. Es war ein Dröhnen, das wie ein Herzschlag im Verstärker klang, wahrscheinlich mein Herzschlag, Herzdonnern.

»Später fiel mir auf, dass er immer an einer Stelle parkte, an der mein Vater auf dem Nachhauseweg vorbeikommen musste. Er war nichts Besonderes. Er war genau so ein Arschloch wie die meisten Leute.«

»Ich kenne ziemlich viele, die keine Arschlöcher sind.«

Inez nickte. »Man ist immer gewillt, das, was man sich vormacht, als Wirklichkeit zu sehen. Was nicht so seltsam ist. Das Seltsame ist, dass diese Wirklichkeit bleibt. Etwas in dir wird für immer in dieser Wirklichkeit leben, egal, wie oft sie enttäuscht wird. Als ob einen das vor dem Verrücktwerden rettet.«

Das Licht der Stehlampe beleuchtete ihr Gesicht, ihren Hals, ihren Schatten. Es beleuchtete das Fenster, so dass die Dunkelheit draußen nicht mehr zu sehen war. Inez kam zu mir. Sie küsste mich. Ihre Lippen waren drängend und sanft. Sie passten nicht zu ihren kalten Händen auf meinen Oberschenkeln. Sie passten nicht zu ihrem Geruch nach Wein und Hautcreme, sie passten nicht zum rötlichen Licht der Lampe und nicht zum Sturm, der in dieser Nacht die Ostsee peitschte und Schaumberge zwischen den Felsen anhäufte, die am nächsten Morgen noch da sein würden, hin- und hergedrückt vom Wind oder in Flocken, die sich gelöst hatten, über den Strand trieben.

Inez küsste mich, und ich unterdrückte den Impuls, sie wegzuschieben. Dann ging sie ins Schlafzimmer.

»Ich glaub das nicht mit Feldberg«, rief ich trotzig hinter ihr her. »Wahrscheinlich war der Hund gestört.«

Als sie zurückkam, hielt sie die Arme hinter dem Kopf. Sie steckte das Haar mit einer langen, grün leuchtenden Haarnadel fest.

»Natürlich war der Hund gestört.«

Inez' Hütte stand dicht am Felsen. Bei geöffnetem Fenster konnte man den Stein mit der Hand berühren. Man sah die Maserungen und die schmutzigweißen Ringe der Flechten und den grünleuchtenden Schwamm. Im Dunkeln war dort nur eine verwaschene graue Wand. Es war diese Wand, die die Küken der Trottellummen sahen, nachdem sie geschlüpft waren. Diese Wand war für sie die ganze Welt; eine Welt aus rauem Gestein, durchsetzt von fossilen Abdrücken. Endlos ragte sie vor ihnen auf, unveränderlich, unverrückbar, schwarz metallisch, mit schroffen Kanten, von der sich im dunkel spiegelnden Glas des Fensters mein Gesicht abhob. Tagelang wurden die Küken von ihren Müttern gegen diese Felswand gedrängt, von weichen Bäuchen beschützt und beengt. Sie lebten in dumpfer Geborgenheit. Sie ahnten nichts von der Tiefe im Rücken, in die die Schwanzfedern der Mütter schon hineinragten. Sie ahnten nicht, dass sie in Kürze, wenn ihnen das graue Gestein nicht mehr den Blick versperrte, in die Tiefe fallen würden. Sie ahnten nichts von dieser Tiefe, die mit dem Fallen erst entstand. Sobald das schützende Hindernis in ihrem Rücken verschwand und sie frei kamen, taumelten sie geblendet zur Kante, und die Leere dahinter nahm ihnen die Luft.

Sie stürzten. Gelockt von den Wasserrufen der Alten. Hungrig beobachtet von den kreisenden Möwen. Abgetrieben vom Wind.

Inez kam aus dem Schlafzimmer, steckte ihr Haar mit der Haarnadel fest und sagte: »Das Einzige, was dieses Arschloch von den anderen unterscheidet, könnte mit dir zusammenhängen.«

Die Küken konnten das Fallen nicht aufhalten oder steuern. Sie hatten keine Vorstellung davon, bevor es geschah.

»Für Ton hat es in seinem Leben nicht den geringsten Unterschied gemacht, ob er ein Kind hatte oder nicht. Es hat ihn höchstens belastet.«

Sie stürzten ab.

»Jetzt braucht er eine passende Vergangenheit.«

Ich spürte Inez, die hinter mir stand.

»Darum ging es in diesem Artikel in der MAZ.«

»Ich kapier's nicht.«

»In eurer Saufnacht, da hat Feldberg dir was zugesteckt.«

»Der Hundeficker?«

»Du glaubst mir also.«

»Ist mir scheißegal, und wenn er Fliegen ficken würde!«

»Es ist mir ernst.«

»Du bist betrunken.«

»Wir haben miteinander geschlafen«, sagte sie leise. »Es kann dir nicht egal sein.«

»Was soll er mir denn *zugesteckt* haben? Seine Visitenkarte?«

»Ich habe in deinem Portemonnaie nachgesehen.«

»Nennt man das in deiner Welt nicht *schnüffeln*?«

»Die Frau auf dem Foto«, sagte sie.

»Du hast was?«

»Ich habe das Foto in deinem Portemonnaie gesehen.«

»Ist das deine Art, Leute loszuwerden?«

»Warum hat er es dir gegeben?«, fragte sie. »Was hat er dir gesagt?«

»Oder ist das eines von diesen scheiß Psychospielen, die man euch im Osten beigebracht hat?«

»Die Frau auf dem Foto bin ich.«

Ich lachte. »Und auf diesen Scheiß soll ich *rein*fallen? Das ist ja *krank*!«

»Ich hab dir gesagt, es wird weh tun.«

Das Lachen prallte an der Felswand ab, kam als Echo zurück.

»Ich wünschte, *dir* würde es wenigstens *leid* tun.«

»Das tut es.«

»Mir auch. Und wie. Mir tut es *scheiß*leid, dass ich dieses *Scheiß*schiff bestiegen hab.«

»Was hat er dir gesagt, Erik? Ich muss das wissen.«

»Warum? Weil du so eine *Scheiß*angst vor ihm hast?«

»Hier. Trinken hilft nicht. Aber es dämpft.«

Ich schlug ihr das Glas aus der Hand. Der Wein flog. Er machte einen langsamen roten Bogen in der Luft.

»Weißt du überhaupt, was du da für eine Scheiße redest«, sagte ich.

Der Wein traf klatschend die Wand.

»Ich hätte uns das gern erspart.«

»Hast du aber nicht. Du hast dir was richtig Gutes einfallen lassen. Du solltest aufpassen, dass du auf deiner zugekackten Insel nicht langsam eine weiche Birne kriegst.«

»Erik.«

»Weißt du, was mir richtig scheiße leidtut? Dass du dir ausgerechnet mich ausgesucht hast.«

»Ich hab dich nicht ausgesucht, Erik. Wovon redest du?«

»Beweis es mir«, sagte ich.

»Was?«

Wir standen nah voreinander, im Rücken die Wand. Ich konnte sie spüren, das raue Gestein, die Wucht, mit der sie aufragte, ihren massiven Druck.

»Beweis mir, dass du das bist.«

»Was bin?«

»Beweis mir, dass du das auf diesem Foto bist!«

Es war still. Sie starrte mich an.

»Ich habe das Foto nicht von deinem Hundeficker«, sagte ich. »Dieses Foto war bei meinen Babysachen.«

Inez Gesicht war ohne jeden Ausdruck.

»Das ist nicht wahr«, sagte sie.

»Nein?«

»Nein.«

»Weil mir da mal wieder ein Stück Realität fehlt?«

»Das kann nicht wahr sein«, sagte Inez.

»Da kannst du gern dein restliches Leben drüber nachdenken. Bis du steinalt bist.«

Sie wandte sich ab.

»Weißt du, was komisch ist«, sagte ich. »Dass du erst jetzt draufkommst. Das ist doch wirklich komisch!«

Sie wollte zum Tisch zurück, um noch mehr Wein zu holen, um mich nicht länger ansehen zu müssen, sie wollte raus an die Luft. Ich ließ sie nicht.

Ich zwang sie dicht vor mich.

»Wieso bist du nicht eher draufgekommen? Im Juli. Im August. Eine Mutter spürt so was doch. Oder nicht? Eine Mutter kann so was doch *riechen*! Wieso hast du's nicht ge*rochen*?« Ich packte ihr Kinn, wie ich es mit Guido gemacht hatte. Ich atmete sie an. »Riechst du's jetzt? – Nein? Natürlich riechst du's nicht. Kannst du gar nicht. Du bist kein Muttertier, *du* nicht. Du kannst ja noch nicht mal auf deine Scheißvögel aufpassen, die kratzen alle ab! Überall liegen diese *Kadaver* rum. Scheiße, ich hab's dir nicht gesagt, ich wollte dich *schonen*. Aber wahrscheinlich ist diese ganze beschissene Insel total *verwest*!«

Wir standen da. Ich ließ ihr Kinn los.

»Beweis du mir, dass du es nicht bist«, sagte sie kalt. »Lass dir was einfallen. Erzähl mir von eurer Saufnacht. Erzähl mir, dass du's auf dem Trödelmarkt gekauft hast. Erlös uns. Sag mir irgendwas. Aber hör auf, hier den kleinen betrogenen Jungen zu spielen.«

Nach einer Weile hörte ich Regen. Er schlug aufs Dach und an die Fenster.

Das ist der Augenblick, der letzte.

DAS MEER

Das ist der Augenblick, in dem alles beginnt.

Von hier aus kann man wieder überall hingehen.

Es beginnt mit der Gischt, die eine grüne Schlammspur an den Bug wirft; Algen, die der Ostsee langsam den Sauerstoff entziehen.

Es beginnt mit der Frau, die in Khakishorts über den Strand läuft. Ihr Haar ist hell und abgeschliffen von Sonne und Salz. Die Haut ist gebräunt. Am Handgelenk sticht ein weißer Streifen hervor, der schmale Abdruck einer Uhr.

Sie läuft auf den Bootssteg und winkt dem Kapitän. Die Passagiere steigen aus, zwei Finninnen, eine Großfamilie mit Kind.

Die Luft ist sonnendurchflutet. Sie strömt über helle Haare, über Khakishorts, über den Strand. Der Horizont verschliert im Dunst.

Der Junge läuft über die Gangway der Fähre. Er erreicht den Kai. Er läuft in Richtung Ufer, er gerät dicht an den Rand des Kais. Es sieht aus, als würde er beim nächsten Schritt daneben treten, als trete der Fuß ins Leere.

Es beginnt damit, dass man noch nichts weiß, und mit dem Wissen, dass man später nicht mehr in diesen Zustand zurückkehren kann.

Die Frau hält den Arm des Jungen nur kurz. Er sieht, wie die Träger ihres BHs unter dem T-Shirt hervorblitzen. Die Träger sind weißer als der Sand, weißer als die Farbe der Kalksteine, weißer als das Boot.

Er verlässt den Steg.

Die Frau sieht, wie er ankommt. Wie er seinen Rucksack abstellt am Strand, wie er die Augen verschattet, um den Ort zu betrachten.

Das Museum. Das Café. Die Kate am Strand.

Sie ahnt nicht, wer dieser Junge ist. Sie ahnt nicht, dass er ausgerechnet heute kommt, dass er überhaupt kommen könnte, sie kennt ihn nicht.

Noch weiß sie nicht einmal, dass er ihr gefällt.

Sie sieht seine ramponierten Chucks und das Hemd, das über der Brust geöffnet ist.

Sie nähert sich ihm, und er lächelt sie an. Sein Lächeln gefällt ihr. Es ist ein Lächeln, das sie mühelos erwidern könnte.

Er ist schlank und hat einen wachen Blick.

So beginnt es.

Es drängt sich in die Leere, die vorn an der Felskante im Aufwind entsteht.

Die Leere, die vorn an der Felskante im Aufwind entsteht, ist verlockend. Ihre Anziehungskraft, ihr Sog. Sie täuscht über die Tiefe hinweg. Sie glättet die Schroffheit der Felsen. Sie lässt den Abgrund flach aussehen.

Die Luft erscheint satt, als könne sie tragen, das Dunkel wirkt mild.

Sie weckt den Wunsch, sich hinabzustürzen, es mit derselben Leichtigkeit, mit demselben instinktiven Vertrauen zu tun wie die Vögel, sich von der Kante weg fallen zu lassen, den Fuß nur ein Stück nach vorn zu schieben, das Gewicht zu verlagern und sich der Wirkung der Schwerkraft zu überlassen, ihrem Druck, ihrer Endgültigkeit; diese Verlockung, sich einfach vorzubeugen und dem Fall nachzugeben, sich ihm einen kurzen, berauschenden Moment lang hinzugeben, um dann für immer aufgehoben zu sein.

In der Kälte der Nacht.

Sechzig Meter über der Ostsee.

Ein schwarz-weißes Geflacker.

Aber es geschieht nicht. Etwas verhindert, dass es geschieht. Vielleicht ist es Angst.

Vielleicht reicht schon ein Zögern, um den Lebenstrieb wieder anzukurbeln.

Lebenstrieb oder Instinkt.

Die Leere lässt den Anfang leuchten.

Und es beginnt.

PLINTHOSELLA SQUAMOSA

FELIX TON

schaute in die Nacht.

Er träumte nicht. Spätestens seit der Pressekampagne entzog er sich der Möglichkeit zu träumen, indem er das Schlafen weitgehend vermied.

Er verachtete es.

Er schob es auf.

Er schaute in die Nacht, in der auch Inez stand, irgendwo auf einer Insel.

Das vierte Glas Hennessy war geleert. Er hob das Glas in Richtung Mond, der knochenbleich hinter den Bäumen schwebte. Er gratulierte sich. Die letzten Jahre waren ein einziger Kampf gewesen, ein bloßes sich Über-Wasser-Halten, aber jetzt stellte er ein erstes inneres Glühen fest an den Enden seiner Nervenbahnen, das stärker werden und sich ausweiten würde, bis sein Körper ein einziger Glutmuskel wäre.

Der Mond prostete zurück, und Inez verschwand.

Es war eine gute Entscheidung gewesen, an die Öffentlichkeit zu gehen. Vater-Sohn-Geschichten waren brauchbares Material. Man musste sich nur mal umhorchen. Die wachsende Zahl der Väter, die nicht zu ihren Kindern gelassen wurden, die wachsende Menge an Gerichtsverfahren, in denen es ums Sorgerecht ging, die Wut in den Augen der Kläger. Da war noch was zu holen. Da lag in diesem demokratischen Staat noch etwas brach, da gab es eine Ungerechtigkeit, die eine große Wählerschaft betraf. Und am Ende ließ sich sogar aus der eigenen Biographie etwas herausholen, da machte das Ganze doch Sinn. Es war sein Thema. Er war *prädestiniert* dafür, wie er gern sagte, weil das Wort nach Schicksal klang, so *destiny*, und weil Schicksal immer überzeugte. Selbst wenn man dafür ein bisschen die Ärmel aufkrempeln musste, dachte Ton, weiterhin an den Mond gewandt.

Sich ein bisschen umhören. Adoptionsurkunde. Adresse und Name der Adoptiveltern. Der Name des Sohnes. Inez' aktueller Aufenthaltsort.

In der Akte hatte der Blaupapier-Durchschlag eines mit Hand beschriebenen Zettels gelegen. Auf dem Zettel war vermerkt, dass die Pflegeeltern Annegret und Erwin Zerch berechtigt waren, den Säugling mit der Registernummer 43/84 mit sich zu führen. Der Zettel musste den Zerchs noch in der Klinik ausgehändigt worden sein, als sie das Baby abholten. Die *Urkunde zur Annahme an Kindes Statt* war auf einen späteren Zeitpunkt im März 85 datiert. So machten sie das damals, dachte Ton, verscheuerten die Babys gleich im Krankenhaus. Und ihre Anweisungen klierten sie per Hand auf einen Wisch, der mit Stempel versehen mächtiger war als heute jedes computergenerierte Formular. Registernummer 43/84. Abgelegt im Referat Jugendhilfe, Abteilung Volksbildung. Was die Zerchs dafür hingeblättert hatten, war nicht ersichtlich. Auch vermittelbare Babys waren Mangelware. Da brauchte man Vitamin B oder Schmott.

In der Akte hatte sich auch eine Aufforderung zur monatlichen Zahlung von 75 Mark an die Jugendhilfe gefunden; Alimente, die Hans-Christian und Maria Rauter für die Übergangszeit geleistet haben mussten.

Soweit wusste er alles.

Ob der Adoptionsbeschluss astrein war, wusste er nicht. Es konnte Komplikationen gegeben haben, Unstimmigkeiten, wovon er im Grunde nichts wissen konnte, denn Feldberg hatte dichtgehalten, was strategische Operationen anging.

Die Vater-Sohn-Geschichte würde gut ankommen. Sie würde der Kampagne noch einmal Aufwind geben, nachdem der Juli eher flau gelaufen war. Und wenn man zusätzlich die Mauer ins Spiel brachte, könnte es noch mal einen Aufmacher geben.

Ausbaufähige Legendierung, wie Feldberg anerkennend gesagt hatte.

Realfiktion, wie das heute im Politjargon hieß.

Ein Jungsstreich, wenn man so wollte.

Man musste nur aufhören, sich um dieses Mädchen auf der Insel Sorgen zu machen.

Ton sah auf die Uhr. Es war kurz vor Mitternacht. Vorerst wollte er noch nicht den Mut verlieren. Feldbergs Verspätung musste nicht zwangsläufig schlechte Nachrichten bedeuten. Einer wie Feldberg kriegte so was hin. Das war doch ein Kinderspiel für den. Inez hatte längst klein beigegeben. Wahrscheinlich hatte sich Feldberg verspätet, weil seine Flugangst ihn auf Bus oder Bahn hatte ausweichen lassen und er ewig durch die Landschaft tuckerte, um von da oben wegzukommen, Polarkreis, oder wo immer diese Insel lag.

Und wenn man mal genau nachdachte, und Ton war heute Nacht in der Stimmung, genau nachzudenken, profitierten sie alle. Auch Inez. Schließlich musste eine Mutter das quälen: Da hatte sie ein Kind und hatte es nicht. Und jetzt sorgte er dafür, dass sie es wiederhatte.

Das war ein guter Gedanke. Da ließ sich ein wenig verweilen. Der Gedanke entschärfte heiße Augustnächte wie diese, in denen der tagsüber ausgedünstete Schweiß noch in der Nacht in der Luft hing, und machte Hindernisse lächerlich.

Schließlich brachte die Sache sogar Spaß. Und im Spaß konnte man sich immer einbilden, etwas zu sein oder geworden zu sein, was man nicht geworden war. Da hatte man was im Außenhandel werden wollen, Devisenbeschaffung, Geschäftsreisen ins nichtsozialistische Ausland, Hotels in Kairo, Paris, London, ein paar Privilegien mussten in diesem endlosen Leben schon her. Man hatte sich die nötigen Beziehungen, das richtige Klassenbewusstsein und einen astreinen Umgang zugelegt und war nur noch ein paar Unterschriften vom Einsatz am Feind entfernt, und dann landete man von ganz allein in diesem Nichtsozialismus, und was man hatte werden wollen, dachte Felix Ton, war mit dem Aufwand, den man betrieben, und den Opfern, die man erbracht hatte, sinnlos verpufft.

Ein bißchen Selbstmitleid regte sich. Aber um diese Uhrzeit war das zulässig.

Ton überlegte, ob er den Hennessy alle machen sollte. Der Rest in der Flasche würde reichen, um schön durchglüht in den neuen Morgen hineinzusegeln. Die Verlockung war groß. Aber er hatte Termine. Die Grundsteinlegung eines Schwimmbads in irgendeinem Nest. Zwei Sitzungen im Fraktionsausschuss, für die er sich noch briefen lassen musste, Interviews, abends eine Benefizgala zur Unterstützung von

Familien mit Downsyndrom-Kindern. Über diese Ochsentour wäre er längst hinaus gewesen. Wäre der Nichtsozialismus schon ein bisschen früher hereingebrochen und hätte man mit dem Festlegen noch etwas gewartet, dachte Ton und griff nach der Flasche, hätte man längst drin sein können im Zirkel der Wichtigtuer. Er nahm einen Schluck. Er hatte noch irgendeine Sache zu Ende denken wollen und wusste nicht mehr, welche, und solange es noch nicht raus war, wer man war oder sein wollte, nützte dieses ganze Durchdenken einer Sache nichts.

Ton fixierte den Lichtreflektor am Himmel. Die vielen halbfertigen Gestalten, die der tägliche Umgang waren, bewiesen das. Auch man selbst bewies sich das immer wieder. Man war ein leeres, transparentes Glas, und wenn man Glück hatte, kippte jemand Hennessy rein und nicht bloß Wasser.

Und dann kam ihm wieder dieses Gesicht dazwischen.

Zum zweiten Mal an diesem Abend dachte er an Inez. Die Einsiedlerin. Die Vogelverrückte. *Zitieren Sie mich nicht!* Das Mädchen mit den Pulswärmern, selbstgestrickt aus lila Wolle. Das Mädchen, auf das er gewartet hatte. Sein Mädchen, was schon besser klang. Sein Mädchen für alle, denen selbstgestrickte lila Pulswärmer auf die Tränendrüsen drückten. Sein Mädchen, das einem Westcousin heimlich Liebesbriefe geschrieben hatte. Sein Mädchen, auf das er eines Tages vergeblich vor dem *Flink Fertig* gewartet hatte. *Flink Fertig brauchst du wegen des Zeitkolorits. Wenn du Zeitkolorit hast, nehmen dir diese Medienheinis mit ihren hintergrundlosen Designerkindheiten alles ab,* hatte Feldberg gesagt und recht behalten.

Inez hatte nie lila Pulswärmer getragen.

Der Westcousin existierte nicht.

Flink Fertig gehörte nicht nach Greifswald.

So war es nur in der *Brigitte* erschienen. So stand es in der *Elle* und im *Focus*.

Laut *Brigitte* hatte er im *Flink Fertig* zwei Vanillemilch ergattert, und sie hatten jeder eine dieser dreieckigen Tüten getrunken und waren ein bisschen herumgefahren, bis es dunkel wurde. Er hatte den Wagen mit Kunstfellen vom polnischen Schwarzmarkt gepolstert und kleine Vorhänge an den hinteren Scheiben angebracht. Davon gab es sogar noch Fotos. Im Sommer waren sie an die Greifswalder Bucht gefahren, im Winter konnten sie nirgendwo hin. Im Winter, bevor Inez schwanger wurde. An den Fenstern kroch Frost hoch. Wenn es zu kalt war, stellte er den Motor an, und sie hörten dem Prasseln des Vergasers zu und sahen den blauen Qualm, der für eine Weile die Rückscheibe vernebelte, bis sie sich die Decke von den Schultern strich, die er ihr umgehängt hatte. Mein Wagenlenker. Mein Herz.

Nach drei Monaten habe ich ihr einen Heiratsantrag gemacht. Verrückte Zeiten! Laut *Brigitte* hatte er sogar angefangen, altes Geschirr im Keller zu bunkern für den Polterabend. Er hatte seine Kommilitonen angeschnorrt und war zu seinen Alten in den Sumpf gefahren, um dort ein bisschen auszuräumen. Sumpf sagte er natürlich nicht, das war nur der Gedanke, der ihm kam, als er von dem Steingut erzählte, der Keramik, dem Porzellan, das seine Alten angeblich bessessen hatten, Geschenke der Nachbarn zu Geburtstagen, als es noch Geburtstagsfeiern gab. Die Schränke voller Zeug, sagte er, so war das damals, Erbstücke von anno dazumal, die seine Alten nicht brauchten, denn sie hätten nie so einen Aufriss umeinander gemacht, das war Kriegsgeneration, da stieg man zusammen in die Kiste, und damit hatte es sich.

Aber wegen ihr wollte ich es klassisch, auch wenn das nicht üblich war, bourgeois, wenn Sie verstehen, was ich meine.

Er war nie in den Sumpf zurückgekehrt. Der Modergeruch im Haus, seine Alten, die ihn anstierten mit Angstflimmern in den Augen, weil sie dachten, er komme mit irgendeinem Parteisektretär, der sie zur Maloche zwingen wolle. Der kalte Rauch, der in den Tapeten hing. Das musste er sich nicht mehr geben. Eines Tages war ihm eingefallen, dass nicht alles im Leben lebenslänglich war, und er fuhr nicht mehr hin. Er hatte aufgehört, an den Sumpf zu denken, und schließlich träumte er nicht mehr davon. Und hätte die Wissenschaft festgestellt, dass man per Bluttransfusion lästiges Erbgut loswurde, hätte er sich sofort an die Nadel gehängt, wie er auf Feten zu fortgeschrittener Stunde gerne erklärte. In der *Brigitte* stand, er habe seine Eltern aufgesucht und Teller und Tassen eingepackt, weil es vor der Hochzeit Scherben geben sollte. Inez, die Glücksbringerin. Sie war noch keine achtzehn. *Natürlich waren wir zu jung. Aber mit Kind hätten wir eine eigene Wohnung gebraucht. Typisches Ostschicksal. Was nicht das Schlechteste war. Auf diese Weise wurden viele mit ihren Kindern gemeinsam erwachsen.*

Einen Tag nach ihrem achtzehnten Geburtstag habe er die ganze Straße einladen wollen, das gesamte Neubauviertel mit seinen Abschnittsbevollmächtigten und seinen Schichtarbeitern, und auf dem Wäscheplatz zwischen zwei Wohnblocks habe gegrillt und getanzt werden sollen. Und noch bevor das Kind kommen sollte, habe er mit ihr verreisen wollen ans Schwarze Meer.

Sie können sich meine Erschütterung vorstellen, als ich erfahren musste, dass sie unseren Jungen im Stich gelassen hat. Das können Sie gern wörtlich übernehmen.

Statt mit ihm zu verreisen, habe sie mit ihren Eltern ausreisen sollen. Er habe auf sie eingeredet. Er habe auf ihren Widerstand gezählt. Die Eltern hätten allein Rübermachen können. Sie hätte selbst entscheiden sollen. Sie hatte Verantwortung für ein zweites Leben; Ausreisewilligen nahm man gern die Kinder weg.

Ein bisschen Übertreibung habe schon dazugehört, das stritt er nicht ab, das *wollte er gern einräumen* für alle, die es mit nostalgischer Verklärung der Vergangenheit hielten, aber es seien begründete Ängste gewesen: Die Schwierigkeiten, die solche wie sie nach Stellung des Ausreiseantrags in der Schule haben würden, die jahrelange Unsicherheit, die Schikanen, die Demütigungen, ein Leben als Außenseiter, er habe das nicht ausgeschmückt, nur zu bedenken gegeben. Er sei dafür gewesen, dass sie bleiben, sie und er und das Kind, aber da sei er bereits als Verräter betrachtet worden, von ihr, aber vor allem von ihrem Vater, ein Hardliner, *sozialismusfeindlich waren ja viele, aber der hat einen schon als potentiellen Spitzel gesehen, wenn man nur mal anderer Meinung war*, und Spitzel heiratete man nicht, von denen trennte man sich.

Felix Ton war kein Spitzel gewesen.

Inez' Eltern hatten einen Ausreiseantrag gestellt oder auch nicht.

Dieses ganze Kalte-Kriegs-Dilemma, in dem unsereiner damals steckte, das können Sie sich heute gar nicht mehr vorstellen. Aufrüstungspolitik. Pershing I und II. Die KSZE-Schlussakte so gut wie vergessen. Der Nord-Ostsee-Kanal gerade eröffnet. Im *Flink Fertig* gab es strohige Kuba-Apfelsinen.

Im *rbb Morgenmagazin* hatte er erzählt, wie er nach dem Ausreiseantrag der Eltern gelernt hatte, immer zwei Briefe gleichzeitig an Inez zu schicken. Der eine davon voller grüner Elefanten.

Die Moderatorin lachte. Sie war eine junge, getuschte Brünette, und ihr Lachen lenkte ihn kurz ab. Drei Kameras bewegten sich auf Rollen langsam am Rand der kleinen Bühne, und seit der Redakteur das Aufnahmesignal gegeben hatte, behielt er sie im Blick. Jetzt sah er der Frau ins Gesicht. Sie gefiel ihm ganz gut, und er fing an, ein bisschen abzuschweifen.

Grüne Elefanten, das ist wie mit dem Klapperstorch. Wenn Ihnen als Kind vom Storch erzählt wurde. Dann haben Sie an den doch auch geglaubt, oder nicht? Sie haben erst mal nicht weiter gebohrt. Sie glaubten zu wissen, wo die kleinen Kinder herkommen. Oder nehmen wir ein anderes Beispiel: Männer mit Vollbärten. Fällt Ihnen irgendein vernünftiger Grund ein, warum jemand Vollbart tragen sollte? Natürlich nicht! Es sei denn, man will von Aknenarben oder einer Halbglatze ablenken. Die Bürgerrechtler ganz genauso, glauben Sie mir, Männer sind eitel. Das hatte auch bei denen nichts mit Überzeugung zu tun. Die meisten waren einfach nur testosteronmäßig unterversorgt. Das *meine ich mit grünen Elefanten. Oder gucken Sie sich ältere Frauen an. Riesige Klunker um den Hals, die irrsten Broschen am Busen, und wozu? Täuschungsmanöver. Sie wollen über ihren runzligen Hals hinwegtäuschen. Wo Sie auch hinsehen, grüne Elefanten. Ablenkungsstrategie. Um Ihnen das mal ins Heute zu übersetzen. Bei uns passierte das in Büchern, im Kabarett. Man baute offensichtlich kritische Passagen ein, um von den subtileren Botschaften abzulenken. Einige Zuschauer erinnern sich sicher daran. Die allzu kritische Passage wurde gestrichen, die subtile Botschaft kam unbehelligt durch die Zensur. Und das hatte ich mir zueigen gemacht. Wenn ich Inez schrieb, war einer der Briefe so offen kritisch, dass die Stasi vom anderen abgelenkt wurde.*

Das Studiopublikum applaudierte.

Felix Ton wandte sich wieder den Kameras zu. Er suchte sich die am rechten Bühnenrand und gab den Macherblick. Er taxierte sie wie eine Zielscheibe. *Ein Held war man deswegen ja nicht.*

Die Moderatorin wollte wissen, was er zu den Vorwürfen sage, die vor kurzem in mehreren überregionalen Zeitungen gegen ihn erhoben worden waren. *Auch so ein Ablenkungsmanöver*, sagte er und konnte zum eigentlichen Anliegen dieses Interviews übergehen. Er wollte es den Zweiflern und Nörglern ein für alle Mal schwermachen. Schön warm sollte es diesen ewig Krittelnden ums Herz werden, und dazu musste er die dunklen Töne der Gefühlsorgel spielen. *Sehen Sie, in der Brandenburgischen Landespolitik gibt es immer noch Leute, die eine, wie soll ich sagen,* heilige Scheu *davor haben, sich mit der eigenen Vergangenheit auseinanderzusetzen. Weil es aber politisch unkorrekt wäre, sich überhaupt nicht mit den DDR-Hinterlassenschaften zu beschäftigen, suchen sie pausenlos nach Anlässen, ihr korrektes Verhalten zu beweisen und gleichzeitig von sich abzulenken. Sehen Sie sich nur mal die Potsdamer Stadtplanung an: Völlig sinnlose Abrisswut! Und da haben Sie es wieder: grüne Elefanten. Man täuscht über die Verschmutzung der eigenen Seele hinweg, indem man ideologisch veschmutzte Gebäude abreißt. Auf dem Abrisskrater wird sofort ein Schloss errichtet. Bald wird man in Potsdam den Eindruck haben, die Wende schlösse sich nahtlos an die Regentschaft des letzten Friedrich an. Schlösser sind historisch neutralisiert, sie haben ihre ideologische Last im Lauf der Zeit verloren, sie stehen nur noch für die Schönheit der menschlichen Kultur. Wenn die Herrschaften der Landesregierung erst mal umgezogen sind ins neue Schloss, ist der Reinigungsakt vollzogen. Was spielt es da für eine Rolle, dass dieses*

Schloss ein fake ist? Ja, ich komme zur Sache. Der Rufmord, der jetzt an mir begangen werden soll, folgt demselben Prinzip. Man will mich moralisch verseuchen, um die eigene Seele reinzuwaschen. – Keine unbekannte Methode, wenn man sich ein bisschen mit der Materie auskennt. Mich kann das nicht schrecken. Ich glaube an unsere zutiefst demokratische Gesellschaft. Letztendlich werden diese Herrschaften von ihren eigenen verbrecherischen Machenschaften zu Fall gebracht. Auch dafür werde ich mich auf bundespolitischer Ebene starkmachen.

Er nutzte die Gelegenheit, das Gespräch darauf zu lenken, wie er unter denselben Leuten einst zu leiden gehabt hätte. Sie hätten ihn abgeholt, direkt aus dem Hörsaal weg hätten sie ihn in einen Lada verfrachtet und quer durch Berlin gefahren. Sie hätten ihn in eine schmutzige Baracke gebracht, die mit Stacheldrahtmauer gesichert gewesen wäre, in eine überhitzte Zelle, und ihm nur schwarzen Kaffee zu trinken gegeben. Nach einer höllischen Nacht hätten sie ihn vier Offizieren gegenüber gesetzt. Die hätten ihn so in die Mangel genommen, dass er sich an nichts mehr erinnern könne. Nur an den Schmerz in den Händen. Er habe vor Angst die ganze Zeit auf den eigenen Händen gesessen.

Wahnsinn, hatte die Moderatorin gesagt.

War Wahnsinn, hatte er gesagt und gefasst genickt. *Über Nacht wirst du zu einem reaktionären Element, ich will Ihnen die sprachlichen Feinheiten nicht vorenthalten.*

Als ob du dabei gewesen wärst, hatte Feldberg nach der Ausstrahlung der Sendung ehrlich beeindruckt gesagt. *Woher wusstest du bloß das mit den Händen*?

Lauter grüne Elefanten.

Die schmutzige Baracke war ein mehrstöckiger Betonbau in Berlin-Lichtenberg gewesen. Er hatte dort zu einer dieser bekloppten Aussprachen erscheinen müssen, in denen es um seine Tauglichkeit ging. Schlichte, weiße Räume, im Erdgeschoss Milchglasfenster. Das ganze Gebiet war mehrfach abgesperrt. Er hatte eine Weile auf dem Flur gewartet, dann hatte man ihn hereingerufen. Vier Offiziere hatten hinter einem langen Tisch gesessen, ein einziger Holzstuhl stand auf der anderen Seite. Der war für ihn. Man bot ihm Kaffee an. Die Offiziere stellten ihm Fragen, deren Antworten sie gewöhnlich schon kannten. Aber alle Befragten taten so, als wären diese Antworten gerade aus der Tiefe der Seele, des Herzens, des Bewusstseins zu ihnen aufgestoßen, je nachdem, was diesmal der Überprüfung unterzogen werden sollte.

Auch der Kollege mit dem Karnickel war zum Einsatz gekommen. Er las eine umständliche Beurteilung vor. Er wusste nichts vom Tod im Karnickelurin und erklärte Ton für absolut zuverlässig. Einer der Offiziere blätterte in einem Hefter mit Papieren, die Studienbeurteilungen, das Zeugnis der Berufsausbildung mit Abitur, ein Empfehlungsschreiben von Rainer Feldberg. Soweit war alles gut gegangen. Aber dann hatte der immer noch blätternde Offizier gesagt: »Inez Rauter ist Ihnen ans Herz gewachsen.«

»Ich habe vor, mich mit ihr zu verloben«, hatte Ton wahrheitsgemäß geantwortet.

»Sie mögen den Vater.«

»Er war mein Lehrer.«

»Das ist uns bekannt.«

»Er hat mir gezeigt, dass aus mir was werden kann.«

»Vor allem wollen Sie ein Mitglied dieser Familie werden, nicht wahr.«

Was weißt du Hornochse schon von Familie, hatte Ton damals gedacht, und auch heute dachte er noch genauso, was ihn erleichterte, bis er daran denken musste, wie ihm dieses Denken damals vergangen war.

»Sie wissen, dass sich in dieser Familie reaktionäre Tendenzen breitmachen.«

»Ich bin mir dessen bewusst. Aber ich war der Überzeugung, wenn ich den Vater erst mal für unsere Sache gewonnen habe, dann –«

»Dieser Überzeugung waren Sie also, Herr Ton.« Der Offizier, der mit ihm sprach, lächelte.

»Wir brauchen reine Herzen«, hatte einer der anderen Offiziere sanft zu ihm gesagt. »Klare Herzen, Jugendfreund Ton.«

Herz. Oder Seele. Oder Bewusstsein. Nie war die Rede von Arschloch oder Achselhöhle, dachte Ton, obwohl man es dort am deutlichsten spürte, wenn sie einen in die Enge trieben, an der Feuchtigkeit des Hemdes unter den Achseln oder einer verstärkten Darmtätigkeit.

»Perspektivkader haben wir viele«, sagte der erste Offizier. »Nur die Wenigsten erweisen sich als tauglich. Mit Ihnen sind wir ausgesprochen zufrieden. Sie haben Charakterstärke. Sie zeigen Haltung. Sie haben hervorragende Leistungen in Ihrem Studienfach. Ihnen könnte eine vielversprechende Zukunft bevorstehen. Einen unsauberen Umgang allerdings kann sich eine Eliteeinheit eines sozialistischen Landes nicht leisten.«

Das war das Ende des Gesprächs, nachdem nur noch das trockene Zuklappen des Hefters, Stühlerücken und das hastige Aufspringen des Kollegen mit dem Karnickel zu hören gewesen war, der den höheren Rängen beim Hinausgehen salutierte.

»Die Frauen sind das Hinterland eines jeden Tschekisten«,

hatte dieser Kollege nach einer Weile gemeinsamen Schweigens gesagt. »Such dir was anderes, Mann. Da läuft genug draußen rum.«

Die *rbb*-Moderatorin hatte in der Sendung rote Bäckchen unter ihrem Make-up bekommen, und wenn ihm nicht irgendwie die Einzelheiten durcheinandergeraten wären, hätte er sich am liebsten noch etwas bei den Verhörmethoden aufgehalten.

Und diese Frau, wegen der man Sie damals so schikanierte, Herr Ton, diese Frau hält Sie immer noch mit Gewalt von Ihrem Kind fern? Die Moderatorin hatte einen Kiekser in der Stimme gehabt. *Wollen Sie uns ihren Namen wirklich nicht verraten?*

»Sie sind wie Königskinder, können's nicht fassen, dass gerade sie sich geseh'n, sie würden alles Gewes'ne verlassen, nur damit sie zusammen geh'n.« Petra Ziegler & Band, das war das letzte Lied, zu dem er Inez beim Tanzen beobachtet hatte.

Lassen wir die privaten Schlangengruben zu. Ich benutze das nur als Beispiel, damit Sie sehen, dass hinter meinem Engagement persönliche Erfahrungen stecken. Es ist mir eine Herzensangelegenheit, zurückgewiesene Väter gezielt zu unterstützen. Die nichtverheirateten unter ihnen werden massiv diskriminiert.

Inez tanzte mit geschlossenen Augen. Sie hatte den Kopf in den Nacken gelegt, und wenn sie das Licht der Discokugel traf, konnte er ihre schmalen Halsmuskeln sehen.

Schreibtischtäterinnen in den zuständigen Bundesministerien versuchen, an diesem schändlichen Zustand festzuhalten. Doch steter Tropfen höhlt den Stein. Die Zeit wird auch diese Ungerechtigkeit auf den Müllhaufen der Geschichte befördern. Und wir werden diesen Vorgang beschleunigen. Kein Vater kann es ertragen, sein Kind nicht zu sehen.

Inez wirkte nicht, als ob sie tanzte. Sie hielt sich bloß in der Musik auf. Als er sie das letzte Mal tanzen sah, lag die Aussprache in Berlin-Lichtenberg schon ein paar Wochen zurück. Die Luft im Klub war stickig. Sein Hemd klebte am Körper, und mehrmals ging er nach draußen, um sich auszulüften. Inez konnte nicht aufhören zu tanzen. Sie hielt sich am Rand der Tanzenden und stellte sich ihm mit geschlossenen Augen zur Schau. Er sah ihren Bauch unter dem gelben Nicki an. Noch konnte man denken, sie hätte nur zu viel Brause getrunken.

Als er sie zum letzten Mal tanzen sah, war ihm schon klar gewesen, dass es kein weiteres Mal geben würde. Rauchend lehnte er an der Wand. »Sie sind wie Königskinder«, sang Petra Ziegler, »würden alles Gewes'ne verlassen …« Inez übergab ihren Körper entspannt der Musik.

Am Nachmittag hatte sie ihrem Vater in einem ihrer Wutausbrüche die Schlüssel vor die Füße geworfen. Sie hatte die Schlüssel in den Flur geworfen und war die Treppe hinuntergerannt. Alles, was sie bei sich hatte, als sie zu ihm kam, war ein blaues Band, eines jener Haarbänder, die sie täglich trug im Sommer 1984.

Deshalb sind die Väter mein Kernthema in der Familienpolitik.

Inez wollte bei ihm wohnen, in einem Achtquadratmeterzimmer, auf einem Neunzigzentimeterbett, in seinem Zimmer mit tropfendem Wasserhahn. Sie war davon ausgegangen, dass er sich um alles kümmerte. Er hatte sie in den Wartburg verfrachtet, und sie waren herumgefahren, und auf der Disco hatte er ernsthaft darüber nachgedacht, wie er unbeschadet aus der Geschichte herauskommen könnte.

Wie sie aus der Geschichte herauskäme, fragte er sich nicht. Er hatte sich das auch in den folgenden Jahren nicht gefragt. Was aus ihr oder dem Kind geworden war, wollte er damals nicht wissen. Feldberg hatte ihm dieses oder jenes erzählt. Abfall schulischer Leistungen, Schulverweis, Ausschluss vom Abitur. Aber jedesmal, wenn Feldberg davon angefangen hatte, hatte er ihn abgewürgt.

Es interessierte ihn nicht.

War ihm schnuppe gewesen.

Ging ihm am Arsch vorbei.

Nur ihr Gesicht, vom Laternenlicht beschienen im Wartburg, hatte ihn noch eine Weile verfolgt. Aber die Sache war die, dass er auch daran nicht mehr rühren wollte.

Ton fixierte den Mond.

Die Sache war die, dass er dieses Mädchen sonst wieder unter Tränen sagen hörte, dass sie ihn liebe, und sich selbst hörte er lachen, gnadenlos, das ließ sich nicht verheimlichen, und dann sagte jemand, *die Frauen sind das Hinterland eines jeden Tschekisten*, und auch das war er selbst, und immer waren diese Rückblenden eindeutig gegen ihn.

Rührseligkeiten, denen er nicht nachgeben durfte. Nicht, dass er am Ende noch falsch rüberkam. Man brauchte Textsicherheit. Man musste die Fäden, die man ausgelegt hatte, im Auge behalten. Historischer Hintergrund, Setting, möglichst klein klein, kein Mensch wusste ja heute noch was. Wenn man einen dieser Fäden verlor, stürzte sich die Journaille darauf wie eine Hyäne. Aber das passierte ihm nicht, dem Mover und Shaker. Da zahlten sich die Monate aus, die er damit verbracht hatte, zu kapieren, was eine Legende war und wie man sie unter Druck aufrechterhielt. Das hätten sie nicht gedacht, die Genossen, dass ihre Taktik auch heute noch sinnvoll war. Bei einem seiner nächsten Besuche bei den SOs würde er das mal anbringen. Er würde ihnen das mal erklären. Er sah schon, wie sie den Schnaps vor Aufregung auf ihre Schlipse verschütteten.

An einem Dienstag im Frühherbst war er der Geschichte mit Inez endgültig entkommen. Ein Dienstag, Mitte September 1984. Die Vögel sammelten sich auf den Feldern, Kraniche, Reiher, Störche. Inez hatte ihn darauf aufmerksam gemacht. An einer Klotür im Bahnhof stand: *Zum Scheißen kein Papier, aber einen Kosmonauten haben wir!* Das hatten Punks mit Taschenmessern eingeritzt, die man dafür sofort festgesetzt hatte.

Ton stellte das leere Glas auf den Couchtisch. Das Leben war manchmal länger als einem guttat, dachte er. Irgendwann gab es keine vernünftige Balance mehr zwischen dem, was man gewesen war, und dem, was man sein wollte, und er merkte, wie er gedanklich den Anschluss verlor, und als er ihn wiederfand, klingelte es. Er erwischte die falsche Taste an der Gegensprechanlage, und es fiepte sehr hoch, ehe er eine menschliche Stimme auf der Straße ausmachen konnte.

»Schlafen kannst du, wenn du tot bist«, sagte Feldberg. »Lass mich rein.«

Feldberg nahm ihm den Schwung. Er hatte etwas von einem Mehlwurm, der es nicht an die Oberfläche schaffte. Aber er war nützlich und irgendwann war er mal ein Kumpel gewesen, und wenn man ihn ein bisschen ankurbelte, hatte man mit diesem ehemaligen Kumpel sogar Spaß.

Feldberg lief ins Wohnzimmer durch, warf seine Jacke auf die Armlehne des weißen Ledersofas, stand mitten im Barock und sagte: »Inez hat einen ideologischen Stützpunkt aus deinem Jungen gemacht.«

»Wird langsam Zeit, dass du dir das alte Vokabular abgewöhnst.«

»Schade drum.«

»Drück dich wenigstens deutlich aus.«

»Wenn das große Bruderland uns damals geholfen und ein paar Tonnen von seinem Gold auf den Weltmarkt geworfen hätte, dann hätte es keine Probleme mehr gegeben, und ich könnte heute das Vokabular immer noch benutzen.«

»Komm zur Sache. Du läufst spät genug hier auf. Was trinken?«

»Mein spätes Erscheinen dient der Gewährleistung deiner Unbescholtenheit. Besonders jetzt. Vor den Wahlen.«

»Schon gut, Rainer. Liefer mir einfach die Informationen. Was hast du?«

»Punkt eins«, sagte Feldberg, ohne sich zu setzen, und öffnete seine lederne Tasche, »Inez' Stellung auf der Insel ist aufgrund wahrer und unwahrer Angaben angegriffen. Der Vereinsvorsitzende bezweifelt ihre Fähigkeiten. Es gibt Pflanzen auf der Insel, die dort nicht hingehören, und er ist sicher, dass sie –«

»Weiter.«

»Weitere Personen sind aufgrund vorgetäuschten Verhaltens meinerseits nicht gut auf sie zu sprechen. Ein Mitarbeiter lebt in der Annahme, Inez sei finanziell an einem deutsch-schwedischen Konsortium beteiligt, das die Insel kaufen will. Er glaubt, man hat sie eingeschleust, um die Lage für ein teures Ferienresort zu sichten. Ich habe ihm Gutachten gezeigt. Die alten Baugrundgutachten damals vom Griebnitzsee. Erinnerst du dich?«

»Drei von vier waren brühwarm gelogen, und sie wollten mich zwingen, den Finanzierungsplan auf dem mit den schlechtesten Grundwasserverhältnissen aufzubauen. Natürlich erinnere ich mich daran. Der reine Boykott!«

»Ich habe die Adressköpfe geändert. Mehr war nicht nötig. Er ist einer von diesen hundertprozentigen Ökos. Die Leichtgläubigkeit dieser Bande ist frappierend. Vollkommen einseitige Informationsbeschaffung, was zu schwerer Angreifbarkeit durch jede Art von Verschwörungstheorie führt. Der hält das kaum aus.«

»Das heißt –«

»Das heißt, Inez wird innerhalb ihrer Bezugsgruppe nach und nach isoliert. Und sie weiß sehr genau, auf wessen Kappe das geht.– Danke. Ich trinke gern was.«

»Sie konnte sich also an dich erinnern.«

»Ihre Ausweichmanöver waren niedlich!«

»Was ist mit dem Jungen?«

»Mal abgesehen davon, dass ich nicht an mich halten konnte und ihn darüber informiert habe, dass Inez früher die Beine für jeden breit gemacht hat, habe ich mit ihm Wand an Wand gewohnt.«

»Was noch.«

»Keine Angst. Meine Legendierung ist nach wie vor wasserdicht. Ich bin in seinen Augen der oberste Naturschutzfuzzi. *Mit Fuchs und Dachs und Vogelwelt steh'n wir auf du und du.*«

»Auf deine Naturbegeisterung lasse ich einen Furz und auf dein Gesangstalent erst recht.« Die Nacht würde gut werden. »Was weiß er von *ihr*?«

»Felix, er weiß nichts!«

»Aber er wird es herausfinden. Deswegen ist er da«, sagte Ton. »Und zwar schneller, als wir dachten.«

»Er hat vergessen, weswegen er da ist.«

Ton holte ein zweites Glas aus dem Schrank. Er positionierte sie nebeneinander. Es würde eine Nacht werden, nach der es nichts mehr zu durchdenken gab. Auf Feldberg war Verlass. Man musste nur zuerst sein Spiel spielen. Ton goss die Gläser bis zum Eichstrich voll.

»Was hast du ihm gesagt?«

»*Ihm* habe ich gar nichts gesagt.«

»Das ist nicht dein Ernst! Du solltest ihn mitbringen.«

»Inez gegenüber habe ich ein bisschen was durchsickern lassen«, sagte Feldberg, nahm eines der Gläser und hielt es sich genießerisch unter die Nase. »Noch die gleiche Marke?«

»Was?«

»Ich würde es mal so formulieren: Die Lage hatte sich geändert. Ich bin auf dem anvisierten Territorium auf veränderte operative Voraussetzungen gestoßen.«

»Davon hättest du mich in Kenntnis setzen müssen«, sagte Ton.

»Wenn du Wand an Wand wohnst, weißt du nie, wer alles mithört.«

»Deine Geheimniskrämerei geht mir echt auf den Sack!«

Feldberg lachte. »Der ist gut.« Er kippte den Hennessy wie einen Schnaps. »Die Nerven sind deine große Schwachstelle«, sagte er dann ernst. »Das müssen wir im Auge behalten.«

»Red kein Blech.«

»Zu Angst kann man ein panisches oder auch ein produktives Verhältnis haben. Das weißt du.«

Felix Ton drehte sich zum Fenster, und als er den knochenbleichen Mond hinter den Bäumen sah, spürte er, dass ihm die Lässigkeit, mit der Feldberg Inez als Schlampe hinstellte, einen Stich versetzt hatte.

»Komm mal zur Sache«, sagte er gereizt.

Feldberg schwieg.

Als Ton sich umdrehte, sah er ein mildes Lächeln auf Feldbergs Gesicht, ein typisches Lächeln, er kannte das, eines, das sie alle hatten, wenn sie sicher sein konnten, dass ihre ausgelegte Falle zuschnappte.

»Ich weiß, das ist eine Berufskrankheit. Aber ich wäre dir dankbar, wenn du deine Methoden bei mir nicht zur Anwendung brächtest.«

»Sieh's nicht so streng«, sagte Feldberg. »Inez' Verhältnis zur Angst ist ein produktives. Ich habe ihr zu verstehen gegeben, dass der Junge für sie wie ein Nachhausekommen ist. Der Junge ist Heimat.«

»Bist du völlig übergeschnappt?«

»Inez' produktives Verhältnis zur Angst wird bereits dafür gesorgt haben, dass der Sinn meiner Verwendung dieser Worte zu ihr durchsickert.«

Es war nicht der Hennessy, den Feldberg so sichtbar genoss. Und auf einmal hasste er Feldberg. Er hatte ihn immer gehasst. Er hatte ihn schon gehasst, als er ihm noch den beschissenen Kühlschrank füllen und zu Parties überreden musste, er hatte ihn gehasst dafür, dass er sein Sofa benutzen durfte, er hatte die sauber aufgerollte Zahnpastatube im Bad und die aufgereihten Hausschuhe neben der Wohnungstür gehasst. Er hatte seine Visage gehasst, dieses ironische Grinsen, das ihn empfing, wenn er nach dem guten, süffigen Sex mit Inez in Feldbergs Bude zurückgekommen war, diese grinsende Visage, die nicht verbergen konnte, wie neidisch dieser Mensch war. Er hatte es gehasst, dass Feldberg das nie zugab, dass er überhaupt nie etwas blicken ließ, immer in Deckung hinter dem Kampfauftrag, alles, was ihn ausmachte, hatte er weggesperrt, atomkriegssicher gelagert, und deshalb musste er alles um sich herum wie bekloppt aufsaugen, nur deshalb hatte er Ton auf seinem Sofa schlafen lassen.

Der Alkohol glühte in seinem Kopf. Er ließ sich in einen der weichen Ledersessel fallen. Er winkte mit dem Glas, und Feldberg schenkte ihm ein, eilig und besorgt. Dieser Mensch war sich seiner Sache zu sicher. Und das hasste Ton am allermeisten.

»Du solltest mir den Jungen zuführen«, sagte er schlapp und bemerkte im selben Moment, dass er schon Feldbergs Vokabular benutzte. »Und du solltest sicherstellen, dass Inez die Klappe hält. Aber statt den Jungen aufzuklären, plauderst du bei Inez?«

»Wie gesagt. Die operativen Voraussetzungen hatten sich geändert.« Draußen wurde es hell. Es begann mit einer cremefarbenen, ins Zartrosa gehenden Färbung der Regenrinne, die an der linken Seite des Balkons nach unten führte, und setzte sich über das Balkongeländer und die Fensterbretter fort. Ton merkte, wie müde er war. Er konnte den Geruch des Cognacs auf einmal nicht mehr ertragen. Er stand auf, öffnete die Balkontür und schüttete den Rest in einem weiten Bogen in den beginnenden Morgen, hinaus an die frische Luft, hinunter auf die Gleise der Straßenbahn.

»Wir haben mehr Glück, als wir dachten«, sagte Feldberg hinter ihm. »Wir sind richtige Glückspilze, wir zwei.«

Kraniche, Reiher, Störche. Dieses Faible für Vögel. Diese Anhänglichkeit an Dinge und Menschen, die Inez nie hatte ablegen können, dachte Ton in der Frische des beginnenden Morgens. Die sie wahrscheinlich auch nie ablegen würde. Die zu einer richtigen Krankheit geworden war. Sie hatte an einem abgenutzten Plüschtier gehangen, weil es sie vor Urzeiten mal über ihre kindlichen Angstträume hinweggetröstet hatte. Sie hatte an ihren Eltern gehangen. Trotz allem. Sie hatte ihm erklärt, dass es etwas bedeute, wenn man denselben Vogel mehrmals sehe. Auf einem Spaziergang war eine Dohle vor ihnen aufgeflattert und hatte sich wenige Meter weiter auf einem Ast niedergelassen, um dann mit trägem Flügelschlag voranzusegeln, bis sie sich auf ein Geländer, einen Mülleimer, ein Hausdach setzte und überraschend dicht vor ihnen wieder aufflog. *Das ist unsere Dohle*, hatte Inez gesagt. Von da an hatte sie das bei jeder Dohle gesagt, die sie gesehen hatten. *Unsere Dohle.*

Das hätte er wissen müssen. Das hätte er ernst nehmen sollen. Diese krampfhafte Anhänglichkeit. Von der sich nicht sagen ließ, ob sie durch ein Verlusterlebnis verstärkt wurde oder ob sie einfach da war. Eine Eigenart. Ein Wesenszug.

Eine Charakterschwäche. Jedenfalls in seinen Augen.

Inez konnte nicht loslassen. Auch damals war sie ihm gefolgt. Als hätte es die Fete auf Feldbergs Datsche nie gegeben. Als wäre er auf der Fete nicht deutlich genug gewesen. Als hätte er ihr nicht vor aller Augen klargemacht, dass es aus war, stand sie vor seinem Wohnheim in Berlin-Karlshorst. Inez Rauter. An einem Frühherbstdienstag 1984. Sie trug eine Latzhose und eine weiße Bluse mit kurzen Ärmeln. Die Jacke hatte sie über den Arm gelegt. Sie stand nicht im Hauseingang oder in der Nähe der Kiefer, die auf dem Streifen Gras vor dem Haus wuchs. Sie stand auf dem Gehweg, und alle, die hier wohnten, mussten an ihr vorbei.

Ton war von einer Vorlesung zum Thema »Probleme des Imperialismus der BRD und seiner Bekämpfung« an der JHS Potsdam/Eiche zurückgekehrt, die er als Gast regelmäßig besuchte. Er parkte das Auto neben Fahrradständern und Müllkübeln, und bevor er aussteigen konnte, riss sie die Beifahrertür auf. Sie ließ sich auf den Sitz fallen, schnallte sich an und sagte: »Wir sind keine Fliegen, die man einfach so weg-wischt.«

Er hatte auf die Uhr gesehen. Er hatte nicht auf die Uhr gesehen, um pünktlich zum Handballtraining zu kommen, das in zwei Stunden begann. Er sah auf die Uhr, um festzu-stellen, ob die Kollegen schon Dienstschluss hatten. Aber es war ganz egal, ob sie Dienstschluss hatten oder ob es unter diesen Umständen überhaupt einen Dienstschluss gab. Im-mer bewegte sich irgendwo eine Gardine.

»Was willst du.«

»Was ich will?«

»Red ich so undeutlich?«

Er startete den Motor. Es war ein beruhigendes, lautes Ge-knatter. Er stieß rückwärts aus der Parklücke, schaltete über-gangslos in den Ersten, Sand spritzte auf.

»Du hast mir ein Kind gemacht, Felix«, sagte sie. »Unser Kind.«

Er hatte sich damit beschäftigt, einen LKW zu überholen und an der nächsten Ampel rechts abzubiegen.

»Ich will Abi machen. Studieren. Du kannst mich damit nicht allein lassen.«

»Du hättest abtreiben können.« Er schaltete hoch. »Ab-treiben. Wegmachen. Was weiß ich.«

»Das wolltest du nicht.«

»Na und? Du kriegst es doch, nicht ich.«

Er war rechts abgebogen und fuhr eine leere, lange Straße entlang. Inez war still. Dann legte sie eine Hand auf seine Hand, die auf dem Steuerknüppel lag.

»Felix«, sagte sie sanft. »Habe ich was falsch gemacht? Ich will es richtig machen, aber du musst mir sagen, was.«

Er zog die Hand weg.

»Gut, ich habe einen Dickschädel. Aber du hast gesagt, das gefällt dir. Du hast gesagt, du hasst es, dass in diesem Land alle so schlaff sind. Was ist denn los? So bist du doch nicht!«

»Dann bin ich jetzt eben anders.«

»Und das Große, für das wir gemacht sind? Unser Französisch? Und die Solidarität?«

»Ich fahr dich zum Bahnhof. Du nimmst den nächsten Zug. Ich wette, deine Eltern haben keinen blassen Schimmer, wo du bist. Hast du Geld?«

Inez sah nach vorn, geradeaus, auf die Straße. Der Auspuff war sehr laut zu hören.

»Auf einmal interessieren dich meine Eltern«, sagte sie. »Du machst dir ausgerechnet um *meine Eltern* Sorgen?« Ihr Gesicht bekam rote Flecken. »Glaubst du, ich geh jetzt einfach nach Hause und heule mich aus, weil sie recht hatten? Mein Ritter ist ein Arschloch!«

Er hatte nicht direkt den Bahnhof angesteuert. Er nahm einen Umweg. Er fuhr am Güterbahnhof geradeaus und durch die Kleingärten und wusste nicht, warum.

»Mach jetzt bloß keinen Aufstand.«

»Mach ich nicht. Bestimmt nicht. Versprochen.« Sie saß da und sah starr auf das Handschuhfach, und er spürte, dass sie dagegen ankämpfte zu weinen, was ihn wütend machte. Er drückte aufs Gas und raste auf eine Reihe Apfelbäume zu und beruhigte sich erst, als sie die Apfelbaumallee erreichten. Die Kleingärten wechselten sich mit Einfamilienhäusern ab, vor einem verfallenen Schuppen stand ein Transparent *Schöner unsere Städte und Gemeinden!* Ton merkte, dass er sich nicht mehr auskannte.

»Ich glaube, es wird ein Junge«, hatte Inez auf einmal gesagt.

»Von mir aus.« Er hatte in diesen schlecht asphaltierten Kleingartenstraßen hinter dem Baumschulenweg die Orientierung verloren.

»Hältst du mal an?«

»Warum?«

»Bitte. Halt bitte mal an.«

»Ich dachte, das mit dem Kotzen ist längst vorbei.«

Er war auf den ausgefahrenen Grasstreifen am Straßenrand gefahren.

»Kannst du den Motor ausmachen?«

Er hatte den Motor ausgemacht.

»Danke.« Es war auf einmal sehr ruhig im Auto. Irgendwoher kam Gegacker von Hühnern. »Ich will, dass wir uns einen Namen für ihn ausdenken.«

An den Apfelbäumen vor ihnen hingen ein paar Früchte, und ein paar waren schon heruntergefallen.

»Er kann nicht ohne einen Papa aufwachsen.«

»Ich überleg mir was.«

»Du überlegst dir was?«

»Ja.«

Inez faltete ein Stofftaschentuch auseinander. Sie putzte sich die Nase.

»Es gibt Kinderheime«, sagte er.

»Was?«

»Du willst doch Abi machen. In so einem Heim verpassen sie ihm eine ordentliche Erziehung. Da kriegt er sogar eine viel bessere Erziehung. Wenn man den sozialistischen Dreh nämlich von klein auf raus hat, hat man es später leichter.«

»Du willst einen kleinen Soldaten aus ihm machen?«

»Falscher Dampfer, Inez.«

»*Du* hättest nie in ein Heim gewollt.« Sie wurde laut.

»Wenn sie dich in ein Heim gesteckt hätten, wärst du durchgedreht!«

»Du kannst das nicht alleine.«

»Nein. Aber dafür kann das Kind doch nichts!«

»Jetzt zerbrich dir nicht dein kluges Köpfchen«, hatte er so ruhig wie möglich gesagt. »Die bürgerliche Kernfamilie ist sowieso bloß noch ein Überbleibsel des absterbenden Imperialismus.«

Das hatte sie ihm nicht abgenommen. Er sah es an ihrem Blick. Es hätte nicht viel gefehlt, und sie hätte ihn angegrinst. Er hätte sofort mitgemacht. Später hatte er oft gedacht, dass in diesem Moment alles hätte umschlagen können. Es war ein seltsamer Moment, ein kurzzeitiges Schweben, in dem die Apfelbäume wie im Traum dastanden, verwaschen, verwachsen und tiefrot. Wenn sie in diesem Moment gegrinst hätte, hätte er sagen können: *Wenn er erst mal tot ist, unser Imperialismus, werde ich den Sexappeal seines Sterbebetts ganz schön vermissen!* Sie hätten herumgealbert wie immer, und sein Leben wäre vollkommen anders verlaufen, und es kam ihm seltsam vor, dass eine kleine Regung, ein Wort oder das Ausbleiben von beidem genügte, um die Zukunft auf Jahre hinaus zu bestimmen. Aber vielleicht hatte für sie dieser Moment gar nicht existiert.

»Zingst«, hatte sie als Nächstes gesagt, »der Zeltplatz in Zingst mit dem Kino und der Eisbude. Weißt du noch?«

»Klar weiß ich noch.«

»Das ganze Eis, das du spendiert hast, und die Erzieherin ist fast durchgedreht, weil die Kinder in Zweierreihe sich nicht mehr brav an den Händen halten wollten.«

»Die war nur sauer, weil sie selbst keins abgekriegt hat. Kein Eis.«

»Da war ein kleines Mädchen in der Gruppe. Das sah aus, als hätte es zwei gebrochene Oberarme.«

»Und?«

»Was war das?«

»Das waren zwei gebrochene Oberarme. Jemand musste ihr die Eistüte halten.« Er hatte kurz überlegt, auszusteigen und ein paar von den Äpfeln aufzulesen. Und wenn die Äpfel Apfelsinen oder Pfirsiche gewesen wären, hätte er das auch gemacht. »Zieh keine falschen Schlüsse, meine Süße. In Zingst gibt es überhaupt kein Heim.«

»Dass du so ein Feigling bist«, hatte Inez sehr leise gesagt, »das hätte ich nicht von dir gedacht.«

»Dann können wir ja losfahren.«

»Nein, warte. Warte! Felix«, hatte sie gesagt. »Felix. – Mein Herz.« Und dann war ihr nichts mehr eingefallen, und er wusste, sie wollte Zeit gewinnen, und irgendwie wollte er das auch, obwohl er sie so schnell wie möglich loswerden wollte, raus aus seinem Auto, seinem Leben, ab in den nächsten Zug, der nach Greifswald ging, und dann nie wieder von ihr hören, das war das Beste, und er hatte trotzdem gewartet, hatte nichts gesagt und sie nicht angesehen, nur das Schild übers Schönerwerden und die Apfelbäume, von denen schon erste Blätter fielen, und er wollte ihr das zeigen, die Blätter und die gelbrote Färbung der Früchte an den krummen Ästen. Wie verrenkt standen sie da. Er wollte sie in den Arm nehmen, hinüberziehen auf sein Territorium, auf seinen Sitz und sie noch einmal nehmen, so wie er sie immer genommen hatte im Auto, ein bisschen unbequem, aber das hatte den Reiz noch erhöht, und als er zu ihr hinübersah, hatte sie den Gurt abgeschnallt und die Bluse aufgeknöpft, und ein Träger ihres BHs war wie unabsichtlich heruntergerutscht. Sie beugte sich vor, und ein Hosenbein hing noch an ihrem Knöchel, als sie die Lehne nach hinten legte, sich herumdrehte und versuchte, sich auf das Polster zu knien. Sie wusste, dass er das mochte. Wenn sie sich ihm so präsentierte, hatte er es immer am meisten gemocht.

Sie trug einen weißen Schwangerenslip. Etwas Haar stand unterm Gummibund hervor, struppiges, feuchtes Schamhaar. Ihr vorgewölbter Bauch drückte auf ihre Oberschenkel. Ihr Kopf war seitlich an die Scheibe gepresst, die Wange, die Lippen verschoben. Eine Verrückte war das, die ihn da anflehte.

»Lass mal«, sagte er und prüfte im linken Außenspiegel, ob hinter ihnen jemand kam.

Er startete den Motor und steuerte zurück auf die Straße.

Alles weitere hatte Feldberg geregelt.

»Du hast es über Gebühr strapaziert. Damals«, sagte er zu Feldberg, dem der Morgen eine rosafarbene Blässe aufs Gesicht legte. Unten fuhr eine Straßenbahn an. Die Takte hatten sich verkürzt, sie fuhren jetzt alle sieben Minuten.

»Haben sie dir eine Gehirnwäsche verpasst, als ich weg war?« Feldberg klang enttäuscht. »Vergangenheitsbewältigung? Die ganzen Lügen? Willst du nicht endlich das Resultat meines Außeneinsatzes hören?«

»Zuviel Feindkontakt«, sagte Ton.

»Aber hallo! Diese Journaille weiß ihre Manipulationsinstrumente gut zu handhaben, das muss man denen lassen.«

»Du«, sagte Ton, »hattest zu viel Feindkontakt damals.«

Auf der Fete waren nur zwei, drei von Feldbergs Leuten gewesen, den Rest hatte er selbst angeschleppt, aufgegabelte Bekanntschaften, ein paar Kumpel aus Schulzeiten, die er als Rückendeckung brauchte für seine Aussprache mit Inez oder was man eben so Aussprache nannte. Aber diese zwei, drei Leute hatten genügt. Er hatte den Depp für sie gemacht, hatte ihnen den coolen Hecht gegeben. Den Schürzenjäger. Hatte sich aufgeführt wie ein Halbstarker.

Frauen gab es genug. Und immer gab es wenig Abwechslung und viel Bier. Es war leicht, zum Zug zu kommen. Obwohl das nicht seine Absicht gewesen war. Es war unter Niveau, und trotzdem hatte er weitergemacht. Er hatte sogar eine von ihnen kurzerhand an die Hauswand gestellt und ihr den Rock hochgeschoben. Die war schon ziemlich zu, abgefüllt mit Cola-Wodka, aber die Beine hatte sie schön aufgemacht.

Ruck, zuck ging das. Kurz und schmerzlos. Wie ein Fick bei der Kartoffelernte, hatte er höhnisch gedacht, als er den Hosenstall wieder zumachte. Er hätte sich gern länger zu schaffen gemacht, schon wegen dieser zwei, drei Leute im Rücken. Man brauchte nicht mal einen Kumpel, der bei derselben Truppe war, um sie zu enttarnen. Man sah es an den Visagen. Man konnte ihnen irgendwas in die Rübe pflanzen, und sie machten es. Gehorsam wie Schafe. Das waren Leute, die in der Herde funktionierten, Leute fürs Grobe, aber ohne jede Risikofreude, und es gab zu viele davon. Das war das Problem. Das hätte ihnen mal jemand stecken sollen, diese Überflutung des Apparats mit dummem Gehorsam. Er hatte ihnen den Freier auf Brautschau gegeben, damit sie auch ganz sicher kapierten, dass Schluss war mit der amourösen Verbindung zur Tochter eines Revanchisten.

Was für ein Eiertanz.

Dachte Ton in seinem Barockaltbau mit seinem alten Freund Feldberg an der Seite. Die Aussprache mit Inez hatte der Eiertanz verkürzt, oder was man so Aussprache nannte. Sie hatte ihn bloß angestarrt. Hatte dagestanden im Schutz des Dunkels auf dem Grundstück und kein Wort gesagt. Hatte sich nicht gerührt. Hatte wohl gedacht, die Dunkelheit lasse sie verschwinden, Geheimluft, die ihren Schützling nur unter anderen Aggregatzuständen preisgebe. Es war aber eine ganz normale feuchtkalte Herbstluft gewesen, und der degenerierte Köter hatte sie aufgespürt. Er hatte sich einen Knochen geholt, den jemand über die Balustrade geworfen hatte, und war damit zurück ins Dunkel gerast, wo er jaulte. Feldberg war schon nicht mehr nüchtern gewesen. Beim Klettern über die Holzplanken der Terrasse hatte er sich so dämlich angestellt, dass er hängengeblieben war und sich den Knöchel verstaucht hatte. Es musste die Schadenfreude sein, dachte Ton, die ihm ausgerechnet dieses Detail so plastisch vor Augen führte. Dann war er selbst nachsehen gegangen.

»Siehst du«, sagte Feldberg, »das ist der Unterschied zwischen uns. Statt dich auf das zu konzentrieren, was ansteht, lässt du dich zu sekundären Assoziationen verleiten.«

»Du hast es überstrapaziert. Inez wäre sowieso rübergegangen.«

»Wieso rübergegangen?« Sie standen am Fenster. Der Morgen warf ein flammendes Muster auf den Sims. Unten fuhren die Straßenbahnen. »Niemand ist rübergegangen.« Feldberg legte ihm eine Hand auf die Schulter, ein besänftigender Griff, den Ton gern abgewehrt hätte, wozu er aber zu müde war. »Du bringst alles durcheinander, Felix. Du wärst für uns völlig unbrauchbar gewesen.« Feldbergs Stimme wurde milchig.

»Unsinn! Hast du mir damals nicht gesagt, die Familie wollte weg?«

»Es ist vorteilhaft, wenn du die Geschichten, die du verbreitest, internalisierst. Aber ich kann dir versichern, Inez war die ganze Zeit hier. Sie hat eine Ausbildung zum Facharbeiter für die Be- und Verarbeitung pflanzlicher Produkte gemacht. Wir hatten eine Kontaktperson in ihrer Brigade.«

»Sie hätte den Jungen nie zur Adoption freigegeben. Nie!«

»Du hast die Akte doch gesehen.« Feldberg war gelangweilt. »Oder frag sie selber. Dann wird sie dir vielleicht auch sagen, dass sie sich aus Versehen in ihn verguckt hat.«

»In wen?«

»Wovon red ich denn die ganze Zeit? In den Jungen natürlich.«

»Sie hat was?«

»Sie hat den Beweis erbracht, dass eine Naturschutzinsel nicht vor den Gefahren der menschlichen Natur schützt. Im Gegenteil. Eine Landschaft mit Vögeln«, sagte Feldberg und grinste, »*stimuliert*. Das führt unter Umständen dazu, dass man den Geschlechtsverkehr mit dem eigenen Sohn vollzieht.«

»Du redest schon wieder Blech, Genosse.«

»Hab ich dir jemals die Unwahrheit gesagt?«

»Dann kapier ich's wohl bloß nicht.«

»Ganz der Sohnemann. Der hat an einer entscheidenden Stelle genau das Gleiche von sich gegeben.«

»*Mein* Sohn bumst seine Mutter? Willst du mich verarschen?«

Feldberg trommelte leicht mit den Fingern auf den Fenstersims. »Wenn du nicht bald schaltest, fange ich an, mir wirklich Sorgen zu machen, mein Lieber. Das wäre uns früher ganz schlecht bekommen.«

»Ich an deiner Stelle«, sagte Ton, und langsam hatte er Feldberg richtig satt, »wäre vorsichtig mit so was. Sonst könnte ich mich vergessen.«

»Wer die Wahrheit sagt, hat es noch nie leicht gehabt.«

»Ich würde mal überprüfen, ob es sich da nicht um eine deiner ausgefuchsten Verleumdungsstrategien handelt. Wo wir gerade beim Internalisieren von Geschichten sind.«

Draußen begann der Morgen, der Tag brach an, wie man so sagte, und es müsste einem doch vergönnt sein, das ungestört zu genießen, dachte Ton, allein in der frischen unberührten Luft zu stehen, ein paar Kniebeugen auf dem Balkon zu machen, bevor es heiß wurde, sich jung und dynamisch zu fühlen und dann der Welt zu begegnen mit genau dem Lächeln, wie es noch für drei bis vier Wochen täglich an den Straßenbahnhaltestellen der Stadt auf Hochglanz zu sehen war. Das musste doch möglich sein. In Ruhe zu duschen, eine der blau-gelben Seidenkrawatten anzulegen, die seine Bräune gut zur Geltung brachten, wie man auf dem Foto sah, Maja anzurufen, die wahrscheinlich schon im Büro war und seine Termine durchging, und diesen leidigen Eindringling wenigstens für ein paar Stunden loszuwerden. Ihn und seine bekloppten Einfälle.

Grillen.

Schnapsideen, in die Feldberg ihn aus Langeweile hineinredete, weil er sich nie ein eigenes Leben, immer nur das anderer zutraute.

Ton machte die Balkontür weit auf. Es musste doch möglich sein trotz des Alkohols, der spürbar hinter seinen Schläfen schwamm, diesem ganzen miserablen Komplott zu entkommen, der ihn noch zum Schmierenkomödianten machte. Da kapitulierte dieser Mehlwurm zuerst vor einem der schlichteren Aufträge seiner Laufbahn, und jetzt ging das Ding auch noch nach hinten los. Ton war nicht zimperlich. Aber den degenerierten Vater eines Inzesttäters würde er nicht abgeben. Wenn das durch die Presse ging, war er erledigt. Kaltgestellt. Sogar bei seinen SOs. Und die wären das kleinste Übel. Ein Sohn, der mit der eigenen Mutter schläft, war nicht gerade das Familienidyll, auf dem er seine Kampagne aufgebaut hatte. So was bekam man nicht mehr los, das haftete an einem wie die eigene Herkunft. Da konnte er sich noch so viele Krawatten umhängen. Der Ekel der Leute war vorprogrammiert. Bei seinem Anblick würden sie einen schlechten Geschmack im Mund bekommen und ihr Kreuzchen woanders setzen. Wo immer dieser Ekel herkam. Schließlich war es nicht seine Schuld. Was die beiden da trieben, war vielleicht nicht normal, es mochte nicht in den Plan dieser Gesellschaft passen, aber es gab vieles, was nicht in den Plan dieser Gesellschaft passte. Ton bekam da keinen Moralischen. Moral war für Leute, die unfähig waren, sich zu amüsieren. Das war was für diese Schafstypen, die alle außer sich selbst für verkommene Subjekte gehalten und sich selbst disziplinarisch so weit herunterdekliniert hatten, dass sie nicht einmal mehr einen Unterschied machten zwischen Fremdgehen und Mord. Nur weil das Fremdgehen in ihren Reihen öfter vorkam, hatte es in ihren Hirnen die Vorrangstellung auf der Liste der moralischen Vergehen innegehabt und stundenlange Disziplinarverfahren verlangt. Und keiner, der beim Wundsitzen an diesen grauen Sprelakarttischen auch nur mal gegrinst hätte.

Inzest war ein anderes Kaliber. Aber auch das konnte man unter bestimmten Gesichtspunkten durchgehen lassen. Der Junge hatte keine Ahnung, und Inez war eine schöne Frau, und diese schöne Frau schlief mit einer jüngeren Ausgabe seiner selbst. Darum war sie fast zu beneiden. Ein Revival auf einer idyllischen Ostseeinsel, das hätte ihm auch gut in den Kram gepasst. Aber das war nicht das Thema, dachte Felix Ton, drehte sich um, nahm die leere Flasche vom Couchtisch und stellte sie zurück in die Bar. Man musste an das Notwendige denken, für Schöngeistiges blieb keine Zeit. Man musste sich auf das konzentrieren, was anstand, wie Feldberg gesagt hatte.

Dummerweise schien sich das gerade im Morgenlicht aufzulösen. Das rosa Gespinst, das von draußen hereinwaberte, bekam ihm nicht gut. Der Himmel war blass und leer, und Ton kam es vor, als könne er zusehen, wie ihm alles, was anstand, aus den Händen rann, wie es von ihm abtropfte und weggespült wurde, und zurück blieb ein kleiner, verzagter Mensch, der rein zufällig an diesen Ort, in diese Wohnung, in diese Haut geraten war, wo er sich nicht ganz zurechtfand. Ton spürte ihn deutlich. Dieser Mensch rückte ihm auf die Pelle, dehnte sich in ihm aus und drückte ihm die Körperflüssigkeit in die Augen. Es war ein demütiger Mensch, der der Sinnlosigkeit seiner Lage völlig ausgeliefert war, aber gelernt hatte, damit umzugehen, indem er sich Tag für Tag bescheiden der gleichen Aufgabe widmete. Ton konnte was. Er konnte Tische und Regale bauen, das hatte er spaßeshalber schon öfter gemacht, den Beistelltisch neben der Couch hatte er selbst zusammengezimmert und das Schuhregal im Flur, und mit Zahlen kam er auch zurecht. Er könnte einen Laden aufmachen, Käse aus Frankreich oder biologischen Wein verkaufen, er könnte ein Fahrradgeschäft, eine Tierhandlung, ein Reisebüro eröffnen, wenn Feldberg ihn gelassen hätte.

Aber Feldberg ließ ihn nicht.

Feldberg wusste, dass Ton fürs Kleine nicht taugte. Andere mochten solchen Anfällen nachgeben, im Falle Tons waren sie nicht glaubwürdig. Jedenfalls dauerten sie nicht an, ein paar Wochen, und dann würde er ausbrechen müssen, gierig und getrieben, als gingen in seinem Inneren Raketen hoch. Auf seine Weise hatte Feldberg ihn immer vor den Zwängen des Kleinen bewahrt, und Ton spürte eine Welle aus Dankbarkeit, die seinen Hass noch verstärkte.

»Hast du's bald?«, sagte Feldberg. »Siehst du ein, dass wir beide Glückspilze sind?«

»Erzähl's mir morgen«, sagte Ton. »Ich bin heute schon überbucht.«

»Sollten die Medien Wind von ihrer Liebschaft bekommen, hätte Inez alle Glaubwürdigkeit verloren!«

»Risk *Protection*, Rainer«, sagte Felix Ton. »Hast du vergessen, dass dein Unternehmen Risk *Protection* heißt?«

RAINER FELDBERG

hatte sich diesen Namen nicht allein ausgedacht.

MEGA OPERATION & RISK PROTECTION. So stand es auf seiner Visitenkarte und auf einem weißen Emailleschild an der Tür seines kleinen Potsdamer Büros und am Klingelschild seiner Zweizimmerwohnung in Greifswald. Er hatte sich diesen Namen zusammen mit einer Karma-Beraterin ausgedacht. Feldberg glaubte nicht an Karma. Er verachtete die, die nach dem großen Rückschlag nach Haltegriffen suchten, die mit hängenden Köpfen in die Kirchen rannten, die sie als Jungen so rotzig verlassen hatten, oder zum Quigong. Er hielt sich noch nicht einmal an den Griffen der Straßenbahn fest. Das war seine Art, Standfestigkeit zu trainieren. Es ging darum, Hilfsmittel zu vermeiden und trotzdem nicht das Gleichgewicht zu verlieren. Als ein neuer

Laden in Greifswalds Innenstadt eröffnete, mit bunten Tüchern und Räucherstäbchen im Schaufenster und Tarotkursen, die Hilfe für alle Lebenslagen anboten, sah er das nur als ein weiteres Sympton einer schwächlichen Zeit. Es gab nichts, was ihn mit diesem Laden verband.

Fast nichts.

Eines Tages war er vor dem Laden stehengeblieben, weil er nicht mehr wusste, wo er seinen Hausschlüssel hingesteckt hatte. Er hatte im Stoffbeutel zwischen Weintrauben, Schweineschnitzel und Buttermilch nach ihm gegraben, als eine buntgewandete Dame zu ihm herausgeschossen kam. Wie sich herausstellte, war sie die Inhaberin des Ladens. Wie sich weiter herausstellte, hatte sie ihn schon oft beobachtet. Sie hatte sich darauf gefreut, ihn vorbeigehen zu sehen, irgendwann sogar darauf gewartet. Diesmal fasste sie Mut. Sie nahm seine Hand und sah ihm fest und erregt in die Augen. Mit einer Stimme, der die vielen Sandelduftthölzer anzuhören waren, die sie in ihrem Leben inhaliert hatte, sagte sie: »Ich beneide Sie nicht. Sie haben ein schwieriges Karma.«

Er verliebte sich in sie. Er verliebte sich nicht, weil er an sein schwieriges Karma glaubte. Er verliebte sich, weil er in ihr einen Mitstreiter sah. Sie mochte den falschen Worten, dem falschen Konzept, vielleicht sogar der falschen Weltvorstellung anhängen, aber das Prinzip hatte sie verstanden. Das Prinzip, Geheimnisse in die Menschen hineinzubringen. Sie sich selbst zum Rätsel werden zu lassen.

Feldberg sah das wie einen Kokon, in den man die Menschen verstrickte. Wenn man Glück hatte, ergaben die einzelnen Kokons ein Netz, das sich von einem zum anderen spannte, wie im Fall dieses Jungen, der sein aktueller Auftrag war. Feldberg hatte ihn zum Mittelpunkt dieses Netzes gemacht, das sich zu Inez und Felix weiterspinnen ließ.

Regte sich der Junge, erzitterte das Gebilde und bewegte die anderen mit.

Feldberg sah sich als einen, der die Geheimnisse in den Menschen groß machte. Er gab ihnen Schwere und Konsequenz, denn ohne Konsequenzen wurden sie nicht wirklich. Er hatte das schon immer so gehandhabt. Und er würde es auch weiterhin so handhaben. Nach dem großen Feuer auf seiner Datsche hatte er sich das geschworen. Und als solle er sich für immer daran erinnern, war von seinem großen Feuer bis heute ein dunkler Fleck zurückgeblieben, eine Stelle, um die das Gras vorsichtig herumzuwachsen, die es aus dem Boden auszuschneiden schien. Er hatte den Fleck wieder und wieder mit Grassamen bestreut und gewässert, aber die Erde schien an dieser Stelle so bitter, dass die Samen nicht aufgingen und in ihren Hülsen verfaulten.

In einer Hinsicht war die Methode der Karma-Beraterin der seinen allerdings überlegen. Die Rätsel, die sie in die Menschen hineinverfrachtete, führten weit über ihr Leben hinaus. Die Menschen wurden dazu verführt, sich auch in früheren und späteren Leben zu ergründen, als sie noch Ameisen oder Meerschweinchen gewesen waren oder sein würden. Das musste einem erst mal gelingen, dachte Feldberg.

Sich selbst gestand er eine solche Wirkung nicht zu. Er wusste noch nicht einmal, ob die Begegnung mit ihm Jahre oder nur Monate in den Menschen nachhallte. Er hatte keine Ahnung, wie schnell diese Leute vergaßen, dass sie ihren eigenen Taten und Gedanken misstraut hatten, wie schnell sie verdrängten, dass sie selbst es gewesen waren, die einen Verrat begangen hatten.

Inez auf der schwedischen Insel wiederzusehen war ihm als eine unverhoffte Gelegenheit erschienen. Die Prüfung am Einzelfall, wie stark sein Einfluss noch wirkte.

Über all die Jahre hatte er Inez nicht aus den Augen verloren. Er hatte sie im Auge behalten, so wie andere Leute ihren Lieblingsschauspielern die Treue hielten, obwohl sie nur noch Nebenrollen bekamen: Er war auf Abstand geblieben. Er hatte sich nur Eckdaten beschafft; Wohnort, Arbeitsort, den Namen des Mannes, mit dem sie gerade zusammen war. Es hatte ihm genügt, zu wissen, dass er sie jederzeit erreichen konnte.

Erst durch Tons Kampagne war Inez Rauter wieder stärker ins Visier geraten. Sie war zum Unsicherheitsfaktor geworden. Die Angst vor einem Imageschaden hatte Feldberg diesen lohnenswerten Auftrag eingebracht, einen Auftrag, der es nötig gemacht hatte, ein paar genauere Informationen einzuholen. Feldberg hatte sich eine Vorstellung vom anvisierten Territorium verschaffen müssen: Vorlieben, Probleme, Abneigungen, die altbewährten Methoden, um sich einer Zielperson nutzbringend zu nähern. Daran hielt er fest. Sie waren sein *Kapital*, wie Felix Ton gern sagte. Auch Kontakte von früher waren sein Kapital. Durch einen solchen Kontakt zum Landesumweltamt hatte Feldberg von Unstimmigkeiten zwischen Inez und einem gewissen *Karlsöclubb* erfahren, dem deutsch-schwedischen Trägerverein, der die Insel verwaltete.

Schon im Frühling hatte Ton darauf gedrungen, den Jungen aufzuklären. Lange vor dem Sommer hätte Feldberg damit beginnen sollen, das Interesse des Jungen an seinem Vater zu wecken, aber Feldberg hatte nicht damit begonnen. Er hatte den Jungen beobachtet, aber immer noch gezögert. Er wusste nicht, wie er ihn ansprechen sollte. Er war auf der Suche nach dem geeigneten Moment gewesen. Er suchte nach geeigneten Strategien. Und als der Junge dann auf einmal nach Gotland aufgebrochen war, hätte Feldberg beinahe an eine Verschwörung geglaubt. Er war kurz davor gewesen sich einzubilden, Inez und der Junge wüssten voneinander oder der Junge hätte etwas von Inez in Erfahrung gebracht. Er hatte sich überrumpelt gefühlt, seine sorgfältigen Vorbereitungen durchkreuzt gesehen, sich selbst von der Operation abgezogen. Ton zog schnell mal jemanden ab. Er war einer, der kurzen Prozess machte. Nicht auf brutale Weise. Hätte er von Feldbergs Versagen Wind bekommen, hätte er ihm einfach jemanden an die Seite gestellt, jemanden, der von nun an die wichtigen operativen Informationen erhalten hätte. Auf eine Beschwerde hätte Ton mit einer Rede über Entlastung und Gewinn geantwortet, und nicht lange, dann hätte ihn der andere vollständig ersetzt gehabt.

Feldberg hatte sich zusammengerissen. Er hatte sich an seine Maximen erinnert. Eine dieser Maximen war es, sich von der Vernunft leiten zu lassen. Die Vernunft hatte ihm gesagt, dass Inez und der Junge sich nicht kennen konnten. Als Neugeborener hatte er von ihr keinen Namen bekommen. Bei Adoptionen galt die Inkognito-Regel. Inez' Nachforschungen hatten zu nichts geführt.

Der Junge musste zufällig in die Gegend aufgebrochen sein, in der Inez sich seit Jahren aufhielt. Die Vernunft hatte ihm auch gesagt, dass jetzt Ruhe zu bewahren war. Die Operation musste in Abweichung vom ursprünglichen Plan durchgeführt werden. Ursprünglich hatte er indirekt auf Inez Einfluss nehmen wollen, ein paar Briefe, ein paar Telefonate, er hatte die volle Unterstützung des Kontaktmannes im Umweltamt. Da sich aber beide Zielpersonen nun in derselben Gegend befunden hatten, war es nötig geworden, sofort aufzubrechen.

Risk Protection.

Feldberg hätte auch mit einem deutschen Namen leben können. Er hatte mehrere Einfälle auf einem Zettel notiert, aber als er diesen Zettel nach Ladenschluss seiner neuen Freundin vorgelegt hatte, hatte sie nur flüchtig darüber hinweggelesen. Sie wollte sich von der *Aura der Worte* leiten lassen, wie sie das nannte, und war von keinem seiner Vorschläge begeistert. Mit der Aura des Wortes *Operation* konnte sie sich am wenigsten anfreunden. Es habe etwas Trübes.

Für ihn war es das Wichtigste.

Es war ein zupackendes Wort. Ein tätiges Wort, ein Wort, das den Eingriff ins menschliche Selbstverständnis und die Wirkung zugleich ausdrückte. »Operari, operatio«, erklärte er ihr, »das Wort hat lateinische Wurzeln.« Die substantivische Variante legte etwas nahe, das ihm besonders gefiel: dass hier die Ratio im Spiel war. Was immer diese schwächliche Zeit absonderte an Anschuldigungen und Verleumdungen; das war nicht zu widerlegen. Operative Tätigkeiten waren schon im Wortlaut vom Verstand gelenkt.

Feldberg hielt viel auf Verstand. Nicht unbedingt auf seinen eigenen, damit hätte er nie geprotzt. Er wusste, dass er gerade mal unterer Durchschnitt war, ein Pragmatiker, der sich die Erklärungen einer höheren Logik bei anderen beschaffen musste. Bei einem der Offiziere oder einem studierten Genossen, manchmal bei den Subjekten, die er verhört hatte, als er noch sein eigenes kahles Büro besaß mit dem Spartakiadewimpel an der Wand. Wenn die Tür geöffnet wurde, schwang der Wimpel leicht an seinem Gummihaken hin und her. Es klang wie ein Streicheln an der Tapete.

Feldberg hatte die Subjekte, die ihm gegenüber auf der anderen Seite des sauberen Tisches auf ihren Händen saßen, als stünde alles, was es zu verbergen gab, in den Handflächen, operativ behandelt. Sie waren von ihren Holzpritschen geholt worden, die kürzer als ihre Körper waren, aus einer Nacht, die vom Neonlicht schattenlos ausgeleuchtet wurde, und Feldberg hatte sie auf Schwachstellen hin abgetastet, die Liebe zu einem Hund, zu einem Kind, während der Wimpel langsam auspendelte. Und manchmal hatte einer von ihnen dann etwas Vernünftiges gesagt.

Mit der Liebe zu einem Hund kannte er sich aus. Er hatte nur einmal einen Hund besessen, eine harmlose helle Straßenmischung mit hängenden Ohren, aufgegriffen in den Straßen von Bukarest. Er sagte: aufgegriffen, nachdem ihm der Hund stundenlang hinterhergelaufen sei durch die Stadt, die Feldberg von allen sozialistischen Städten am meisten gefiel. Ihre Weitläufigkeit, die verfaulenden Villen an der Peripherie, Zeichen des absterbenden Imperialismus, der aufstrebende stolze Palast in der Mitte. Auf den Stufen des Palastes habe der Hund gehockt, die Schnauze gereckt, die Hinterläufe eingeknickt, und sein Arsch sei über dem Boden hin- und hergeschwungen. Diese Positur, dieses Einknicken, eine Demutsbezeugung vor dem Palast, sei es gewesen, die Feldberg habe anhalten lassen. Es habe viele streunende Hunde in der Stadt gegeben, aber diesen habe er sich genauer ansehen müssen. Was ein Fehler gewesen sei, denn von da an sei ihm der Hund hinterhergelaufen. Sogar in die U-Bahn hinunter sei er ihm gefolgt. Sobald er stehengeblieben sei, habe der Hund sich an ihn gedrängt und seinen Arsch an ihm gerieben, dieselbe Demutsbezeugung, was ihm auf merkwürdige Weise geschmeichelt habe. Und nach einer Weile sei Feldberg hungrig geworden, und der Hund habe ihm leid getan, und er habe ihm etwas abgegeben von seiner rumänischen Bockwurst aus Pferdefleisch.

Das hatte er erzählt, wenn die Subjekte vor ihm auf ihren Händen saßen. Bei den meisten von ihnen drang er damit durch. Nach Tagen der Einsamkeit waren sie schutzlos. Seine Tierliebe rührte an ihre eigenen Schwachstellen, weshalb er diese Geschichte so oft wiederholt hatte, bis sie ölig geworden war, während Akko an der Heizung lag und für nervöses Augenflackern sorgte.

So hatte er es gehandhabt. Er hatte sich vernünftige Antworten beschafft. Und auch wenn er mit der Beschaffung mittlerweile Probleme hatte, wollte er es weiterhin so handhaben. Die Liebe zu einem Hund war eine Erfahrung, die ihm beruflich zugute kam.

Die Liebe zu einem Kind war ihm weniger geläufig.

Aber Rainer Feldberg war jemand, der Schlüsse ziehen und sich fremdes Wissen anverwandeln konnte.

Ist es nicht ein bisschen so wie nach Hause kommen? Wie zu sich selber finden?

Auf dem Weg zur Straßenbahn lächelte Felix Ton ihm aus dem Wartehäuschen entgegen: Ein erfolgreicher Mann.

Feldberg klemmte sich seine lederne Aktentasche fest unter den Arm. Er zog seine Sommerjacke straff. Dann stieg er in die Bahn.

INEZ RAUTER

sah aufs Meer. Sie stand an der Spitze der Landzunge. Sie hatte jedes Gefühl dafür verloren, wie lange sie hier stand. Anfangs war der Wind von hinten gekommen. Als sie aus ihrer Hütte getreten und zur Landzunge gelaufen war, hatte der Wind ihr den Mantelkragen hochgeklappt und in den Nacken gedrückt. Aber dann musste der Wind gedreht haben. Feuchte Meerluft sprühte ihr ins Gesicht. Meerluft oder Regen. Als der Regen stärker wurde, verließ sie die Landzunge und ging ins Museum.

Man konnte den Verstand verlieren oder auch nicht.

Sie betrat ihr Büro nur kurz. Es kam ihr vor, als wäre sie in den anderthalb Stunden nach dem Verlassen ihrer Hütte bis zur Ankunft im Büro nicht da gewesen. Inexistent. Sie nahm den Autoschlüssel vom Haken neben dem Schrank.

Sie ging hinaus zum Schotterplatz. Den Kalk auf den Wegen hatte das Regenwasser aufgelöst und in eine glitschige Masse verwandelt.

Schwamm drüber, wie Feldberg so gern sagte, Schwamm über ein Foto, das eine Frechheit war. Über ein Wort, das ihr zugemutet wurde, obwohl es nicht existierte. Das Wort *Sohn* kam in Inez' Wortschatz nicht vor. Es war gestrichen. Am Morgen halb im Wattemantel an der Tür. Auf der Landzunge. Im Regen.

Es war gelöscht. Nie dagewesen.

Inexistent.

Inez startete den Minitraktor. Sie lenkte ihn mit Gewalt durch den Schlamm, der an ihren Gummistiefeln hochspritzte, als sie hinauf zur Schafsweide fuhr, wo die Tollkirschen wuchsen. Sie hielt nicht an. Die Wattejacke saugte sich mit Feuchtigkeit voll und wurde schwer. Sie fuhr bis ans Ende des Hügels. Der Weg führte dort in einer Schleife wieder zum Hafen zurück, und sie nahm die Schleife, ohne abzubremsen. Die Räder blockierten. Der Traktor geriet ins Schleudern. Sie versuchte gegenzulenken und wurde gegen die Armlehne gedrückt, und für einen Moment kam es ihr wie ein Flug vor, ein Weitwurf, der sie aus dem Sitz schleuderte und über den Weg und die Weide hinaus. Es war ein stiller Augenblick. Sie war ohne Angst. Und dann griffen die schweren Reifen wieder, und sie wurde mit einem Ruck zurückgeworfen. Der Traktor richtete sich aus.

Als sie durchnässt und schmutzig zurückkehrte und den Jungen durch die offene Bürotür sah, war der *Sohn* immer noch vorhanden.

Schließlich kam sie zu dem Schluss, dass ein Wort erst dann nicht mehr existierte, wenn es keine materielle Entsprechung mehr gab. Das war keine besonders aufregende Erkenntnis. Aber manchmal, dachte Inez, musste man eine Erkenntnis zweimal machen.

Sie konnte nicht hinübergehen, wo Erik saß und Daten in den Computer schrieb, die ihm nichts sagten, die ihn langweilten, die er nur wegen ihr so geduldig in irgendwelche Excel-Tabellen eintrug, und ihm sagen: *Tut mir leid, aber es könnte sein, dass du aus Versehen mit deiner Mutter geschlafen hast.* Sie konnte nicht zu ihm gehen und sagen: *Jemand macht Witze und will uns in ein archaisches Dilemma verwickeln.*

Sie konnte es nicht einmal zu sich selbst sagen: *Pech, da erwischst du ausgerechnet deinen Sohn!*

Sie zog sich um. Seit der Arbeit in den Felsen sorgte sie dafür, dass immer eine frische Montur im Büroschrank hing. So konnte sie morgens, wenn sie aus dem Freiland kam, gleich an den Computer gehen. Sie breitete den nassen Wattemantel über der Heizung aus. Sie stellte die Gummistiefel auf die Plastikunterlage an der Tür. Sie rief die Praktikantin. »Sonja, könntest du dafür sorgen, dass der Koch rechtzeitig Schluss macht? Ich brauche das Café für ein Meeting. Und sag bitte Guido und Erik Bescheid. Sie möchten um drei drüben sein.«

Die Erkenntnis, dass ein Wort verschwand, wenn es keine Wirklichkeit mehr dafür gab, hatte Inez schon einmal gemacht. Sie hatte versucht herauszufinden, wer das war, *ihr Sohn*, und es war ihr nicht gelungen.

Es war ihr gelungen, das Kind zu gebären und die Unterschrift unter den Adoptionsbeschluss zu leisten und einen Schokoladenkeks vom Referatsleiter des Jugendhilfeausschusses anzunehmen. Es war ihr gelungen, das Büro der Jugendhilfe in normaler Verfassung zu verlassen, mit Hilfe einer Analgin, die die Kopfschmerzen dämpfte. Es war ihr gelungen, das ganze Ereignis hinterher als einen körperlichen Ausfall, eine Unpässlichkeit, eine längere Krankheit mit gutem Ausgang zu betrachten.

Aber es gelang ihr nicht, fünf Jahre später die Adoptionsakte einzusehen. Es gelang ihr nicht, obwohl das Prinzip der Inkognito-Adoption zu diesem Zeitpunkt nicht mehr existierte. Mit dem Fall der Mauer, als Panzerschränke und Akten geöffnet wurden, waren auch die Unterlagen über Herkunft und Verbleib von Adoptivkindern auf Anfrage hin zugänglich, wie Inez erfuhr.

Sie war zum Jugendamt gegangen. Es befand sich noch im selben Gebäude, in dem sie den Adoptionsbeschluss unterschrieben hatte; ein Flachbau. Das alte Schild der Jugendhilfe neben der Eingangstür war mit der neuen Endung *-amt* überklebt worden. Inez ging zur Anmeldung und wies sich aus. Als man sie in ein Wartezimmer schickte, setzte sie sich auf einen der nagelneuen und sehr glatten Holzstühle. Sie legte ihren Beutel auf den Schoß und wartete. Auch nach einer Stunde wurde sie nicht ungeduldig. Sie beschwerte sich nicht. Im Beutel waren das Portemonnaie, eine Sonnenbrille und die Hülle mit den Formularen. Ihr kam der Gedanke, dass sie einen ähnlichen Beutel damals der Stationsschwester übergeben hatte. Er war aus robustem Stoff, und es war leicht gewesen, das Foto im Inneren festzunähen.

Ihr kam auch der Gedanke, dass sie vielleicht nur hier saß, um den Wahrheitsgehalt des Erlebten zu überprüfen.

»Sprechen wir zuerst über Sie. Über Ihr Leben«, sagte die Mitarbeiterin, als Inez schließlich aufgerufen wurde. Die Mitarbeiterin trug dasselbe Armband wie vor fünf Jahren. Inez erkannte es wieder; silberne Sterne auf schwarzem Nylon.

»Ich möchte das Kind nicht zurück«, sagte Inez. *Weg ist weg,* hatte die Mitarbeiterin damals gesagt, nachdem die Unterschriften geleistet waren, *das ist wie mit einem Ziegel, der vom Dach fällt.* »Ich möchte nur eine Information.«

»Er ist jetzt fünf, nicht wahr?« Die Mitarbeiterin zog ein Blatt aus der Rolle ihrer Schreibmaschine. »Schon ein richtiger kleiner Mann.« Sie legte es vor Inez auf den Tisch. »In erster Linie sind wir verpflichtet, dem Wohle des Kindes zu entsprechen, Frau Rauter. Deshalb müssen wir uns versichern, dass Sie verantwortungsbewusst mit dieser Information umgehen.« Das Blatt trug den Adresskopf der Behörde. Sonst war es leer.

»Sie sollten sich Zeit lassen. Füllen Sie das zu Hause aus. Das Wohl des Kindes hat für uns oberste Priorität.«

Inez hatte das Blatt mit nach Hause genommen. Sie hatte ihren Werdegang notiert, die Abschlusszensur der Berufsausbildung, ihr Vorhaben, das Abitur an der Abendschule nachzuholen. Sie hatte noch einmal bestätigt, dass sie die Entwicklung des Kindes nicht beeinträchtigen, sondern nur Gewissheit haben wolle.

»Das hätten Sie besser in Druckbuchstaben geschrieben«, sagte die Mitarbeiterin beim nächsten Mal. »Wenn hier alle mit ihrer persönlichen Klaue ankämen –« Bevor Inez sich setzte, sagte sie: »Danke, Frau Rauter. Sie werden von uns benachrichtigt.«

Die Benachrichtigung blieb aus. Bei erneutem Nachfragen teilte man ihr mit, dass das Blatt verlorengegangen sei. Sie möge bitte so freundlich sein, alles noch einmal aufzuschreiben.

Inez hatte das zweite Blatt mit nach Hause genommen und sorgfältig alles noch einmal geschrieben, diesmal in Druckbuchstaben.

Als man ihr ein drittes Mal ein leeres Blatt mit dem Adresskopf der Behörde gab, war sie damit hinaus auf den Vorplatz getreten. Eine Amsel saß auf dem Rand eines steinernen Papierkorbs. Es war ein heller Tag. Zweiundzwanzig Grad im Schatten. Ein paar weiße Wolkenstreifen gab es sehr weit oben. Inez hatte die Hand geöffnet und das Blatt fliegen lassen.

Das Blatt hatte in der Luft einen schönen Bogen gemacht. Es war vor und zurück geschwungen wie eine Schaukel, *Ende der Sentimentalitäten.*

Natürlich hätte man einer Frau, die volljährig war und mit der Inkognito-Registernummer und dem Adoptionsbeschluss auf dem Jugendamt erschien, bedingungslos Akteneinsicht gewähren müssen. Natürlich hätte sie mit ihren einundzwanzig Jahren unter Beschlussregisternummer 34/84 sofort Auskunft über die Adoptiveltern und den Namen des Jungen erhalten müssen. Das wusste Inez.

Aber die Zeit war fiebrig.

Der Grad an Verwirrung, die in den Monaten nach dem Mauerfall herrschte, zeigte sich mit der Wahl einer demokratischen Regierung für einen *menschenwürdigen Sozialismus* im April. Schon während der Amtseinführung wirkte diese Regierung wie Staffage. Vor dem Hintergrund der *Zwei-plus-Vier*-Gespräche zur Wiedervereinigung, der Abwertung der DDR-Mark beim Umtausch in D-Mark, der Umbenennung von Straßen und Städten des Landes, das nur noch in Metaphern des Zugrundegehens und Ausgelöschtwerdens existierte, verlor sie jede Bedeutung. In gespenstischen Bildern von spachtelbewährten Männern, die Bröckchen aus der Mauer schlugen, manifestierte sich der Abbau der gelebten Wirklichkeit, in Gestalt windiger Versicherungsvertreter zeigte sich die Unsicherheit über die kommende. Ungültig gewordene Abläufe und einst verlässliche Routinen wurden an einem Ort noch planlos aufrechterhalten, während sie andernorts durch Willkür ersetzt wurden oder übermenschliche Anstrengung sie mit wöchentlich wechselnden Anordnungen zu retten versuchte. So passierte in dieser Zeit einiges, was vorher oder nachher nicht hätte passieren können, und was Inez auf dem Jugendamt passiert war, gehörte dazu.

Wenig später fing Inez an, Notizbücher zu führen. *Pirol: Vogel des Jahres* lautete der erste Eintrag. Sie hatte das Buch mit Vogelnamen und Zeichnungen von Schnabelformen und Gefieder gefüllt, und wenn sie später hineingesehen hatte, war es ihr so vorgekommen, als ob sie in diesem ersten Jahr nach der Wende mit nichts anderem beschäftigt gewesen wäre.

Der Pinguintanz der Haubentaucher, die sich bei der Balz Geschenke machen.

Die Geselligkeit der Dohlen.

Die langen Brutzeiten von Nestflüchtern.

Inez schickte die Praktikantin aus dem Zimmer und griff zum Telefon. Sie wählte die Vorwahl von Deutschland.

Draußen flog eine Küstenseeschwalbe vorbei. Sie war spät im Jahr. Sie hatte den Aufbruch zum Südpol verpasst. Sie schrie ein hohes, kompromissloses *Kirarr*. Es gab mittlerweile Vögel, die das Klingeln von Mobiltelefonen nachahmten. Dieser hier nicht. Dieser würde den Winter nicht überleben.

Inez wählte Felix Tons Büronummer. Niemand nahm ab. Sie ließ es klingeln. Dann hörte sie, wie sie zu einem anderen Anschluss weiterverbunden wurde.

»Sekretariat Felix Ton, Maja Dengen am Apparat.«

»Ich möchte den Kandidaten sprechen.«

»Worum geht's denn?«

»Das würde ich ihm gern selbst sagen.«

»Und wen soll ich melden?«

»Hauptabteilung XVIII.«

»Wie bitte?«

»Sagen Sie ihm das. Oder hat er Sie fürs Fragen angeheuert?«

Die Küstenseeschwalbe kehrte zurück und ließ sich auf dem Dachfirst der steinernen Kate nieder.

»Ich fürchte, Herr Ton ist im Moment nicht abkömmlich.«

»Da liegen Sie falsch. Es sei denn, er möchte sich morgen als Held der sozialistischen Arbeit in der *Bild*-Zeitung sehen.«

»Schon gut, Maja.« Das war Tons Stimme, und Inez zuckte zusammen, als sie die Wärme darin hörte, ein vertrautes und vergessenes Werben, das darauf schließen ließ, das er mit dieser Maja ein Verhältnis hatte. »Ich nehme das Gespräch an.«

»Du wolltest sagen, die Herausforderung nimmst du an«, sagte Inez. »Was anderes kann ich in dieser Situation nicht entdecken. Ich habe nicht vor, *ein Gespräch* mit dir zu führen.«

»Hört, hört, wir haben Oberwasser«, sagte Ton. »Was gibt's denn.«

»Du kannst den Jungen haben.«

Es war still in der Leitung.

Ton räusperte sich.

»Es ist mir egal. Er soll selbst entscheiden, ob er deinen Wahlkampf mitmachen will oder nicht.«

Ton räusperte sich noch mal, und Inez legte den Hörer auf den Tisch und stand auf. Sie hatte vergessen, die Bürotür zuzumachen. »Ich schicke ihn direkt zu dir«, rief sie, nicht sicher, ob Ton das hören konnte.

Als sie zurück war, sagte Ton immer noch nichts.

»Hört diese Biene etwa mit?«

»Wir leben nicht mehr im Osten. In unseren Telefonen gibt es keine Technik mehr. Da ist das Internet effektiver.«

»Oder Leute wie dein Freund Feldberg«, sagte Inez.

In der Leitung gab es schleifende Geräusche. Inez sah aus dem Fenster. Die Küstenseeschwalbe saß auf dem Dachfirst. Ihre Schwanzfeder war in die Luft gereckt, und Inez fragte sich, ob dieser Vogel ahnte, wie wenig Zeit ihm noch blieb. Es gab diese Todesahnung bei Tieren. Und Küstenseeschwalben waren außergewöhnliche Tiere. Sie gehörten zu den Zugvogelarten, die in einer Saison bis zu siebzigtausend Kilometer flogen, häufig nonstop, wie neuere Transmitterdaten ergeben hatten. Sie ertrugen die Kälte über offenem Meer, sie ertrugen Dunkelheit und Sonneneinstrahlung. Sie hielten Hunger und Stürme aus. Ihr graziler Flug täuschte über jede Anstrengung hinweg. Es war diese Fähigkeit zur Verwandlung, die ihnen Macht über ihren Körper gab. Das imponierte Inez, dieses Spiel mit angeblich unumstößlichen Gesetzen der Biologie. Küstenseeschwalben fraßen sich so viel an, dass sie zur Hälfte aus Fett bestanden. Leber und Eingeweide vergrößerten sich. Bevor sie zur Antarktis zogen, ernährten sie sich von einem Teil ihrer eigenen vergrößerten Organe. Sie brauchten das Protein, um für die lange Strecke genügend Muskelmasse zu bilden.

Diese Vögel konnten alles, dachte Inez. Sie konnten vor allem alles ertragen. Das zurückgelassene Tier auf dem Dachfirst überlistete wahrscheinlich auch den Tod.

»Es war nicht meine Idee«, sagte Felix Ton dann.

»Soweit ich mich erinnere, war es noch nie deine Idee.«

»Was soll das heißen?«

»Du bist bloß ein Spielball höherer Mächte«, sagte Inez.

»Rainer ist von sich aus zu dir gefahren. Aus Neugier.«

»Rainers Schuld«, sagte Inez. »Wie damals.«

»Damals! Damals!«, rief Ton. »Woher soll ich wissen, was damals war? Ich habe mich abgekapselt. Verstehst du. Ich musste das.«

»Ich kann dir sagen, was war«, sagte Inez. »Ich könnte dich auch zitieren.«

»Ich weiß es wirklich nicht.«

»Meine Eltern haben einen Ausreiseantrag gestellt. Und Ausreisewilligen nahm man gern die Kinder weg. So war das doch«, sagte Inez. Die Küstenseeschwalbe unternahm einen Rundflug über die Insel. Sie segelte mit halb ausgeklappten Flügeln davon. »Dein Freund Feldberg ist ein nützlicher Mann.«

Hau dich ein bisschen hin, hatte Feldberg gesagt und *alles auf gutem Wege* und *Schwamm drüber*, und Inez hatte sich hingehauen und sich eingeredet, dass alles auf dem Weg war, und *Schwamm drüber*.

Die Nacht nach der Fete hatte sie durchgeschlafen. Morgens beim Aufwachen war es Feldberg gewesen, der ihr einen Kaffee brachte. Inez merkte, dass sie immer noch in die Decke vom Vorabend eingerollt war. Die Luft im Bungalow war feucht. Es war Herbstluft, die mit den ersten Nachtfrösten durch die undichten Fenster drang. Unter dem Kaffeedampf beschlugen die Scheiben. Inez hatte sich aufgesetzt und mit dem Rücken an die Wand gelehnt. Es war starker Kaffee, einer, der *Tote aufweckt,* wie ihre Mutter bei solchen Gelegenheiten sagte, aber an ihre Mutter hatte Inez jetzt nicht denken wollen.

»Zu essen ist nichts da«, sagte Feldberg. Er trug einen braunen Trainingsanzug und hatte sich noch nicht rasiert. »Ich bin nicht so der Frühstücker. Aber wenn du willst, hol ich dir 'ne Schrippe im Konsum.«

Inez trank zwei kleine Schluck Kaffee und wärmte ihre Hände an der Tasse.

»Musst du nicht arbeiten?«

»Haushaltstag.« Feldberg grinste.

»Was'n das für eine Arbeit, wo der Mann Haushaltstag hat?«

»Ich sichere den Frieden in unserer Republik.«

»Sehr witzig. Und dein Hund?«

»Der hat immer Haushaltstag.«

»Der ist komisch.«

»Akko ist ein Straßenköter aus Rumänien. Die sind vielleicht 'n bisschen komisch. Geht's dir besser?« Feldberg stand auf. »Ich schmeiß noch 'n paar Bohnen aufs Feuer.«

»Und wo ist er jetzt?«

»Wer?«

»Dein Hund.«

»Nachgucken, ob die Welt sich über Nacht verändert hat.«

»Sie hat sich verändert«, sagte Inez. »Das weißt du doch.«

»Sprech ich die Hundesprache?«, sagte Feldberg und verschwand in die Küche. Sie hörte ihn durch die offene Anrichte mit dem Wasserkessel hantieren.

»Ich will keinen Kaffee mehr«, rief sie. »Ich darf nicht.«

Er hatte ihr Brötchen geholt und Pfefferminztee gemacht und einen Klappstuhl auf die Terrasse gestellt, und sie sah zu, wie er den ganzen Mist vom letzten Abend wegräumte, die leeren Bierflaschen, die Asche, die noch halbvollen Gläser, die Gläser mit Lippenstiftspuren, die Gläser mit ausgedrückten Kippen, die Glasscherben am Terrassenrand.

Zum Schluss spritzte er den fettigen Grillrost mit dem Gartenschlauch ab und steckte ihn in einen Eimer mit heißem Wasser und Fit. Es beruhigte sie, ihn hantieren zu sehen. Zwischendurch sagte sie immer mal wieder zusammenhanglos: *Ich bin schwanger*, bis er entgegnete: »Du reitest ganz schön darauf rum.«

»Ich nehme an, für dich keine so große Sache.«

»Sag ich doch.«

»Für deinen Freund auch nicht. Ein richtig männlicher Charakterzug.«

»Das ist was anderes«, sagte Feldberg. »Er hat das Balg schließlich gemacht.«

»Sag das nicht so.«

»Bist du in diesen Lurch etwa schon verliebt? Das verstehe ich nicht an euch Weibern. Ihr verliebt euch am liebsten in das, was nicht existiert.«

»Den Lurch, wie du das nennst, spür ich schon.«

»Noch ein Grund weniger.«

»Typen wie du verlieben sich nie, was?«, sagte sie.

Feldberg zog seine Hände aus dem Eimer. Er richtete sich auf. An seinen Fingern hing weißer Schaum. »Man muss nicht gleich sterben, wenn man sein Leben beenden will«, sagte er. Der Schaum rann langsam an seinen Fingern hinunter und tropfte ins Gras.

»Schon klar, du hast ein Kind. Du hast den großen Krach mit deinen Eltern am Hals. Haben dichtgemacht, weil sie ideologisch mit ihrer Tochter nicht mehr auf der gleichen Höhe sind. – Widersprich mir nicht. Alles schon dagewesen. Sie haben dichtgemacht, weil dein Zukünftiger auf einer ganz anderen ideologischen Höhe ist, weil das ein echter Roter ist und Familie Rauter denkt, sie gehören mit ihren kultivierten Untersetzern und dem geerbten Silberbesteck zur Bourgeoisie. Das verträgt sich nicht. Aber jetzt mit eingezogenem Schwanz nach Hause zu kriechen passt auch nicht zu dir.«

»Was weißt du von meinen Eltern«, sagte Inez.

»Und er? Hat *er* ein einziges Mal an sie gedacht?«

»Du weißt überhaupt nichts von meinen Eltern.«

Feldberg lächelte. Er trocknete sich an einem alten Lappen die Hände ab. »Hat er jemals daran gedacht, was das für eine Leistung ist? Was das für ein Rückgrat von dir verlangt? Partei zu ergreifen *für* ihn und *gegen* sie?«

»Lass meine Eltern einfach aus dem Spiel.«

»Hat er einen blassen Schimmer, dass du nachts nicht pennen kannst?«, sagte er.

»Du könntest noch mal mit ihm reden. Du hast es versprochen.«

»Dass du dich in deinen Kissen rumwälzt, bis dieser Lurch im Bauch denkt, es ist Tag, und es gibt was zu futtern?«

»Das ist mein *Kind.*«

»Und für den Lurch von so einem willst du dein Leben opfern.«

»Du hast gerade gesagt, ich muss mein Leben nicht opfern.«

»Nein?«

»Es gibt Kinderkrippen. Kindergärten. Hort.«

»Tag für Tag ist er das Erste und das Letzte, womit du dich abgibst. Und an jedem davon erinnert er dich an diese Demütigung.«

»Ob's ein *er* ist, ist ja noch nicht raus.«

»Scheiße, Inez.« Feldberg hängte den Lappen über das Terrassengeländer. »Er sieht ihm auch noch ähnlich!« Er kam auf die Terrasse. Er stellte sich hinter ihren Klappstuhl und legte die Hände auf ihre Schultern.

»Was ich gesagt habe«, sagte er dann, »war, dass du nicht sterben musst, wenn du dein Leben beenden willst. Du fängst einfach noch mal von vorn an. Keine so große Sache. Ich helf dir.«

Und er hatte sich daran gehalten. Er hatte getan, was er konnte, dachte Inez. Er hatte all die Jahre nicht lockergelassen.

»Er hat ihn beschattet«, sagte Inez zu Felix Ton. »Könnte es sein, dass er den Jungen zwanzig Jahre lang *beschattet* hat?«

»Einen Ausreiseantrag?«, sagte Ton. »Ich kapier hier langsam gar nichts mehr.«

»Du kapierst nicht, dass dein Freund zu glauben scheint, wir wären noch immer im Kalten Krieg?«

»Dann habt ihr also doch einen Ausreiseantrag gestellt.«

»Hast du gehört, was ich gerade gesagt habe?«

»Neulich erzählt mir Rainer, einen Ausreiseantrag hat es nie gegeben. Einer von euch lügt doch!«

Inez lachte. »Was hat er denn noch erzählt? Dass er auf der Insel eine Verrückte getroffen hat und eine mutige Tat beging?«

»Schon gut, Inez.«

Sie wickelte die Telefonschnur um ihren Zeigefinger. Sie war kurz davor, Ton zu fragen. Sie hatte ihn angerufen, um ihn zu fragen. Sie wollte ihm eine einzige Frage stellen. Sie wollte endlich sicher sein, ob der Junge im Büro nebenan, der von all dem keine Ahnung hatte, ihr Sohn war oder nicht.

»Feldbergs mutige Tat war es, einem dreißig Jahre alten Vogel den Hals umzudrehen«, sagte sie und zog den Zeigefinger aus der Schnur.

»Schon gut«, sagte Ton noch mal. »Ich hatte eine lange Nacht gestern.«

»Du glaubst gar nicht, wie lang meine Nächte sind.«

»Lass mich sicherheitshalber wiederholen, was du gerade gesagt hast. Du bist einverstanden. Ich kann meinen Sohn einschalten. Ich kann ihm den Weg in eine politische Karriere ebnen. Und alles andere vergessen wir, ja? Wasser unter der Mühle.«

»Ich wäre gespannt, zu wissen, was du ihm sagen wirst.« Inez ließ die Telefonschnur schnippen. »Aber du hast ja inzwischen geübt.«

»Wie kommst du darauf, dass der Junge beschattet wurde?«

»Nur eine Vermutung. Wurde er nicht?«

»Ich weiß nur, dass er anständig groß geworden ist.«

»Na prima.« Sie konnte ihn nicht fragen. Sie konnte sich diese Blöße nicht geben. »Dann weißt du's ja.«

Ton sagte nichts. Nach einer Weile sagte er: »Danke, Inez.«

»Eins würde ich gern noch erfahren.«

»Immer raus mit der Sprache«, sagte Ton gutgelaunt.

Sie zögerte. Sie sah Eriks offenes Gesicht, sein Lächeln, sie sah ihn neben sich im Bett in Boxershorts, sie sah seinen geschwungenen Rücken, die braungebrannten Arme. Sie sagte zu Ton: »Dein Freund Feldberg hätte diese Reise nicht machen müssen.«

»Wie gesagt, es war nicht meine Idee.«

»Und er hat dir auch erst hinterher davon erzählt.«

»Ganz genau«, sagte Ton und etwas Geschäftsmäßiges kehrte in seine Stimme zurück, ein Tonfall, den er wahrscheinlich gegenüber Pressevertretern und Parteifreunden hatte. »Aber er wird dich in Zukunft in Ruhe lassen. Da kannst du sicher sein.«

»Du meinst Schwamm drüber«, sagte Inez.

»Wie bitte?«

»*Wasser unter der Mühle.* Eine solche Redensart existiert nicht.«

Inez legte den Hörer zurück auf das Gerät. Sie machte das vorsichtig, fast zärtlich, als würde sie vom Telefonhörer Abschied nehmen. Und vielleicht war es so. Vielleicht verabschiedete sie sich. Sie schlüpfte in die dünne Ersatzregenjacke. Regen schlug ihr entgegen, als sie die Tür aufmachte. Sie setzte die Kapuze auf. Es war ein milder Moment, in dem sie aus der Tür trat. Fast windstill. Es gab nichts als heftigen, gerade fallenden Regen. Sie fragte sich, ob das ihr Leben war und ob es bis ans Ende immer genauso aussehen würde: Sie fing etwas an, nur um es dann aufzugeben, wegzugeben, zu verlieren. Sie würde auf eines der Schiffe von *seabirds at sea* zurückkehren oder in die USA gehen. Sie wusste, dass sie das konnte. Sie hatte das gelernt.

Auch Felix Ton fing immer wieder an. Aber ihm schien das besser zu gelingen. Er hatte Zeiten, in denen er gewann. Er hatte die richtigen Freunde. Aus Niederlagen zog er gekonnter Schlussfolgerungen als sie, sie brachten ihm sogar Nutzen, und Inez begriff, dass sie ihr eigenes Versagen nicht zum Phänomen einer Generation oder eines Menschenschlags machen konnte.

Der Junge war noch nicht da. Im Café war es halbdunkel. Der Kühltresen summte. Sie schaltete kein Licht an. Sie nahm sich eine der übriggebliebenen Zimtschnecken und aß sie. Der Wind wurde stärker. Es klang, als würden die Balken über ihr im Dach hin- und hergeschoben. Ständig fegte dieser Wind über die Insel. Er war ein ununterbrochenes an- und abschwellendes Geräusch, bohrte sich in den Kopf, riss die Flügel der Sonnenschirme auf. Er sammelte sich in den Fensternischen und schoß pfeifend die Regenrinnen hinab. Er zerfetzte die Fahne. Er trieb Schmutz den Strand hinauf und ließ das Licht flackern, bis es wie Feuer aussah. Es war unmöglich, frei und ungezügelt zu gehen. Dieser Wind forderte Kraft. Ob er von vorn, seitlich oder als Rückenwind kam; man musste ihm Widerstand leisten.

Manchmal hatte er die unverminderte Stärke der offenen See und brachte die kalten Strömungen über dem Wasser mit. An der Steilwand gewann er an Tempo. Die Bäume boten keinen Schutz. Sie waren zu niedrig. Sobald sie höher wuchsen, wurden sie gedrückt, bis die Kronen wie flache Deckel aussahen. Die Stämme gaben dem Druck irgendwann nach. Sie hielten sich dichter am Boden.

»Lass mich tot sein«, hatte sie damals zu Rainer Feldberg gesagt.

»Ihr Mädchen. Ihr seid solche Übertreiber!«

»Wieso gehst du nicht einfach zu deinem Freund und lässt mich in Ruhe sterben.«

Bis zu einem gewissen Grad war es möglich, sich dem Wind anzupassen. Man nahm ihn als Lebensbedingung hin und gewöhnte sich doch nie an ihn. Auch an windarmen Tagen war Bewegung in der Luft. Unmerklich formten die Ströme die Insel langsam um, kahle Flecken entstanden, wo zuvor hartes Gras gewachsen war. Inez verglich diese Flecken mit den ungeschützten Stellen am Kopf, die schmerzten, wenn sie zu lange ohne Hut draußen blieb. Die Kopfhaut lag frei. Der Wind drückte die Haare beständig von derselben Stelle weg, bis ein eisiger Punkt entstand, an dem eine Nadel ins Innere des Kopfes zu dringen schien, bis sie sich wegducken, wegdrehen, flach auf den Boden legen wollte, wo die schnell fliehenden Schatten Schwindel verursachten.

Nur die Vögel beherrschten den Wind. Das jedenfalls hatte Inez geglaubt. Bis sie sah, wie die Böen einer Trottellumme beim Landeanflug die Flügel wegrissen und der Vogel gegen die Klippen prallte.

Die Tür des Cafés wurde geöffnet. Das Rascheln von Regenjacken war zu hören. Erik kam herein, hinter ihm Guido. Sie redeten nicht.

Erik trug ein graues Sweatshirt mit Kapuze und helle Jeans, die ihm zu groß waren. Er hatte seine Turnschuhe auf diese lockere, aber übertrieben peinlich genaue Weise geschnürt, wie das heute üblich war. Die Schnürsenkel waren breit und sehr weiß. Es waren nicht die richtigen Schuhe für Regenwetter.

»Wir haben eine neue Situation«, sagte sie. »Setzt euch.«

Er hatte sich in Visby nur einen Pullover gekauft. Sie hatte vergessen, ihn daran zu erinnern, dass er regenfeste Schuhe brauchen würde. »Der Vereinsvorsitzende lässt nicht mehr mit sich reden. Er ist der Auffassung, ein Naturschutzgebiet ist nicht dazu da, die Menschen zu schützen.«

»Sondern«, sagte Erik.

»Es sollte dazu da sein, *vor* den Menschen zu schützen«, sagte sie steif. »Die Anzahl an Personen, die sich momentan auf der Insel aufhalten, entspricht nicht den europäischen Richtlinien zum Schutz eines SPA. Das hat die Untersuchung ergeben.«

»Ein Naturschutzgebiet sollte die Menschen vor sich selber schützen«, sagte Erik.

»Klar ist, mindestens einer muss gehen.«

Der Regen ging in Hagel über.

»Und dich brauch ich hier noch, Guido.«

Erik saß mit dem Rücken zum Fenster. Sie konnte sein Gesicht nicht erkennen. In diesem Halbdunkel konnte es irgendein Junge sein. Es konnte sogar der sein, der es nicht sein durfte, solange er nicht Erik war. Sie sah weder seine Augen noch seinen Mund. Die Schnürsenkel seiner Schuhe leuchteten.

Als sie gegangen waren, sah Inez ihnen vom Fenster aus nach. Guido kehrte sofort zum Museum zurück. Erik blieb vor der Kate aus Felssteinen stehen. Er wirkte unschlüssig. Die Hände hatte er in die Taschen des Sweatshirts gesteckt, die Kapuze war nass und hing schief auf seinen Schultern. Er trat gegen einen Stein und schoss ihn über den Strand. Schließlich drehte er sich um und lief in Richtung Leuchtturm davon.

Inez wollte am Fenster stehen, bis es vorbei war. Bis dieses Glück vorbei war, das erst wenige Wochen gedauert hatte, und bis auch der Schmerz über den Verlust dieses Glücks vorbei war. Sie hatte einen Generalschlüssel. Sie würde ungestört sein, so lange es dauerte.

Sie dachte daran, dass ein Wort keine Entsprechung in der Wirklichkeit brauchte. Das Wort *Tordalke* war nach dem Tod des Vogels noch da. Es würde auch nach dem Tod der letzten seiner Art noch da sein. Es würde vielleicht irgendwann seine Bedeutung ein wenig verschieben, oder es bekam eine neue hinzu. Aber ein Wort klebte nie so dicht an der Wirklichkeit, dass es mit dieser verschwand. Es war stärker.

Als ihr das Wort *Sohn* aus Versehen in den Sinn kam, brachte es die Erinnerung an einen Neugeborenen zurück.

Den sie gewollt hatte.

Den sie nicht gewollt hatte.

Draußen schwankte die Ostsee.

Die Ostsee in ihrem bleischweren Grau. Die Ostsee, die sich aufschaukelte. Dieses Brackwasser, das so tat, als sei es etwas Großes, etwas Großartiges, wie Felix Ton gesagt hatte. Und so war es. Die Ostsee hatte ihr geholfen. Die Ostsee hatte sie über die Wehen hinweggetragen. Als die Schmerzen am stärksten geworden waren, hatte sie sich vorgestellt, im Brackwasser der Ostsee zu schweben. Eine Welle nach der anderen war herangerollt, bis die Abstände zwischen den Wellen immer kürzer wurden und Inez das Gefühl hatte, auf den Wellenkämmen zu liegen, mit ihnen hochgehoben und von den Brechern in der Gischt herumgeschleudert zu werden und die Stationsschwester sie anschrie, die Augen aufzumachen und nicht nachzulassen.

Sie machte die Augen auf.

Sie registrierte den grellweißen Fleck der Lampe über ihr. Den Mundschutz der Hebamme. Eine Frau und einen Mann hinter der Glasfront. Sie starrten zu ihr hinein. Sie glotzten sie an, wie sie da mit gespreizten Beinen gut positioniert auf dem OP-Tisch lag. Sie wollten sehen, wo das Kind herkam. Sie drängten sich nah an die Scheibe. Die Brille der Frau stieß fast ans Glas. Sie wollten sehen, wie das Köpfchen mit jeder Wehe ein Stück weiter aus ihr herausgepresst wurde und ob ihnen dieses Köpfchen auch gefiel und der kleine blaue Körper, für den sie gleich ein Päckchen Kaffee zum Tausch hinlegen würden, während ihr selbst alles noch wie eine einzige große Flutwelle erschien, bis die Hebamme beruhigend sagte: *Gleich haben Sie es geschafft.*

Inez hatte keine Lust, diesen Leuten ein Kind zu gebären.

Sie hatte keine Lust, sich länger anglotzen zu lassen. Sie schob die Hebamme beiseite und stand auf. Aus irgendeinem Grund konnte sie laufen. Sie ging auf die Glasfront zu. Das glotzende Ehepaar verwandelte sich in ihre Eltern.

Solche Dinge geschahen im Traum. Aber Inez wusste, dass sie nicht träumte. Im Gegenteil. Sie fand es sehr schön, dass ihre Eltern sie besuchen kamen, auch wenn sie sich vielleicht nicht den günstigsten Moment dafür ausgesucht hatten. Ihr Vater öffnete die Tür, wobei er aus Gewohnheit die Türklinke untersuchte. Er nahm ihrer Mutter das Papier ab, das sie zerknüllt in der Hand hielt. Sie hatte es von einem Blumenstrauß gewickelt und wusste jetzt nicht, wohin damit. Im Kreißsaal gab es keine Papierkörbe.

»Wo habt ihr die denn aufgetrieben?« Inez hatte ihre Eltern lange nicht gesehen. Dass sie sie jetzt wie einen erwachsenen Menschen behandelten und ihr Tulpen brachten, gefiel ihr gut. »Meine Lieblingsblumen. Mitten im Dezember!«

»Das wächst heutzutage bei uns«, sagte ihr Vater. »Rote Blumen wachsen das ganze Jahr über im Sozialismus.«

Es war ein wilder Traum, ein Wachtraum, ein Gebärtraum, der von irgendeinem Mittel kommen musste, das man ihr gegeben hatte, einer der Träume, in denen man sich andauernd selbst davon überzeugte, dass es kein Traum sein konnte, weil alles so wirklich schien.

»Wir brauchen eine Vase«, sagte sie, um der Szene mehr Bodenhaftung zu geben. Aber statt darauf einzugehen, hielt ihr Vater sich das zerknüllte Blumenpapier vor den Mund und pustete. Er pustete den Papierball zu einer Vase auf, und als er zum Waschbecken ging, um Wasser hineinlaufen zu lassen, wurde das Wasser vom Papier gehalten.

»Das nenn ich einen praktischen Mann«, sagte ihre Mutter. »Ich wünschte, du könntest uns auf diese Weise auch ein Auto herbeipusten. Oder einen Telefonanschluss.«

»Der Sozialismus sorgt für seine Kinder.« Ihr Vater legte eine Hand auf Inez' Bauch.

Es wurde immer verrückter. Inez fragte sich, wo die Hebamme blieb und wann sie wieder mit dem Pressen beginnen sollte.

»Und wenn du andere Sachen *weg*pusten würdest, wäre das sogar noch praktischer.«

»Der Wind, der Wind, das himmlische Kind.« Ihr Vater ließ die Tulpen im Papierglas kreisen.

»Den Spleen unserer Tochter zum Beispiel. Die Mauer. Alles, was menschlich ist: Selbstsucht, Feigheit, Gier und Dummheit. Und den Shiguli, der vor unserem Fenster steht.«

»Unsere Tochter kommt ganz nach dir, Maria. Du verlangst Übermenschliches.«

»Wer Glas aus Papier pusten kann, sollte sich nicht unterschätzen.«

»Was für ein Shiguli«, sagte Inez.

»Hör bloß auf mit diesem Shiguli, Maria. Es ist nur zu unserem Besten. Sie passen auf uns auf. Nicht, dass wir aus Versehen wieder Kontakt mit diesem ehemaligen Schüler aufnehmen. Sie wollen uns die Scherereien ersparen. Scherereien halten uns von unserer Tochter fern, verstehst du das nicht.«

So ging es noch eine Weile weiter. Zwischendurch sprangen Lautsprecher an. Eine Männerstimme kam in voller Lautstärke aus den Boxen und schallte über die Gebärenden hinweg. *Wer zurückblickt, sieht Trümmer, ungezähltes Leid, unbeglichene Rechnungen, Widerstreit der Interessen, Misstrauen, auch wohl noch Hass. Unser großer Versuch,* eine Tür schlug zu, jemand rannte eilig durch den Nebenraum, eine Frau schrie, *war und bleibt es, diese Vergangenheit nicht mehr den bestimmenden Faktor unserer Zukunft sein zu lassen* – Die Lautsprecher verstummten.

Dass Inez eine Geburt hinter sich bringen musste, schien niemanden zu kümmern. Also fing auch sie an, sich nicht mehr darum zu kümmern.

Sie wollte gehen.

Sie wollte dieses Krankenhaus endlich verlassen.

Aber sie konnte das Kind nicht nicht kriegen. Sie konnte es nicht wieder in sich hineinbugsieren und zum Verschwinden bringen. Sie hätte Feldberg enttäuscht und das Ehepaar, das Feldberg aufgetrieben hatte, und ihre Eltern, wie sie jetzt erstaunt feststellte, auch.

Die Frau des Ehepaars hatte bereits das Kinderzimmer eingerichtet.

Das hatte ihr Feldberg gesagt. Sie sei eine vertrauenswürdige Dame, hatte er gesagt, sie habe lange auf den Moment gewartet, ihren Antrag schon vor Jahren eingereicht, aber erst, nachdem ihr Mann sich für die Trasse gemeldet habe, sei sie auf der Warteliste nach vorn gerückt. Sie habe interessante Ansichten, nicht völlig ideologiekonform, aber fortschrittlich, sie habe einen guten Leumund, genug Lebenserfahrung und eine Freundin, die zur Not aushelfen könne.

Inez musste es tun. Sie musste diese Sache endlich hinter sich bringen. Sie wollte die lästige Schwerfälligkeit los sein. Sie wollte den dicken Bauch los sein, die Tritte, die Schmerzen, diesen ganzen krankhaften Zustand, den Felix ihr angehängt hatte, sie wollte endlich wieder ihr Fahrrad nehmen, nach Wieck fahren und sich einen Jungen mit schönen Augen suchen, wie andere Mädchen auch.

Die Hebamme war verschwunden. Die Stationsschwester war mit der schreienden Frau beschäftigt. Aber Inez wusste, wie es ging. Sie musste sich nur der nächsten Welle anvertrauen. Sie legte sich rücklings hinein.

Beim Aufwachen saß ihre Mutter am Bett.

»Wo ist er?«

»Es ist vorbei«, sagte ihre Mutter. »Schlaf ein bisschen, mein Kind. Schlaf.«

Die Ostsee vergaß nichts, dachte Inez, während sich der Kühltresen im Café aus- und wieder einschaltete. Jahrelang lagerten die Abfälle auf dem Grund, überwuchert von Algen und Schlick, von angeschwemmtem Sand bedeckt, aber irgendwann wurde es hochgespült, und das, was zu schwer wog, um geborgen zu werden, vergiftete langsam das Wasser.

Diese Gedanken waren genau die, die sie nie hatte haben wollen.

Dieses Pathos.

Diese Schicksalsgläubigkeit.

Sie war kein Brackwasser.

Sie war nicht gestorben. Sie hatte auf Feldberg gehört und ihr Leben beendet, um noch einmal anzufangen. Sie dachte das ohne Bitterkeit. Was immer sein Ziel gewesen sein mochte, was immer er damals für Interessen verfolgt hatte, dachte Inez, es war ihre Entscheidung gewesen. Vielleicht hatte er gar keine Interessen verfolgt. Vielleicht hatte ihm bloß gefallen, wie sehr sie ihn brauchte.

Sie durfte in seiner Datsche übernachten, bis es zu kalt wurde. Sie bekam durch ihn einen Platz in einem Lehrlingswohnheim der Technologie der Landwirtschaft. Sie war kein Lehrling der Landwirtschaft, aber sie wollte nicht zu ihren Eltern zurück. Sie konnte es nicht. Sie wartete noch immer auf Felix, und dafür schämte sie sich. Feldberg kannte den Heimleiter des Wohnheims, und sie bekam ein Zimmer und eine Zimmergenossin, die im ersten Lehrjahr war. Niemand verlangte von ihr, nach Hause zu gehen. Davon, dass ihre Eltern alle Hebel in Bewegung setzten, um ihr Kind zu finden, hatte sie damals nichts erfahren. Sie erfuhr auch nicht, dass ihren Eltern wegen schlechter Einflussnahme der Kontakt vorläufig untersagt worden war.

Sie ließ sich gehen. Sie hatte angefangen, die Schule zu schwänzen. Sie schwänzte die Pflichtuntersuchungen beim Rat des Bezirkes. Sie hätte sich wiegen und Blut abnehmen und den Bauchumfang messen lassen müssen. Sie schwänzte diese Untersuchungen aus Angst oder weil sie eine Weile so tun wollte, als wäre alles beim Alten. Sie lebte in ihrer Vorstellung. Sie stellte sich vor, Felix könnte für ein, zwei Monate einfach nicht aus Karlshorst weg. Er hätte eine Übung, eine Prüfung, und könnte erst an irgendeinem fernen Wochenende wieder bei ihr sein. Oder sie stellte sich vor, Feldberg hätte ihm ihre neue Adresse verschwiegen, und Felix wüsste gar nicht, dass sie in ein Wohnheim gezogen war, und würde verzweifelt nach ihr suchen. Sie stellte sich vor, sie hätte tapfer auf den Kondomen bestanden und der Lurch, wie sie das Kind jetzt manchmal selber nannte, wüchse nicht in ihr. Sie stellte sich vor, die Schwangerschaft nur geträumt zu haben.

Feldberg konnte verhindern, dass die Jugendhilfe zu ihr ins Wohnheim kam. Er kannte dort jemanden, *keine so große Sache*. Er bestand darauf, sie von nun an in die Poliklinik zu fahren und von der Mütterberatung abzuholen, was eine undankbare Aufgabe war. Jedesmal gab sie ihm danach Anweisungen, wie mit einem Säugling umzugehen war, Anweisungen, die er an Felix Ton weiterleiten sollte. Sie weinte stundenlang. Sie flehte ihn an, sie zu Felix zu fahren, die einzige Bitte, die er ihr jedesmal abschlug.

An einem Freitag, an dem sie ausnahmsweise in der Schule war, wurde sie aus dem Mathematikunterricht geholt. Sie wurde ins Direktoriat gebracht. Dort saßen ihre Eltern. Ihre Mutter hatte verquollene Augen. Ihr Vater sprang auf, aber sie drehte den Kopf weg und setzte sich eilig hin. »Inez wurde bei einer strafbaren und unkameradschaftlichen Handlung erwischt«, sagte die Direktorin. »Als Kassenwart der Solidaritätsbeiträge für unsere Freunde in Angola und Mosambik hat sie eigenmächtig Geld für persönlichen Zwecke entnommen«, sagte die Direktorin. Eine Reihe trockener Kakteen schmückte das Fensterbrett. Dahinter war der Stadtgraben zu sehen. »Aus pädagogischer Sicht hält der Kreisschulrat es für sinnvoll, dass Sie bei dieser Aussprache mit Ihrer Tochter anwesend sind.«

Es waren immer die Freitage, die schwierig waren. Als Inez noch jünger gewesen war, hatte es an Freitagen *Hoppel-*

boppel gegeben, ein Gericht, bei dem Kartoffeln und Speck in eine Pfanne kamen und mit Ei vermischt gebraten wurden. *Hoppelboppel* hatte die Freitage leichtgemacht.

»Meine Tochter hat im Moment vielleicht einen *Spleen*«, hatte ihre Mutter gesagt. »Das heißt noch lange nicht, dass sie klaut!«

»Meine Mutter nimmt Volkseigentum wörtlich«, sagte Inez leise.

»Erklärst du uns das bitte«, sagte die Direktorin.

»Ich habe mich nicht an privaten Schätzen vergriffen. Also habe ich nichts geklaut.«

»Unser Kind ist in einer schwierigen Phase«, sagte ihr Vater. »Wir möchten Sie um Nachsicht bitten.«

»Ich verstehe das, Herr Kollege. Ich habe mich für Sie stark gemacht, sonst hätte ich Sie heute nicht dazubitten dürfen. Aber Nachsicht mit Dieben gehört nicht zu den Prinzipien einer sozialistischen Erziehung. Wir haben mit Ihrer Tochter schon über das häufige Schuleschwänzen und den Leistungsabfall geredet. Sie zeigt keinerlei Einsicht. Wir sehen uns gezwungen, einen Verweis auszusprechen. Der Kreisschulrat ist von diesem Vorfall unterrichtet, und ich sehe für eine Zulassung zum Abitur leider wenig Chancen.«

Ihr Vater glättete die Tischplatte, die aus einwandfrei faltenlosem Sprelakart bestand.

»Was bei den guten Leistungen, die Ihre Tochter bis vor kurzem noch vorweisen konnte, besonders bedauerlich ist.«

»Um welche Summe handelt es sich?«, fragte ihr Vater.

»Mein Mann möchte wissen, ob es einen Beweis dafür gibt, dass es unsere Tochter war.«

»Ist doch egal«, sagte Inez. »Die schmeißen mich sowieso raus.«

»Ich verstehe Ihre Enttäuschung.« Die Direktorin betrachtete Hans-Christian Rauters Hand. »Als Eltern wollen wir das Gute in den Kindern sehen. Wir vergessen, dass junge Menschen nicht immer in der Lage sind, das Gute von sich aus zu erkennen. Deshalb sind Institutionen wichtig, die sich als neutrale Instanzen um die Erziehung kümmern. Frau Rauter, auch wenn Ihnen unsere Maßnahmen hart vorkommen; sie sind ein Versprechen für die Zukunft. Auch Inez wird den richtigen Weg finden. Da bin ich sicher. In unserem Staat fällt niemand durchs Netz.«

»Handelt es sich um Pfennige?«, fragte ihr Vater. »Oder handelt es sich um fünfzig Mark?«

»Acht Mark fünfundsiebzig«, sagte Inez. »Soviel, wie ein Päckchen Rondo kostet.«

Ihr Vater hörte mit dem Kreisen der Hand auf.

»Man soll niemandem was schuldig bleiben«, sagte Inez. »Eure Rede. Außerdem hab ich's mir nur geborgt!«

Sie hatte sich das Geld geborgt, um Feldberg ein Päckchen Kaffee zu kaufen. Sie wusste, dass Feldberg Kaffee mochte. Auf der Datsche hatte sie ihn den ganzen Tag Kaffee trinken sehen. Im Schrank über der Spüle verwahrte er vier der teuren, silber-goldenen Päckchen.

»Ich musste mich jemandem erkenntlich zeigen.«

»Du weißt, dass du immer zu uns kommen kannst«, sagte ihre Mutter schließlich. »Egal, worum es geht. Das weißt du doch, oder? Inez! Komm nach Hause.«

»Selbstverständlich werden wir sofort – « Ihr Vater öffnete sein Portemonnaie. Die Direktorin hielt ihn zurück. »Das wird Ihre Tochter selber zu leisten haben«, sagte sie. »Ein Geständnis ist schon mal ein Anfang.«

Sie wurde wieder in den Unterricht geschickt. Als die

Stunde zu Ende war, ging Inez sofort zurück zum Direktoriat. Die Tür stand offen. Aber ihre Eltern waren nicht mehr da.

Feldberg versprach, seinen Einfluss bei der Direktorin und der Schulbehörde geltend zu machen.

»Du sitzt dick in der Tinte, weißt du das.«

»Ja«, sagte sie. »Ich reiß mich zusammen. Ich versprech's.«

»Und das ganze Geheule? Felix, Felix, Felix«, machte er. »Und dieses Geheule wegen dem Kind?«

»Das wird aufhören. Ab heute ist damit Schluss.«

Er gab ihr acht Mark fünfundsiebzig, damit sie das Geld sofort zurückzahlen konnte. Was mit ihren Eltern war, wusste er nicht. Er hielt es für besser, wenn sie erst mal im Wohnheim bliebe. Wenig später traf ein Schreiben vom Kreisschulrat ein. Es enthielt die Nachricht, dass Inez Rauter zur Ablegung des Abiturs an einer Erweiterten Oberschule der Deutschen Demokratischen Republik nicht zugelassen war.

Feldberg war zur Stelle. Er wartete auf dem Sandweg vor dem Haupteingang der August-Bebel-Oberschule auf sie. Er sagte, er habe es durch den *Buschfunk* erfahren, und ging mit ihr in eine Kneipe am Rand der Innenstadt und bestellte Schnaps.

Der Schnaps brannte. Die Frau hinterm Tresen sah sofort, was Sache war, und brachte ihr eine Bulette. Die Kneipe lag in der Nähe vom Schießwall und gehörte zu den Lokalen, die ihre Eltern nie betreten hätten. Lokale, in denen die Gäste schon morgens nach Alkohol rochen.

»Geht das auf deine Rechnung?«, sagte die Frau hinterm Tresen zu Feldberg.

»Seit wann zahlt bei mir die Dame, Uschi?«

»Das Mädel«, sagte Uschi. »Ob du das verbrochen hast.«

Zwei Männer am Nebentisch standen auf. Sie warfen Feldberg einen Blick zu, nahmen schweigend ihre Jacken von der Garderobe und gingen hinaus.

Feldberg sah ihnen hinterher. Dann sagte er gut gelaunt: »Was ist eigentlich mit deinem Großen, Uschi? Haben unsere Leute den wieder auf Vordermann gebracht?«

»Das weißt du doch.« Die Frau hielt den Zapfhahn fest. Das Bier floss über den Glasrand. »*Ich* habe dem Jungen nicht beigebracht, sich die Haare zu färben und die Klotüren im Bahnhof zu beschmieren. *Ich* habe ihn anständig erzogen. Mit dem muss schon in der Produktion was schiefgelaufen sein. Wir sind eine bescheidene Familie. Nie was zu Schulden. Mein Mann rackert sich ab, und dann kommt dieser Bengel und hetzt uns die Vopos auf den Hals –«

»Wenn er wieder draußen ist«, sagte Feldberg, »hat der einen Kurzhaarschnitt. Ohne den ganzen Kleister.«

Inez trank an diesem Tag drei Schnäpse. Danach verschwammen die Einzelheiten. *Lass mich tot sein.* Auch Felix kehrte nicht zurück. Wäre Feldberg nicht gewesen, hätte sie sich ins Bett gelegt und wäre nicht mehr aufgestanden. Oder sie wäre mit den Punks durch die Gegend gezogen, hatte sie später manchmal gedacht, und im Knast gelandet wie der Sohn dieser Kellnerin. Was mit dem Kind geschah, wurde ihr gleichgültig. Feldberg hatte Verständnis. Er arrangierte alles. Er sorgte dafür, dass sie einen Platz in der Facharbeiterlehre zugeteilt bekam. Er meldete Inez im Bezirkskrankenhaus an. Er redete mit dem Stationsarzt. Der Arzt hatte Kontakte zum Rat des Kreises, bei dem eine Namensliste lag. Auf der Liste waren adoptionswillige Ehepaare vermerkt, die der Jugendhilfe als vertrauenswürdig galten. Feldberg hatte ihr das alles mehrmals erzählt. Sie hatte das mehrmals wieder vergessen. Er machte ihr klar, dass das die beste Lösung wäre, die schmerzloseste, die notwendige.

Nach der Geburt durften ihre Eltern sie besuchen.

»Wo ist er?«

Im Café war es dunkel geworden. Der Kühltresen leuchtete. Ein langgestrecktes, bleiches U-Boot. So oft sie sich die Ereignisse von damals auch durch den Kopf rattern ließ, so oft sie sie noch durchrattern lassen würde, dachte Inez, sie würde kein Verhältnis mehr zu diesem Mädchen finden, das sie damals gewesen war. Ihr Verhältnis war bestenfalls ambivalent.

Und Ambivalenz war auf die Dauer schwer zu ertragen.

Zwiespältiges.

Mehrdeutigkeiten.

Die Leere, die vorn an der Felskante im Aufwind entsteht.

DAS MEER

Die Fähre legt an.

Der Junge verlässt den Steg.

Es ist Mittag.

Über dem Wasser liegt gleißendes Licht.

Sie sind ganz am Anfang.

Sie könnten jetzt dort sein, wo die Fischerkate steht.

Der Junge läuft auf die Kate zu. Der Strand geht in dorniges Gestrüpp über. In der Kate gibt es zwei Pritschen und eine Sturmlampe, und der Junge hält an.

Etwas entfernt bleibt er stehen.

Die Frau liegt da und schläft. Er sieht die Träger ihres BHs unter dem T-Shirt hervorblitzen.

Die Träger sind weißer als der Sand, weißer als die Farbe der Kalksteine, weißer als das Boot.

Ihre Haare sind verteilt auf dem Strohsack, der als Kissen dient. Die Feuchtigkeit, die sich im Stroh sammelt, dringt mit dem Geräusch der Ostsee in ihre Träume. Es sind Träume, in denen ein Junge den Strand hinaufkommt. Er nähert sich und wartet, an den Türpfosten gelehnt, darauf, dass sie erwacht.

Sie ahnt nicht, dass er ausgerechnet heute kommt, dass er überhaupt kommen könnte. Sie erkennt ihn sofort.

Er ist vielleicht fünf.

Als er sieht, dass sie wach ist, macht er einen Schritt auf sie zu. Er zeigt ihr seine Hände. In der einen Hand hält er einen Stein. Er legt den Stein vorsichtig auf den Rand ihres Bettes. Er sieht sie an.

Es gefällt ihr, ihn auf der Insel zu haben. Sie wird dafür sorgen, dass er bleibt.

So beginnt es.

Es beginnt mit dem Aufwind, der vorn an der Felskante weht.

PLINTHOSELLA SQUAMOSA

hielt das silberne Telefon in der Hand. Inez' Stimme war längst verstummt. Aber er konnte es noch immer nicht glauben. Rührung regte sich und verengte ihm die Kehle. Oft genug hatte er sich das vorgestellt: Tageszeitungen, die mit demselben Foto aufmachen. Morgenmagazine, die berichten. Radionachrichten, die die Neuigkeit gleich nach den Meldungen aus dem Bundestag bringen würden. *Vater und Sohn, nach langer Suche endlich vereint.*

Mit dem Telefon in der Hand, das er fassungslos anstarrte, musste er das Bild eines überwältigten Mannes abgeben. Er erlaubte sich das. Wenn Erik heute oder morgen das Schiff nach Stockholm nehmen und dann mit dem Nachtzug nach Berlin fahren würde, könnte er spätestens in achtundvierzig Stunden hier sein. Drei Wochen vor der Wahl. Wie ihm nun doch noch alles mühelos in die Hände spielte, dachte Ton, und eine Träne tropfte ihm auf den Hemdkragen.

Er machte das gut. Es waren heiße, authentische Tränen, die in den Augenwinkeln zusammenrannen. Tränen, mit denen sich jeder identifizieren konnte. Seine Wähler würden wissen, woran sie bei ihm waren. Er war ein Mann ohne Hokuspokus.

Energisch wischte er das Wasser weg.

Es gab Dinge zu erledigen, Termine zu machen. Die Ankunftszeit der Nachtzüge aus Stockholm musste festgestellt und eine Pressemitteilung aufgesetzt werden, in der stand, dass sein Sohn gefunden sei und man demnächst eine gemeinsame Pressekonferenz abzuhalten gedenke, Ort und Zeitpunkt würden rechtzeitig bekanntgegeben. Als er diese Aufträge seiner Biene, wie er unerwarteterweise dachte, telefonisch übermittelte, begann Maja vor Überraschung zu kreischen.

Sein Büro ging auf den *Platz der Einheit* hinaus, es hatte große Fenster. *Platz der Einheit* war einer der Namen, die erst nach der Wende so richtig zur Geltung gekommen waren. Die Mehrdeutigkeit hatte ihn vor dem Auslöschen bewahrt. Dieser Name war ein Geschenk, dachte Ton und verschränkte die Arme hinter dem Kopf. Damit ließ sich einiges machen. Wenn sich die Sportsfreunde mit ihren Kameras nicht allzu dämlich anstellten, konnte man ein schönes Bild rausholen: Schulterschluss zwischen Vater und Sohn, im Hintergrund der schwarze Schriftzug auf weißem Grund *Platz der Einheit*. Es mochte wie Kalkül aussehen, dass er sich mit seinem Immobilienbüro ausgerechnet hier eingemietet hatte. Dabei hatte er bloß ein gutes Gespür gehabt.

Die richtige Peilung.

Nur Feldberg hatte er unterschätzt. Der Mann wusste, wie man eine Sache deichselte. Er hatte es nicht verlernt. Er musste in den letzten zwanzig Jahren seine Technik auf den neuesten Stand gebracht haben. Die Leidenschaft, mit der sich Feldberg in seine Aufträge hineinkniete, störte allerdings ein bisschen. Ging ihm manchmal richtig auf die Nerven. Umso besser, dass das Kapitel Inez jetzt abgeschlossen werden konnte. Der Eifer, mit dem Feldberg sich besonders in diesen Auftrag hineingekniet hatte, hätte ihm am Ende noch gefährlich werden können. Schon die Rauschgiftanzeige gegen Inez war überzogen gewesen. Und jetzt diese abstruse Ödipusstory. Damit war er völlig übers Ziel hinausgeschossen. Aber das verlor einer wie Feldberg einfach aus dem Blick. Das sah der nicht mehr, wenn es mit ihm durchging. Vielleicht wusste Feldberg schon selbst nicht mehr, welche seiner Storys er sich ausdachte und welche nicht. *Ausbaufähige Legendierung.*

Dachte Felix Ton auf seinem cremefarbenen *Topstar Master*, der unter seinem Gewicht leicht wippte.

Aber schließlich brauchte ein Mensch eine Beschäftigung. Auch Feldberg. Mit einem vom Arbeitsamt bezahlten Anschubseminar zur Selbständigkeit und einem Detektivbüro, das dauernd an der Pleite vorbeischrammte, war kein Staat zu machen, wie man so sagte. Das warf nichts ab. Die gutbezahlten Aufträge in Feldbergs Branche hatten sich die Kollegen der Hauptabteilung II gesichert.

Da hatte es ein bisschen Gerangel gegeben. Ein paar unschöne Streitereien Anfang der Neunziger.

Futterneid, wenn man ihn fragte.

Am Ende hing alles von den Großkonzernen ab. Die trauten den Leuten von der Spionageabwehr mehr zu, obwohl das auf reiner Wortnostalgie beruhte. Mit der Realität hatte das nichts zu tun. Die westdeutschen Konzerntypen mussten in ihrer Jugend Spionageromane gelesen haben und hielten das Anheuern von ehemaligen HA II-Leuten jetzt für den ganz großen Coup. Dabei ging es oft nur darum, ein paar übereifrigen Lokalreportern das Handwerk zu legen.

Feldberg wäre dafür der richtige Mann gewesen. Der hätte

ihnen das für ein Drittel des Honorars gemacht. Er hätte nur mal einen vernünftigen Cappuccino mit einem der Medienheinis zu trinken brauchen.

Aber mit Realität, das hatte Ton schon kapiert, hatte das Leben selten zu tun.

Stattdessen musste Feldberg damit rechnen, dass man ihm die wenigen Aufträge wieder wegnahm, wenn einer seiner mittelständischen Auftraggeber spitzkriegte, dass er bei der politischen Truppe gewesen war.

Es tat gut, einem alten Kumpel ein Erfolgserlebnis zu verschaffen.

Dachte Ton und drehte eine Runde auf seinem Stuhl.

Verdammt gut.

Dass Feldbergs *Kontakt* im Landesumweltamt tatsächlich mehr war als ein Spruch aus alten Zeiten, das kam ihm, wenn er ehrlich war, immer noch erstaunlich vor. Und Ton war jetzt auch ohne Hennessy sehr ehrlich.

Glück hatte diese Ehrlichkeit verdient.

Der Spätsommertag vor dem Fenster war ungewöhnlich weich. Ein fasriges Licht fiel durch die Bäume. Die Federwolken luden dazu ein, die Sekretärin zu küssen, und Ton küsste seine Sektretärin, die sich wie immer etwas zu lange und zu tief in ihm festbohrte. Er gab ihr einen Klaps und sprintete die Treppe hinunter.

Eine überhitzte Straßenbahn brachte ihn zum *Schlaatz*. Er wusste, wo er Feldberg finden würde. Die Schwimmhalle am *Schlaatz* war wieder in Betrieb. Durch großzügige Öffnungszeiten versuchte die Stadt, die Kosten der Sanierung reinzuholen. Die Fassade sah immer noch ostig aus. Daran hatte die Sanierung nichts geändert. Das Dach glänzte greller, die Fassade war bemalt, aber der Vorbau im Eingangsbereich war aus billigem Glas und zeigte das ganze Ausmaß kommunaler Einfallslosigkeit. Da knallten sie Glasfronten vor den alten Schrott, dachte Ton, und gerieten darüber so aus dem Häuschen, dass ihnen völlig entging, wie durchsichtig Glas war. Es stellte bloß. Selbst dort, wo man den alten Osten abgerissen hatte, zeigte die Billigbauweise nur, was man von diesem Osten denken sollte; langweiliges Nick-Volk ohne Eigensinn, das bis auf weiteres gut vom Westen unterscheidbar wäre.

Schlaatz war ein Name, aus dem sich nichts weiter rausholen ließ. Er eignete sich bestenfalls zum Kosewort für Menschen mit Schrebergärten.

Dachte Ton und sprang übermütig aus der Bahn.

Der Countdown lief. Man würde den Jungen einkleiden müssen. Er hatte keine Ahnung, was dieser Kerl so trug und wie er drauf war. Er wusste nicht, wie er sich anstellen würde, wenn vor ihm ein Mikro stand. Vielleicht brauchte er einen Haarschnitt. Vielleicht hatte er schlechte Haut und müsste erst mal in die Maske. Da überlegte sich Feldberg die irrsinnigsten Schachzüge, aber auf die Idee, ein aktuelles Foto zu machen, kam er nicht. Im Grunde wusste er nichts von diesem Kerl, von seinem *Sohn*, dachte er, das musste er sich langsam mal angewöhnen. Das stand jetzt nicht mehr nur in der Zeitung. Der war jetzt echt. Wieder überkam ihn dieses leichte Ziehen in der Brust, das ihm signalisierte, wie unsicher er war. Sein Sohn war ein vierundzwanzigjähriger Mann, der ihm vielleicht sogar ähnlich sah. Ein jüngerer Ton. Ein besserer Ton. Ein guter Mensch, dachte Felix Ton schwungvoll, wofür er sich ein wenig anstrengen musste. Und als er darüber nachdachte, ob man von seinem eigenen Kind eine bessere Meinung hatte oder haben müsste und ob man mit ihm auf eine andere Weise umging als mit jedem anderen Menschen, und er sich fragte, auf welche Weise, fiel sein Blick auf eine große Plastikpalme im Eingangsbereich der Schwimmhalle. Früher hatte dort ein Mosaik gehangen. Es war der Sanierung zum Opfer gefallen. Ton war nie ein Freund von Mosaiken gewesen. Aber jetzt vermisste er es. Dieses Mosaik hatte das Leben noch als das dargestellt, was es war: eine kackbraune, schmutzige Drecksangelegenheit. Arbeit und Mühe. Und ganz selten mal ein Glitzerstein. Das war wenigstens ehrlich gewesen. Heute behängten sie Plastikpalmen mit Lichterketten, als wäre das Leben ein großes exotisches Abenteuer. Kein Wunder, dass die Leute depressiv wurden.

Ton löste ein Ticket.

Er lieh sich ein Paar Latschen und streifte seine Socken ab. Barfuß betrat er die Halle. Es roch nach Chlor. Um diese Zeit zogen nur wenige Schwimmer ihre Bahnen. Er entdeckte Feldbergs Badekappe, die sich den Sprungtürmen näherte. Feldberg war ein Hallenschwimmer. Das war er schon immer gewesen. Seit Ton ihn kannte, war er regelmäßig zweimal die Woche nach der Arbeit in die Schwimmhalle gegangen. Selbst im Sommer hatte Feldberg, so lange es ging, seine Bahnen in der Halle gezogen. Dabei lag die Ostsee direkt vor der Tür. Der Chlorgeruch störte Feldberg nicht. Ihn ekelte es vor offenem Gewässer. Das würde man von einem wie ihm nicht unbedingt erwarten, dachte Ton, das war geradezu exzentrisch. Wenn bei Sommerfeten auf der Datsche die ganze Truppe zur nahe gelegenen Badestelle gewankt war und sich jeder so, wie er geschaffen war, ins dunkle Wasser gestürzt hatte, war Feldberg am Ufer geblieben. Er hatte sich splitternackt ausgezogen wie alle, nur reinkommen wollte er nicht.

Er verschränkte die Arme und redete sich damit heraus, dass ihm auf einmal kalt wäre, dass er zu besoffen wäre, dass zu viel Chemie im Wasser wäre, das wisse man doch, das könne man ja sehen, wie dieser radioaktive Abfall die ganze Greifswalder Bucht leuchten lasse! Unter vier Augen sah die Sache allerdings anders aus, da war das eine ausgewachsene Phobie, das hatte Feldberg zugegeben, auch wenn ihm das nicht leicht gefallen war. Es war die nackte Angst vor der scheinbaren Endlosigkeit, mit der das Gewässer unter ihm in die Tiefe ging.

Ton stellte sich an den Rand des Beckens. In der Hand hielt er die feuchten Socken. Er wartete, bis Feldberg näher auf ihn zugeschwommen kam. Dann machte er ihm ein Zeichen.

»Kandidat ging im Anzug baden«, rief Feldberg und hielt sich an der Spuckrinne fest, die nicht wegsaniert worden war. »Diese Schlagzeile möchte ich in vier Wochen aber nicht lesen.«

»Dreieinhalb, Rainer! Dreieinhalb Wochen, in denen wir unseren medialen Siegeszug antreten werden!«

Feldberg setzte die Schwimmbrille ab. Seine Stoffbadekappe stammte noch von früher, grün-weiße Streifen, sie löste sich langsam auf. »Wieso?«

»Sie schickt ihn zu mir. So einfach geht das. Sie hat es mir am Telefon gesagt.«

»Deinem Gesicht nach zu urteilen, sprichst du von deinem Sohn.«

»Mach, dass du aus diesem Becken rauskommst! Wir müssen überlegen, wie wir die Nachricht am besten lancieren.«

»Deiner Wortwahl nach zu urteilen, sprichst du bereits von einem Wahlsieg«, sagte Rainer Feldberg und stemmte sich am Beckenrand hoch, bis er mit dem Bauch vor Ton auf den Fliesen lag. »Was möchtest du denn *lancieren*?« Er kam auf die Füße.

»Am Telefon«, sagte Ton noch mal. »Ist das zu begreifen? Warum haben wir uns solche Sorgen gemacht?

Feldberg schüttelte seine Arme, Wasser spritzte von ihm weg. »Sie will ihn zu dir schicken? Das hat sie gesagt?«

»Ja.«

Feldberg lächelte. »Sie ruft dich an, und du findest nichts daran seltsam?«

»Finden wir uns nicht alle ein bisschen seltsam?«, sagte Ton aufgeräumt.

»Ausgerechnet, nachdem ich sie an deine Schweinerei erinnert habe, will sie dir einen Gefallen tun?«

»Der weibliche Wahnsinn.«

»Langsam wird mir dieses Gespräch zu primitiv.«

»Du solltest froh sein, Rainer. Seit du hier vor ein paar Wochen wieder aufgeschlagen bist, haben sich keine Fortschritte in der Sache gezeigt.«

»Die *Sachlage* überdenken. Die Prioritäten *neu bewerten*. Erinnerst du dich? Das waren deine Worte. *Abwarten, wie die Dinge sich entwickeln.*«

»Weil du mir weisgemacht hast, du hättest das Vertrauen des Jungen gewonnen! So groß kann's aber nicht gewesen sein. Ich hatte schon angefangen, an deinem Können zu zweifeln.«

Feldberg streifte die Badekappe vom Kopf. »Das ist nicht der Wahnsinn der Frauen, Felix«, sagte er schließlich. »Das ist vollkommen unwahrscheinlich.«

»Wie auch immer. Dieses Kapitel ist damit abgeschlossen.«

»Ich habe dafür gesorgt, dass sie die Klappe halten wird.

Aber sie ist die Letzte, die dabei helfen würde, dir eine eindrucksvolle Legende zu besorgen.«

»Du meinst eine gute Story.« Ton bemerkte einen Anflug von Abscheu, ausgelöst von diesem mageren, weißen Körper, der da vor ihm stand.

»Nenn es, wie du willst.«

»Dein permanentes Misstrauen frisst dich noch auf.«

Feldberg schwieg.

»Erik nimmt die Fähre nach Stockholm und ist spätestens am Mittwoch hier. Und ich kann nicht sagen, dass das auf deinem Konto zu verbuchen ist.«

Feldberg holte Luft.

»Inez hat noch nie logisch gehandelt, Rainer. Gerade du solltest das wissen.«

»Ich habe nichts gesagt«, sagte Feldberg, dem das Wasser aus der Badehose tropfte und die Beine hinabrann.

»Mein Sohn ist im Anmarsch. Inez bietet mir die Friedenspfeife an. Der wiedervereinigte Vater wird ein Aufmacher. Nur du kannst nicht aufhören, Kalter Krieg zu spielen!«

»Bisher hast du meine Dienste gern in Anspruch genommen.«

»Ich werd's nicht vergessen, wenn ich im Bundestag sitze.«

Rainer nickte und ging zu einem der Stühle, die aufgereiht an der Wand standen. Er nahm sein Handtuch und band es sich um die Hüfte.

»Bevor du irgendetwas an die Presse gibst, Felix«, sagte er, »solltest du die Passagierliste der Fähre überprüfen.«

»Was soll das heißen?«

»Das heißt, dass ich nicht damit rechne, dass er kommt.«

»Gut, Rainer. – Mach du das.«

»Natürlich mach ich das.«

Für einen blitzartigen Moment waren Feldberg und er in der Spiegelung des Schwimmhallenwassers gemeinsam als eine verwackelte Gestalt zu sehen, nackt und im Anzug, bedeckter und unbedeckter Kopf, ein einziger Männerkörper vor dem bewegten hellblauen Grund.

»Das wird dann das Letzte sein, was du in meinem Auftrag machst«, sagte Felix Ton.

DIE FLINTSCHALE

Die Ostsee ist ruhig.

Nur dort, wo der Bug der Fähre eintaucht, reißt die Oberfläche. Gischt schießt unter dem Heck wirbelnd hervor und zieht sich als weiße Doppelspur in die Ferne, aus der ich komme.

Der Fährmotor stampft. Klintehamn ist noch nicht in Sicht. Ein Wolkenband verdeckt die Küste und den Hafen. Wir scheinen zu treiben. Es gibt keine Anhaltspunkte. Ein paar Möwen, die oben kreisen, drehen in verschiedene Richtungen ab. Nebel zieht auf. Der Kapitän sollte eine Durchsage machen. Er könnte wenigstens die Verspätung bekannt geben. Die Überfahrt von Stora Karlsö nach Klintehamn dauert normalerweise nur eine Stunde.

Oder mein Zeitgefühl spielt verrückt.

Vögel können das Magnetfeld benutzen oder die Krümmung der Erdachse, um zu navigieren. Sie wissen sogar in der eintönigen Weite der Ozeane, wo sie sind. Der Mensch dagegen starrt auf den Horizont, als ob es dahinter einen sicheren Hafen gäbe. Eine einzige Schwachstelle, da hatte Feldberg recht, ist dieses Ich.

Man hört, wie es klappert.

Die Nacht, in der Inez und ich uns gestritten hatten, liegt nicht lange zurück. Sie ist ein oder zwei Wochen her. Aber mir kommt es vor, als wäre sie vor Millionen von Jahren geschen. Und gleichzeitig geschieht sie noch immer.

Sie geschieht jetzt, auf der Fähre auf dem Weg zurück.

Regen und Dunkelheit haben Teile dieser Nacht gelöscht. Ich sehe mich bei ihr in der Hütte stehen, der Wein fliegt und klatscht an die Wand, das Glas fällt zu Boden. Ich sehe, wie ich Inez packe und sie anschreie und hinausrenne in den Regen. Aber so oft ich mir auch vorzustellen versuche, wie ich in dieser Nacht auf die Klippen gelangt bin, jedesmal verschwinde ich im Dunkel. Wenn ich versuche, mir selbst auf die Klippen zu folgen, ist da nichts. Als wäre das Bewusstsein unter Schock nur ein schwarzweißes Geflacker, durchdrungen vom Instinkt. Der Instinkt hatte mich getrieben.

Ich stand da, sechzig Meter über dem Meer, und der Wind drückte mir den Atem zurück in die Lunge. Der Wind war eisig, und ich starrte hinab, angezogen vom Sog der Tiefe, der mich bis dicht an die Kante trieb, vom Echo der Vögel, die längst nicht mehr schrien, aber sie schrien in meinem Kopf, und nur der Aufwind schien mich noch zu halten.

Ich war reich. Ein Reichtum, der nicht leicht zu erklären ist und der sich auch erst im Laufe der Zeit vom Gefühl zum Gedanken entwickelt hat. Dort oben spürte ich, dass alles möglich geworden war. Ich war grenzenlos und leicht. Ein einziger Schritt trennte mich vom Abgrund, trennte mich noch davon, es mit derselben Leichtigkeit, mit demselben instinktiven Vertrauen zu tun wie die Vögel und mich der Anziehungskraft der Leere für einen kurzen, berauschenden Moment hinzugeben, damit dieser Reichtum in mir für immer in der Kälte der Nacht aufgehoben sein würde.

Ich öffnete meine Hose und pisste in die Nacht.

Pisste in hohem Bogen die Klippen runter.

In meinem Zimmer lag der Rucksack gepackt auf dem Bett. Über dem Stuhl hing meine Cargohose. Alles war vorbereitet. Morgen hatte ich abfahren wollen.

Bye bye und *fuck u!*

In meinem Kopf schien eiskaltes Wasser hin- und herzuschwappen. Die Haare klebten mir im Gesicht. Ich zog mich aus. Ich trocknete mich ab, ich nahm ein zweites Handtuch vom Haken und legte es mir vorsichtig über den Kopf. Jede Bewegung ließ das Wasser schwappen, also bewegte ich mich nicht, tastete mich zum Bett, wollte unter die Decke kriechen, mich zusammenrollen und schlafen, bloß nicht denken, schlafen bis zum Morgen, wenn die Fähre fuhr.

Ich hatte vorgehabt, auf direktem Weg nach Hause zu fahren, die Chucks und meine Sommerklamotten in die Kleidersammlung zu geben, mir einen neuen Anzug kaufen und ein paar Hemden, mich endlich an der Uni einzuschreiben und meiner Mutter nichts von dem zu erzählen, was auf dieser Insel passiert war. Ihr nicht und sonst keinem.

Aber ich sah Inez mit dem Weinglas vor mir, Inez im grasgrünen Tanktop, Inez auf den Stufen des Palazzo, ich stellte mir vor, wie sie in diesem Augenblick mit dem Eyeliner vor dem Spiegel stand, wie sie ihr Gesicht prüfte und auf mich wartete, und legte mich nicht ins Bett. Ich zog die Cargohose an und ein Polo-Shirt, das einzige, was sauber und trocken war, und machte mich zum zweiten Mal in dieser Nacht auf den Weg zu ihr.

Sie saß am Ende des Sofas. Sie saß reglos da, und ich merkte, dass ich immer noch fror. Meine Hände waren kalt vom schneidenden Wind. Ich schloss die Tür und ging hinüber zu ihr. Die rote Stehlampe brannte. Das leere Weinglas stand vor ihr auf dem Tisch. Ich setzte mich neben sie. Ich legte meine Hand auf ihren Oberschenkel. Die Hand war so kalt, dass ich ihre Körperwärme nicht spürte. Erst langsam erwärmte sie sich, bis ein Kribbeln entstand und Hitze in die Fingerkuppen schoss.

Inez saß da, wie sie wahrscheinlich die ganze Zeit dagesessen hatte, eine Stunde oder zwei, solange ich weg war, oben auf der Klippe, als ich da stand und daran dachte, das Gewicht zu verlagern und dem Sog nachzugeben.

»Wo warst du?«

»Rumlaufen.«

»Gut, dass du wieder da bist.«

»Darf ich reinkommen?«

»Pass auf, da sind Scherben.«

»Hast du gehofft, ich würde nicht wiederkommen?«

»Komm rein.«

Sie saß auf dem Sofa, und ich wollte sie anfassen. Ich wollte diese Frau berühren. Ich wusste, wie es sich anfühlte, sie zu berühren. Es musste eine Berührung geben. Die Berührung würde uns aus der Starre erlösen. Die Frage war nur, welche. Die Frage war, ob die Berührung sein durfte wie immer. Oder ob diese Berührungen verboten waren jetzt, wo jede Berührung unter Generalverdacht stand. Zwischen vorher und nachher blieb die Berührung doch gleich. Aus meiner Hand war nicht die eines anderen geworden. Aus unseren Körpern nicht die Körper anderer. Die Müdigkeit bewirkte, dass ich meine Hand wie einen Gegenstand bewegte und mit diesem Gegenstand ihre Hose aufmachte. Ich fasste sie an, ich öffnete den Reißverschluss ihrer Jeans. Ich machte das nicht schnell und nicht langsam. Ich machte es, ohne zu überlegen, und so, dass sie meine Hand jederzeit wegschieben konnte. Aber sie reagierte nicht. Sie saß da, als ginge sie das nichts an. Ich drängte mich an sie. Ich zog den Reißverschluss auf und schob meine Hand, die ein Gegenstand war, in ihre Hose. Ihr Körper war warm. Ich spürte ihre Wärme und den Haarflaum und den Stoff ihres Slip, ich zwang ihrem Körper meine Hand auf. Ich zwang sie zu reagieren, wenigstens körperlich, wenn ihr Gesicht schon nicht reagierte, wenn ihr Gesicht so reglos blieb. Wir sagten nichts. Ich spürte, wie sie nass wurde, den Kopf zurücklegte und kam.

Vielleicht ist es Einbildung. Vielleicht sind das Bilder, die der Rausch verursacht hat, das Atropin im Blut. Aber die Bilder sind so deutlich, als würde das alles jetzt geschehen, als geschehe es noch immer. Die Aggression ist noch da, das Brennen im Hals, die Schwerelosigkeit.

Ich zwang Inez zu mir zurück.

»Darf ich hierbleiben über Nacht?«

»Nicht mehr lange, Erik, dann ist es Morgen.«

Ich sehe mich aufstehen vom Sofa und meine Jacke ablegen. Ich hatte vergessen, sie auszuziehen. Ein Stück Papier fiel herunter. Ich bückte mich. Es war die Visitenkarte, die Feldberg mir gegeben hatte. Ich faltete sie auseinander. Ich machte das automatisch. Meine Finger waren aufgetaut, Inez' Körper hatte sie gewärmt, trotzdem dauerte es ewig. Dann stand ich da, mitten im Zimmer, und starrte Feldbergs Telefonnummer an, die Adresse, den Firmennamen. MEGA

OPERATION & RISK PROTECTION. Auf der Rückseite der Karte stand: *Ihr väterlicher Freund.*

Es dauerte genauso ewig, ehe mir klarwurde, dass das nicht stimmte.

Was Feldberg eigentlich hatte notieren wollen, war: *Ein Freund Ihres Vaters.*

Ich sehe mich die Visitenkarte zerreißen. Ich sehe die Schnipsel zu Boden fallen. Ich sehe mich erneut nach der Jacke greifen, um sicherzugehen, nicht noch mehr solcher Maskottchen mit mir herumzutragen. Ich untersuchte beide Jackentaschen. Ich stülpte sie nach außen. Ich wollte alles los sein und fand nur zwei Tollkirschen, die ich im Sommer gepflückt hatte. Sie waren vertrocknet.

Ich sehe mich vor Inez stehen und ihr die offene Hand hinhalten, die Irrbeeren, die Schlafbeeren, ich sehe mich die Früchte über den Handteller rollen. Ich bin wie weggetreten, ein Zuschauer schon, als ich Inez berührte, und noch bevor ich an einer der trockenen Beeren leckte. Ich war wie weggetreten, als ich ein winziges Stück abbiss, die Bitterkeit auf der Zunge schmeckte, das Grasige, es runterschluckte. Ich schluckte das Zeug voller Angst und im Bewusstsein, mich zu vergiften. Ich wollte das. Ich wollte neben Inez sitzen, die so tot da saß, und gegen meine Angst vor dem Tod auch tot sein. Ich schluckte das bisschen Beere und hielt Inez die geöffnete Hand hin. Ich halte ihr die geöffnete Hand hin, und sie regt sich nicht. Da nehme ich eine der vertrockneten Beeren, beiße noch ein Stück ab, pule es aus meinem Mund, schiebe es ihr zwischen die Lippen, die sie öffnet, automatisch öffnen sich ihre Lippen unter der Berührung meiner Finger, und ich sage *schlucken*, und sie schluckt. Und nach einer Weile beginnt ihr Gesicht auseinanderzufließen, ihr Körper löst sich, löst sich auf. Ich kann nicht unterscheiden, ob Inez sich entspannt oder ob es die Entspannung des Zimmers ist, die auf Inez übergreift, sie überspült, sie langsam auf mich zutreibt. Ich kann nicht sagen, ob sie mit dem Zimmer langsam verschwimmt, in dem ich sitze, ob sie sich um mich herum ausbreitet und mich einhüllt oder ob ich das Zimmer bin. Ich nehme sie in mich auf, lasse sie ein, bis ich ihre Lippen, ihren Mund spüre, an den Schultern, am Hals, an der Stirn. Ihre Hände, ihren Leib, der mein Leib ist, mein Kopf, mein Geschlecht.

Als wir runterkamen, schien die Sonne.

Mir war übel.

Ich ging nach draußen und setzte mich auf einen Stein.

Eiswasser überspülte meinen Schuh und stach in meinen Knöchel. Der Sand war weißgold und schwer. Ein Schiff fuhr ganz hinten auf der Ostsee.

Später kam Inez zu mir hinaus. Sie berührte meine Schulter. Ich drehte mich zu ihr um, und sie fragte, wie es mir gehe, und es ging mir gut. Ich merkte, wie die Übelkeit in der kalten Luft langsam verschwand. Inez sah schön aus. Sie hatte ihre schmalen, grünen Ohrringe angelegt und sich die Lippen geschminkt, ein schimmerndes, weiches Rot. Sie setzte sich neben mich. Sie legte mir ihre Hand in den Nacken und schob sie mit Druck auf den Fingerspitzen meinen Hinterkopf hoch.

Nach einer Weile fragte sie, ob ich einen Espresso wolle, und ich wollte einen, und wir gingen in ihre Hütte zurück, und als wir den Espresso getrunken hatten, zog ich sie aus. Ich machte das langsam und mit einem klaren Kopf. Ich legte ihre Arme frei, die Brüste, ihr schönes Gesicht, sie sah mir dabei zu, und ich dachte an Schwämme in Feuersteinen, *Plinthosella squamosa*, wie Inez gesagt hatte; klappert, bleibt aber unsichtbar. Das war es, was mir passierte. Was mich veränderte in dieser Zeit mit ihr. In dieser Zeit auf der Insel.

Es war hell im Raum, und sie küsste mich, und das ist der Augenblick, in dem es begann.

DAS MEER

Es beginnt mit dem Jungen, der den Strand überquert.

Er könnte vom Meer aus gekommen sein. Oder er kam über den schmalen Weg, der zwischen den Felsen zum Strand hinunterführt. Der Junge weiß nichts von ihr. Von sich selbst weiß er wenig. Er trödelt. Er bückt sich. Er findet einen Stein. Er untersucht ihn, hält ihn sich ans Ohr.

Er ist vielleicht fünf.

»Wo warst du?«

»Rumlaufen.«

»Ich bin froh, dass du wieder da bist.«

»Darf ich reinkommen?«

»Pass auf. Da sind Scherben.«

»Hast du gehofft, ich würde nicht wiederkommen?«

»Hattest du keine Angst, wiederzukommen?«

»Nein. Hast du Angst?«

»Jetzt nicht mehr.«

»Kann ich hierbleiben über Nacht?«

»Es ist bald Morgen, Erik.«

»Man sieht's gar nicht.«

»Was?«

»Wegen dieser Helligkeit, meine ich. Man sieht nicht, ob es Morgen ist oder noch Nacht.«

Der Stein, den der Junge findet, hat ein Loch. Dort ist vor Millionen Jahren Meerwasser eingedrungen. Das Wasser hat die Steinwand an einer Stelle durchbrochen und das Innere ausgewaschen. Der Junge legt seinen Zeigefinger auf die Stelle. Er weiß nicht, dass dort, wo jetzt sein Zeigefinger liegt, einmal der Stiel eines Kieselschwamms aus der Flintschale ragte und dem Wasser einen Angriffspunkt bot. Das Wasser hat den Stiel zersetzt. Beim Eindringen in den Stein wurden die Kreidereste ausgespült. Der Schwamm, der lose im Gehäuse lag, versteinerte.

Das ist es, was der Junge hört. Ein feines Klappern.

»Ich hatte Angst, dich nie wiederzusehen.«

»Da bin ich.«

»Ich hatte solche Angst. Erik?«

»Ja.«

»Es ist zu dunkel.«

»Was meinst du?«

»Man sieht es uns nicht an.«

»Was soll man denn sehen?«

»Nichts, Erik.«

»Ich werde nicht auf die Fähre gehen.«

»Du bleibst?«

»Ich fahre nicht zurück.«

Der Junge steht mit seinem Stein am Strand.

»Du hast mir nie gesagt, woher die Küken eigentlich wissen, zu wem sie gehören, wenn sie aus dem Nest gefallen sind.«

»Sie erkennen sich an der Stimme. Schon beim Brüten wiederholen die Altvögel einen bestimmten Laut. Das Junge in der Schale prägt sich diesen Laut ein. Wenn es schlüpft, imitiert es diesen Laut. Daran erkennen es die Eltern später eindeutig wieder.«

»Wie viel später?«

»Wenn sie sich auf dem Durcheinander auf dem Wasser suchen.«

»Und nach ein paar Jahren? Würden sie sich dann auch wiedererkennen?«

»Unwahrscheinlich.«

»Das hört irgendwann auf?«

»Es hört auf.«

»Als ich da oben stand, ging es immer weiter.«

»Du bist bei dem Wetter auf den Felsen gewesen?«

»Ja.«

»Du warst auf den Klippen?«

»Da oben hatte ich das Gefühl, reich zu sein.«

»Was meinst du damit, Erik?«

»Ich weiß nicht. Es war so ein Gefühl.«

Der Junge spielt am Strand. Er hockt sich hin und sucht nach einem Stein, der noch schöner ist, er sucht den Schönsten von allen. Es ist Mittag, als sie ihn sieht. Sie läuft zu ihm und nimmt seine Hand. Sie hält ihn fest, damit er nicht zu nah ans Wasser gerät und ertrinkt. Sie fragt ihn, ob er mitkommen möchte mit ihr. Zusammen gehen sie zur Hütte, der Junge und die Frau, deren Träger weiß unter dem Shirt hervorleuchten.

»Dein Haar ist noch genauso weich.«

»Es gefällt dir?«

»Es ist dunkler. Nicht blond.«

»Es gefällt dir, wenn es dunkler ist?«

»Es könnte sein, dass ich dich sonst verwechsle.«

»Du kennst mich doch.«

»Das spielt keine Rolle.«

»Mit wem solltest du mich verwechseln?«

»Mit einem Fünfjährigen, der zwischen den Felsen verschwindet. Ich muss ihn retten. Aber meine Füße versinken im Sand.«

»Hat er einen Namen?«

»Nein.«

»Hast du dich je gefragt, ob er einen Namen hat?«

»Es ist ein Traumkind.«

»Du hättest dir einen ausdenken können.«

»Erik«, sagte Inez langsam. »Würde dir das gefallen?«

»Sehr.«

»Weißt du, wie ich darauf gekommen bin?«

»Sag's mir.«

»Er ist aus denselben Vokalen«, sagte Inez. »*I* und *e*. Man muss nur die Reihenfolge verändern.«

»Das ist mir noch nie aufgefallen.«

»Es ist ganz einfach.«

Der Junge schaut an der Frau hoch, die neben ihm geht. Er hält ihre Hand fest in seiner. Den Stein hat er in die Tasche seiner grünen Shorts gesteckt. Er beult die Tasche aus. Der Junge hat Durst, aber er sagt nichts. Er geht neben ihr. Sie wissen beide nicht, was auf sie zukommt, welche der Geschichten ihre sein wird. Aber nur sie denkt darüber nach. Sie denkt, dass es egal ist, solange sie sie miteinander erleben.

Als sie die Tür ihrer Hütte öffnet, fällt Sonne hinein bis zum Tresen. Sie hebt den Jungen hoch und setzt ihn auf einen der Hocker. Sie nimmt ein Glas aus dem Schrank. Sie füllt es mit Apfelsaft und Wasser aus dem Hahn. Sie stellt es dem Jungen hin, der gierig trinkt und sie auch beim Trinken nicht aus den Augen lässt.

»Erik ist ein guter Name. Ich würde sofort stehenbleiben, wenn du mich rufst.«

»Du würdest auf mich hören?«

»Ich würde nicht allein zum Strand gehen.«

»Da bin ich froh.«

»Ich werde nicht ertrinken.«

»Du würdest auf mich warten, und dann würden wir gemeinsam zum Ufer gehen.«

»Ja.«

»Ich würde dir vieles beibringen.«

»Zum Beispiel?«

»Zum Beispiel, dass man Vögeln nicht den Hals umdreht.«

»Das war ich nicht.«

»Ich weiß.«

»Ich war es wirklich nicht! Das war ein anderer!«

Der Junge hat das Glas ausgetrunken. Er stellt es zurück. Er sieht sich in der Hütte um. Er sieht sich an, was auf dem Tresen ist. Eine angebrochene Tafel Schokolade. Ein zweites Glas Apfelschorle, von dem die Frau noch nicht getrunken hat. Ein Messerblock. Ein Notizbuch. Er fasst nichts an.

Auf dem Deckel des Notizbuches sind ein paar Buchstaben. Der Junge hat noch nicht lesen gelernt. Er nimmt Buchstaben wie Bilder wahr. Er sieht zwei Torbögen mit in der Mitte durchhängendem Dach, zwei spitze Hüte, einen grinsenden Mund mit zu weit hochgezogenen Mundwinkeln, und am Ende sieht er eine sich aufrichtende Schlange. Die Frau liest es ihm vor. Er wiederholt das Wort.

MURAMARIS.

Sie erklärt ihm, dass es *Behausung am Meer* heißt. Dass manchmal die wörtliche Übersetzung nichts mehr mit der Bedeutung zu tun hat. Dass es falsch ist, sich immer auf den Ursprung zu verlassen, auf die Herkunft eines Wortes, auf seine Abstammung.

Der Junge versteht nicht, was sie sagt. Für ihn zählt nur der Klang. Der Klang ihrer Stimme, ihres Lachens, als sie *Behausung* sagt. Sie lacht, weil das Wort so altmodisch ist. Und da muss auch er lachen. Er rutscht kichernd vom Hocker. Die Frau fängt ihn auf. Sie wirbelt ihn durch die Luft. Als der Lachanfall vorbei ist, nimmt er aus der Tasche seiner grünen Shorts den Stein. Er legt ihn neben das Wort. Er sagt der Frau, dass der Stein klappert.

»Weißt du noch, als du zum ersten Mal mit mir an den See gefahren bist?«

»Wovon redest du, Erik?«

»Du hast mir gezeigt, wie man schwimmt. Erinnerst du dich nicht? Wie wir eine Stelle gesucht haben, wo keine Entengrütze war? Du hast mich mit beiden Händen im flachen Wasser gehalten und gesagt –«

»Ich weiß es nicht.«

»Natürlich weißt du es!«

»Immer schön den Kopf oben lassen?«

»Genau: Kopf hoch. Und die Finger zusammen.«

»Du wolltest keinen Schwimmring. Du hast dich gewehrt.«

»Was noch?«

»Als du das erste Mal Schnee gesehen hast, warst du noch sehr klein.«

»Dann bin ich an einem kalten Tag geboren?«

»An einem kalten Tag im Frühwinter.«

»Hat mir der Schnee gefallen?«

»Sehr.«

»Wie sehr?«

»So sehr, wie es dir gefallen hat, auf dem Karussell zu sitzen.«

»Mehr als Zugfahren?«

»Zugfahren wolltest du nie.«

»Auch nicht zur Schule gehen.«

»Meistens wolltest du nur bei mir am Bettrand sitzen und den Zigarrettenwolken zusehen, wie sie zur Zimmerdecke steigen. Aber als ich dich an der Eingangstür geküsst habe, das hat dir gefallen.«

»Gefällt es dir?«

»Sehr, Erik. – Mach es noch mal.«

»Es ist schöner als Schnee. Und weißt du noch, wie ich meine Hände unter eines deiner weiten Hemden geschoben habe?«

»Deine verwahrlosten Hände.«

»Ich habe sie auf deine Brust gelegt. Ich habe sie so auf deine Brüste gelegt.«

»Und das ist die Wahrheit?«

»Das ist es, was ich will.«

»Du könntest auch etwas Vernünftiges wollen.«

»Mir fällt nichts Vernünftigeres ein. Mir fällt überhaupt nichts anderes ein.«

»Leg deine Hände noch ein Stückchen höher, Erik. Mach die Haken auf.«

»Dann lass uns reingehen.«

»Niemand sieht uns.«

»Lass uns trotzdem reingehen.«

»Gut.«

»Aber wir machen kein Licht. Ich muss mich noch daran gewöhnen.«

»Wir brauchen kein Licht, Erik. Es ist hell.«

»Ich glaube, man würde sowieso nichts sehen. Du hast recht. Man hat bisher auch nichts gesehen.«

»Mal abgesehen von der Sonne auf deinen kräftigen Beinen sehe ich gar nichts.«

»Meinst du, du kannst dich für mich auf den Bauch legen?«

»Wenn du noch immer so schwer und behutsam bist.«

»Ich bin immer noch der Gleiche.«

»Dunkler als blond?«

»Wenn du willst.«

Die Frau streicht dem Jungen über den Kopf. Sie denkt an das Neue und das Alte, das noch zu Entstehende und das Entstandene, aber auch an das Eigene und das Eigene der anderen. Der Junge bemerkt, dass sie ihm nicht zugehört hat. Er sagt es noch einmal. Er sagt ihr, dass der Stein klappert. In der Hütte ist es warm von der Sonne, die durch die noch immer offene Tür fällt. Die Frau streichelt die Wangen des Jungen und versichert ihm, dass sie ihn verstanden hat. Sie sagt, wie schön es ist, dass er einen solchen Stein gefunden hat. Dass es seltene Steine sind. Dass man von den Versteinerungen im Inneren des Gehäuses normalerweise nichts ahnt. Dass man sie in diesem seltenen Fall aber hören kann. Der Junge nickt. Sie stehen in der sich erwärmenden Hütte. Die Hand der Frau liegt an der Wange des Jungen.

»Inez, hörst du den Wind?«

»Ja.«

»Ich dachte, ich wäre eingeschlafen.«

»Dein Haar ist verschwitzt.«

»Es fühlt sich an wie Schlaf.«

»Träum weiter, Erik.«

»Grüne Shorts gefallen mir nicht.«

»Du bist auch nicht dunkel.«

»Wirst du noch da sein, wenn ich aufwache?«

»Ich bin da, solange es dauert.«

»Ich will trotzdem wachbleiben! Ich muss aufpassen, bis du einschläfst. Aber ich kenne mich; wenn ich gerade damit anfange aufzupassen, ist es Mittag, und du bist weg.«

»Ich gehe nur weg, um uns einen Espresso zu machen.«

»Du musst mir sagen, was du möchtest.«

»Es ist alles da.«

»Dann erzähl mir was, damit ich weiß, dass du nicht weggehst.«

»Es ist alles da, Erik. Der Leuchtturm auf dem Plateau. Das türkisfarbene Wasser. Die Häuser in der Bucht. Die schwimmenden Pontons und sie, die winkt, bis ihre Hand von den Vögeln, die hinter ihr die Felsen ansteuern, für ihn zu unterscheiden ist. Die Fähre verliert an Fahrt. Leise und dunkel hängt das Summen des Motors über der Bucht. Was noch zu hören ist, sind die Vögel. Die Schreie, mit denen sich die Lummen in die Tiefe stürzen. So vertrauensvoll und ohne Ahnung. So beginnt es. Die Fähre legt an. Es ist Mittag. Über dem Wasser liegt gleißendes Licht. Der Junge verlässt das Boot. Die Frau hält den Arm des Jungen. Er ist dicht an den Rand des Stegs geraten. Sie hält seinen Arm nur kurz. Sie weiß nicht, dass er ausgerechnet heute kommt. Er ist schlank und hat einen wachen Blick. Er stellt seinen Rucksack ab am Strand und verschattet die Augen, um den Ort zu betrachten. Das Museum. Das Café. Die Kate am Strand. Es gefällt ihr, ihn hier auf der Insel zu haben.«

DIE FLINTKUGEL

Die Fähre hat ihre Geschwindigkeit gedrosselt. Wir nähern uns dem Ufer von Gotland, auch wenn noch nichts davon zu sehen ist. Der Kapitän kam vor einer Weile in den Passagierraum und entschuldigte sich für die Verspätung. Der Nebel habe die Überfahrt verzögert. Er rechne noch mit einer Viertelstunde bis Klintehamn, eine Viertelstunde, die mir bleibt, um diese Geschichte bis zum Ende durchzugehen. Dann wird Klintehamns Betonmole auftauchen, ein paar Boller, Schmutz und verrottende Planken. Wenn ich Glück habe, wartet der Bus.

In meinem Kopf steigen noch immer gellend die Vögel auf. Sie werden auch nach dem Anlegen der Fähre noch Wochen und Monate und Jahre meines Lebens aufsteigen. Vieles andere wird verblassen. Manches verschwimmt schon jetzt, wirkt in der Rückschau schon so, als wäre es einem anderen geschehen, nicht mir. Aber es gibt Augenblicke, die sich davon abheben, die herausstechen, die auf eine Weise zu mir gehören, in der die Geschichte meines Vaters beispielsweise nie meine werden kann; Erbe des Ostens hin oder her.

Die Journalisten werden es anders sehen, und sie werden es in ihren reißerischen Beiträgen auch anders darstellen. Vielleicht werde ich eine Gegendarstellung formulieren. Vielleicht schaffe ich es, von diesen Augenblicken zu erzählen, so, wie sie für mich geschehen sind. Mir soll niemand ins Gesicht sagen können, dass es eine falsche Entscheidung gewesen sei, meine Entscheidung für Inez.

Aber ins Gesicht sagen sie einem sowieso nichts.

Es wird nur dieses Schweigen geben, das die Leute parat haben für Geschehnisse, die sie nicht einordnen können. Selbst meine Kumpel werden die Klappe halten. Sie werden sich hinter ihren Globetrotterfotos verschanzen, weil ihnen diese Art der Exotik zu dicht auf die Pelle rückt und den Ernst ihres Lebens aus der Verankerung zu reißen droht. Wenn wir uns treffen, werden sie mich abklatschen, hysterischer als ihre Frauen, und mir erklären, was für ein seltsamer Vogel ich bin, *drei Monate auf 'ner zugekackten Insel?,* und beim Bowlen oder Barbecue, was immer seltener vorkommen wird, werden sie erwarten, dass ich dieser Rolle auch entspreche.

Nur Felix Ton dürfte ein bisschen was kapieren. Ihm müsste klar sein, dass bei Blutsverhältnissen nichts auszurichten ist. Er hat seine Alten, die er nicht loswird, seine Alten im Sumpf. Das wird die einzige Gemeinsamkeit bleiben zwischen diesem Mann, der mein Vater sein soll, und mir. Seine Kampagne werde ich nicht unterstützen. Aber vielleicht fahre ich nach Potsdam, um ihn mir beim Wahlkampf anzusehen. Er wird es nicht leicht haben. Bis zur Wahl sind es noch sieben Tage. Die Journalisten werden sie nutzen, um ihre Klatschblätter zu füllen. Sie waren nicht zimperlich, als sie in unsere Hütte eindrangen. Man hatte sie instruiert, *indoktriniert*, hätte Feldberg wahrscheinlich gesagt, *einseitige Informationsbeschaffung*. Informationen, für die er die einzige Quelle war.

Wir waren in Trance, Inez und ich. Seit ich in jener Nacht vor zwei Wochen frierend und durchnässt zu ihr zurückgekommen war, hatten wir nicht mehr über meine Abreise gesprochen. Wir hatten nicht über Trennung gesprochen. Mit der Nacht auf der Klippe hatte das, was von dieser Geschichte uns gehört, in Wahrheit begonnen. Inez spürte das. Ich spürte das. Vielleicht hatten wir es schon verstanden, als ich neben sie auf das Sofa gekommen war. Wir waren berauscht. Wir waren so weltvergessen, dass ich das Auftauchen der Journalisten, die eines Morgens in der Hütte standen, anfänglich noch komisch fand.

Die Hüttentür hatte nicht offen gestanden. Sie war auch nicht abgeschlossen gewesen. Inez schloss selten ab. In der Zeit, als Guido so uncool geworden war, hatte sie nachts manchmal die Hütte von innen verriegelt, und wenn sie nach Visby fuhr, benutzte sie das Sicherheitsschloss. Aber die Plötzlichkeit, mit der auf einmal Fremde im Zimmer gewesen waren, hatte mich denken lassen, die Tür habe sperrangelweit offen gestanden.

Wir lagen im Bett.

Wir hörten Stimmen.

Es blieb keine Zeit mehr, sich anzuziehen. Jemand riss die Tür zum Schlafzimmer auf. Inez lag auf der Seite, mit dem Rücken zum Eingang. Sie war unbedeckt. So blieb sie, während ich das Klicken eines Auslösers hörte und versuchte, die Decken vom Boden zu angeln. Ich hatte keine Ahnung, welche Tageszeit es war. Es fühlte sich an wie morgens, aber es konnte nicht morgens sein, weil der blasse Schatten des Ginsters an der Schlafzimmerwand schon zu weit nach unten gewandert war. Später erfuhr ich, dass das Boot gegen zwölf am Steg festgemacht hatte. Es war ein Fischerboot, gechartert im alten Fischereihafen von Klintehamn, weil die Fähre an diesem Tag nicht fuhr. Es hatte Kurs auf Norderhamn genommen. Als die Praktikantin die kleine Gruppe mit einer Kameraausrüstung aussteigen sah, war sie davon ausgegangen, dass sie angemeldet sein musste. Statt Inez auf dem Handy herbeizurufen, hatte sie den Leuten den Weg zu ihrer Hütte gezeigt.

Ich sprang auf, griff nach einem Kissen, hielt es mir vor den Körper, sprang wie ein Frosch zur Schlafzimmertür und knallte sie zu.

»Scheiße, was wollen die denn hier?« Ich musste lachen. »Hast du die Paparazzi nicht abgehängt?«

Inez drehte sich auf den Rücken, legte die Hände aufs Gesicht und sagte kein Wort.

»Scheiße.« Ich fuhr in die Jeans und warf mein Shirt über. Inez rollte herum und griff nach meinem Arm. Sie wollte mich zurückhalten, aber ich war schon draußen. Beim Verlassen des Schlafzimmers dachte ich, es müsse sich um Aufnahmen für eine Natursendung handeln, Journalisten, die das Pflanzen- und Tierleben auf Stora Karlsö im Herbst interessierte, und der Redakteur hätte bloß das Büro nicht gefunden.

Als der Name Feldberg fiel, änderte sich das.

Als der Name Feldberg fiel, war ich dabei, für alle Kaffee zu machen. Sie waren zu dritt, ein Kameramann, ein Fotograf und eine Reporterin. Ich hatte die Espressomaschine angestellt. Ich wollte uns die Zeit vertreiben, bis Inez angezogen wäre und sie mit ins Museum nehmen würde, um eine Belehrung mit ihnen zu machen.

Heute ist mir klar, dass ich noch nicht ganz zurück gewesen sein konnte, noch fern war, in unserer gemeinsamen

Trance, und irgendwie das Falsche dachte und nicht auf das kam, was jetzt richtig gewesen wäre. Es schien eine kosmische Entfernung zu sein, ich war so weltvergessen, dass ich die Fragen dieser Reporterin zuerst nicht begriff.

»Das ist Hausfriedensbruch«, sagte ich zu dem Fotografen, der sich einen Hocker unter den Hintern geschoben hatte und laut daran herumrätselte, warum Schiffe und Inseln die zivilisatorischen Grundregeln so leicht außer Kraft setzen konnten. »Das ist Ihnen doch klar.«

Er grinste mich an. »Tür war offen.«

Ich füllte Kaffeebohnen nach und stellte die mittlere Mahlstufe ein. »Das ist in Schweden trotzdem keine Einladung.«

Er kratzte sich unter dem Fotogurt am Hals. »Na ja«, sagte er. »Hausfriedensbruch aber auch nicht.«

Ein Kameramann hatte sich hinter dem Tresen verschanzt. Ich sah ihn erst, als die Reporterin, die mir ein Mikrophon hinstreckte, ihm ein Zeichen machte. »Haben Sie vor, Ihren Vater im Wahlkampf zu unterstützen?«

»Und wenn«, sagte der Fotograf, »dann geht das auf Feldbergs Konto. Nicht auf meins. Krieg ich trotzdem einen Kaffee? Fragen Sie mich ruhig, ob mit Milch und Zucker.«

»Betrachten Sie sich als ein Opfer der SED-Diktatur?«, fragte die Reporterin.

»Ich nehm ihn mit Tasse«, sagte der Fotograf triumphierend.

»Hat die Vergangenheit Ihrer Mutter, ich meine damit speziell die Ausreise, einen Einfluss auf Ihre Entscheidung gehabt?«

Die Fernsehfrau gab dem Kameramann wieder ein Zeichen. »Sie wissen, dass Ihre Mutter Sie gegen den Willen

Ihres Vaters weggegeben hat. Dass sie ihm jahrelang jede Information verweigerte?«

»Feldberg hat sich schlau gemacht. Nicht ich«, sagte der Fotograf, und die Reporterin sagte zu ihm:»Sie halten jetzt mal die Schnauze!« Sie schob ihr Mikrophon noch näher an mich heran. »Ihre Mutter wollte Sie loswerden, um in den Westen zu gehen. Fühlen Sie sich nicht um Ihre Kindheit betrogen?«

»Meine Wenigkeit macht hier nur die Bilder«, sagte der Fotograf.

»Sie wissen, dass ich von Inez Rauter spreche? Die Frau, die Sie als Baby verstoßen hat? Hat es Sie nicht schockiert, mitten im Techtelmechtel zu erfahren, dass Sie es gerade mit Ihrer Mutter treiben?« Bei diesen Worten wischte ich ihr das Mikrophon beiseite.

»Und wenn schon«, sagte der Fotograf. »Hausfriedensbruch ist doch Pillepalle.«

Ich hörte noch einmal den Auslöser klicken, sah uns nackt im Bett und hatte mich nicht mehr im Griff. »Raus!«, brüllte ich. »Alle raus hier!«

»Heißt das, es ist Ihnen egal? Sie wollen Ihr Verhältnis ausleben?«, sagte die Reporterin. »Wie fühlen Sie sich als Geliebter Ihrer Mutter?«

Wäre Inez in diesem Moment nicht aus dem Schlafzimmer gekommen, hätte ich vielleicht zugeschlagen, ich hätte dem ersten, der vor mir stand, ins Gesicht geschlagen, der Reporterin, die sagte *Sie wissen, dass das strafbar ist?*, oder dem Fotografen, der groß und kräftiger war als ich, mitten in die Fresse, und es wäre Feldbergs Fresse gewesen, *scheiß Chorkind, jetzt gibt's was aufs Maul!*

Inez drängte sich schweigend durch. Sie riss die Hüttentür

auf und forderte die drei so unmissverständlich auf zu verschwinden, dass auch der riesenhafte Fotograf schließlich gehorchte. »Schon gut, Miss«, sagte er im Gehen. »Meine Wenigkeit hat mit der Geschichte ja nix zu tun.«

»Keiner von euch hat das«, sagte Inez scharf.

Die Espressomaschine mahlte noch immer. Ich stellte sie aus.

»Gib mir einen«, sagte Inez. »Schwarz.«

Feldberg war in der Hütte nicht dabei gewesen. Am Nachmittag sah ich ihn im Café. Er hatte eines der Baguettes mit halb aufgetauten Krabben vor sich, die der Koch in aller Eile fertig gemacht hatte. Er saß allein an einem Tisch am Fenster. Als er mich bemerkte, stand er auf und drehte ab in Richtung Toilette, bevor ich ihm sein Baguette ins Gesicht klatschen konnte. Der Fotograf riss sofort die Kamera hoch. Ich hielt mir die Hand vors Gesicht, schnappte mir zwei Bier und verschwand wieder nach draußen.

Inez hatte den Journalisten über die Praktikantin mitteilen lassen, dass sie nicht für ihre Unterbringung sorgen würde. Sie hatten sich im Museum einquartiert, das geheizt war. Inez hatte ihnen auch mitgeteilt, dass sie ihnen weder Interviews noch eine Dreh-Genehmigung für die Insel geben würde. Für eine Beschwerde sollten sie sich an den Vereinsvorsitzenden wenden.

Mich wies sie an, nach Hause zu fahren. Sie wollte mich *aus dem Schussfeld* haben, wie sie sagte. Sie benutzte jetzt, da wir zwei Parteien auf der Insel hatten, kriegerisches Vokabular. Es gab die Journalisten mit Feldberg als Hintermann, die das Museum besetzt hielten, und Inez und mich. Die Praktikantin war unser Bollwerk. Aber sie war schwach. Der baumlange

Fotograf ließ sich von ihr nicht abwimmeln. Inez hatte sich mit mir in der Hütte verschanzt. Als sie sich auf die Suche nach der Praktikantin machte, setzte sie Kapuze und Sonnenbrille auf, was ich übertrieben fand. Ich machte einen Witz, aber sie reagierte nicht. Sie war angespannt. Sie wollte nicht, dass ich noch einmal rausging. Die schweren Holzläden rechts und links der Fenster, die nie geschlossen gewesen waren, hatte sie zugemacht. Sie bedrängte mich, abzureisen. Sie holte den Lammwollpullover, den ich in ihren Schrank gelegt hatte. Sie kramte in einer Kiste und legte mir wortlos einen Farbring in die Hand. Er trägt das Datum unserer Arbeit auf den Felsen. Dann rief sie im Fährbüro von Klintehamn an.

Ich hätte ihr versichern können, dass ich sie nicht im Stich lassen würde. Dass uns niemand etwas anhaben konnte. Dass ich die Insel nur gemeinsam mit ihr verlassen würde. Ich hätte sagen können, dass unser Versteckspiel erbärmlich war, dass ich es lächerlich fand, sich von einem Häufchen Lokalreporter in die Enge treiben zu lassen, ich hätte sagen können, dass das nicht der letzte Eindruck sein durfte, den ich von hier mitnahm.

»Ich muss meine Mutter anrufen«, sagte ich ins Halbdunkel hinein und öffnete ein Bier. »Ich meine Annegret. Ich muss sie anrufen. Ich muss ihr sagen, dass ich komme.«

»Tu das«, sagte Inez. Ruhig legte sie den Pullover auf den Tisch. »Die nächste Fähre fährt übermorgen.« Sie sah mich an und lächelte, und jetzt denke ich, dass es nur dieser Eindruck von Erbärmlichkeit war, der in mir das Verlangen auslöste, weg zu sein. Ich wollte, dass die Fähre sofort käme. Ich wollte mich unbemerkt davonmachen können. Ich wünschte mir, nichts als eine schlichte Affäre gehabt zu haben, wenn es sein musste, mit einer Frau, die auf exotische sexuelle Phantasien stand, aber doch nur eine Affäre, ein erotisches Abenteuer, das die Abenteuer meiner Kumpel ausstechen würde.

»Weißt du schon, was du ihr sagen wirst?«

»Keine Ahnung. Ich hoffe, dass sie die ganze Scheiße nicht aus der Zeitung erfährt.«

Inez sagte nichts.

»Mit Scheiße meine ich die verdrehte Wahrheit der Zeitungstypen.«

»Schick ihr eine Nachricht«, sagte sie. »Beruhige sie. Sag ihr, dass alles in Ordnung ist. Es ist alles in Ordnung, Erik.« Sie kam zu mir und nahm mein Gesicht in die Hände. »Verstehst du. Es ist alles gut. Du fährst und kümmerst dich um sie.«

Ich fing an, eine sms zu formulieren. Dann legte ich das Handy weg.

»Und was ist mit dir?«

»Keine Sorge«, sagte Inez. »Ich habe hier noch was zu erledigen.«

»Und dann?«

»Dann werden wir sehen.«

»Du kommst nach.«

»Ja«, sagte sie, und ihr Lächeln blieb unverändert. »Ich komme nach.«

Normalerweise wäre mir der Schweiß ausgebrochen. Das Zittern wäre gekommen. Aber ich zitterte nicht. Mir war sogar ein bisschen kühl.

»Meine Panikattacken sind weg.«

»Siehst du. Alles ist gut.«

»Auch die Sache mit uns?«

»Ja«, sagte Inez. »Auch diese Sache mit uns.«

Feldberg hatte sich in der Fischerkate einquartiert, mit einer vom Koch geliehenen Filzdecke, wie ich von der Praktikantin wusste. Es war eisig dort. Er hatte auf dem Steinboden der Kate ein Feuer gemacht, um die Nacht zu überstehen. Die Journalisten schienen ihn für Tons Pressereferenten zu halten. Sie berieten sich mit ihm, legten aber keinen Wert auf seine Gesellschaft. Auch von Inez konnte er keine Hilfe erwarten. Sie wusste, dass er da war. Sie war ganz steif geworden, als sie es erfuhr. Aber sie erwähnte ihn nicht. Sie tat so, als ginge die Bedrängnis allein von den Journalisten aus.

Und dennoch sah ich sie am nächsten Morgen mit Feldberg in die Klippen gehen. Das war gestern. Ich begreife es nicht. Ich hatte noch keine Zeit, darüber nachzudenken. Der Einbruch der Journalisten hat alles zerrissen und durcheinandergebracht. Inez war gestern eher aufgestanden als ich und hatte die Hütte verlassen. Sie hatte sich keinen Kaffee gemacht. Sie schien es eilig zu haben, und ich nahm an, sie müsse im Büro etwas regeln und würde dort Kaffee trinken. Beim Aufstehen trödelte ich. Ich öffnete ihren Kleiderschrank. Ich berührte ihre Blusen. Die rohseidene hielt ich mir ans Gesicht, ihre feine Glätte. Dem Schrank entströmte ein heller Duft, der Duft von Inez.

Ich ging zum Leuchtturm, um meine restlichen Sachen zu holen, und unterwegs sah ich, wie Inez und Rainer Feldberg zwischen den Wacholderbüschen verschwanden. Es war stürmisch. Ich dachte zuerst, ich hätte mich getäuscht. Es konnte nicht Inez sein. Inez hätte Feldberg nie auf ihre geliebten Vogelfelsen mitgenommen, sie hätte sich ihm noch nicht einmal genähert. Aber ich erkannte die Farbe ihrer Regenjacke, ihre Kapuze. Feldberg hatte einen Knirps dabei. Als er ihn aufspannte, überschlug sich das Gestänge.

Der Sturm klappte den Stoff mit solcher Wucht nach oben, dass es den Schirm aus den Gelenken riss. Inez kümmerte sich nicht darum. Sie lief voran. Sie wirkte nicht so, als hätte Feldberg sie gezwungen. Er konnte kaum Schritt halten. Er kämpfte mit dem Schirm, schließlich warf er ihn in die Felsen.

Ich wollte ihnen hinterhergehen, überlegte es mir dann aber anders. Im Leuchtturm war es kalt. Ich packte meine Sommerklamotten in den Rucksack und legte das grasgrüne Top oben drauf, das ich aus Inez' Schrank genommen hatte.

Stora Karlsö war wie verwandelt. Die Ankunft der Journalisten hatte mehrere Vereinsmitglieder herbeigelockt. Der Vereinsvorsitzende war mit seiner Jolle gekommen und hatte einen schwedischen Ornithologen mitgebracht, der Inez' Posten auf der Insel im nächsten Jahr übernehmen sollte, und alle diese Leute saßen im Museum oder im Café herum, so dass der Koch, der die Außenanlagen bereits winterfest gemacht, die hölzernen Fensterläden abgeschlossen und den Kamin regensicher abgedichtet hatte, gezwungen war, die Notheizlampen aus dem Keller zu holen. Er stellte sie in der Lounge und im Restaurant auf, und auf diese Weise waren wenigstens zwei Räume warm.

Als ich am Café vorbeikam, hatten sie soeben das Frühstück beendet. Ich ging nicht hinein. Ich ging sofort zum Museum. Unbemerkt kam ich in Inez' Büro und schloss von innen die Tür zu. Der Strom war noch nicht abgestellt worden, die Telefone funktionierten. Ich rief Annegret an.

»Sagt dir der Name Feldberg was?«

»Nein, das ist nicht wahr! Sollte es wirklich mein Sohn sein?«

»Mama«, sagte ich.

»Wo bist du?«

»Feldberg. Sagt dir das was?«

»Hat deine neue Freundin dich schon in die Voliere gesperrt?«

»Wieso?«

»Ich hör dich so schlecht, wenn du flüsterst.«

»Ich flüstere nicht. Ich bin auf dem Rückweg.«

»Das glaub ich erst, wenn ich dich sehe.«

»Sagt dir der Name Feldberg was?«

»Jetzt hör mir mal zu, mein Sohn. Ich hab seit Menschengedenken nichts von dir gehört. Aber statt zu fragen, wie es deiner alten Mutter geht und ob du sie überhaupt bei einer ihrer seltenen Kosmetikstunden –«

»Rainer Feldberg.«

»Wo soll der denn auf einmal herkommen?«

»Das würde ich auch gern wissen.«

»Und da rufst du mich an.«

»Ja.«

»Weil du glaubst, dass ich ihn kenne.«

»Ja.«

»Also gut. Ich weiß, wer das ist. Dürfte ich nun erfahren, was da vor sich geht?«

»Mir geht's gut. Es ist alles gut.« Nach einer Pause sagte ich: »Du hast dir von einem Stasi-Typen ein Kind vermitteln lassen.«

»Wenn das so ist, bin ich wahrscheinlich nicht die Einzige gewesen.«

»Er wusste, dass du ein Kind willst.«

Annegret schwieg. Dann sagte sie ruhig: »Natürlich wusste er das. Ich habe ja auf den Familiengeburtstagen nie ein Hehl daraus gemacht. Und eines Tages sagte dieser Clown von

Cousin, er hätte da vielleicht was aufgetrieben. Ich weiß nicht mehr, ob mütterlicher- oder väterlicherseits.«

»Und es war dir egal.«

»Ich kann mich nicht erinnern, dass *dich* die letzten Ecken und Winkel der Verwandtschaft bisher besonders interessiert hätten.«

»Verwandt mit der Stasi«, sagte ich. »Das war dir egal?«

»Politik wurde nur diskutiert, wenn die Männer zu viel intus hatten. Die Frauen räumten inzwischen das kalte Büfett ab.«

»Fressen, ficken, schlafen. Und du hattest dein Kind.«

Annegret sagte nichts. Der Vereinsvorsitzende lief mit einer Kiste leerer Flaschen vor dem Fenster vorbei.

»Ist das alles, was du mir zu sagen hast, Erik?«

»Das sollte ich dich fragen.«

Wieder schwieg sie.

»Was wirst du jetzt machen?«, fragte sie schließlich.

»Nichts. Ich bin auf dem Weg nach Hause.«

Ich muss zu Hause sein, bevor Annegret etwas aus den Zeitungen erfährt. Die überregionalen Blätter wird dieser kleine Skandal nicht erreichen, und Annegret wird nicht plötzlich eine Brandenburgische Lokalzeitung kaufen oder den *rbb* einschalten. Annegret hat immer den *Nordkurier* gelesen. Aber ein Nachbar könnte mich in der Zeitung sehen oder einer ihrer Kunden bei der Post. Sie würden ihr nichts davon sagen. Sie würden es sie nur merken lassen. Das entlarvende Foto ihres Sohnes, eine passende Schlagzeile, das würde reichen, um diese Leute die Straßenseite wechseln zu lassen, wenn sie meine Mutter kommen sehen. Es würde reichen, um sich nicht mehr von ihr, sondern am Schalter nebenan bedienen zu lassen. Sie würden Annegret nicht in die Augen schauen. Annegret kennt viele von ihnen mit Namen. Nur sie kennt auf einmal keiner mehr.

Die Reporterin, die mir vor Inez' Büro aufgelauert hatte, war ich vorübergehend losgeworden. Ich hatte ihr gesagt, sie solle gegen acht auf dem Plateau auf mich warten. Über die lange Abwesenheit ihres Pressereferenten oder die Abwesenheit von Inez schien sich keiner der Journalisten zu wundern. Vielleicht dachten sie, sie hätten schon alles im Kasten. Sie dachten, sie hätten die Geschichte fertig im Kopf, und brauchten nur noch ein paar O-Töne und Inselfeeling, was sie schon in Urlaubslaune zu versetzen schien. Oder Feldberg hatte sie auch darauf vorbereitetet. Entspannt bastelten sie an einem Laptop herum, um eine Internetverbindung herzustellen.

Irgendwann wird ihnen auffallen, dass in der Gruppe einer fehlt. Dann gehen vielleicht die Alarmglocken an. Sie werden die Insel absuchen, um die Absturzstelle zu finden, und das kann dauern.

Mir fiel schon mittags auf, dass etwas nicht stimmte. Inez kehrte nicht zurück. Ich konnte sie nirgendwo finden. Ich redete mir ein, sie hätte mit Feldberg etwas klären wollen und sich einen versteckten Ort gesucht. Ich fing an, mir Sorgen zu machen, und ging die Stellen ab, an denen ich mit Inez gewesen war, ich suchte sie sogar an dem kleinen verborgenen Strand. Ich dachte daran, dem Vereinsvorsitzenden Bescheid zu sagen. Ich wusste, dass er Inez gekündigt hatte. Aber solange sie auf seiner Insel war, hatte er auch die Verantwortung für ihr Leben.

Erst am Nachmittag sah ich sie endlich am Hafen. Die Fähre hatte angelegt und würde über Nacht hier ankern. Inez stand neben dem Kapitän auf dem überdachten Deck. Sie rauchte. Die Kapuze hatte sie in den Nacken geschoben. Sie lehnte an der Reling, schnippte Asche in den Wind, als hätte sie das immer schon gemacht, und lachte. Sie wirkte gelöst.

»Wo warst du?«, rief ich ihr zu. »Ist alles in Ordnung?«

»Natürlich. Wieso denn nicht?«

»Auf einmal haust du mit diesem Typen ab und sagst mir nicht mal –«

»Scht«, machte Inez. »Es wäre schade drum. Schade um den Augenblick.«

Sie lehnte an der Reling und schnippte Asche ins Meer, sie lachte, sie flirtete mit dem Kapitän. Ich hatte sie noch nie rauchen sehen, ich hatte sie noch nie so flirten sehen. Sie flirtete wie ein Mädchen. Sie kam über die Gangway zu mir gelaufen und schmiegte sich an meine Schulter. Sie schlang die Arme eng um mich. Ich bedrängte sie nicht. Die Reporterin hatte uns entdeckt und kam eilig auf uns zugelaufen, und es waren die letzten Stunden mit ihr.

Heute morgen musste ich noch einmal ins Café. Ich ging durch den Kücheneingang, die Schiebetür zur Lounge stand offen, und ich sah Feldbergs Arzttasche neben einem der Tische auf dem Boden stehen. Feldberg selbst blieb verschwunden. Als die Reporterin aufstand und zum Büfett ging, wo der Vereinsvorsitzende sich einen Kaffee holte und anfing, mit ihr zu plaudern, nahm ich die Tasche. Ich weiß nicht, was mich trieb. Ich habe keine Ahnung, woher diese Idee kam oder was ich mit der Tasche wollte. Ich nahm sie einfach mit. Ich verabschiedete mich vom Koch, ging hinunter zum Hafen, der Fährmotor stampfte, Inez stand am Kai. Feldberg war bis zur Abfahrt der Fähre nicht aufgetaucht. Seit ich seine Tasche geöffnet habe, ist mir auch klar, warum.

Ich habe die Tasche aufgemacht, als die Insel schon aus dem Blickfeld verschwunden war. Ich habe sie geöffnet, als es nichts mehr aufzuschieben gab, als ich mir nicht mehr vormachen konnte, es gebe nur mich und Inez und ich könne einfach weiterhin der sein, der ich war, bevor ich den Namen Felix Ton zum ersten Mal hörte, als alles mit voller Wucht über mir hereinbrach.

Es ist eine schlichte Tasche mit einem silbernen Schnappverschluss.

Auf den Innendeckel ist eine Widmung ins Leder geprägt: *Meinem lieben Rainer zur Jugendweihe 1968.*

Die Tasche enthielt Akten. Es sind keine Akten über Naturschutzgebiete oder Umweltschutz. Es sind jene Art von Berichten, von denen in der Presse seit der Wende viel die Rede war. Feldberg scheint sich sogar an die alte Form gehalten zu haben. Handschriftlich oder mit der Schreibmaschine hat er seitenweise Details angehäuft. Er hat Beobachtungen notiert, Gespräche aufgeschrieben. Es gibt Orts- und Zeitangaben und eine Übersicht über die Personen, mit denen er gesprochen hat. Am Rand der Blätter stehen Kommentare oder Ausrufezeichen, manchmal sind ein paar Buchstaben ausradiert oder Worte durchgestrichen. Alle Berichte sind mit *Operation Dohle* überschrieben.

Ich hatte diese Tasche völlig selbstverständlich an Bord geschafft.

Als der Kapitän in den Passagierraum kam und mich über den Akten sitzen sah, meinte er, die Ferien seien wohl endgültig vorbei. Draußen taucht die Mole auf. Der Hafen von Klintehamn ist zu sehen, der leere Parkplatz. Mir bleibt keine Zeit mehr. Und noch immer weiß ich nicht, was ich sagen werde, wenn ich zurück bin, wie meine Gegendarstellung aussehen soll, wie viel sich überhaupt erzählen lässt. Vieles ist mir immer noch unverständlich.

In *Operation Dohle* geht es um die Bundestagskandidatur von Felix Ton. Feldberg hat alles penibel aufgeschrieben, ihr gemeinsames Vorgehen, ihre Absprachen. Die Formulierung *operatives Handeln*, die Ton offenbar für Feldbergs Ausflug nach Stora Karlsö verwendete, hat Feldberg unterstrichen. Dokumentiert sind außerdem eine Affäre mit der Sekretärin und die *Legende*, die Ton in den Medien verbreitet hatte. Im Wortlaut hat Feldberg das Gespräch zwischen ihm und Ton im August in seiner Potsdamer Wohnung notiert. Er musste ein Aufnahmegerät bei sich gehabt haben. Oder er hatte dafür gesorgt, dass sich in Tons Wohnung *Technik* befand, wie er dazu sagen würde. In einem älteren Bericht, der aussieht, als wäre er echt, eine Akte aus Vorwendezeiten, wird Tons Charakter beschrieben, sein *Leumund*, wie es mehrmals heißt. Ich habe noch nicht alles gelesen, aber was ich las, hat gereicht, um mir eines klarzumachen: Schreckliche Ereignisse brauchen immer noch schrecklichere Ereignisse zu ihrer Verharmlosung. Mir ist auch klar, dass Feldberg eine lange Liste von Journalisten abtelefoniert hatte. Er muss vorgehabt haben, eine ganze Kampagne zu organisieren. Aber nur drei waren ihm gefolgt. Er hatte die Journalisten nach dem Gespräch mit Felix Ton in der Schwimmhalle Am Schlaatz angerufen, offenbar ihrem letzten. Das Gespräch hatte Feldberg irritiert. Es hatte ihn aus der Bahn geworfen. Ton war zu diesem Zeitpunkt für ihn schon keine verlässliche Größe mehr. Ton war nur auf seinen Sohn aus. Er war auf den *Besitz* seines Sohnes aus, ein Wort, das Feldberg den Gegensatz zu seinem eigenen Interesse zu verdeutlichen schien. *Er* war ein Schöpfer. *Er* befasste sich mit Möglichkeiten. *Er* konnte noch immer das passende Vokabular bereitstellen, die nutzbringenden Kontakte, selbst in seinen schwachen Momenten geriet er nicht vom Wege ab.

Ich höre ihn. Ich höre, wie er auf dem Weg zum Leuchtturm mit mir spricht. Sein Tonfall, sein Lachen, seine Hand auf meiner Schulter, an der er mich zurück zum Leuchtturm steuert.

Auch der Vereinsvorsitzende hat eine Akte. Er kommt darin als engagierter, aber naiver Mann rüber, der mit Frau und zwei Kindern in Hemse lebt. Und es gibt jede Menge Berichte über Guido. Die scheinen Feldberg besonderen Spaß gemacht zu haben. Jeder Spaziergang mit Guido am Strand ist mit Uhrzeit vermerkt, jede Unterhaltung wörtlich festgehalten, Unterhaltungen, aus denen hervorgeht, dass Guido eines nicht ertragen kann: Frauen, die ihm übergeordnet sind.

Ich sehe ihn vor mir in seiner blauen Kunstfellweste, wie er lässig ein Bein überschlägt. Er war nach Uppsala zurückgekehrt, als es den ersten Nachtfrost gab. In Feldbergs Beschreibungen bekommt das, was mir uncool erschien, eine neue Dimension. Guido scheint sich auf den Spaziergängen über den skandinavischen *Weicheisozialismus* aufgeregt zu haben. Gekoppelt an eine konsumgeile, überempfindliche Zivilisation führe er nur zu einer Verkehrung unseres natürlichen Ursprungs, er würde die Leithengste, die eine Gemeinschaft zusammengehalten hätten, bloß durch Leitstuten ersetzen. Man müsse aber viel weiter gehen, fand Guido. Man könne diese Gesellschaft nur durch ihre völlige Umstrukturierung retten, durch die Annäherung an eine uns fremde Organisationsform des Natürlichen, wie sie in der Fisch- und Vogelwelt und bei den Insekten vorkomme. Das setze allerdings einen Kraftakt voraus, zu dem kein einzelnes menschliches Wesen in der Lage wäre. Und da ein Zusammenschluss mehrerer menschlicher Wesen immer auf Zerstörung hinauslaufe, sei die Hoffnung gering, sich jemals mit Fischen oder Vögeln vergleichbar zu machen. *Mit einer Horde Rindviecher aber schon*, war mit Bleistift an den Rand notiert. Der Akte liegen Ausdrucke von schwulen Anzeigenseiten aus dem Internet bei, auf denen Guido mit geöltem nacktem Oberkörper oder erigiertem Schwanz posiert.

Schwachstellen, durch die der Wind pfeift.

Ich bin froh, dass ich die Tasche mitgenommen habe. Nicht, weil ich jetzt weiß, was ich im Sommer dringend wissen wollte. Nicht, weil die Akten, den Händen der Journalisten entrissen, wertlos wären. Ich habe nicht vor, sie weiterzugeben. Aber darauf kommt es auch nicht an. In einer blassen Unterzeile entdeckte ich die Adresse einer homepage: www.megaoperation&riskprotection.de. Es sieht so aus, als habe Feldberg die Berichte eingescannt und ins Internet gestellt. Wenn er sie freigeschaltet hat, sind sie schon für jeden zugänglich, während ich noch hier auf der Fähre bin. Man braucht nur den Namen Felix Ton in eine der Suchmaschinen einzugeben.

Ich bin froh wegen Inez. In den Akten findet sich erstmal nichts über sie. Ich habe sofort danach gesucht, habe jedes Blatt nach ihrem Namen durchgecheckt, aber Feldberg hat ihren Namen kein einziges Mal erwähnt. Wenn von Inez die Rede ist, heißt es immer Dohle. *Dohles produktives Verhältnis zur Angst.*

Auch über ihr Verhältnis zu mir findet sich nichts. Ich weiß, dass Feldberg uns hatte hören können, Inez und mich, wenn wir draußen saßen auf dem Plateau. Er hätte mitschreiben können. Er hätte auch das Gespräch aufschreiben können, das wir vor seiner Abreise zu dritt hatten, Ende Juli oder Anfang August. Aber das alles schien er nicht als *nutzbringendes* Material zu betrachten.

Sieht man sich seine peniblen Aufzeichnungen an, die er über die anderen angelegt hat, wirkt die Auslassung von Inez beinahe wie eine Strategie. Eine Strategie, mit der auch das einzige Schriftstück in Feldbergs Tasche zu tun haben muss, auf dem Inez eine prominente Rolle spielt. In der Reißverschlusstasche, die die großen Fächer voneinander trennt, steckte ein zugeklebter Umschlag. Der Umschlag ist adressiert an die Deutsche Nachrichtenagentur. Im Umschlag befindet sich eine Pressemitteilung. Sie ist handschriftlich verfasst, einiges ist schwer zu entziffern. Es sieht aus, als wäre der Text eilig geschrieben geworden, in der Bahn, im Flugzeug, unterwegs. Wenn die Reporterin diesen Umschlag gefunden hätte, hätte sie nicht so ruhig beim Frühstück gesessen.

> *Rache wegen IM-Enttarnung.* Wegen einer bevorstehenden Enttarnung als ehemalige inoffizielle Mitarbeiterin stürzte Inez R. ihren damaligen Führungsoffizier, Stasioberst Rainer Feldberg, auf einer schwedischen Insel von den Klippen. Unter dem Decknamen »Dohle« hatte er sie damals in seinen Akten geführt. Berichten seiner Lebensgefährtin zufolge war Feldberg auf die Insel gekommen, um Inez R. mit ihrer Vergangenheit zu konfrontieren. Er versprach sich davon Aussöhnung und seelischen Frieden. Als er jedoch feststellte, dass Inez R. mit ihrem Sohn wissentlich ein inzestuöses Verhältnis hatte, wollte er damit an die Öffentlichkeit gehen, um vor den perversen Auswüchsen zu warnen, die ein totalitärer Staat auch nach seinem Untergang noch auf das

Bewusstsein der Menschen hat. Bei dem Sohn soll es sich um das bislang verschollene Kind des Brandenburger Direktkandidaten der CDU für den Bundestag, Felix Ton, handeln.

Laut Angaben der schwedischen Polizei wird der Leichnam zügig nach Greifswald, in die Heimatstadt Feldbergs, überführt.

Inez wäre nie freiwillig mit Rainer Feldberg in die Felsen gegangen. Sie wäre mit ihm nirgendwo freiwillig hingegangen. Und sie hatte es doch getan. Sie war mit Feldberg auf die Klippen gegangen, obwohl es unsinnig und gefährlich war bei diesem Wetter. Wenn sie etwas mit ihm zu besprechen gehabt hätte, wenn sie Feldberg hätte überreden wollen, die Journalisten nach Hause zu schicken, oder ihm einen Deal hätte anbieten wollen, damit er für immer verschwand, was nicht Inez' Art ist, aber doch denkbar wäre, hätte sie mit ihm ins Büro gehen können. Auch wenn Feldberg der Auslöser gewesen sein sollte, wenn er ihr die Akten hatte zeigen wollen, um sich mit ihr auszusprechen, was ebenso unwahrscheinlich ist, und sie sich darauf eingelassen hätte, wären sie im Büro ungestört gewesen. Sie hätten nur abzuschließen brauchen.

Aber so kann es nicht gewesen sein.

Feldberg musste davon ausgegangen sein, dass ihm etwas zustoßen konnte. Das beweist seine selbstgeschriebene Presseerklärung. Er hatte es einkalkuliert. Er musste damit gerechnet haben, bei Inez eine Grenze zu überschreiten, wenn er noch einmal nach Stora Karslö käme. Und er war noch weiter gegangen. Er hatte Journalisten angeschleppt, und er hatte Inez an diese Journalisten verraten, und ihm musste klar gewesen sein, dass das bei ihr Kräfte freisetzen würde, die unter Umständen nicht mehr zu beherrschen waren.

Aber ich kenne Inez. Ich kenne sie besser als er.

Vielleicht hatte sie es vorgehabt. Vielleicht war ihr der Gedanke in ihrer morgendlichen Verzweiflung durch den Kopf geschossen, und sie hatte Feldberg auf seinem eisigen Lager geweckt und ihn aufgefordert mitzukommen.

Man kennt sich selbst nur als Vorstellung, die andere von einem haben, hatte Inez einmal gesagt. Vielleicht wollte sie die Vorstellung, die einer wie Feldberg von ihr hatte, endgültig loswerden. Mir fällt keine andere Erklärung für ihren Ausflug auf die Klippen ein. Aber sie hatte ihm nichts angetan. Ich kann es mir einfach nicht vorstellen.

Unklar ist auch, warum Feldberg ihr auf die Klippe folgte. Er hätte das Risiko nicht eingehen müssen. Und er wäre stark genug gewesen, sich auf der Klippe gegen Inez zu wehren.

Es sei denn, er wollte es so. Sechzig Meter über der Ostsee. Er wollte dort oben stehen und alles, was er und sein Leben gewesen war, in Fetzen davonfliegen sehen: *Ab in den Orkus!* Und wenn Inez beteiligt gewesen sein sollte, wenn sie ihn gestoßen oder absichtlich zu nah an die Kante gelockt hatte, schien es von vornherein sein Plan gewesen zu sein, nicht zurückzukehren. Sonst hätte er der Reporterin nicht seine Tasche anvertraut.

Auf Feldbergs Presseerklärung gebe ich nichts. Ich kenne Inez. Die Presseerklärung ist nur eine Verleumdung. *Legendierung*, wie Feldberg sagen würde. Legendierung und ein letztes großes Rätsel. Er wollte es noch einmal tun. Er wollte es noch einmal versuchen, auch wenn er die Wirkung nicht mehr erleben würde. Er wollte ein Rätsel in Inez hineintragen, ein tiefes, dauerhaftes, endgültiges Rätsel, und erst sein Tod gab diesem Rätsel Konsequenz. Über seinen Tod hinaus sollte Inez sich selbst misstrauen. Sie sollte sich fragen, ob ihre Erinnerung sie im Stich gelassen habe und ihr Leben nicht so, sondern anders verlaufen sei. Und dieser Zweifel betrifft, da ich sie liebe, auch mich.

Wir haben uns nicht verabschiedet. Wir haben nicht *Auf Wiedersehen* gesagt oder uns die Hand gegeben oder umarmt.

Inez stand am Kai. Sie trug ihre Sonnenbrille. Es war kalt. Sprühregen fiel aus einem grauweißen Himmel. Im Spiegel ihrer Brille sah ich den Kapitän, das Tau, mich. Die Sonnenbrille verdeckte die Hälfte ihres Gesichtes.

Als wir ablegten, trat der Ornithologe neben mich. Er sah nach dort, wohin er im nächsten Jahr zurückkehren würde. Der Wind klappte ihm den Kragen auf. Er trat an die Reling. Er packte das Geländer. Er packte es fester als nötig, und für einen Moment sah es aus, als wolle er sich über die Reling schwingen. Er stand vorgebeugt und schaute zurück. Zum Leuchtturm auf dem Plateau, zu den Felsen, zur Insel, die im Nieselregen versank.

Und ich dachte daran, dass es nicht die Jungvögel waren, die mich fasziniert hatten, mit ihren biegsamen, gut gepolsterten Körpern. Es waren die ausgewachsenen Vögel. Es war das Bild dieser Vögel auf ihrem vertrauensvollen Sturz in die Tiefe; wie sie ihre plumpen Körper an die Felskante rückten und sich fallen ließen, was für die Vögel kein Wagnis war, sondern genetisches Programm. Aber für mich war es das. Mich faszinierte dieser Moment des Vornüberkippens, mir schien es die äußerste Form des Lebens; ein Loslassen in die bloße Ahnung des Möglichen hinein, ein waches Delirium, das sie sechzig Fallmeter nach unten riss, bis genug Wind unter den Flügeln war, der ihren Fall schließlich aufhielt und sie anhob und trug.

»Sie haben doch was miteinander«, hatte die Reporterin Inez gefragt. »Sie und der Junge.«

»Wir haben alles«, hatte Inez gesagt.

DAS MEER

Die Sehnsucht hat jetzt einen Ort, an dem sie sich wieder und wieder entzündet.

An diesem Ort wird es eine Frau geben, die olivgrüne Shirts trägt. Die unter den olivgrünen Shirts ein Büstier trägt, dessen Träger weiß leuchten. Eine Frau, die nicht altert.

Ein Boot legt ab.

Je weiter das Boot sich entfernt, desto weniger wird ihr olivgrünes Shirt von den moosigen Felsen zu unterscheiden sein. Die Frau wird undeutlich werden vor dem in den Vordergrund tretenden Gestein, dem türkisfarbenen Wasser, dem Strand, an dem verstreut ein paar Hütten stehen. Bevor sie verschwindet, wird sie eine Zeitlang noch eine Silhouette sein, eine aus dem Hintergrund geschnittene olivfarbene Form mit menschlichem Umriss. Aber schließlich löst sich der Umriss auf. Ihre Gestalt sinkt ein in die Umgebung aus Felsgestein.

Erst, wenn nichts, wenn kein Schatten, keine Spur mehr von ihr zu erkennen ist, wird sie deutlich und klar in dem Jungen entstehen.

Sie wird eingegangen sein in ihn.

Sie wird seine Gedanken, seine Regungen, jede Geste, jedes Wort, sie wird alles, was er tut, begleiten.

Sie wird dort sein, wo sie am vorstellbarsten ist, in der *Behausung* des Ich, und sollte sie ihn dort je verlassen, wird das eine Langsamkeit haben, die jener gleicht, mit der ein versteinerter Schwamm erodiert.

Mein herzlicher Dank gilt Silvia Bovenschen, Petra Gropp und Petra Quillfeldt.

Für die Förderung der Arbeit an diesem Roman bedanke ich mich beim Deutschen Literaturfonds, dem Ministerium für Wissenschaft, Forschung und Kultur des Landes Brandenburg, Östersjöns Författar- och Översättarcentrum Visby und dem Literaturhaus Lenzburg.

Danke Lena.

Antje Rávic Strubel
Kältere Schichten der Luft
Roman

190 Seiten. Gebunden

Anja lässt in einem schwedischen Sommer-Camp ihre alten Geschichten hinter sich und trifft dort auf Siri, eine fremde junge Frau, die noch immer auf ihren verschollenen Geliebten wartet. Immer mehr wird Anja zu diesem geheimnisvollen »Schmoll«. Ist der Zauber dieser wiedergefundenen ersten Liebe Wirklichkeit oder Phantasie? Oder eine Täuschung des nördlichen Lichts?

»Betont karg ist Antje Rávic Strubels Sprache, aber manchmal beginnt sie zu leuchten; und dann fliegt sie über Landschaften, innere wie äußere, wie wir sie so noch nicht gesehen haben.«
Christoph Bartmann, Süddeutsche Zeitung

S. Fischer

fi 1-075121 / 1

Silvia Bovenschen

Wie geht es Georg Laub?

Roman

288 Seiten. Gebunden

Georg Laub war erfolgreich, ein Schriftsteller, den man lesen, den man kennen wollte. Dann sank sein Stern. Jetzt wohnt er in einem heruntergekommenen Haus, die Zeit scheint still zu stehen. Aber ein unerwünschter Besuch wirft ihn aus der Bahn. Er wird von einem seltsamen Schwindel ergriffen. Rätselhafte Ereignisse und Begegnungen häufen sich. Taumelnd zwischen Angst und Hoffnung trifft er eine Entscheidung und bald schon stellen sich viele die bange Frage: Wie geht es Georg Laub?

»Eine Kampfansage an die Feigheit,
eine Liebeserklärung an das Leben.«
Rose Maria Gropp, Frankfurter Allgemeine Zeitung

»Es gibt Bücher, bei denen möchte man alle paar Seiten ein Buchzeichen einlegen, jede zweite Seite oben einknicken und fast jeden dritten Satz am Rand markieren, so sehr fühlt man sich von ihnen angesprochen.«
Gunhild Kübler, Neue Zürcher Zeitung

»Für den Leser besteht das Glück vor allem
im Erlebnis einer heiteren Leichtigkeit der Intelligenz,
die in der deutschen Literatur selten ist.«
Friedmar Apel, Frankfurter Allgemeine Zeitung

S. Fischer

fi 1-003516 / 1